[第3辑]

WENXUE YU QUANSHI
文学与诠释

主编 丁蔓 王晶石

大连理工大学出版社

图书在版编目（CIP）数据

文学与诠释. 第3辑 / 丁蔓，王晶石主编. -- 大连：大连理工大学出版社，2024.7
ISBN 978-7-5685-4969-1

Ⅰ. ①文… Ⅱ. ①丁… ②王… Ⅲ. ①文学理论－文集 Ⅳ. ①I0-53

中国国家版本馆CIP数据核字(2024)第087499号

大连理工大学出版社出版

地址：大连市软件园路80号　　邮政编码：116023
发行：0411-84708842　邮购：0411-84708943　传真：0411-84701466
E-mail:dutp@dutp.cn　　URL:https://www.dutp.cn
大连图腾彩色印刷有限公司印刷　　大连理工大学出版社发行

幅面尺寸:170mm×240mm　　印张:17.5　　字数:305千字
2024年7月第1版　　　　　　　　　　2024年7月第1次印刷

责任编辑:张　娜　　　　　　　　　　　　责任校对:朱诗宇
　　　　　　　　　　封面设计:张　莹

ISBN 978-7-5685-4969-1　　　　　　　　　　定　价:99.00元

本书如有印装质量问题,请与我社发行部联系更换。

《文学与诠释》集刊编委会

（按姓名拼音排序）

名誉顾问： 洪汉鼎　　乐黛云

顾　　问： 程朝翔　　蒋洪新　　李维屏　　石　坚

主　　编： 秦明利

编　　委： 陈永国　　丁　蔓　　丁　宁　　傅永军
　　　　　　何成洲　　何卫平　　金惠敏　　李　雪
　　　　　　刘　颖　　潘德荣　　秦明利　　宋　薇
　　　　　　隋晓荻　　王晶石　　姚成贺　　周　敏
　　　　　　周异夫

目 录

斯坦利·卡维尔研究

文学的真理性：卡维尔的文学本体论 ……………… 王艳冰　秦明利（3）

认识论阅读：斯坦利·卡维尔规约怀疑论的哲学方式 ………………
…………………………………………………… 秦明利　陈　静（13）

斯坦利·卡维尔论文学语言的日常性 ……………… 柴一凡　秦明利（26）

卡维尔文学批评的文学哲学性：哲学经验的文学表达 ………………
…………………………………………………… 田雨祁　秦明利（36）

卡维尔文学批评的伦理性：文学中的自我至善 ………………………
…………………………………………………… 秦明利　柏松子（52）

卡维尔文学批评中的文学公共性：作为精神载体的文学 ……………
…………………………………………………… 秦明利　马婧雯（68）

文学哲学研究

吉尔伯特·阿代尔《作者之死》中的作者双重性 ……………………
…………………………………………………… 秦明利　李奕瑄（85）

"双重视力":舍斯托夫哲学中的陀思妥耶夫斯基 …… 曹海艳(98)

被叙述的时间:保罗·利科诗学诠释学及研究述评 ……

………………………………………… 田雨祁　徐明莺(108)

福柯研究现状述评——兼论米歇尔·福柯文学哲学思想 ……

………………………………………… 秦明利　柏松子(124)

国内理查德·罗蒂研究现状述评 …………… 徐明莺　马婧雯(138)

保罗·利科叙事时间的现象学分析 ………… 丁　蔓　罗　超(148)

德里达艺术哲学中的再现论 ………………… 王晶石　张桐月(159)

伊恩·麦克尤恩小说中意识确定性的辩证关系 ……

………………………………………… 吴卓娅　韩丽媛(169)

罗蒂的新实用主义文学本质观研究 ………………… 马　莉(182)

苏珊·桑塔格"反对阐释"批评理论的国内研究综述 ……

………………………………………… 张　硕　吴卓娅(192)

延异·互文·游戏:爱伦·坡《被窃的信》中文本的不确定性 ……

………………………………………… 王晶石　田佳宁(205)

公共阐释研究

为阐释的真理性和公共性奠基的黑格尔"理性" ……

………………………………………… 刘春鸽　秦明利(223)

对抗和对话:《安提戈涅》中的阐释问题 …… 林　春　秦明利(240)

莎士比亚悲剧:以公共理性为基础的道德哲学 ……

………………………………………… 秦明利　董清怡(256)

卡维尔·研究
斯坦利·

文学的真理性：卡维尔的文学本体论

王艳冰　秦明利

摘要：为反对逻辑实证主义背景对作为经验表达的文学的真理性的否定，回应哲学与文学的优先问题，卡维尔文学本体论主张文学是真理的一种显现方式。他认为文学是以日常语言表现的人类经验，而真理则蕴含于以人类经验为基础的日常语言之中，所以，文学是真理的载体。日常经验是文学真理性的来源，通过日常语言，文学实现向伦理学、政治学等经验领域敞开的真理性，进而维护了文化的完整性。因此，在卡维尔文学批评理论中，文学是真理性的世界显现方式。

关键词：斯坦利·卡维尔；文学；真理性；日常经验；日常语言

斯坦利·卡维尔是当代美国的代表性哲学家之一，其思想体系形成于这样一种理论背景之下：20世纪以来，数理逻辑方法逐步迈入精神科学领域，逻辑实证主义试图建立一种"科学哲学"，通过指出形而上学命题的无意义性来对抗形而上学的"虚假问题"。这一哲学趋势一方面使得哲学逐渐摆脱僵死的形而上学模式，逐渐成为现在西方最有影响力的哲学思潮之一；另一方面也使得人类的日常经验被拒斥于真理之外，失去了日常经验的开放性和包容性，最终使现代理论进入循环论证的死胡同。与之相对，为回应僵死的形而上学的超验形式，欧陆哲学的另一传统呈现出从胡塞尔的"回到事物本身"，

【基金项目】本文系国家社科基金一般项目"斯坦利·卡维尔文学思想研究及著作翻译"（19BWW002）的阶段性成果。
【作者简介】王艳冰（1993—），女，大连理工大学外国哲学博士研究生，研究方向为外国哲学、文学哲学。秦明利（1960—），男，英语语言文学博士，大连理工大学外国语学院教授，研究方向为诠释学、文学哲学。

到海德格尔对"存在者存在"的回归和"语言是存在之家"的主张,再到伽达默尔对"超出科学方法论控制范围的对真理的经验"[1]的追寻的向人类经验和日常语言本身回归的哲学趋势,进而寻求一种开放的真理可能性。同时,作为逻辑经验主义先驱之一的维特根斯坦,也在后期脱离该流派,成为日常语言哲学流派的代表,强调日常经验和日常语言的真理意义。这显现出20世纪西方哲学的语言转向特征。

在这种背景下,卡维尔一方面立足日常语言哲学传统,通过对维特根斯坦的继承和发展,回应科学方法下的命题式的知识模式;另一方面吸收欧陆哲学强调语言的真理意义的理解与诠释模式,进一步论证文本诠释中的真理显现;同时,将美国思想传统的代表爱默生、梭罗等人的思想融入其思想体系中去,强调日常语言书写的真理意义,最终形成了扎根于日常经验,以日常语言为载体的,具有开放性、包容性特征的文学本体论思想,实现了文学的真理指向,实现了对文学的再定义。本文认为,卡维尔文学本体论主张文学是真理的一种显现方式,其真理性以日常经验为来源,日常语言为载体,呈现出一种向伦理学、政治学等经验领域敞开的开放性特征。

一、日常经验作为文学真理性的来源

文学是对日常经验的呈现,日常经验是文学真理性的来源。卡维尔反对以命题的真假对真理进行判断,对真理问题进行了重新定义,指出真理蕴含在日常经验之中。文学的真理价值就在于,作为日常经验的表现形式,文学将真理包含其中。

要回答文学为何具有真理性的问题,首先要回答的是,在卡维尔思想体系下,真理如何定义的问题。面对科学方法论对真理问题的绝对权威,卡维尔认识到,认识论的根本问题是知识的定义问题。卡维尔的认识论研究以维特根斯坦哲学为出发点,面向的是逻辑实证主义传统。对逻辑实证主义的真理问题进行回应是卡维尔的主要哲学任务之一。通过对维特根斯坦"标准"概念的研究,卡维尔发现,不论是维特根斯坦的支持者还是其反对者,

---

[1] 伽达默尔. 真理与方法 I. 洪汉鼎, 译. 北京: 商务印书馆, 2010: 4.

都将"标准"概念指向这样一种认识论观点:"事物的存在通过确定性得以确立"[1]。这一认识论观点与逻辑实证主义的真理观紧密相关。逻辑实证主义把知识视为逻辑分析的结果,以经验的可实证性或可确认性作为检验真理的标准,把真理问题归结为命题的真假问题,真理来源于知识的确定性基础。这一对真理的定义进一步引发了现代怀疑论问题,即人类能否获得关于外部世界和他人心智存在的确定性问题。卡维尔认为,导致怀疑论的根本问题就在于,把真理作为真命题的集合,使得不以实证和判断为标准的人类日常经验被排除在真理之外,进而限制了人类知识的界限。为规约现代怀疑论问题,卡维尔试图重新对知识做出定义。他指出,知识与我们知道的、学习的东西相关联,也就是说与我们对不同客体进行辨认、分类或区别的能力相关联。而这种能力是与我们的日常经验紧密相关的。因此,卡维尔提出这一论断:我们和世界的关系比认识论更近。也就是说,世界本身的显现比以命题形式呈现的对世界的认识,或者说关于世界的命题的真假更具有本体论意义。而对个体来说,世界正是存在于日常经验之中。因此,在卡维尔思想体系中,真理是我们在日常经验中对世界的辨认,蕴藏在日常经验本身之中,而不是通过僵死的命题形式对世界的关于真假的判断。知识的确定性并不来自命题的确定性,而是来自个体对日常经验的承认。进一步说,真理是通过对日常经验的承认而获得的。

回答了卡维尔思想体系的真理定义问题之后,进一步需要解答的是:日常经验何以成为文学真理性的来源。卡维尔认为,文学是日常经验的表现形式。文学使得生活形式在我们的眼前展开,使得蕴藏在日常经验中的真理在我们的眼前呈现。文学作为日常经验的表现形式,具体体现在两点:首先,文学的内容本身是对日常经验的传达。其次,文学面对个体的展开形式揭示了日常经验中个体存在的本质。第一,卡维尔强调,文学本身应该是对日常经验的呈现。卡维尔反对僵死的文学表达,认为文学应该回到日常经验中去,恢复日常经验的鲜活性。卡维尔强调文学应表现对日常经验的直观感受,并援引爱默生在《自立》中指出的:"这种基本智慧叫作'直觉',而后的教导

---

[1] Cavell, Stanley. *The Claim of Reason: Wittgenstein, Skepticism, Morality, and Tragedy*. Oxford: Clarendon Press, 1979: 6.

则都是'传授'"[1]，由此来强调通过文学传达的关于日常经验的知识。第二，卡维尔指出，文学面对个体的展开形式体现了日常经验中个体间的分离性的本质。也就是说，文学的展开形式使个体认识到，个体间的存在本身具有分离性，这意味着我们无法获得关于他者知识的确定性，而这正是日常经验作为真理载体的基本特征之一。这种由文学所带来的分离性具体体现在：角色无法意识到读者的在场，读者也不在角色的在场之中。这正是真理认识的失败，即回避的表现形式：个体拒绝被他者所知。通过文学，对知识的回避所造成的怀疑论困境得以被呈现，因为我们与怀疑论者的区别就在于，"我们将我们所知道的承认为知识，而怀疑论者则回避这种知识"[2]。由此可见，不论在内容上还是形式上，文学都是对日常经验的呈现，这使得作为真理载体的日常经验成为文学真理性的来源。

日常经验作为文学真理性来源的主张可以通过悲剧的例证进一步阐释。卡维尔指出，悲剧是怀疑论的公共生活形态，对悲剧的阐释，能够显示怀疑论对知识的局限以及其导致的悲剧的后果，进而实现对现代生活的指导，表明知识在怀疑论中的界限，提供敞开界限的方式和可能性。以莎士比亚悲剧为例，在卡维尔所涉及的《李尔王》《奥赛罗》《科里奥兰纳斯》《哈姆雷特》《冬天的故事》《麦克白》和《安东尼与克莉奥佩特拉》七部戏剧中，所有的悲剧英雄都表现出一种拒绝，即承认的失败。这种拒绝本质上是不愿意承认已知的事情，因此，悲剧英雄是注定失败的。悲剧的回避不仅表现为"对他者知识的回避"，也表现为"对自身被他者了解的回避"[3]。李尔王回避考狄利娅的爱，奥赛罗回避苔丝德蒙娜的忠诚，科里奥兰纳斯回避对世界的认识，哈姆雷特回避自己对生命的参与，莱昂特斯回避自己与他者的关系，麦克白回避与妻子的沟通，安东尼回避真正的知识。悲剧英雄或回避对他者的了解，或回避对真实自我的呈现，最终走向了悲剧的结局。同时，读者在阅读悲剧时，由于文学所设置的分离特性，体会到自身被施加的对悲剧发生

---

[1] 爱默生. 自立. 蒲隆，译. 北京：法律出版社，2009：22.
[2] Rudrum, David. *Stanley Cavell and the Claim of Literature*. Baltimore：The Johns Hopkins University Press, 2013：184.
[3] Cavell, Stanley. *Themes Out of School：Effects and Causes*. Chicago：University of Chicago Press, 1984：60-61.

的伦理上的回避。面对悲剧，读者无能为力。对悲剧的阅读使读者切身体会到回避所导致的怀疑论威胁。这使得读者回到自身的生活经验中去，实现对承认与回避的反思，最终引导读者走向真理。

可见，日常经验是真理的载体，文学源于日常经验，是对日常经验中的真理的呈现，同时文学也使读者回到日常经验，使读者对日常经验中的真理进行反思。因此，日常经验是文学真理性的来源。正是文学对日常经验的呈现，使得文学获得了其真理价值。那么，日常经验又是如何在文学中得以呈现的呢？日常经验在文学中显现自身的媒介是什么？又或者说，文学获得其真理性的载体是什么？

二、日常语言作为文学真理性的载体

日常语言是文学的书写媒介，是文学真理性得以实现的载体。通过日常语言，日常经验得以在文学中显现自身，真理得以在文学中展开。卡维尔认为，通过日常语言，个体实现对世界的辨认，实现对日常经验的获得。日常语言作为文学语言，将日常经验包含于文学之中，使文学得以实现其真理价值。

日常语言与日常经验的关系是日常语言成为文学真理性载体的前提。卡维尔立足于日常语言哲学，指出日常语言是个体认识世界的方式。在语言习得过程中，个体实际获得了对世界的认识，对概念的把握实际上是对现象本质的把握。卡维尔认为，日常语言哲学包括一切与日常语言相关的事物，也就是说，日常语言哲学所面对的对象是日常经验的集合，是日常世界本身。日常语言哲学提供给我们澄清现象本质的方法，日常语言所呈现的是现象成其所是的标准。通过日常语言，个体得以与外部世界建立联系。习得语言和习得产生语言的生活形式是同理的。卡维尔指出："除非你掌握了给予词汇在我们生活中的指向和形式的生活形式，否则你就无法使用词汇做我们与它们所做的事"[1]通过习得语言，个体进入某种生活形式中。因为当个体不在某种生活形式中时，他既无法得知某一词汇的意义是什么，也无法得知这一词

---

[1] Cavell, Stanley. *The Claim of Reason: Wittgenstein, Skepticism, Morality, and Tragedy.* Oxford: Clarendon Press, 1979: 184.

汇指向什么。也就是说，个体即使被告知某一词汇，也无法使用这一词汇，也就称不上是习得了某一词汇。因此，语言习得的过程是确立个体与经验关系的过程，日常经验保存在日常语言之中。只有习得日常语言，个体才能同世界建立联系，才能获得经验、保存经验，才能实现对世界的辨认，进而获得真理。个体可以通过直觉获得认识，但必须通过日常语言才能固定认识。维特根斯坦指出："为真和为假的乃是人类所说的东西；而他们互相一致的则是他们所使用的语言。"[1] 人类通过语言获得真的普遍性，这种普遍性归根结底是"生活形式的一致"[2]。同时，卡维尔指出，重要的不仅仅是在特定语境下习得一种语言，还包括在更多的语境中恰当地投射，即使用这一语言。我们对语言的习得是无止境的，我们将不断发现词语的内涵和客体的新的开显方式。这是经验获得和积累的过程。个体成功实现对日常语言的选择和投射是日常经验积累的结果。可见，日常经验包含于日常语言之中，对日常语言的使用是对日常经验的呈现，日常语言的掌握是日常经验积累的结果。通过日常语言，认识与世界的对应关系得以呈现，个体得以实现对世界的辨认，真理才能被获得。

正是文学以日常语言为媒介，使得卡维尔赋予文学等同于哲学的真理价值。卡维尔认为文学是探讨哲学问题，即真理问题的最佳形式，通过日常语言实现的文学书写，鲜活的人类日常生活在文学中得以表现。卡维尔日常语言哲学的意义在于恢复被现代哲学忽视的人类经验的鲜活性，而文学使得人类经验得以在日常语言中复活。卡维尔认为，现代哲学的症结在于传统的形而上学语言已经成为僵化、陈腐，脱离了日常生活经验的语言，真正的真理性表达应该放弃"上升的"形式化哲学预言，转变为"下降的"日常语言。卡维尔提出以作为非事件的日常语言作为文学的最有效形式。卡维尔将事件定义为受到公众普遍认可的过去的事情，是经验的特殊化，是上升的、远离日常的，而非事件性则意味着对日常的理解，意味着公共的、下降的、接近人本身的日常。他反对超验的文学表达，因为超出人类经验的文学事件是远离真理的。同时，卡维尔认为形式化的语言有碍于感情的表达，阻碍了日常

---

[1] 维特根斯坦. 哲学研究. 李步楼，译. 北京：商务印书馆，2018：138.
[2] 维特根斯坦. 哲学研究. 李步楼，译. 北京：商务印书馆，2018：138.

经验的展开，不利于启发读者。正是文学中日常语言的应用才使得文学有别于超出读者经验的哲学而成为阐发真理的场所。日常语言的使用使得读者实现对文学所呈现的日常经验的辨认，因此，只有日常化的文学语言，才能引发大众的思考，进而获得蕴含其中的真理价值。

为了进一步说明日常语言作为文学真理性载体的重要意义，卡维尔进一步对浪漫主义文学进行了探讨，并将浪漫主义与解构主义进行了对比。解构主义和浪漫主义都旨在质疑哲学与文学间的区分，试图探讨日常经验与真理的关系。区别在于，解构主义被认为是回避日常的，它回避碎片化的日常经验本身，而试图进行打破和重组，因此是屈服于怀疑论的。而浪漫主义为恢复自我和人类日常话语提供了方式。浪漫主义文学是通过日常语言进行文学书写的代表流派。浪漫主义文学主张情感的自然流露，力图恢复日常，对直觉进行自然的表现，使文学走出形式主义的框架。卡维尔指出："浪漫主义作品将自身阐释为将世界带回生活的任务。"[1] 他认为，浪漫主义文学的创作主张有助于通过日常书写阐发人类经验中蕴含的真理。然而，卡维尔认为浪漫主义者只承认世界存在，但不尝试去认识世界、相信世界、尊重世界，在这一层面上，卡维尔又认为浪漫主义是危险的。真正的真理性的文学展开，不仅要对世界进行承认，更要通过日常语言与日常经验建立联系，进而获得对世界的认识。

日常语言在日常经验中被习得，又将日常经验包含其中，对日常语言的使用是对日常经验的体现，进而使得真理在日常语言中得以表达。文学以日常语言为表达媒介，使得日常语言成为文学真理性的载体。卡维尔提倡以日常语言进行文学表达，使文学回到鲜活的日常经验中去，进而获得其真理意义和价值。

三、开放性作为文学真理性的特征

文学的真理性以日常经验为来源，以日常语言为媒介，呈现出开放性特征。这种开放性表现在：文学的真理价值从日常经验中来，又回归到个体的

---

[1] Cavell, Stanley. *In Quest of the Ordinary: Lines of Skepticism and Romanticism*. Chicago: Chicago University Press, 1988: 52.

日常经验中去，同时展现出个体经验向他者、社群和民族敞开的可能性，使得文学创作与文学阅读不再是封闭的循环模式，而是向经验开放的真理本身。文学也因此向伦理学、政治学等经验领域敞开。

文学的真理性的开放性特征首先表现在：文学使得读者将文学的真理价值投射到个体的日常经验中去。日常语言作为文学的书写媒介，其特征在于，通过对词语的阅读，个体实现对日常经验中客体的辨认。只有获得某种日常经验的个体才能获得源自这种日常经验的词语的意义，并明确这一词语所指向的客体。因此在对以日常语言为表达媒介的文学进行阅读时，读者必然不会处于文本—读者的封闭体系之内，而是将文学所包含的真理价值投射到个体的日常经验中去，使得文学向日常经验敞开。在这一过程中，文学的开放性特征得以呈现。

其次，文学真理性的开放性表现在：个体通过文学阅读使得日常经验的真理向他者敞开。文学阅读向读者呈现了两种他者关系。其一是个体与文学作品中他者的关系。前文提到，文学向个体展示了个体与他者间的分离性。面对文学作品中的他者，个体认识到自身不可能获得关于他人心智的确定性。具体来说，面对文学作品中的他者，个体试图确定他人心智的无能为力正是他者关系的本质。这种对他者关系的领会使得个体进入第二种他者关系，即现实中个体与他者的关系之中。个体需要认识到，面对他者时，关键在于个体日常经验向他者的敞开，即通过开放的日常经验可能性，实现对他者日常经验的辨认。同时，通过对他者经验的承认，个体实际实现了对自我的承认，因为他能够得以确认自身经验的在场。也正是因为如此，个体与他者的关系对个体提出了一种伦理诉求，个体并非要承担对他者的责任，而是要承担"对自身无尽的责任"[1]。在这一过程中，文学的真理性不仅实现了对他者的开放，同时也使得文学本身向伦理学领域开放。

再次，文学真理性的开放性在于：文学的真理性向社群敞开。卡维尔认为，习得一种语言即习得一种生活形式，换句话说，习得了某种标准。正是通过标准，个体才得以实现对世界的辨认。卡维尔还特别强调："标准的提出

---

[1] Cavell, Stanley. *Philosophy The Day After Tomorrow*. Cambridge: Harvard University Press, 2006: 144.

意味着我们的判断是公共的,也就是说,共享的。"[1] 具体来说,标准具有公共性,它根植于某一社群之中,隶属于这一话语群体的公共生活形式。卡维尔认为,哲学本身是对我们所说的东西的一种诉求。而我们所说的东西"是对社群的主张"[2],是通过社群谋求的一种日常语言得以建立的基础。同时,卡维尔还特别指出:"对社群的希望和探寻就是对理性的希望和探寻"[3],也就是说,理性蕴含于社群之中。因此,日常语言本身必然具有公共性,以日常语言为媒介的文学也必然是向使用这一日常语言的话语群体开放的。进一步说,文学的真理意义和价值是向社群开放的。只要使用日常语言,不论是文学创作还是文学阅读,个体都代表了这一群体中的其他人,同时也被这一群体中的其他人代表着。也正是因为如此,文学不但向社群敞开,同时也向由话语构成的政治场域敞开。政治话语也是对该群体标准的表达,文学话语无法与政治话语割裂开来。因此,文学的真理性在这一层面一方面向语言社群开放,另一方面也实现了政治学指向。

最后,文学真理性的开放性特征还体现在:文学的真理向历史和民族敞开。卡维尔认为,通过日常语言实现的对日常经验的辨认不是受限制的,而是无蔽的、敞开的。它不是向可能性敞开,而是向现实性、历史性敞开。人类关系不存在未发生的可能性,人的本质在于隶属于历史。因为,无论是语言还是标准,实现辨认,即获得真理都是在历史中形成的。卡维尔在《瓦尔登湖之感》中提出这样一个问题:"美国哲学地表达自身了吗?"[4] 这一提问实际隐含了这一内涵:美国的日常语言本身,或者说,以《瓦尔登湖》为代表的以美国日常语言为表达载体的美国文学,说出了真理本身吗?而这一问题实际揭示了日常语言与真理,日常语言与历史,日常语言与民族的深层次联系。美国学者詹姆斯·科南特指出:"卡维尔的问题说出了哲学与广泛的文

---

[1] Cavell, Stanley. *The Claim of Reason*: *Wittgenstein*, *Skepticism*, *Morality*, *and Tragedy*. Oxford: Clarendon Press, 1979: 31.
[2] Cavell, Stanley. *The Claim of Reason*: *Wittgenstein*, *Skepticism*, *Morality*, *and Tragedy*. Oxford: Clarendon Press, 1979: 20.
[3] Cavell, Stanley. *The Claim of Reason*: *Wittgenstein*, *Skepticism*, *Morality*, *and Tragedy*. Oxford: Clarendon Press, 1979: 20.
[4] Cavell, Stanley. *The Sense of Walden*. San Francisco: North Point, 1981: 32.

化语境的内在关系，哲思活动正是这种关系中发生的。"[1]因此，文学本身承载了在历史迈进过程中所形成的民族精神。卡维尔将文学视为民族精神的载体，在对爱默生、梭罗、莎士比亚等人的文学作品的分析中，都指出他们的作品承载了本民族的精神。文学作品所呈现的精神核心，是对民族精神的继承和延续，同时参与了民族精神的构建和发展。因此，文学真理性最终实现了对历史、对民族的开放。

文学真理性具有开放性特征，日常语言对日常经验的指向使得文学得以回到个体的日常经验中去，同时，因为作为其表达媒介的日常语言具有公共性，文学体现了个体日常经验向他者、社群和历史、民族的敞开。在文学真理的开放过程中，文学阅读所要求的对个体和他者责任的承担，以及文学话语向政治话语的敞开，使得文学领域本身也呈现了自身向伦理学、政治学等经验领域敞开的开放性特征。

四、结语

卡维尔面对逻辑实证主义所造成的文学的困境，立足于人类的日常经验被拒斥于真理之外，失去了日常经验的开放性和包容性，最终使现代理论进入循环论证的死胡同的时代背景，通过对日常语言哲学、欧陆哲学的吸收和借鉴，以及对莎士比亚、爱默生、梭罗等文学家作品的讨论和分析，最终提出其文学本体论，主张文学是真理的一种显现方式。具体来讲，文学以日常经验作为其真理性来源，以日常语言作为其真理性的载体，呈现出一种开放性的真理性特征。文学源于日常经验，是对日常经验中的真理的呈现，同时文学也使读者回到日常经验，使读者对日常经验中的真理进行反思。日常语言在日常经验中被习得，又将日常经验包含其中，对日常语言的使用是对日常经验的体现，进而使得真理在日常语言中得以表达。日常语言对日常经验的指向使得文学得以回到个体的日常经验中去，同时，因为作为其表达媒介的日常语言具有公共性，文学体现了个体日常经验向他者、社群和民族的敞开，进而实现向伦理学、政治学等经验领域敞开的真理性，维护了文化的完整性。

---

[1] Conant, James. *Cavell and the Concept of America*. Russell B. Goodman, ed. *Contending with Stanley Cavell*. Oxford: Oxford University Press, 2005: 62.

认识论阅读：斯坦利·卡维尔规约怀疑论的哲学方式

秦明利　陈　静

摘要：斯坦利·卡维尔将文学作为探讨哲学问题的主要形式，在莎士比亚戏剧中以认识论阅读的方式对怀疑论进行了规约。认识论阅读的有效性取决于文学与哲学的互补性、戏剧语言的真理性以及戏剧经验的教化性。文学与哲学的互补性为思考怀疑论问题提供诗性与理性双重维度；戏剧语言的真理性为破除怀疑论威胁提供技术条件；戏剧经验的教化性为规约怀疑论提供现实意义。卡维尔认识论阅读的哲学方式体现了其思想视阈下哲学的文学化特性，为哲学问题的思考实践出新的路径。

关键词：怀疑论；认识论阅读；莎士比亚戏剧；哲学的文学化

怀疑论是哲学历史中不可回避的课题，正确处理怀疑论问题对研究人类知识的本质，评估人类探索的所有领域有基础作用。作为人类自然的思维形态，怀疑一直伴随着人对世界本质的思考。早在智者学派对事物采取一般形式的怀疑开始，怀疑论便起到不断检测现有思想体系，激发新思想产生的积极作用。怀疑论者并不怀疑"显明的"东西，即通过自身直接呈现给感官或理智的东西，他们怀疑的是独断论对这些现象如何显现所做出的解释和判断。怀疑论认为，独断论在没有经过批评考察人心的理解力之前，"独断地宣称事

【基金项目】本文系教育部人文社科规划基金项目"作为哲学的文学批评：卡维尔文论研究"（18YJA752011）的阶段性成果。
【作者简介】秦明利（1960—），男，英语语言文学博士，大连理工大学外国语学院教授，研究方向为诠释学、文学哲学。陈　静（1992—），女，大连理工大学外国语学院英语语言文学硕士研究生。

物的本性或载体就像它所显现的那样,或不像它所显现的那样"[1]。怀疑论的思想在一定程度上规范人类的理性,揭露人类认知条件中存在的矛盾[2],促进知识的发展,但这种思想倾向对以往哲学成果有破坏作用,对哲学的生存和发展构成威胁。此外,怀疑论任意发展下去就是唯我论,唯我论造成人与人的绝对分离,造成生活中的悲剧[3]。因此,如何应对怀疑论的威胁成为哲学家,特别是那些关心人类生存条件的哲学家不可回避的问题。

现代认识论在应对怀疑论威胁的背景下产生和发展。自笛卡儿之后,认识论成为一门自主的哲学学科,并致力于提供一种知识条件的理论,这种知识条件能够应对或规避哲学怀疑论带来的挑战,但对许多当代敏锐的哲学家来说,现代认识论的基本主张及其对怀疑论的执着似乎都有些过分[4]。斯蒂芬·马尔霍尔就指出,分析哲学家将怀疑论仅仅视为"旨在引入技术问题的智力游戏"[5]。不同于分析哲学家,对斯坦利·卡维尔而言,"怀疑论对外部世界或者他者思想的怀疑既不是因对逻辑的抵制造成的知识上的错误(正如哲学传统设想的那样),也不是一种我们可能准备好放着不管的非常规的担忧,而是对标记人类生活的不可避免的有限性的反思"[6]。可以说,怀疑就是人类的一种生存状态。对于卡维尔来说,怀疑主义不完全是一个需要理论来解决的认知问题,它更像一种疾病的症状,哲学论证并不能治愈它,但卡维尔希望以一种充分揭示其真理的哲学以其真实的、非知识化的形式表现出来[7]。鉴于卡维尔并不认同分析哲学的批评方式,认为分析哲学对其他哲学流派及西方哲学历史和其他哲学传统相分离,更缺少对其他人文学科应有的兴趣,与日常生活和人关心的事相脱节,卡维尔决定走出分析哲学的框架开辟新的范式。

---

[1] 鲁成波. 西方怀疑论. 济南:山东大学出版社,2003:25.
[2] 刘莘. 怀疑论的魅力. 成都:四川人民出版社,1999:6.
[3] Hagberg, Garry L. Ed. "Introduction", *Stanley Cavell on Aesthetic Understanding*. London: Palgrave Macmillan, 2018: xi-xii.
[4] Techio, Jônadas. *Taking Skepticism Seriously: Stroud and Cavell. Sképsis*, 2016 (7): 100-125.
[5] Mulhall, Stephen. Ed. *The Cavell Reader*. Oxford, Malden (MA): Blackwell Publishers, 1996: 89.
[6] Eldridge, Richard and Bernard Rhie. *Introduction: Cavell, Literature Studies, and the Human Subject: Consequences of Skepticism*. RichardEldridge and Bernard Rhie, eds. *Stanley Cavell and Literary Studies: Consequences of Skepticism*. New York: Bloomsbury Publishing USA, 2011: 1.
[7] Techio, Jônadas. *Taking Skepticism Seriously: Stroud and Cavell. Sképsis*, 2016 (7): 100-125.

文学作为集中展现人类经验的阵地，能弥补哲学脱离日常生活的倾向，同时，哲学的注入能加深文学的深刻性。鉴于此，卡维尔将文学与哲学相结合，试图在文学中以一种文学哲学的方式探讨相关的哲学问题，在莎士比亚戏剧中探讨怀疑论问题就是卡维尔此种想法的例证。卡维尔命名其阅读方式为"认识论阅读"[1]，这种方式包含两个基本特征：首先，卡维尔在区分了直觉和假设的前提下，将自己的批评方式归为前者。其次，这种阅读方式不是对某一预先知道的哲学论断进行应用，而是关注文本自身引发出的哲学问题。为了进一步验证卡维尔认识论阅读的有效性，本文以卡维尔对莎士比亚戏剧的批评为例，从文学与哲学的互补性、戏剧语言的真理性以及戏剧经验的教化性三个方面展开论证。

一、文学与哲学的互补性

诗与哲学之争自古有之，究其本质是对智慧和真理进行揭示的合法权益问题。西方思想对诗与哲学的态度经历了一个循环的运动，从柏拉图将诗人赶出理想国，亚里士多德为诗辩护，康德将诗视为最高的艺术形式，黑格尔主张让哲学取代诗，狄尔泰、尼采、海德格尔恢复诗歌应有的地位，到德·曼和德里达等后现代哲学家主张诗作为真理来源的正当性，可以看出诗与哲学的争论从未停歇。这一争论的持存一方面说明诗与哲学对真理进行揭示的诉求及其立场的部分合理性，另一方面也证明了对这一问题的态度将直接影响哲学家或文学家在处理自身领域的难题时可能选择的途径，因此采取何种姿态看待文学与哲学的关系是所有试图探索真理的人需要首先面对的问题。卡维尔作为一名哲学家，在对待文学与哲学关系的问题上深受海德格尔、尼采的影响，他认为文学包含对哲学价值的阐释，同时文学关注的表达和经验的问题也是哲学聚焦的核心，根据这种观点，卡维尔认为文学在哲学中应该占有一席之地[2]。那么，卡维尔将两个独立的学科融合在一起的想法是否具有

---

[1] Cavell, Stanley. *Disowning Knowledge in Seven Plays of Shakespeare*. Cambridge: Combridge University of Press, 1987: 14.

[2] Moi, Toril. *The Adventure of Reading: Literature and Philosophy, Cavell and Beauvoir*. Richard Eldridge and Bernard Rhie, eds. *Stanley Cavell and Literary Studies: Consequences of Skepticism*. New York: Bloomsbury Publishing USA, 2011: 21.

合理性？关于文学与哲学关系的看法怎样影响了认识论阅读？首先，对卡维尔连通文学与哲学这一想法的合理性的考量要深入到整个西方思想史，特别是要回到文学与哲学对立的源头。

柏拉图最早以明确的态度表达了对哲学的推崇和对诗的贬低。柏拉图将人分成不同等级，哲学家是爱智慧并传授智慧的人，属于第一等人。在《理想国》中，哲学王将传授美德和智慧并管理国家，是最高的领导者。与之相反，诗人和其他的模仿艺术家则是地位低下的手艺人，属于第六等人。虽然在柏拉图时期诗和戏剧在人们的日常生活中发挥教化的作用，诗人们甚至是诵诗人都获得很高的地位，但柏拉图并不认为他们拥有真正的智慧。柏拉图将荷马这样伟大的诗人作为攻击的目标，他指出"如果荷马真能教育人提高人的品德，他确有真知识而不是只有模仿术的话，我想就会有许多青年跟他学习，敬他爱他了"[1]。也就是说，在柏拉图看来正是因为荷马没有真正的智慧，不能帮助自己同时代的人得到美德，他才没能真正得到人们的爱戴和追随，只能卖唱为生，遭受流离颠沛。荷马拥有的，只是和其他诗人一样的天赋，他们能传达神的旨意，却不能真正阐释和理解神谕中的智慧，而造成这一结果的原因是引导他们发现智慧和真理的理性受到了荼毒。

柏拉图对诗的贬低源于诗与理性的对立。柏拉图认为，心灵的结构由理性、欲望和激情三个部分组成。理性是其中最高贵的，是心灵中最善的部分，处于领导地位。当人在计算衡量时，可以获得准确的结果，以杜绝种种错觉，这类工作的实行靠的是心的理性部分。模仿的产品与此不同，依靠的心理作用是人心中低劣的部分，它与理性相差更远。柏拉图指出，"模仿术乃是低贱的父母所生的低贱的孩子，"[2]而诗是模仿的产物。诗人的创作是和心灵的低贱部分打交道，它的作用是激励、培育和加强心灵的低贱部分进而毁坏理性部分，可以说，模仿性的诗于听众的心灵来说是一种荼毒。在柏拉图那里，诗人只是模仿者，甚至不如能制造实物的工匠地位更高，即便是荷马这类卓越的悲剧家，也"都只得到影像，并不曾抓住真理"[3]，在本质上与哲学王与真理隔了三层。正是如此，柏拉图主张让哲学王传授智慧管理国家，将诗

---

[1] 柏拉图. 理想国. 郭斌和, 张竹明, 译. 北京：商务印书馆，1986：396.
[2] 柏拉图. 理想国. 郭斌和, 张竹明, 译. 北京：商务印书馆，1986：401.
[3] 柏拉图. 柏拉图文艺对话集. 朱光潜, 译. 北京：人民文学出版社，1963：76.

人赶出理想国，继而也奠定了后世理性高于诗性，哲学高于文学的基调。

与柏拉图主张的赞扬理性放逐诗性不同，柏拉图自身发现真理传授智慧的过程离不开诗性思维的协助。柏拉图"日喻""线喻""洞喻"的阐释都是最好的证明。柏拉图没有选择由冷推理构建自己的哲学体系，而是以文学中最具诗性特质的隐喻来传达知识。柏拉图虽为哲学家，但自身具有诗人的特质，更准确地说，"柏拉图本人就是一位优秀的诗人，他早年的时候就写过酒神颂、抒情诗和悲剧剧本"[1]。伽达默尔在评价《会饮篇》时更是指出，柏拉图被证明是唯一满足真正的悲剧作家必定是真正的喜剧诗人这一要求的人[2]。柏拉图的哲学思想兼容了逻辑分析背后的理性思维和诗意想象背后的诗性思维，因此他的哲学论证虽然采用对话的形式或者隐喻的形式展开，却比单纯的逻辑演绎更深入人心，对后世影响更为深远。由此可见，真正的哲学家不可能与诗及诗性思维形成绝对的对立。可以说，哲学离不开规范的形式化的逻辑证明，但这种形式并不是通向真理的唯一途径。

在对智慧和真理进行揭示的道路上，文学因其诗性的本质同样具有揭示真理的合法权益。文学特别注重想象、隐喻，这也正是诗性思维的两个基本特征点。基于这两点阐发形成的文学更具情感性、具体性和创造性。对卡维尔来说，文学的这些特性恰好弥补了哲学在发展过程中因概念化造成的僵硬及脱离日常的倾向。事实上，概念也与隐喻存在着隐秘的联系。尼采在论述真理时就曾指出，"真理即一群运动着的隐喻、转喻和拟人化，简单来说，即一组以诗意和修辞的方式被提高、转化和修饰了的人类关系，并且这些关系在长久的使用之后被一个民族视为固定的、规范性的和有约束力的"[3]。真理由概念阐发，概念实质上就是一群运动着的隐喻。因此，文学凭借隐喻走向真理与哲学依托概念阐发真理是异曲同工，而不是完全对立。卡维尔看到了文学与哲学两个不同学科的特性，它们并不是完全分离、互不相关，相反，这两个学科体现出走向真理的两个不同维度，所以将文学与哲学相结合成为卡维尔必然的选择。

---

[1] 张奎志. 西方思想史中诗与哲学的论争与融合. 黑龙江：黑龙江大学，2007：203.
[2] 汉斯－格奥尔格·伽达默尔. 伽达默尔论柏拉图. 余纪元，译. 北京：光明日报出版社，1992：44.
[3] 尼采. 论非道德意义上的真理与谎言. 余明峰，译. 悲剧的诞生. 孙周兴，等，译. 上海：上海人民出版社，2016：228-229.

卡维尔认识论阅读的构想得益于文学诗性思维背后主体直觉与智慧的相通性。哲学家是爱智慧的人，他们通过理性思考以及逻辑演绎寻找真理。文学家与之相反，他们更多强调自身的主体直觉与感受，而这类直觉同样代表一种智慧。卡维尔在文学方面深受爱默生的影响，特别是认同爱默生对直觉的肯定。爱默生在《自立》中将第一位的智慧称为直觉，认为所有之后的学习都是后天所得[1]。对爱默生来说，遵从直觉是善的要求，相信自己的思想，相信心中的真实情感才是人应该有的正确的生活方式。卡维尔一方面不仅承认直觉与智慧的关系，另一方面还看到了直觉作为一种智慧对人提出的要求。卡维尔认为，当直觉发生在我们身上时，我们有传授这种直觉的义务，即应该自愿地借助语言以便使自己可以被理解，也就是我们在感受到直觉之后，同时有借助语言表达这种直觉的义务[2]。卡维尔由直觉与智慧、直觉与语言的关系为起点，将自己的认识论阅读归为直觉式批评，打破常规哲学视角下论证过程对证据的要求。

可以说，卡维尔在哲学问题的思考中一反常态，打破对理性思维、对逻辑推理的完全依赖，采用与直觉、与想象、与智慧相关的诗性思维。诗性思维背后是卡维尔对语言的重新反思，特别是对日常语言的重新审视。哲学与文学都以语言为介质，只是语言类型不同，文学与哲学体现了走向真理的两个不同维度。因此，卡维尔对文学与哲学的区分不在于树立二者不可融合的壁垒，也不在于完全消解二者的区别，而是在公正审视的基础上优化结合，以发展出新的通向真理的路径。认识论阅读是这一思想的具体产物，而诗性思维背后主体直觉与智慧的相通性将认识论阅读塑造成一种具有合理性的直觉式批评。

二、戏剧语言的真理性

语言呈现意义世界，能反映一切的世界经验，正确理解语言的性质及地位是获得真理的关键。早期的哲学家并不认为语言与真理有直接的关系，只是将语言视为一种工具。柏拉图在《克拉底鲁篇》中表示，"在语言中、在语

---

[1] 拉尔夫·瓦尔多·爱默生. 论自然. 吴瑞楠，译. 北京：中译出版社，2010：81.
[2] Cavell, Stanley. *Disowning Knowledge in Seven Plays of Shakespeare*. Cambridge：Cambridge University of Press, 1987：17.

言对正确性的要求中，是不可能达到实际真理的"[1]。柏拉图的语言工具论实质上是将语言与事物割裂开来，认为事物是先于语言的存在，语言只是认识的工具。同时，理解的语言性是真理认识的阻碍，因为语言是一种感性、外在的因素，将造成与理念真理的距离。但事实上，我们认识世界时理解的对象本身需要借助语言的呈现，而进行理解的过程也离不开语言，可以说，理解活动本身就具有语言性。由柏拉图起源的语言工具论实质上遮蔽了语言与事物本身的同一性。

20 世纪语言转向后，分析哲学将诸多的哲学问题归结为语言的滥用导致的无谓争端。分析哲学试图建立语言的规范的符号系统，将语言逻辑化、符号化，以使语言能准确地指称事物。这种思想实质上与柏拉图的主张一脉相承，都把语言视为纯粹的工具。卡维尔不同于上述语言观传统，他反对将日常语言视为需要规范的对象。在他看来，日常语言不是一种现成的、既定的语言形式，日常性本身需要我们的共同参与和创造，哲学中将日常意识普遍化、统一化、规范化的思想是最大的谬误。只有日常语言才能真正展现日常生活的各种可能性与广阔的图景，才能把我们的生活世界重新带回我们的视野[2]。真理的探讨离不开对日常语言的参与和对日常性的思考。

在处理怀疑论问题上同样如此。以逻辑化、符号化的处理方式虽然能规范探讨真值的条件和过程，但这些都属于加工过的、非本然的状态，从根本上说并不能在实质的层面上为外部事物知识的确定性提供基础。卡维尔认为，在日常语言中已经存在某种机制，让我们得以去了解事物本然的状态。在《理性的主张》中，卡维尔以儿童习得语言的过程为例进行了论述：当我教一个 15 个月大的孩子学习"猫咪"这个词时，我通过指向一只猫咪并说"猫咪"这个词，让孩子跟着重复。有一天当猫咪走过，孩子对着猫咪说"猫咪"这个词，我似乎确定她成功学到了我教授的东西。但几个星期后，孩子微笑着对着一块毛皮说"猫咪"，我才发现她并没有真的学会我教授的东西。

但我仍是高兴的，因为她并不只是在音位的层面上理解"猫咪"，她在看到猫咪时做出了反应，并且我们知道随着语言在日常情境中的使用，她也终

---

[1] 伽达默尔. 诠释学 I：真理与方法. 洪汉鼎，译. 北京：商务印书馆，2010：572.
[2] Forsberg, Niklas. *Carver, Cavell, and the Uncanniness of the Ordinary*. New Literary History, 2018 (1)：1-22.

将准确地理解"猫咪"与实物猫咪的关系。虽然教授者并没有给孩子设定一个外部的规则,也没有排除日常语言使用中可能存在干扰的各种其他因素,但孩子最终成功习得语言的事实说明我们的语言中存在一种机制,可以实现这种跳跃而了解事物本然的状态。我们不需要借助语言之外的其他规则,也不需要对日常语言进行改造,而是要依靠这种语言,不断地投身在这种语言所营造的语言环境中,以走向事物本然的状态,实现一种确定性。

程式化的语言与事物是相剥离的,不具有一致性,不能帮助我们走进怀疑论者的内在世界,进而也无法从根本上对怀疑论进行回应。怀疑论与日常语言是融合在一起的,为了剔除怀疑论而预先地让语言脱离"日常使用",只会造成一种非日常、非人的状态,因此也无法对怀疑论者的内心活动真正地进行剖析。卡维尔认为语言中的每种标记都有其特别含义,话语行为具备一种系统化、整体性的意义,因此只有分析怀疑论者说话时当下特定的情境,走进怀疑论者的生活形式才能把握其与语言相一致的内在思想。文学作品作为语言的载体,集中展现了人类的世界经验,为研究相关的哲学问题提供具有特定情境的场域,是卡维尔将哲学问题理解为一系列文本的操作场。

莎士比亚戏剧,特别是悲剧成为卡维尔研究怀疑论问题的场域,而这一选择背后蕴含了卡维尔思想体系下戏剧语言具备的两个基本特征。首先,就戏剧语言的运行机制来看,戏剧语言具有揭示性。卡维尔认为,我们自己不能剖析自己,只有独立于我们的一个外部者(Outsider)可以看清我们,通过外部者的帮助我们才能对自己进行正确的认识。[1] 文学就是这样一个外部者。当我们自己说语言时,很少能反思语言中的哲学问题,但阅读文学的字词时就有了反思的机会和意识。莎士比亚悲剧通过语言的构建展现了悲剧人物由怀疑走向毁灭的全过程。这一过程不仅仅包含对悲剧人物的话语、动作的描述,还有其内心活动的展示,以及凝聚了整个特定语境的事件氛围。

其次,就戏剧语言的本质来说,戏剧语言具有真理性。这种真理性是延续戏剧语言的揭示性而来的,表明了语言与事物具有统一性。在莎士比亚戏剧中,悲剧人物的语言、存在和思想是统一的,语言就是对悲剧人物的表达。

---

[1] Cavell, Stanley. *The Claim of Reason: Wittgenstein, Skepticism, Morality, and Tragedy*. Oxford: Oxford University Press, 1999: 417.

正确把握语言就能揭示出悲剧的原因，即怀疑论的运行机制。但戏剧语言的这种真理性并不是一种完全敞开的状态，要把握真理不能只停留于表面，而要深入到语言传达出的生活形式中。对卡维尔来说，真理的探寻不应在哲学的语境下，而应在根植于日常性的语言中去探寻，而莎士比亚悲剧就是这样一种既符合人的特质，没有受科学模式影响，又带有日常性的来源。

卡维尔认为，莎士比亚的语言中蕴含了悲剧人物，也即悲剧中怀疑论者的主体意识，描述了他们的心理框架。"莎士比亚的语言吸收了某种不平衡的心理架构，它们有时会被诱发出来"[1]。在分析《哈姆雷特》时，卡维尔将其悲剧的根源着眼于主人公拒绝进入他人的世界，同时又不能疏解掉进行证明的负担。也即是说，哈姆雷特首先没有完全相信鬼魂的话，也即没有承认鬼魂这一他者，他拒绝进入鬼魂的世界，但他的复仇行为又是由鬼魂引起的，哈姆雷特的复仇是替父复仇，复仇的本质是对自我身份的剥夺，这造成哈姆雷特个人身份的摧毁，造成自我存在意识的缺失。他不断地去验证鬼魂话语的真实性，也即不断对他者的存在进行证明，证明的方式是"剧中剧"。但卡维尔指出，这一剧中剧的创作不是照搬鬼魂的话语而来，而是对哈姆雷特关于父母的"原始场景"的还原，也就是说哈姆雷特在证明他者存在时没有承认他者的话和他者的世界，而是试图构建自己的世界，在自己的世界中验证他者的世界，这种行为本身就是矛盾的，而这种矛盾造成他的悲剧。

另一重要的论述是哈姆雷特手拿骷髅进行对话的经典场景，卡维尔认为这一场景是主人公与世界存在状态的呈现。"骷髅的姿态就是人类向他呈现的样子"[2]，即世界于怀疑论者是一种非人、非日常的状态。哈姆雷特不断寻找证据去验证鬼魂的话，去证明克劳狄斯与自己父亲死亡的因果关系，这一论证过程是将对象客观化的过程，必然造成了自我与对象的疏远。也就是说，怀疑论者在各种因果性的验证中建立起的与世界、与他人的关系，不仅不能走进对象实现一种确定的状态，反而会将世界与他人推至于一种非人的、非日常的状态，这将造成人与世界、与他人的绝对分离。可以看出，卡维尔聚

---

[1] Cavell, Stanley. *Disowning Knowledge in Seven Plays of Shakespeare*. Cambridge: Combridge University of Press, 1987: 19.

[2] Cavell, Stanley. *Disowning Knowledge in Seven Plays of Shakespeare*. Cambridge: Combridge University of Press, 1987: 186.

焦整个戏剧语言环境，在对莎士比亚悲剧进行分析的过程中揭示怀疑论者的动机和情感，指出怀疑论使人在追求确定性的表象下对他者、对外部世界产生疏远感，进而走向对存在的回避并导致悲剧的发生。

戏剧语言的真理性不仅为分析怀疑论问题提供了技术条件，也保证了卡维尔认识论阅读第二个特征的合理性，即这种阅读方式不是对某一预先知道的哲学论断进行应用，而是关注文本自身引发出的哲学问题。正是因为卡维尔思想体系下戏剧语言具有真理性，并且真理可以在其中被揭蔽，因此卡维尔的认识论阅读得以在保存文学自主地位的前提下，既展现文学的哲学价值，揭露出怀疑论者走向悲剧的内在机制在于他们在追求知识确定性的表象下对他者、对外部世界产生疏远感，进而走向对存在的回避并导致悲剧的发生，从而为克服怀疑论威胁提供条件，又提出一种全新的思考哲学问题的模式，即肯定了哲学能够被文学表达和提炼的可能性。

三、戏剧经验的教化性

戏剧自产生之时就发挥着娱乐大众以及教化大众的双重作用。亚里士多德指出悲剧通过引发怜悯（Eleos）和恐惧（Phobos）两种情绪而发挥净化人情感的作用[1]。怜悯是因为对人物悲剧性遭遇感到同情，恐惧则是因为害怕自己也会遭遇相同的命运。亚里士多德的净化说强调悲剧事件带给观赏者的主观冲击，是审美意识层面上的主观反应，强调对观赏者潜移默化的影响。相较于亚里士多德，卡维尔反映出的对悲剧作用的主张超越了单纯的意识层面。卡维尔试图通过分析悲剧让人学习关于他者问题的怀疑论生活的公共形式[2]，揭示人类的基本生存状态。可以说，卡维尔试图通过分析悲剧以期在伦理层面上教会观赏者如何生活，他对悲剧教化性作用的主张更具行动性。

戏剧经验的教化性以观赏者与悲剧事件的分离为起点。保证人与审美对象的距离是实现自我审视、自我反思的前提。在探讨观赏者与舞台上戏剧表演的角色的关系时，卡维尔提到了南部乡巴佬的例子：当剧院舞台上上演《奥赛罗》时，来自南部地区的乡巴佬冲上舞台想要解救被奥赛罗掐住脖子的

---

[1] 亚里士多德. 诗学. 罗念生，译. 上海：上海世纪出版集团，2005：30.
[2] Cavell, Stanley. *The Claim of Reason: Wittgenstein, Skepticism, Morality, and Tragedy*. Oxford: Oxford University Press, 1999：478.

苔丝德蒙娜。在这个所谓的笑话中,乡巴佬违反了剧院特殊的规则,没有意识到舞台上的人物与自己存在不可打破的距离。可以看出,观赏者与悲剧事件相分离才能保证观赏者从审美对象上抽离出来,不至于完全陷入怜悯与恐惧之中,只有意识到与悲剧事件的距离,才能既产生这些情绪又得以宣泄这些情绪,保证审美活动的顺利进行,这也是希腊悲剧不以真实事件,而以史诗传说作为主题的原因。

同样的,卡维尔特别强调戏剧欣赏时的审美距离。卡维尔将剧院视为一种特殊的社会场所,这里同样存在与之适应的语法规则,具体来讲,是指剧院内部存在一种不对称性:角色无法意识到观众的在场,观众也不在角色的在场之中。[1][2]在上述乡巴佬的事例中,以乡巴佬为代表的观众始终是戏剧的旁观者,外在于戏剧。当舞台上的奥赛罗掐住苔丝德蒙娜的脖子时,我们不能否认这一行为的真实性,也不能否认这一行为会将苔丝德蒙娜推向死亡的结局,但我们知道舞台上的女人不仅会死去,她还会重新站起来,然后在无数的表演中无数次地死去。当观众打破剧院的惯例,可能的结果或是被人请出剧院,以保证戏剧的继续进行,或是打断舞台上角色的表演,戏剧也随之消失。剧院这一特殊的场所的性质要求戏剧的进行,因此观众在欣赏悲剧时只能处于一种无作为的状态,抽身事外。

观众表面上的不作为并不意味着观众没有参与悲剧的责任。事实上,没有观众的参与,悲剧就无法成为悲剧。而悲剧之所以成为悲剧,包含观众对悲剧角色的辨认,即我们不但看到、听到他们,我们同时承认他们。虽然观众不了解舞台上的角色,观众与观众之间也是分离的状态,但这并不意味着我们可以对角色采取回避的态度,因为回避他者的存在意味着我们没能真正地遭遇他者[3],而在剧院的语境下,我们被要求承认舞台上的他者以完成整个悲剧。观众经历的这种承认,正是卡维尔主张的能够回应怀疑论威胁的做法。悲剧人物生活在自己的怀疑论之中,生活在承认的无能之中,规约怀疑

---

[1] Cavell, Stanley. *Must We Mean What We Say?: A Book of Essays*. Cambridge: Cambridge University Press, 1969: 332.

[2] Rudrum, David. *Tragedy's Tragedies: Between Skeptican and the Ethical, Stanley Cavell and the claim of literature*. Baltimore: JHU Press, 2013: 183.

[3] Rudrum, David. *Tragedy's Tragedies: Between Skeptican and the Ethical, Stanley Cavell and the claim of literature*. Baltimore: JHU Press, 2013: 189.

论就需要我们首先在认识论层面上承认我们与他者间不可回避的分离性。

卡维尔认为规约怀疑论的方法不是对怀疑论进行反驳和否定，而是对其进行转化。怀疑主义的结论是人的生存状态是分离的，否定、回避这一结论，或让这一关系变得虚无，都是致命的，只有承认可以转化怀疑论[1]。卡维尔的承认包括两种形态：一种是剧院中的承认，一种是现实生活中的承认。在剧院中，角色无法意识到观众的在场，观众没有存在于角色的存在之中，但角色却存在于观众的存在之中。从乡巴佬的例子就可以看出，观众虽然没有像乡巴佬一样揭示自己的存在、有所行动，遵守了观众在剧院中的规则，但观众得以保持其存在的代价就是对角色悲剧结果的负责，即观众虽然没有参与到对苔丝德蒙娜的谋杀，观众没有理由也并不需要将自己显示给角色以阻止苔丝德蒙娜死亡的结局，但她的死亡与观众脱不了关系。

与剧院中的承认不同，现实中的承认要求人们将自己揭露给他人。他人同样存在于我们的存在之中，但这是一种不完整的状态，要想实现现实中完整的承认还需要我们自己揭露自己，让我们同样存在于他人的存在之中；而剧院让我们免于这种揭露，不需要让我们自己存在于角色的存在之中。那么这种承认如何表达？即我们如何得以存在于他人的存在之中？答案是揭露我们自己，让我们自己被看见。卡维尔在分析《李尔王》时指出，剧中李尔和葛罗斯特的悲剧就源于他们在剧中没能实现完整的承认，即他们拒绝将自己揭露给别人，使自己处于一种盲的状态，这种承认的失败会将他人转化为剧院中的角色，将整个世界转化为舞台，自己与他人及世界的关系则处于一种分离的状态。

由此可见，卡维尔的承认并没有止于观众身处剧院时在认识层面上受到的影响，还要求观众在剧院外做一个更好的人，即实现从单纯的审美意识到实际行动的教化作用的升华。这类教化功能的实现以我们对他者和自身的承认为前提，因为这种承认会奠定我们了解事物或选择事物的主体性。剧院向我们展示了承认的责任，悲剧向我们展现了回避的危机。怀疑论和悲剧都表现了我与他者的分离性，与我对他者的承认相对应的不是我对他者的无知，

---

[1] Laugier, Sandra and Daniela Ginsburg. *Introduction to the French edition of Must We Mean What We Say?*. *Critical Inquiry*, 2011 (4): 627-651.

而是我对他者的回避。因此，在对待世界和他者的日常态度上，我们要勇于把自己所知道的承认为知识，同时让自己处于开放的状态去认识以及等待被他者认识。

四、结语

卡维尔的认识论阅读以独特的建设性和创造性联结了哲学和文学。认识论阅读是一种直觉式阅读，这一特点的背后是卡维尔关于诗性思维对真理阐释合法权的肯定。诗性思维下的文学凭借隐喻走向真理，就像哲学依托概念所成就的那样。认识论阅读的另一特点是强调阅读不是对某一预先知道的哲学论断进行应用，而是关注文学语言自身。文学展现了日常生活的各种可能性，让我们得以直面广阔的世界图景。文学语言的鲜活性和日常性正是文学能够成为外部者让人进行反思的基础。卡维尔在莎士比亚戏剧中以认识论阅读的方式对怀疑论进行规约，得益于戏剧语言的真理性。这种真理性在于莎士比亚戏剧展现了怀疑论者从怀疑走向毁灭的特定情境，怀疑论者的语言与其内在机制具有一致性，这为分析怀疑论问题提供技术条件。

可以说，卡维尔的认识论阅读代表一种全新的思考哲学问题的模式，既保留了文学的自主地位，又肯定了哲学能够被文学表达和提炼的可能性。卡维尔在莎士比亚戏剧中以认识论阅读的方式对怀疑论问题进行的思考，超越了传统哲学范式，打破对理性思维、对逻辑推理的完全依赖，以展现人类鲜活经验的文学为场域，探索怀疑论者的心理机制，剖析怀疑论的原因，展现怀疑论生活的公共形式，揭示人类的基本生存状态，在伦理层面上引导人们在现实中更好地生活，体现出卡维尔思想体系下哲学的文学化特性，同时实现了哲学的现实意义。

斯坦利·卡维尔论文学语言的日常性

柴一凡　秦明利

摘要：美国哲学家斯坦利·卡维尔的哲学的主要意图之一就是从理性世界回归日常生活世界，以文学语言蕴含的日常性力量对抗机械和僵化的形而上的语言。本文主要围绕卡维尔从理性世界回归日常生活世界的原因以及卡维尔何以通过文学语言，尤其是莎士比亚的悲剧语言以及浪漫主义文学语言实现这一目标两个问题进行讨论，并试图说明回归日常生活世界是卡维尔为应对分析哲学所支持的科学观念以及对语言的逻辑分析所带来的唯理论危机所做出的重要选择。对卡维尔而言，文学语言即日常语言，是保持人类经验鲜活性的重要来源，也是日常哲学的真正发生之所。

关键词：卡维尔；文学语言；日常性；莎士比亚；浪漫主义

0　引言

卡维尔是20世纪美国著名语言哲学家和文学批评家，也是当代日常语言哲学的主要发展者之一，对语言哲学、文学批评和电影艺术等多领域的发展做出了重要贡献。国外学界对卡维尔的研究较为充分，集中在卡维尔的日常语言哲学研究、卡维尔伦理思想研究、卡维尔美学思想研究、卡维尔教育学思想研究，以及卡维尔的文学哲学思想研究等几个方面。此外，还有

【基金项目】本文系国家社科基金一般项目"斯坦利·卡维尔文学思想研究及著作翻译"（19BWW002）的阶段性成果。
【作者简介】柴一凡（1993—），女，大连理工大学外国哲学博士研究生，研究方向为诠释学、文学哲学。秦明利（1960—），男，英语语言文学博士，大连理工大学外国语学院教授，研究方向为诠释学、文学哲学。

《卡维尔研究学刊》(*Conversations：The Journal of Cavellian Studies*) 的系列研究，在哲学、文学、艺术和美学等不同领域内对卡维尔思想进行了全面研究。但就国内学界而言，卡维尔研究主要集中在电影本体论视域下的卡维尔思想研究，目前整体上处于起步阶段，尚未形成规模。鉴于卡维尔的研究对象跨越哲学和文学两大领域，部分国内外学者也开始关注卡维尔思想中文学与哲学的互动关系，但此类研究或倾向于反思文本内在的哲学意义，或直接以卡维尔哲学理论对文本进行阐释，未能认识到文学自身即是经验世界的重要方式，未能真正认识到卡维尔文学思想在其全部思想中的重要地位及意义，从而也未能真正体味卡维尔提倡的文学与哲学二者不可分割、互为依托的双重联系。

  基于此种现状，本文将集中论述卡维尔对文学语言的日常性问题的探讨与应用，深入探讨卡维尔对理性化和抽象化语言的批驳与反思，以及讨论卡维尔将文学语言作为揭示日常经验的重要主张，以丰富卡维尔的现有研究。本论文试图说明，卡维尔主张文学语言的日常化，主张从日常语言而非形而上的、机械的语言中去获取真知。在他看来，这些形而上的、机械的语言有碍于情感的表达，不利于对读者进行启发，而只有日常化的文学语言表达才能真正引导读者进行哲学思考并切近真理。基于此种理解，本文将着重探讨卡维尔何以要回归日常语言，以及卡维尔何以将文学语言，尤其是莎士比亚的悲剧语言以及浪漫主义文学语言作为向日常性回归的重要手段。卡维尔向日常语言的回归，实际上是对实证主义的理性危机的重要反思，而文学语言是他的有力武器。

1 从理性到日常的回归

  从理性世界向日常世界的回归一直是西方哲学史上的核心话题。17、18 世纪的法国和德国启蒙运动抛弃了中世纪以来的神学传统，由上帝的绝对权威向人的自由与理性转向，这一时期也因此被称为启蒙时代或理性时代。它的基本特征包括以下几点：一方面，启蒙运动反对上帝在道德准则中的权威地位，主张从契约的理想中推导社会性和道德法则，从而带来了平等和民主的思想。另一方面，"启蒙哲学强烈反对 17 世纪形而上学，主张从现象和事实上升到原理和原则,这极大地推动了西方思想的世俗化进程,促进了科学的蓬勃发展。"[1] 科学的发展强有力地证明了人类对理性能力的运用,不仅能够了解自然知识,而且能够"将这种关于自然的知识和人性结合起来,学习更快乐地和更好地生活。"[2] 然而,启蒙时代对理性和科学方法的推崇,甚至将理性作为衡量万事万物的标准,将人类生活限制于抽象思维或者绝对精神而忽略了日常生活世界的意义和影响。因而对卡维尔而言,德法哲学家的批判哲学所忽略的重要一点即是因陷入精神或者观念的虚妄而导致对日常生活世界的忽视。因此,可以说卡维尔向日常世界和日常语言的靠拢也是历经启蒙反思的结果。

19、20世纪英美分析哲学的出现建立在现代逻辑产生的基础上,自弗雷格提出语言的形式化和演算的系统化的现代逻辑的基本原则以后[3],对语言的逻辑分析的方法在分析哲学中一直占据着统治地位。作为分析哲学的重要流派之一,逻辑经验主义以休谟、马赫等人的经验主义传统为基础,以弗雷格为代表所主张的逻辑分析为特征,"强调以科学为模式,以逻辑为手段,以物理学为统一语言,彻底改造哲学,使哲学完全成为一种科学的哲学。"[4] 逻辑经验主义者石里克一生重视物理学与认识论的研究,卡尔纳普致力于自然科学、逻辑等研究工作。受逻辑经验主义的影响,普特南早年也致力于以逻辑分析的方法拒斥传统形而上学的思辨方法。此后,在分析哲学的宝贵遗产中,科学的观念在分析哲学中逐渐占据统治地位[5],科学与日常哲学的对立愈加明显。随着分析哲学对语言的逻辑分析以及对科学技术的不断推崇甚至滥用,我们实在的生活世界却不断遭受破坏。为应对逻辑分析与科学主义对现实的、常识的生活的破坏,卡维尔逐渐走向日常性研究。

卡维尔走向日常哲学研究的突出表现就是他对文学语言所具有的独到的日常性力量的研究与应用。卡维尔认为,日常语言相较于抽象语言更有益于发现真理,因此他主张文学语言的日常化。卡维尔反对超验和抽象的文学表达,认为超出人类经验的文学事件是远离真理的。同时,卡维尔认为形式化

---

[1] 西尔. 启蒙哲学. 顾伟铭,译. 济南:山东人民出版社,1988:4.
[2] 普特南. 无本体论的伦理学. 孙小龙,译. 上海:上海译文出版社,2008:87.
[3] 江怡. 西方哲学史(第八卷). 南京:江苏人民出版社,2005:732.
[4] 江怡. 西方哲学史(第八卷). 南京:江苏人民出版社,2005:178.
[5] 普特南. 事实与价值二分法的崩溃. 应奇,译. 北京:东方出版社,2006:37.

的语言有碍于情感的表达，不利于启发读者的思考。只有日常化的文学语言，才能有效地与科学思维和理性威权相抗衡，在更为贴近人类生存经验的日常语言中实现真正的生命表达。对卡维尔而言，文学语言是"一种特殊的审美语言"[1]，这种特殊的语言能够使读者更好地体会语言与生活形式之间的关系，从而更加贴近日常生活世界。卡维尔意图借助文学语言蕴含的日常性力量，从抽象思辨向日常回归，在他看来，莎士比亚的悲剧语言对生命有限性的接受与尊重，是反对崇高回归日常的重要体现；而浪漫主义文学语言，在卡维尔看来，也是日常语言的重要体现，它主张一种自然情感的流露，有力地冲破了理性主义的束缚，有助于通过文学语言阐明人类经验中的真理，从而使文学同哲学一样成为经验世界以及阐明真理的方式。

2 莎士比亚悲剧的生命表达

卡维尔对莎士比亚悲剧的讨论分布在《否认知识的权威：莎士比亚七部悲剧》等作品当中。按照卡维尔的观点，戏剧能够直观地展现人类经验，因而戏剧语言也更为贴近日常生活，是日常性表达的重要展示之所。在戏剧语言中，尤其是在莎士比亚的戏剧语言中，蕴含着一种贴近生活但更为深刻的哲学思考[2]。

卡维尔指出，悲剧之悲在于承认的无能之中，即对已知事实的拒绝。具体到莎士比亚的悲剧当中，就体现为悲剧人物置身于他们所创造的怀疑论氛围之中，他们质疑世界与他者，质疑生存与死亡，拒绝失败与无能，甚至将一切推脱于命运的安排。但悲剧的力量，正在于它以痛教导人们如何更好地生活。在《麦克白》中，在女巫的第一则预言成真后，班柯对麦克白说："您要是果然完全相信了她们的话，也许做了考特爵士以后，还渴望想把王冠攫到手里。"[3] 恰如班柯所说，确信预言之后的麦克白已然失去标识自我的主权和自由，一切人之为人的自由意志皆被僵化、浸没于对预言的推崇之中，

---

[1] 林云柯. 怀疑论视域下的日常语言与文学语言——斯坦利·卡维尔论语言的"在地性"与"生活形式". 安徽大学学报：哲学社会科学版, 2019 (1)：71-78.
[2] Stanley Cavell. *Disowning Knowledge in Seven Plays of Shakespeare*. Cambridge：Cambridge University Press, 2003.
[3] 威廉·莎士比亚. 莎士比亚全集Ⅲ. 朱生豪, 译. 北京：人民文学出版社, 2010：12.

以至于在三女巫所预言的命运旋涡之中沉沦,就像舞台上的牵线木偶,一切只是听命行事而无半点反抗能力,最终导致悲剧的发生。然而,当三女巫最开始的两句预言被证实后,麦克白并不是全然认可女巫的预言,反而开始不断地质疑预言的可靠性,怀疑它的吉凶,他逐渐真切感觉到女巫预言的恐怖与罪恶,意识到推崇预言以及命运所带来的恐怖,但是预言的偶然有效以及预示的尊荣命运完全压倒了他的质疑与困惑,也困住了他试图逃脱如此困境的主权与自由。正如在麦克白预备接受女巫所预言的命运时,莫名的恐慌突袭而来:"假如它是吉兆,为什么那句话会在我脑中引起可怖的景象,使我毛发悚然,使我的心全然失去常态,噗噗地跳个不住呢?"[1] 最后,当英格兰的军队带着复仇的怒火迫近而来,当他的夫人死去,麦克白才真正深刻地感知自己被命运把捉而湮没自主意识的境况,他说,"人生不过是一个行走的影子,一个在舞台上指手画脚的拙劣的伶人,登场片刻,就在无声无息中悄然退下;它是一个愚人所讲的故事,充满着喧嚣和骚动,却找不到一点意义。"[2] 此时的麦克白,依然拒绝承认失败,反而将他的失败归咎于命运的把持与安排,完全失去了个人的自主与价值。

卡维尔认为,莎士比亚悲剧的伟力乃在于他对生命有限性的接受、尊重与转化,而非对某种崇高与无限的尊崇。对生命与死亡的关注是莎士比亚悲剧中的重要主题之一,死亡与其说是消逝,不如说是转化,是在生与死之间的更新与连续,这也表达出了一种积极生活的态度。《麦克白》中三女巫的出现,并不仅仅代表着莎士比亚时代的特定产物,或是对眼前日常用物的幻视[3],也不仅仅表现莎士比亚对宿命之伟力的刻画,而是正如班柯所说,三女巫的现身好比大地上的泡沫,是在存在与虚无之中的来回穿梭[4]。在《麦克白》中,麦克白在篡夺王位后时看见鬼魂归来,并指出这竟是比一桩谋杀案更为奇怪的事情,"从前的时候,一刀下去,当场毙命,事情就这样完结了;可是现在他们却会从坟墓中起来,他们的头上戴着二十件谋杀的重罪,把我们推下座位。"[5] 在麦克白眼中,我对他人的谋杀,那一刀毙命的死亡

---

[1] 威廉·莎士比亚. 莎士比亚全集Ⅲ. 朱生豪,译. 北京:人民文学出版社,2010:12.
[2] 威廉·莎士比亚. 莎士比亚全集Ⅲ. 朱生豪,译. 北京:人民文学出版社,2010:76-77.
[3] 列维纳斯. 从存在到存在者. 吴蕙仪,译. 南京:江苏教育出版社,2006:68.
[4] 威廉·莎士比亚. 莎士比亚全集Ⅲ. 朱生豪,译. 北京:人民文学出版社,2010:10.
[5] 威廉·莎士比亚. 莎士比亚全集Ⅲ. 朱生豪,译. 北京:人民文学出版社,2010:45.

并不再是终结和虚无，而是通过鬼魂这一意象，死亡实现了在否定中的回归。死亡不再是关于终结的事件，而是不断地在回归中重新开始。对于死亡这个严肃的话题，莎士比亚悲剧已然清楚地认识到死亡的复杂问题。存在还是缺席，活着还是死，这个问题一直萦绕于其悲剧主题中。但莎士比亚并未给出选择任意其中一方的答案，这也正是他的伟大和深邃之处，毕竟在他看来，作为终结的死亡并不能成为解决一切问题之根本的方法和途径，反而正是透过死亡化解存在悲剧的不可能性，透过死亡所揭示出的我所不能掌控之物，我们才可以窥见存在悲剧之所以成为悲剧的症结并不在于人的有限存在，而在于是否能够突破人的有限存在，获取生命的意义与价值。

卡维尔对于莎士比亚悲剧的讨论表明，生与死的问题不再是影响其悲剧基调的核心问题。反而，对日常生活事物的忽视，对自我与他者关系的不合理认知，成为莎士比亚悲剧的本质问题。卡维尔认为，崇高与无限并不能真正地教导人与世界的关系，反而对日常生活的经验与体悟能教导人们如何更好地生活。此外，卡维尔也指出，西方哲学以及文学作品中所强调的我与他者的关系，是以自我为中心出发看待世界的方式，这本身就意味着一种自上而下的不公正关系。由认识者自身出发所得到的对世界的认知，也必然需要服从认识者的自身利益，而与认识者自身利益相对的被认识者之他异性，则完全暴露于认识者的权威之下，随时遭受侵蚀甚至消失。在《麦克白》中，麦克白深知死亡并不能终结存在的悲剧，自认为没有一种力量可以鞭策他实现夺权的意图，但是他跃跃欲试的野心，膨胀的欲望，却依然有足够强大的力量驱使他采取冒险的行为以实现其欲望。甚至，麦克白夫人在劝谏麦克白要用行动和勇气去达成自己的欲望时，不惜告诫他要将"我想要"置于"我不敢"之前。对麦克白夫妇而言，"我想要"，即自我的需要和利益是第一位的，至于那些导致"我不敢"的因素，诸如名誉、忠贞、正义和对他人应负有的责任，不过是生命的装饰品罢了，它们永恒地处在自我的利益之后。然而就是如此备受推崇而无所顾忌的"我想要"，最终导致麦克白因永远无法满足的欲心而走向毁灭之路。《李尔王》中令人唏嘘的手足之情、父女亲情，《奥赛罗》中步步为营的伊阿古，无一不葬送在自我过度的欲望和不受规范的自由之中，他们在追求自身利益的同时丝毫不考虑他人的诉求，也从不追问自身行为的合理性和正义问题，而这种将自身利益置于绝对权威的行为，最终只会成为导致一切暴力和争端的引线，也必然会在某个节点被点燃而诱发悲剧的诞生。因此，对于卡维尔而言，莎士比亚悲剧中所展现的将自我的欲望和权能置于首要地位，必然会导致自我的特权化以及对他者的压制，而我的自由和特权一旦脱离正义和伦理的监管，那么必然会暴露出此种特权下所忽视的人性、正义和伦理问题，而这在卡维尔看来，也是莎士比亚悲剧所教导我们正确处理自我与他者的关系的重要内容。此外，对于卡维尔而言，莎士比亚的另一伟大之处即在于他从未要求在文本中获得自身的权威和自主权，而是赋予作品极大的自主空间，以便于作品的阐释。基于这种认识，卡维尔就此倡导尊重莎士比亚文本意义的多样性，即莎士比亚作品并不固定单一的意义或正确的解释，而是可以跨越时空的界限，被反复地理解与解释。

卡维尔在莎士比亚对悲剧的描写和刻画中，捕捉到莎士比亚笔下的悲剧人物之悲在于承认的无能，在于将失败与不幸推脱于命运的不公。面对这些悲剧人物向命运这种不可把捉之物的臣服，卡维尔认为，只有朝向日常，切实关注人的更好的生活的问题，才是救赎之路。因而在他看来，莎士比亚悲剧的伟力正在于此，它的目的正是教导人们去过更好的生活。此外，莎士比亚悲剧中对生命与死亡的尊重，对人的有限性的刻画，在卡维尔看来，也是要摆脱对无限与崇高的敬畏而走向日常的重要标志。

3 浪漫主义文学的日常性力量

按照以赛亚·柏林在《浪漫主义的根源》一书中的看法，浪漫主义即是对自启蒙运动以来的理性主义的批判与反思。这也正如吕迪格尔·萨弗兰斯基所说，"浪漫主义作家表达了理性化对世界的祛魅的不快"[1]，以及理查德·塔纳斯在《西方思想史》中所述，"浪漫主义根本质疑西方对于其自身的'进步'的信念、其文明的固有的优越性的信念，以及理性的人必臻圆满的信念，这种矛盾态度转变成为对抗态度"[2]。简要说来，浪漫主义批判并反思理性主义所带来的危机与挑战，以及对各种人类经验与情感的压制，因而它突出

---

[1] 吕迪格尔·萨弗兰斯基. 荣耀与丑闻——反思德国浪漫主义. 卫茂平, 译. 上海: 世纪出版集团, 2014: 213.
[2] 理查德·塔纳斯. 西方思想史. 吴象婴, 晏可佳, 张广勇, 译. 上海: 上海社会科学院出版社, 2011: 409.

强调被理性所压制的各种人类经验和情感,旨在通过一种比哲学更为诗意的方式揭示同样深刻的内涵。而按照卡维尔的观点,浪漫主义文学,包括浪漫主义的诗歌语言,不仅是在理性思维的年代对情感与人类经验的回归,也是从抽象思维向日常的回归。

德国浪漫主义思想家与卡维尔的思想不谋而合。德国浪漫主义的诞生,离不开歌德与席勒的通力合作,以及赫尔德、施莱尔马赫与施莱格尔兄弟、诺瓦利斯以及洪堡等人的推动。对于浪漫主义的定义,诺瓦利斯曾指出:"当我给卑贱物一种崇高的意义,给寻常物一副神秘的模样,给已知物以未知物的庄重,给有限物一种无限的表象,我就将它们浪漫化了。"[1]诺瓦利斯关于浪漫主义的定义,不仅被认为是与浪漫主义自身最为贴合的定义,而且与卡维尔对于日常性的回归相符合。此外,施莱格尔关于生活世界的思想也与卡维尔的日常性主张相符合。在《断片》中,施莱格尔零星地论述了他关于生活世界的哲学观点,考纳由此指出:"施莱格尔为一种自由的、贴近生活的、靠生存的丰富经验营养的思维,简言之,生活和存在哲学——一种不可能跟思考哲理者个人的特质分开的哲学,争取了权利。"施莱尔马赫诠释学思想中也有如此一个值得注意的因素,就是"在生命的关联中"理解这一观念。它将成为狄尔泰和海德格尔哲学思想的重要出发点,这是因为,狄尔泰以"源于生命本身的东西"来理解作为他的目标。而海德格尔的目的亦如此,并试图以一种不同的、更为彻底的历史方式来达到它。[2]由此可见,从人的生命意义出发,从人的经验与情感体会出发,回归日常生活而非沉沦于理性与技术统治的世界,成为欧陆哲学家以及卡维尔思想的重要缘起之处。

根据卡维尔的观点,浪漫主义的诗歌语言并不是为了追寻某种崇高的诗性真理,而是为了回归日常。在卡维尔的学术生涯和学术专著中,华兹华斯是其关注的主要对象之一。华兹华斯主张情感的自然流露,并将诗歌语言放置在能够为人们所真正使用的语言之中。而对华兹华斯作品的阅读与讨论,在卡维尔看来就是对哲学问题的回应。卡维尔将华兹华斯作为对日常语言研究的代表人物之一,将他的诗学思想置于与奥斯汀(J. L. Austin)哲学相似的

---

[1] 吕迪格尔·萨弗兰斯基. 荣耀与丑闻——反思德国浪漫主义. 卫茂平,译. 上海:世纪出版集团,2014:13.
[2] 帕尔默. 诠释学. 潘德荣,译. 北京:商务印书馆,2014:126.

轨道上。[1]。通过对华兹华斯的讨论,卡维尔试图探讨浪漫主义的诗歌语言与日常语言的相同之处,从而重新发现回归日常之路。华兹华斯的《不朽颂》中,使用"平常"(common)一词来描绘大地的景象,卡维尔认为这与他称之为"日常"(ordinary 和 everyday)的概念是一致的,因而指出,浪漫主义者不是在寻求崇高的诗意真理,而是在寻求平凡。而华兹华斯对日常的回归方式,在卡维尔看来,就是试图从寻常的事物中走出来,通过陌生化与疏离,以某种不寻常的方式展现出来。因而,对于卡维尔而言,浪漫主义表现出对日常事物的极大喜爱,却力图从日常中走出来,通过为日常事物披上迷幻的外衣,从而真正认识并回归到日常本身。

卡维尔借用浪漫主义文学语言来表达向日常生活世界回归的渴望,与浪漫主义自身作为对理性主义与科学思维的批判方式有着密切关系。不仅是德国浪漫主义学者们表达其力图从人的生命意义、人的经验与情感体会出发,不断朝向和回归日常生活世界的渴望,卡维尔也将目光投向了重视情感与经验的浪漫主义文学语言,并试图通过这样的语言,超越形而上的、机械的和僵化的理性和科学的语言,最终实现其回归日常的理想。因此,卡维尔通过浪漫主义文学语言向日常世界的回归也有着深刻的历史渊源。

4 结语

鉴于科学技术与理性思维对人类世界的统治日益加深,卡维尔主张以文学语言的日常性力量对抗理性与技术双重统治下的形而上表达,以回归日常生活世界本身,从而真正体现人之为人的根本意义。对于卡维尔而言,这种形而上的语言表达不利于抒发人们的情感,不利于实现人与人之间的共通共感,有碍于人与人之间的情感沟通与表达。他主张文学语言的日常性表达,并指出日常语言而非形而上的、机械的语言才是获得真知的有效途径。卡维尔认为,戏剧语言是人类生活经验的直观体现,在戏剧语言尤其是在莎士比亚的悲剧语言中,蕴含着一种贴近生活却深刻的哲学思考。莎士比亚悲剧对人生有限性的思考,对于拒绝承认失败而推脱于命运的行为的鞭笞,指

---

[1] Stanley Cavell. *How to Do Things with Wordsworth*. *Stanley Cavell and the Claim of Literature*. Ed. David Rudrum. Baltimore: The Johns Hopkins University Press, 2013: 99.

导着人们去更好地生活。此外，卡维尔对浪漫主义文学的思考与德国浪漫主义思想不谋而合，都主张人类经验与体悟的重要价值，并向日常生活世界回归。总的来说，卡维尔向日常语言的回归，实际上就是对理性危机与科学思维与方法统治时代的重要反思，而文学语言所蕴含的日常性力量则是他的有力武器。

卡维尔文学批评的文学哲学性：
哲学经验的文学表达

田雨祁　秦明利

摘要：经验与表达是卡维尔文学批评的核心。在《瓦尔登湖之感》中，卡维尔将文学作为一种真理性的经验表达与文学家作为哲学家的问题相互关联，详细阐明了日常语言构建的《瓦尔登湖》如何以经验和表达为核心阐释自身，由此揭示出文字对生活经验的检验能力以及阅读作为克服怀疑论的过程。卡维尔文学批评反对形而上的书写，意图以顿悟的方式实现文学哲学性。本文认为阐明文学与经验的关系是理解卡维尔文学批评的文学哲学性的关键。本文试图基于卡维尔对《瓦尔登湖》的解读，通过探讨卡维尔文学批评中"何为写作"以及与此相关的"何为阅读"问题，发掘文字对生活经验的检验能力，以及文学对日常经验的表达能力。本文认为，文学作为以日常语言为媒介对日常经验的表达，其写作是向语言自身返回以获得真理的表述，其阅读是在文学作品的映照下对生活经验的阐释。

关键词：卡维尔；哲学性；日常语言；生活经验

乔纳森·李尔（Jonathan Lear）曾对斯坦利·卡维尔做出评论，认为卡维尔选择了如此重任，即迎接诗人重新回到哲学的世界，在文学与哲学间重新建立对话。尽管乔纳森·李尔的评论是对卡维尔文风的批判，但仍然对其哲学写作目的表示了赞同与肯定。卡维尔思想的文学哲学性主要体现在其著作

【基金项目】本文系教育部人文社会科学规划基金项目"作为哲学的文学批评：卡维尔文论研究"（18YJA752011）的阶段性成果。
【作者简介】田雨祁（1996—），女，大连理工大学哲学系博士研究生，主要研究方向为法国哲学、诠释学。秦明利（1960—），男，英语语言文学博士，大连理工大学外国语学院教授，研究方向为诠释学、文学哲学。

《瓦尔登湖之感》(*The Senses of Walden：An Expanded Edition，including new："Thinking of Emerson" and "An Emerson Mood"*) 中。该书是卡维尔从日常语言哲学角度对《瓦尔登湖》及其文学哲学思想进行的全面研究，自1972 年出版以来，梭罗及其著作《瓦尔登湖》逐渐在哲学与语言研究领域得到重视，此后的批评家也逐渐将关注点放在了哲学领域，如 1985 年沙伦·卡梅伦（Sharon Cameron）发表的《书写自然：亨利·梭罗日志》(*Writing Nature：Henry Thoreau's Journal*)。

卡维尔对梭罗的文学哲学思想的研究围绕其日常语言哲学理论展开，深受维特根斯坦思想影响的同时对后者做出一定改造。在卡维尔看来，日常语言不同于哲学语言，其自身并非用于论证的中介，且具有真理性。在日常语言与哲学语言的区别上，卡维尔围绕维特根斯坦"标准"（Criteria）一词的含义展开其论证。维特根斯坦的"标准"指向的是对传统的怀疑论认识论问题的一种解决方案。在《理性的断言：维特根斯坦，怀疑论，道德论和悲剧》中，卡维尔为区分维特根斯坦哲学中的"标准"概念与日常语言中的"标准"概念，首先对日常语言中的"标准"进行了定义，指出标准是一个既定的个体或组织为判断某一对象是否具有某种身份或价值而设定的参数。维特根斯坦的"标准"概念在三个层面上区别于日常语言中的"标准"。首先，维特根斯坦的标准概念并不是对指标的应用。其次，被判断的客体在两种"标准"中是不同的，日常语言中的标准的客体是明确的，维特根斯坦标准的客体不是先于判断存在的，而是通过标准，我们最终认识某一客体。最后，维特根斯坦反驳经验主义传统，权威和标准的建立者是人本身。

通过这种区分，卡维尔指出维特根斯坦与人类知识概念的关系，即维特根斯坦认为我们所有的知识，所有我们断言的和质疑的，都不仅仅是被"证据"或"真值条件"所决定的，而是由"标准"决定的。维特根斯坦提出"标准"概念的目的在于回答"什么是知识？"的问题。卡维尔指出，知识与我们知道的、学习的东西相关联，也就是说，与我们辨认或分类或区别不同客体的能力相关联。传统认识论关注命题的真假而忽视了语言的核心问题。这种焦点的集中使人类知识变成了真命题的集合，限制了人类知识的界限。关注与判断使得知识成为人类使用某种语言中与世界中事物对应的概念的能力和描述世界的能力，因此将人类知识局限于概念之中。卡维尔认为标准是

"某物是这样"的标准,不是从它告诉我们某物的存在的层面上而言的,而是从某物符合它的特性的层面上而言的。不是"是"这样,而是是"这样"。也就是说,我们与世界、与他者之间的关系并不是以确定性为基础的关系。卡维尔认为怀疑论的自我理解的问题在于,怀疑论否定了标准的有效性,而将世界的存在看作是知识的问题,然而知识实际上是与辨认相关联的,而非仅与真假相关。

如此一来,卡维尔赋予了日常语言中的"标准"以自发性和自主性,以日常语言为载体,通过认识活动不断地认识知识,这同时也否定了知识的绝对权威性。卡维尔日常语言哲学中将认识的绝对客观性彻底排除在外,转而由日常语言出发,以自身的语言能力认识并构建我们的世界,实现了对维特根斯坦"标准"的改造。卡维尔试图通过这样一种日常语言哲学想要证明的便是文学语言的特殊性地位,以及作者在文学写作过程中向语言自身的返回。

在卡维尔看来,日常经验具有真理性,而文学作为对日常经验的写作,其表达具有真理性,由此在卡维尔文学批评理论中建立起文学与哲学的对话。卡维尔将《瓦尔登湖》定义为前哲学的写作与非理性的哲学,其日常化的文学语言有利于引发哲学思考,进而促使真理的显现。建构卡维尔文学思想理论,有助于避免当代文论与人类日常生活经验的疏离,将文本阐释与保持人类经验的鲜活性紧密联系起来。通过文学书写,卡维尔试图维护日常经验的真理性,这使得作为日常经验载体的文学作品向日常语言、伦理学、美学等经验领域敞开,进而维护文化的完整性,实现文学的开放性。因此,本文将从卡维尔文学批评中对写作的探究出发,探寻写作何以向语言自身返回,以顿悟的方式实现其文学哲学性,进而转向阅读对生活经验的检验与阐释能力,揭示文学对于启发哲学思考的意义,最后走向经验与表达的内在维度与关系问题,以完成卡维尔文学批评中文学的哲学性的发掘,使得文学作品向日常语言、伦理学、美学等经验领域敞开。

一、前哲学的写作:向语言自身的返回

斯坦利·卡维尔试图从哲学角度研究梭罗,他认为《瓦尔登湖》对黑格尔和康德以来的欧洲思想史进行了全面的重新评估和修正,涉及的是从笛卡儿

至今西方哲学中最深层的问题，即梭罗对人与语言符号关系的重视。他认为关于哲学理论遮蔽了真理，《瓦尔登湖》是前哲学的书中之书，即是从日常生活中体会哲学，是一种非理性的哲学。卡维尔对文学哲学性的揭示是从对超验写作的批判开始的。卡维尔不主张形而上的、超验的书写形式，也不倡导以特定的哲学视角去探讨文学文本，带着哲学的目的性去解读文本。在他看来，文学可以引发真理性的思考，然而僵化的写作却阻碍了真理性思考的启发。在卡维尔文学批评理论中，文学的哲学性是以顿悟的形式实现的。

卡维尔提出以作为非事件的日常语言作为文学的最有效形式。保罗·利科曾就事件性给出三个定义：首先，事件是发生在过去的事；其次，事件为人类所做；最后，事件具有不可重复性。在利科对事件的定义的基础上，卡维尔指出了事件的第四重定义，即事件具有公众已给予明确重视的特性。"非事件性"意味着对日常生活，对常见的、下降的、身边的事物的解读与阐释，是对经验的阐释，也是前哲学时代的阐释。日常语言哲学所要做的就是感知我们与日常世界的存在之间的原初的关系，并尽可能多地接近语言中最为原初的观点和认识。在卡维尔看来，将这种对原初认识的接近进行得更为直接透彻的并非维特根斯坦，而是梭罗。

梭罗在《瓦尔登湖》开篇便声明了他与"邻居"的关系："在撰写下面这些篇章，或者是撰写其中大部分章节的时候，我独自住在森林中我亲手盖的小房子里，这片森林位于马萨诸塞州康科德镇的瓦尔登湖畔，所有的邻居都在一英里之外，我完全靠自己双手的劳动维持生计。"[1] 卡维尔在日常世界的非事件性角度上给予了"一英里之外"的距离以特别关注，"想要看得清晰，这个距离远近适中"[2]。卡维尔认为梭罗所说的"所有的邻居都在一英里之外"即为"日常世界在一英里之外"，梭罗的"邻居"指向的是周遭一切日常的、邻近的、下降的事物，指向的是日常世界。在"字词"（Words）这一章中，卡维尔指出，梭罗从市井的生活与琐碎的日常中所提取的字词都是日常生活中的真正用法，而这些字词，比如移民、距离、邻居、写作、阅读等，都来自梭罗的文学实验，都可以在梭罗的日常经验中得到检验。这也正

---

[1] 梭罗. 瓦尔登湖. 杜先菊，译. 北京：人民文学出版社，2017：1.
[2] Cavell, Stanley. *The Senses of Walden*: *An Expanded Edition*, including new: "*Thinking of Emerson*" and "*An Emerson Mood*". Chicago: The University of Chicago Press, 1992: 11.

是梭罗式写作的辩证的力量所在，具有自我评价与自我定位的能力。梭罗对于字词的呼召仅仅是在词源学的领域进行的，不对字词的意义加以修饰，在卡维尔看来这种对字词的直接表述是在寻找每一字每一行的原初意义，以字词的日常用法来追寻更宏大的意义。

梭罗对双关与悖论修辞的运用在卡维尔看来也是向语言自身返回的写作表现。在梭罗所描述的日常行为中，卡维尔将重点放在了对锄地这一项行为的隐喻与双关上。在此，锄地不仅仅是字词内容里的意义，更是写作作为实践活动的符号象征。土地成了写作的纸页，写作则使得这片土地"说出"豆子而非野草。在梭罗之前，自然作为一本书的概念已经有迹可循，如在培根看来，真正的哲学必须研究自然与科学，并以此确立了对自然进行科学研究的正确性；在自然神论中，这一概念又在目的论上成了支持上帝存在的论点。这种将写作的内涵隐喻进锄地这一项行为中的写作得到了卡维尔的推崇，因为尽管这并非浅显易懂的，但书中"我"的诸多活动实际上都是作为作家的活动，每一个梭罗用以定义或描述其自身和自身写作的字词，都是他所进行的文学写作的需要，也是他对他文学写作的理解。如此看来，梭罗在书中对其日常劳作的描写实际上都是写作这一项活动的隐喻，包括木屋的建造、豆子的种植等。梭罗所使用的双关与悖论修辞都是让读者以活跃的方式阅读和解读文本的提示，来帮助读者用以猜测作者的意图。在卡维尔看来，写作中的双关与悖论修辞等是恢复日常经验的鲜活性的重要途径，也是实现语言与世界匹配，以实现对世界的认识的重要手段。

然而，卡维尔所推崇的以日常语言进行的写作并不意味着对日常经验的简单复述，他首先要指出的，便是《瓦尔登湖》作为一本英雄之书，以及这样一种日常性写作下的史诗性质。卡维尔认为爱默生和梭罗作为美国思想的领军人物，在其建立的文化中起着同样的哲学性作用。他们是美国思想的奠基人，这个主张即美国包含着一股未被承认的思潮，而这种思想是通过欧洲哲学的传承而实现的，而美国思想并不应成为欧洲哲学的附属，相反地，应成为其领军者。在持续的几个世纪里，西方哲学一直声称科学是获取知识的最高手段，同时也是通向知识的唯一途径。关注一种文化思维的独特性的一种方法是思考其哲学制度与文学制度之间的关系。可以想象，一个受讲德语的哲学传统启发的哲学家不会满足于没有包含在他的文学史上的知识的结果。

而对于一个受讲英语的传统启发的哲学家来说，引用莎士比亚、弥尔顿、华兹华斯或狄更斯，充其量只是偶尔的个人品位或修饰，根本没有专业兴趣。

在卡维尔看来，美国思想正是在这两种思潮中周旋。声称爱默生和梭罗起源于美国，不仅仅是依赖于所谓的文学，更是所谓的哲学，同时也是声称文学既不是任意的修饰也不是哲学的必要的其他东西。这里要阐明的是两种不同的语言：母语与父语。口语与书面语之间有着显著的差别，口语通常是暂时的，而书面语则是对口头语的凝练，是一种精选的表达。卡维尔将口语定义为我们的母语，书面语则是父语。梭罗使用的每一个字词都作为父语而被书写，其成熟性与凝练性使得字词以一种展示经验的方式向读者表达其语言自身的意义。梭罗在《瓦尔登湖》中对这两种语言做出澄明，"不管我们怎么崇拜演说者偶尔展示的口才，最高贵的书面语言，却像布满星星的苍穹掩藏在云层之后一样，通常是掩藏在稍纵即逝的口头语言背后或者之上"[1]。然而在卡维尔看来，书面语则在其他两个方面与口头语呈现出不同，一为书面语首要承担的便是语言中符号的义务，其目的不在于确定先于书面语的口语，而在于确定一种可以加以说明的步骤；二为书面语的符号只在一句话中每个标记都有意义时才生效。在被写下保存的艺术作品中，只有诗歌所表达的意义是全面而透明的，其中的每个符号都承担着同等重要的意义与作用。从这个维度来讲，《瓦尔登湖》的文学抱负便是承担散文的义务，使得书面语的表达全面而透明，向语言所表达的原初世界回归。

通过对梭罗双关与悖论修辞、母语与父语之间关系的探讨，卡维尔最终走向的是对梭罗式的写作，即日常语言写作的语言条件的澄明。"自然"也是《瓦尔登湖》的一大主题，"自然"在梭罗处不仅指向的是物理层面上的自然世界，其更深层次含义为自然状态的原初世界与经验，这一点在其写作过程中使用的日常语言上也得到体现。在政治和宗教领域，字词因赞美上帝和服从条例而被呼召，语言所包含的经验和意义根据用途而被人为地扭曲，丧失其内含的原初世界。不同于政治与宗教领域的写作，文学写作将语言从政治与宗教中拯救出来，仅展现日常语言的原初世界与字面意义。梭罗对日常语言所做的，和维特根斯坦依据其更加明智的哲学论断所做的一样，把它们带

---

[1] 梭罗. 瓦尔登湖. 杜先菊, 译. 北京：人民文学出版社，2017：120.

回了一个它们活着的上下文本中，这是日常语言对自身的诉求。

由此，写作，尤其是带有史诗性的经典文学的写作，必须具备以下语言条件：重新经验语言，并承担语言的责任。写作需要承担其责任，其使用的语言需满足以下三个特点：第一，语言中每一个标记或符号都有着非此即彼的意义，即这种语言是有着系统的意义的。第二，字词以及它们的顺序于人类来说是有深义的，字词包含（或隐藏）人们的信仰，表达（或否定）他们的信念。第三，当某事被提及，字词的表达意义和表达顺序一样重要。只有承担语言责任的写作，才能通过日常的文学表达，实现个体与世界的匹配，获得对世界的认识。

日常语言哲学包括一切与日常语言相关的事物，也就是说，日常语言哲学所面对的对象是日常的非事件性的集合，是日常世界本身。卡维尔对维特根斯坦"标准"的改造赋予了日常语言中的"标准"以自发性和自主性，以日常语言为载体，通过认识活动不断地认识知识，这同时也否定了知识的绝对权威性。卡维尔日常语言哲学中将认识的绝对客观性彻底排除在外，转而由日常语言出发，以自身的语言能力认识并构建我们的世界。卡维尔试图通过这样一种日常语言哲学想要证明的便是文学语言的特殊性地位，以及作者在文学写作过程中向语言自身的返回。日常语言哲学提供给我们澄清现象本质的方法，日常语言所呈现的是现象成其所是的知识，其本身具有真理价值。在日常语言事件中，个体实现语言与世界的匹配，获得对世界的认识。以日常语言为媒介的文学本身也是实现认识的非事件。通过对日常语言的强调，卡维尔试图从形而上的哲学表达回到日常的文学表达中去，恢复日常经验的鲜活性，同时实现文学对日常真理的展开。卡维尔的文学批评反对以僵化的形而上的语言表达作为文学的表现媒介，认为形而上的语言脱离了日常人类经验，失去了人类经验的鲜活性，同时反对形式化的文学表达方式，认为这种文学形式有碍于对读者的启发。卡维尔在《瓦尔登湖之感》前言中便指出，他所要探讨的写作并非能够给予一切文学之上的普遍性，而是提供一种关于作者意图的独特认识：

首先要探究造成如此写作的条件，以及何以根据这种条件使得这种写作成为原初性的经典；其次要探究作者如何通过写作警醒他所在的文化，比如对所谓的社会保持拒绝的态度……事实上这并非单纯的拒绝，而是一种回归，一种向周遭世界的定常回归[1]。

这种向周遭世界的定常回归即为其对日常经验的写作提出的要求，即向语言自身的回归，也意味着摆脱政治与宗教对语言意义的束缚，实现对客体自身的复原。在《对日常性的探寻：怀疑主义和浪漫主义》中，卡维尔通过对浪漫主义诗人威廉·华兹华斯的分析展示了浪漫主义的悖论，即日常只能在日常所丢失的东西中找到，是为浪漫主义对日常的构建。在康德式的"自在之物"消失之后，浪漫主义试图通过将自然世界重新描绘成人格化的万物有灵论形式，从而重新获得对自然世界的认识。"向周遭世界的定常回归"是浪漫主义诗歌的要求，也是康德对怀疑论的回答；而瓦尔登式的文学写作两者兼备。

二、作为阐释的阅读：对怀疑论的克服

卡维尔所推崇的向语言自身返回的写作又对阅读提出了何种要求？阅读是卡维尔文学批评理论中的重要概念，也是对传统阅读观念发出的挑战。在传统哲学中，阅读只是观点和概念的载体，阅读这一过程也成了开启哲学化思考之前的必经之路。在这样一种传统阅读观念中，观点和概念的表达方式无足轻重，哲学的思考永远在没有更多可供阅读的文本之后方才开始[2]。

卡维尔文学批评理论则将阅读的地位提升到了与概念同等的高度。概念总是通过语言得以构建，所以想要概念化某种人类活动，必将经由某种方式参与到阅读中。卡维尔首先要澄明的是阅读本身所包含的意义，阅读所理解的东西并不是完全可以独立于任何阅读行为而给予的东西，简而言之，它是阅读的对象，即文本所教的内容。对卡维尔来说，《瓦尔登湖》有其独属于自身的写作方式，以及这种写作方式所要求对应的阅读方式，"发掘如何利用我们最为警醒的时刻是《瓦尔登湖》的整体性任务，而对于我们读者来说，紧跟其后的便是发掘何为在更高意义层面上阅读（reading in a high sense），以

---

[1] Cavell, Stanley. *The Senses of Walden: An Expanded Edition, including new: "Thinking of Emerson" and "An Emerson Mood"*. Chicago: The University of Chicago Press, 1992: XV.

[2] Rudrum, David. *Stanley Cavell and The Claim of Literature*. Baltimore: The Johns Hopkins University Press, 2013: 25.

及,作为一本史诗性的书籍,阅读《瓦尔登湖》又意味着什么"[1]。《瓦尔登湖》的英雄史诗性质已经由其写作的特点显现,梭罗所使用的每个字词意义具有连续性,且对意义的探寻都要将其带回到梭罗的经验中加以检验。这本书由如此写作带来的自我评价与自我定义的能力又使得阅读在此陷入了困境,也就是卡维尔所称之为"阅读的悖论",即读者要在阅读文本中学会阅读,那么什么构成了最初的可供阅读的文本?更进一步讲,阅读过程中字词只能在作者的经验中得到检验,那么读者要从何处开始检验?

卡维尔文学批评理论针对这个悖论提出的解决方法则将阅读放在了新的位置上,阅读所要解答的问题不再是如何学会阅读,而是告诉读者新的认识。传统阐释学中"文本意味着什么?"的问题不再是卡维尔将要解决的核心问题,取而代之的是新的问题——"文本知道什么?"。读者与文本的关系也被颠覆,由传统阐释学中"读者通过阅读解释文本"变为"读者通过阅读解释自身",不是读者在阅读《瓦尔登湖》,而是读者通过《瓦尔登湖》在阅读自身。

卡维尔首先要做的,即为恢复阅读的自主性。传统哲学对阅读的看法是,文本仅仅是作为思想和概念的工具,读者在阅读过程中对这些思想和概念并无兴趣,因此阅读就成了一种枯燥无趣的通往哲学化的必经之路。对于卡维尔来说,阅读所理解的东西并不是完全可以在任何阅读行为中给予的。它是在阅读过程中需要学习的东西,简而言之,是通过我们阅读的对象——文本,来进行教授的。这意味着每个文本都有其独特的术语或理论以供阅读,这一点在卡维尔对《瓦尔登湖》的看法中得到体现:卡维尔认为决定《瓦尔登湖》独特性的是其写作方式和阅读方式,阅读此书是一项整体性的任务。《瓦尔登湖》所用到的术语皆从作者的经验出发,由作者的经验所检验,这是其独特的自反式阅读理论。

卡维尔文学批评理论的阅读观在一定程度上是对怀疑论的克服。卡维尔将对怀疑论本身的探讨追溯至康德的《纯粹理性批判》导言中,即怀疑论作为哲学和普遍人类理性的丑闻就在于此:人类自身之外的所有存在物都仅仅奠

---

[1] Cavell, Stanley. *The Senses of Walden: An Expanded Edition, including new: "Thinking of Emerson" and "An Emerson Mood"*. Chicago: The University of Chicago Press, 1992: 5.

基于信念之上，而没有人能够证实或验证对此信念的任何怀疑[1]。海德格尔在其《存在与时间》中也曾回应哲学之"丑闻"不在于需要给出这种证明，而是对这种证明的期待和反复尝试。卡维尔认为对怀疑论本身的诽谤却显现出怀疑论存在的必要性和可能性，以及我们对语言的占有关系中的自相矛盾的存在，真正需要回答的不是某种怀疑主义的结论，而是哲学不断要求自身远离日常经验的事实。维特根斯坦主张回归的语言的日常使用也不能逃避怀疑论的攻击，这种易受破坏的日常性或经验揭示了人类对于自身思维模式和世界之言说的主体性地位，而怀疑主义就要求人类放弃这种主体性的判断和决定，怀疑论者将主体的日常经验替换为其宜居性或环境性。在抵御怀疑论的层面上，卡维尔认为梭罗一定程度上持有康德式的观点，即认为人的认识有一个先验的条件。然而，梭罗在先验条件的必要性上与康德有所出入，首先便表现为梭罗认为先验条件并非先验可知的，而是通过经验发现的。《瓦尔登湖》不仅只是在知识层面上对怀疑论的回应，而且试图在认识论层面上实现对客体的恢复，也是对康德"物自体"的恢复，重建认识主体与认识客体之间的关系。在认识论上，它的动机是对客体的恢复，康德以这种形式留下了的问题被德国唯心主义者和浪漫主义诗人拾了起来，也就是对自在之物的恢复；特别是知识主体与知识客体之间的关系。在道德论上，它的动机是通过转变，来回答意志自由的问题，在一个自然法则的宇宙中，我们的行为，就像自然的其他部分一样，是由自然法则决定的。实际上，《瓦尔登湖》为自在自为的概念提供了一种超验的推论和演绎。康德的观念论以及物自体的概念实际上是为了抵御笛卡尔的怀疑主义，而在《对日常性的探寻：怀疑主义和浪漫主义》中，卡维尔试图通过"先验"的层面来实现对怀疑论的回应与抵抗，即语言尤其是日常语言中确实存在着某些先验条件。在卡维尔看来，这种先验条件在日常语言中表现为维特根斯坦的"生活形式"（form of life），即为在与认识对象之间存在的基于生活世界的普遍性的特殊认识。卡维尔一再强调的日常语言之所以表现出不同于哲学语言之处，就在于其自身包含的"生活形式"，以及其自身的自发性和自主性。学习语言并不是简单地告知某物的名字，而是习得一种生活形式。同时，重要的不仅仅是在特定语境下习

---

[1] Cavell, Stanley. *Philosophy The Day After Tomorrow*. Cambridge: Harvard Univ. Press, 2006: 133.

得一种语言,还包括在更多的语境中恰当地投射,即使用这一语言。我们对语言的习得是无止境的,我们将不断发现词语的内涵和客体的新的显现方式。卡维尔认为,某些他认为具有某些含义的表述或许并未在合适的层面上被应用,要知道真实的应用是怎样的需要弄清楚这一表述在真实的应用中的含义是什么。我们需要做的就是把它放置回日常语言游戏中去。也就是说,某一表述具有正确的使用语境,我们需要做的就是进行投射。在《瓦尔登湖之感》中,卡维尔同样保持了这样一种文学批评的方式,即日常语言的写作是基于生活形式的写作,那么对写作的阅读也应回到生活形式中阅读,"阅读文本即为通过我们所确信的来检阅文本,来证明每个字词的来历与背景。"[1] 这也正是文学实现其启发哲学思考的必要过程。

阅读不仅仅是写作的对立面,更是写作自身的一种隐喻。梭罗在《瓦尔登湖》中将人比作"怀着某种焦虑,等待着表达自我"[2] 的野兽,等待表达自我的过程即为在洞穴中期待与寻找光明的过程,也是等待生命中关键时刻的转变的过程。卡维尔将梭罗这种等待表达的过程理解为梭罗意义上的阅读,"一个沉思的作家实际上是一个等待表达的人"[3]。梭罗在《瓦尔登湖》中给予了阅读足够的重视,"从更高的意义上看,真正的阅读不是那种用奢侈诱惑我们、让更高贵的感官一直沉睡的阅读,而是我们必须踮起脚尖、用最警觉和清醒的时刻去进行的阅读"[4]。如何从更高意义上找到"用最警觉和清醒的时刻"进行的阅读成了卡维尔《瓦尔登湖之感》的重要任务。

字词从远方向我们而来,它们先于我们而存在;我们在它们中出生。认识它们的意义就是接受它们存在的条件。去发掘我们正在被何物言说,以及去发掘我们正在言说何物,就是去发掘字词被言说时的精确定位;去理解它们被言说时此时此地的原因背景[5]。

字词被言说时的"精确定位"和"存在条件"即为日常语言的先验条件

---

[1] Cavell, Stanley. *The Senses of Walden: An Expanded Edition, including new:"Thinking of Emerson" and "An Emerson Mood"*. Chicago: The University of Chicago Press, 1992: 65.
[2] 梭罗,瓦尔登湖,杜先菊译,北京:人民文学出版社,2017:307.
[3] Cavell, Stanley. *The Senses of Walden: An Expanded Edition, including new:"Thinking of Emerson" and "An Emerson Mood"*. Chicago: The University of Chicago Press, 1992: 59.
[4] 梭罗. 瓦尔登湖. 杜先菊,译. 北京:人民文学出版社,2017:124.
[5] Cavell, Stanley. *The Senses of Walden: An Expanded Edition, including new:"Thinking of Emerson" and "An Emerson Mood"*. Chicago: The University of Chicago Press, 1992: 64.

和生活形式，而要在阅读中达到对生活形式的理解，就是通过我们所确信的经验来检阅句子中字词的来历和背景，以达到更好的对语言和生活形式之间关系的理解。阅读时"最警觉和清醒的时刻"即为文学启发哲学思考的时刻。

然而，卡维尔文学批评理论并没有对读者即人自身的自主性提出否定，其阅读观目的在于挖掘读者与语言、读者与文本两者的自主性，以达到读者在文本的光辉下阐释自身的效果。卡维尔用精神分析学的移情观点对其阅读观做出分析，认为文本阅读并非因为我们自恋式地将自身投映于文本，而是文本将我们思想中无法理解或无法注意到的观点提到明处，并帮助我们理解、分析它们。在卡维尔看来，《瓦尔登湖》中对字词的集中分析是将经验从僵化的形而上学的语言表达中解救的一部分，是对语言自身的回归，也是在挖掘读者与语言二者的自主性。在回归语言自身意义的过程中，不仅要看到语言意义的复杂性，更要对语言在特定场合下的简单性加以重视，这意味着语言先于我们而存在，我们可以选择我们的语言，而非选择语言内含的意义。

在《瓦尔登湖之感》中，卡维尔承认梭罗所使用的语言和字词对他的生活的承担，以便语言和字词对自己生活经验进行审视。卡维尔文学批评理论的阅读观表现出视阈融合的倾向，它鼓励读者在阅读的过程中将自己的经验代入，或是鼓励读者在文本中关注其自身的生活形式和经验。这是在阅读中读者声音的回归，同时，读者在阅读中检阅自身，文学实现了其启发哲学思考的意义。通过卡维尔对梭罗《瓦尔登湖》的阅读所表现出的倾向，文本的主张被转移为读者对文本的主张，以此实现对怀疑论的克服。

三、经验与表达：日常经验的文学表达

通过文学写作，尤其是通过梭罗式的文学写作与阅读的探寻，卡维尔文学批评理论展现出其文学哲学性以顿悟的方式呈现以及视阈融合的特点。在卡维尔的写作与阅读观中，经验与表达占据着核心地位。从卡维尔对梭罗《瓦尔登湖》的解读出发，卡维尔文学批评理论关于"经验"的概念可被划分为三个维度，分别为经验是个体实现对世界认识的来源、经验对怀疑论的抵抗性，以及经验自身具有的真理性。

经验的第一层维度首先是个体实现对世界认识的来源。卡维尔指出，读

者起初便在作者的经验中认识到他，卡维尔用以描述《瓦尔登湖》的术语全部来自梭罗的经验与实验。想要阅读这些术语，就要把字词带回到梭罗的实验中检验它们，这也正是书中辩证的力量，以及自我评价、自我定位的能力所在。因此，经验是个体获得对世界认识的首要来源，在日常语言事件中，个体实现语言与世界的匹配，获得对世界的认识。

经验的第二层维度则是其自身包含对怀疑论的抵抗。在抵御怀疑论的层面上，卡维尔认为梭罗一定程度上持有康德式的观点，即认为人的认识有一个先验的条件。然而，梭罗在先验条件的必要性上与康德有所出入，首先便表现为梭罗认为这种条件并非先验可知的，而是通过经验发现的。《瓦尔登湖》不仅只是在知识层面上对怀疑论的回应，而且试图在认识论层面上实现对客体的恢复，也是对康德"物自体"的恢复，重建认识主体与认识客体之间的关系。

经验的第三层维度便是其自身就具有的真理性。在关于经验是否具有真理性的问题上，卡维尔表现出不同于逻辑实证主义的观点，也是卡维尔文学批评理论与日常语言哲学的核心观点。逻辑实证主义将可被经验证实的看作真理，所有非纯粹逻辑形式的问题都被要求提供确切的可被证实的证据才能判断其自身是否具有真理性，所有不可被证实的、自身不具有真理性的问题，都作为"伪命题"而抛弃。由此，文学作为不可被证实的经验和虚假世界而被排除在真理的范围之外，被逻辑实证主义弃之不谈。卡维尔对逻辑实证主义的辩驳则针对其界定真理性的根本，他认为，经验所呈现的是现象成其所是的知识，是日常语言维度上的"标准"，而非维特根斯坦意义上的"标准"，其自身便具有真理性。文学作为对日常经验的真理性表达，在卡维尔的日常语言学派重拾其真实性；文学作为对世界经验的描述，也因此获得了揭示世界的能力，获得了与哲学同等的启发真理性思考的意义与地位。

卡维尔文学批评理论的"表达"则是综合了"经验"的三个维度，表达指向的是文学表达的自然状态，文学是一种真理性的经验表达。由此，在卡维尔文学批评理论中建立起文学与哲学的对话。文学表达不是在远离原本状态的日常生活基础上增加，而是要去除覆盖在本然生活境界上的种种束缚，从而还人的生活以本来面目。梭罗在《瓦尔登湖》中提到一种"真正的表达"，他如此界定道："我们的言论的真实性瞬息万变，剩下的叙述残余在表达上多有不足之处。真理马上得到解释升华；剩下的唯有它文字的丰碑。"[1]卡维尔以梭罗的《瓦尔登湖》为例，列举了其概念阐述的两个焦点。第一个焦点即《瓦尔登湖》中的哀悼（mourning）或失去（loss）的主题。卡维尔将该书看作是一本关于"失去"的故事，这本书所创造的瓦尔登湖则是天堂的缩影。"任何一个成年人都丢失了童年；任何一个美国人都丢失了国家和信仰"[2]。休谟在他的《人性论》中提到怀疑主义是一种永远无法治愈的疾病，但是休谟接下来呈现的画面则是其从哲学研究的孤独中走向朋友的陪伴。在这里，不可治愈的疾病则是悲哀人类境况的隐喻，暗示着一种可以预见但却触不可及的选择。在卡维尔看来，《瓦尔登湖》中的哀悼则是对怀疑主义下顽疾的回应，是接受"失去"的呈现方式或者说其本身代表的也是一种"失去"。"只是在迷路之后，换句话说，只是在失去世界之后，我们才会开始发现我们自己，才会认识到我们是谁，也才会认识到我们和世界之间的关系是无限的"[3]。

  卡维尔对《瓦尔登湖》概念阐述的另一个焦点，则是由这本书的总体叙述构成的，即作者所描述的住所的选择。其指导思想源于海德格尔的文章《筑·居·思》，在海德格尔看来，栖居早先于筑造，这也是《瓦尔登湖》所表现出的准则。栖居与筑造相互并存，处于目的与手段的关系中。然而，只要我们仅仅持这种看法，我们就把栖居和筑造看作两种分离的活动，从中表象出某种正确的东西。筑造本身就已经是一种栖居，《瓦尔登湖》以离开瓦尔登的声明开始和结束。梭罗通过对自然美景进行细致描述，揭示了人的生存应该并且可以成为"诗意的栖居"。梭罗引领读者进行的审美活动，不是在远离原本状态的日常生活基础上增加一些什么，而是要去除覆盖在本然生活境界上的种种束缚，从而还人的生活以本来面目。《瓦尔登湖》中对于自然美景的描写有如还乡之旅，对美的揭示是对生存家园和本然性生活境界的回归。在卡维尔看来，从日常语言哲学所发展出来的怀疑论批评中的新的哲学是对怀疑主义的发现与探索，因此怀疑论问题的答案一定不是以哲学构造的形式出

---

[1] 梭罗. 瓦尔登湖. 杜先菊，译. 北京：人民文学出版社，2017：359.
[2] Cavell, Stanley. *The Senses of Walden*: *An Expanded Edition*, including new: "Thinking of Emerson" and "An Emerson Mood". Chicago: The University of Chicago Press, 1992: 52.
[3] 梭罗. 瓦尔登湖. 杜先菊，译. 北京：人民文学出版社，2017：197.

现，而是对日常生活的重构和重置。

梭罗通过"哀悼"与"失去"的主题强调了自己外在性的立场，由此走向对日常生活的重构，走向将自身排除于社会之外的自然状态。而文学作为语言和哲学最初的发生地，本身就处于一种自然的、前哲学的状态，因此文学表达不是在远离原本状态的日常生活基础上增加一些什么，而是要去除覆盖在本然生活境界上的种种束缚，从而还人的生活以本来面目。僵化的、形而上的哲学表达遮蔽了真理的显现，而作为自然状态的、前哲学的文学表达能够直观地展现各种人类生活经验，是最为贴近现实的日常语言的集合。由此，作为日常经验载体的文学作品摆脱逻辑实证主义"伪命题"和无法得到证实的指证，最终达成了向日常语言、伦理学、美学等经验领域的敞开。

四、结语

《瓦尔登湖之感》是卡维尔以梭罗为路径，以经验和表达为核心，从日常语言哲学角度对《瓦尔登湖》和文学哲学思想进行的全面研究。在卡维尔看来，梭罗的瓦尔登式写作即文学的真理性表达，进而剖析梭罗在写作中对人与语言符号关系的重视，详细阐明了日常语言构建的《瓦尔登湖》如何以经验和表达为核心阐释自身，由此揭示出文字对日常经验的检验能力以及阅读作为克服怀疑论的过程，阅读也因此成为一种阐释。日常语言所呈现的是现象成其所是的知识，而非标准，具有非事件性，日常语言的写作即文学写作也因此具有经验的鲜活性。

通过对《瓦尔登湖》中日常经验的真理性的讨论，卡维尔表明，《瓦尔登湖》作为一部文学作品，能够直观地展现各种人类生活经验，是最为贴近现实的日常语言的集合；而文学作为一种真理性的经验表达，其写作是向语言自身的返回，其阅读是在文学作品的映照下对生活经验的诠释。通过对日常语言的强调，卡维尔试图从形而上的哲学表达回到日常的文学表达中去，恢复日常经验的鲜活性，同时实现文学对日常真理的展开。

从写作到阅读，卡维尔文学批评理论从认识论和怀疑论的角度构建起经验的三个维度，分别为经验是个体实现对世界认识的来源、经验对怀疑论的抵抗性，以及经验自身具有的真理性。综合经验的三个维度，卡维尔文学批评中的表达指向文学表达的自然状态，文学是一种真理性的经验表达。由此，在卡维尔文学批评理论中建立起文学与哲学的对话。文学表达不是在远离原本状态的日常生活基础上增加一些什么，而是要去除覆盖在本然生活境界上的种种束缚，从而还人的生活以本来面目。僵化的、形而上的哲学表达遮蔽了真理的显现，而作为自然状态的、前哲学的文学表达能够直观地展现各种人类生活经验，是最为贴近现实的日常语言的集合。由此，文学的哲学性以顿悟的方式在经验中得到显现，文学与哲学之间的对话在卡维尔文学批评理论中得以建立。

卡维尔试图从哲学角度研究梭罗，他认为《瓦尔登湖》对黑格尔和康德以来的欧洲思想史进行了全面的重新评估和修正，涉及的是从笛卡儿至今西方哲学中最深层的问题，即梭罗对人与语言符号关系的重视。他认为关于哲学理论遮蔽了真理，《瓦尔登湖》是前哲学的书中之书，即是从日常生活中体会哲学，是一种非理性的哲学。建构卡维尔文学思想理论，有助于避免当代文论与人类日常生活经验的疏离，将文本阐释与保持人类经验的鲜活性紧密联系起来。通过文学书写，卡维尔试图维护日常经验的真理性，这使得作为日常经验载体的文学作品向日常语言、伦理学、美学等经验领域敞开，进而维护文化的完整性，实现文学的开放性。

卡维尔文学批评的伦理性：
文学中的自我至善

秦明利　柏松子

摘要：自我与他者的关系问题是卡维尔文学批评关注的主要问题。本文试图基于爱默生的至善论，探讨文本内外自我与他者之间的关系，以及自我如何基于承认与回避的他者关系最终实现自我至善。本文指出，卡维尔文学批评的伦理性包含三个层面：自我对他者的承认、自我承认和最终自我至善的实现。通过文学，文本内外的自我得以实现对他者的承认，通过自我对他者的承认以及通过他者所呈现的自我的可能性，个体得以了解自我，并且文学作品所呈现的自我与他者的分离性以及文学作品所具有的时间性进一步使得自我在承认他者的同时承认自身，因而自我开始寻找尚未实现的自我，进而进行自我改造和自我转化，并最终实现自我至善。本文最终指出，在卡维尔的文学批评中，文学是实现自我至善的方式。

关键词：卡维尔；伦理；至善；自我；他者

0　引言

斯坦利·卡维尔哲学思想中关注的主要问题之一便是伦理性，即自我与他者的关系，并将其应用于道德研究领域、政治研究领域、电影研究领域等。学术哲学界一方面广泛阅读卡维尔的著作并加以推崇，另一方面他们无法以

【基金项目】本文系教育部人文社科规划基金项目"作为哲学的文学批评：卡维尔文论研究"（18YJA752011）的阶段性成果。

【作者简介】秦明利（1960—），男，英语语言文学博士，大连理工大学外国语学院教授，研究方向为诠释学、文学哲学。柏松子（1996—），女，东南大学人文学院哲学与科学系博士生，研究方向为伦理学。

分析哲学或欧陆哲学的标准范畴对他进行界定，因为卡维尔在文学理论、美国文化研究和电影研究方面的影响似乎比他在学术哲学方面的影响更大。卡维尔在这些看似五花八门的主题上的作品有着深刻的统一性，这种统一性在于"卡维尔的作品中……从早期到晚期，从狭义到广义都是关于伦理学的"[1]。

伦理学被认为是学术哲学的一门分支学科，在更广泛的意义上，是关于如何生活的哲学思考，而关于卡维尔所研究的伦理，埃斯彭·哈默指出，卡维尔与道德伦理问题的哲学交锋可以分为三个阶段，但这三个阶段都有许多相互重叠的关注点和特征[2]。他首先试图在奥斯汀传统的日常语言哲学和道德哲学问题之间建立对话。此外，由于对19世纪美国思想感兴趣，尤其是对爱默生和梭罗思想感兴趣，卡维尔形成了一种他称之为爱默生式道德至善论的观点，也就是本文所重点探讨的阶段。卡维尔之后转向列维纳斯影响深远的伦理哲学，用以发现不同思想中的异同和联系。

爱默生式至善论在卡维尔对伦理的研究中占据重要的位置，甚至可以说，爱默生是卡维尔对至善论解读的灵感来源。卡维尔将爱默生式至善论看作一种美国值得因此自豪的真正的哲学。爱默生式至善论确实与西方传统的至善论有所不同，它并不具有柏拉图和亚里士多德的至善论那样鲜明的目的论形式，而是一种无目的式的状态，即爱默生所提出的"未达到但可达到的自我"[3]。另外，爱默生式至善论也与卡维尔所主张的日常语言哲学相呼应，它既指出道德与语言的关系，即道德是建立在文字之上的，也指出伦理与语言的关系，即追求至善的自我的话语具有个体的特殊性和整体的普遍性。

而在卡维尔对爱默生式至善论的解读中，卡维尔认为"未达到但可达到的自我"并不是指要达到某种特定的状态，而是描述一种鲜活的自我内在辩证法的方式，因为至善论是根据自我结构内部的观念而非外部的观念探讨自我改造的可能性。这也是卡维尔对至善论，或者称之为卡维尔式至善论的根本看法。他在《完善与非完善的条件：爱默生式至善论的建立》中对至善论

---

[1] Stanley Bates. *Stanley Cavell and Ethics*. Contemporary Philosophy in Focus: Stanley Cavell. Cambridge: Cambridge University Press, 2003: 17.

[2] David Rudrum. *Stanley Cavell and The Claim of Literature*. Baltimore: The Johns Hopkins University Press, 2013: 188.

[3] Stanley Cavell. *Cities of Words: Pedagogical Letters on a Register of the Moral life*. Cambridge: Harvard University Press, 2004: 22.

下了自己的定义："至善论不是道德生活的竞争理论，而是道德生活的维度或传统，跨越了西方思想进程，它关注的是一个人灵魂的状态，一种个人关系的负担以及改变自己和一个社会的可能性或必要性的维度。"[1] 由此可见，卡维尔所探讨的至善论并不是一种系统，而是一种生活形式。在这种至善论中，最重要的是自我认识的获得，以及通过自我认识实现自我创造和自我改造，并最终走向自我至善。

这种伦理哲学在卡维尔文学批评中起到重要作用。"理论上，文学是特殊化的，哲学是一般化的，它们文本之间的关系并没有理论依据。这并不是说卡维尔有一个关于哲学和文学关系的理论，但这种关系是他所有作品的核心"[2]。在卡维尔的研究中，文学是以日常语言为媒介对日常经验的表达，不论是文本中的人物还是读者都通过文学这某一认知下的世界的呈现，寻找自己的可能性，进行自我身份建构，从而出发去探寻某个尚未实现但可以实现的自我。

卡维尔文学批评中的伦理探讨主要是由怀疑论出发，依据对文本中出现的怀疑论困境，对文本中的自我与他者的关系进行解读，对于文本中的怀疑论困境，卡维尔指出"怀疑论实质上是对一种掌控人类的真实体验的回应或表达"[3]，而"怀疑论的真相在于其潜在的情绪或心态，这种情绪或心态来自与世界疏离的经历，来自发现自己与世界不同的经历"[4]。因此，这些怀疑论困境是关于物质世界和他人的观念，即关乎主体与世界的距离和与他者心灵之间的疏离，或者说文学作品中所呈现的自我与他者的分离性，使得自我与他者经历回避和承认的过程，而回避和承认的成功与否最终导致自我毁灭或自我至善。

卡维尔在这里所提出的承认（Acknowledgement）与回避（Avoidance）概念都是基于伦理层面的。承认概念的产生及发展主要是为了应对对他人观念

---

[1] Cavell, Stanley. *Conditions Handsome and Unhandsome: The Constitution of Emersonian Perfectionism*. Chicago: University of Chicago Press, 1990: 2.

[2] Bates, Stanley. Stanley Cavell and Ethics. *Contemporary Philosophy in Focus: Stanley Cavell*. Cambridge: Cambridge University Press, 2003: 39.

[3] Stanley Cavell. *The Claim of Reason: Wittgenstein, Skepticism, Morality and Tragedy*. Oxford: Clarendon Press, 1979: 140.

[4] Benjamin Mangrum. Accounting for The Road: Tragedy, Courage, and Cavell's Acknowledgement. *Philosophy and Literature*, Vol. 37, No. 2, 2013: 270.

的怀疑问题，而卡维尔首次提出"承认"的较丰富概念是在讨论如何解读维特根斯坦的私人语言争议。卡维尔曾明确地对承认概念进行过解释："……承认是对'作为一个人的他者'的回应，并接受这种差异，尽管这种承认暴露了一个人的自我的局限性和失败。因此，承认他者的人性也是对人的一种理解，这种理解是一个人的自我姿态的特征。"[1] 由此可见，承认是一种对他者的回应，也是一种接受他者与自我的这种差异的表现。在《理性的主张：维特根斯坦，怀疑论，道德和悲剧》中，卡维尔详细阐述了与他人观念相关的认知与承认之间的区别。在这里，哲学怀疑主义的意义被卡维尔区分开来：当我们面对自己对周围事物的真实性缺乏确定性时，我们可能会无动于衷；然而，当涉及其他人时，我们会感到担忧。也就是说，我们可以轻松地忽略对物质世界的怀疑，但我们将不那么容易忽视人。当我们忽视了对方，我们就不再冷漠。根据卡维尔的说法，"对于是否承认他者的抉择不是自我对他者的无知，而是自我对他者的回避，可以称之为自我对他者的否认""人与人之间关系的基本特征与我们承认和回应对方所表达的东西的能力或意愿有关，而拒绝承认和回应对方就是拒绝接受对方对你的要求"[2]。因此，无知是认知的另一种选择；如果自我不承认，就意味着自我在回避他者[3]。而这种回避也就意味着自我与他者并未达成理解，二者间的可理解性并未成功，但"可理解性是至善论者追求至善的必要条件"[4]，这就是承认指向自我至善，而回避指向自我毁灭的原因。

1 文本中的他者：回避与承认

文学作品中的悲惨结局大多是源于自我与他者间相互理解的失败。"对悲

---

[1] Stanley Cavell. *The Claim of Reason: Wittgenstein, Skepticism, Morality and Tragedy*. Oxford: Clarendon Press, 1979: 429.

[2] Klas Roth. *Stanley Cavell On Philosophy, Loss, and Perfectionism. Educational Theory*, Vol. 60, No. 4, 2010: 399.

[3] Stanley Cavell. *The Claim of Reason: Wittgenstein, Skepticism, Morality and Tragedy*. Oxford: Clarendon Press, 1979: 389.

[4] Alice Crary. *A Radical Perfectionist: Revisiting Cavell in the Light of Kant. The Journal of Aesthetic Education*, Vol. 48, No. 3, 2014: 92.

剧和喜剧的解读都要从对他者的怀疑论开始"[1]，而卡维尔指出"悲剧是一种对回避的研究"[2]，由此可知，文学中的怀疑论困境就是对他者的回避。而这种回避所产生的怀疑论困境具有两种倾向，一种表现为拒绝了解他者，另一种表现为拒绝为他者所知。

奥赛罗是陷入怀疑论困境拒绝了解他者的代表人物。他知道苔丝德蒙娜爱他，她对他是忠诚的，但这种知识对他来说是不够的。简而言之，他是在放弃和逃避他对苔丝德蒙娜的爱的了解，也就是说他是在完全回避苔丝德蒙娜的爱。剧本中不乏向他保证她的爱和坚贞不渝的人，但奥赛罗追求的并不是这种知识。这种知识和证据所表现出的确定性正是奥赛罗这种怀疑论者所逃避的，他不能忍受苔丝德蒙娜作为个体的存在，那种独立于他，不受他控制和指挥，主宰自我的存在。他拒绝了解苔丝德蒙娜，回避她是一个独立于他的个体的事实，因为对于奥赛罗来说，没有什么比知道苔丝德蒙娜依附于他更安心的了，但现在证明她是有血有肉的存在，是与他分离的存在，是他者。这便是折磨奥赛罗这种对他者持有怀疑论的可能性，这也是他最终选择谋杀苔丝德蒙娜的原因。

李尔也是如此拒绝了解他者的莎士比亚悲剧典型。他执着于让女儿们将她们对他的爱置于公共场景，追求言语上的公开表达和奉承。当他问起哪个女儿最爱他时，科迪利娅说："我爱您只是按照我的义务，一分不多，一分不少。"[3]李尔心中清楚科迪利娅对他的爱，但他仍然陷入了怀疑论困境，对科迪利娅的爱进行回避。他拒绝了解科迪利娅和科迪利娅对他的爱，因为这种回答使他感受到科迪利娅的独立性与分离性，这使他大为光火，驱逐了科迪利娅，并葬送了自我与他人的伦理关系，即亲情。

卡维尔对此指出："对苔丝德蒙娜的忠诚所持的怀疑态度所带来的折磨，正是这种分离所带来的无法忍受的必然……我认为，相对于奥赛罗对他的新娘的看法，麦克白对他的妻子的看法，哈姆雷特对他母亲的看法，莱昂提斯

---

[1] Timothy Gould. *Seven types of Unintelligibility*. Journal of Aesthetic Education, Vol. 48, No. 3, 2014: 119.
[2] Stanley Cavell. *The Claim of Reason: Wittgenstein, Skepticism, Morality and Tragedy*. Oxford: Clarendon Press, 1979: 389.
[3] 莎士比亚. 李尔王. 莎士比亚全集 VII. 朱生豪，译. 北京：人民文学出版社，2014：7.

对他新生女儿的看法，都是如此。这些关系所涉及的极度亲密关系表明，证明对方存在的'证据'不是与对方建立联系的问题，而是实现或忍受与对方的分离，对我的本性所依赖的那个人进行个性化。"[1]

这种回避不仅存在于对他者的不了解中，也存在于拒绝为他者所知中。这依旧能从《李尔王》中找出案例。在故事中，埃德加为了逃过弟弟埃德蒙的搜捕，混迹于一群疯癫的乞丐之中，拒绝为他人所知，改头换面掩盖自己的身份和真实内心，认为自己"现在不再是埃德加了"[2]，而是成为可怜的疯人汤姆；并且，在与李尔相遇之时，他自称自己原本是"一个心性高傲的仆人"[3]；之后埃德加与将他流放的父亲葛罗斯特伯爵在野外相遇，但他拒绝让父亲知道他的真实身份，依旧称呼自己为可怜的汤姆，甚至在葛罗斯特对李尔说出"我们亲生的骨肉都那样坏，把自己的生身之父当作了仇敌"时，埃德加仍然回答"可怜的汤姆冷着呢"[4]。在他失明的父亲恳求埃德加所扮演的疯汤姆带他去多佛时，埃德加内心有所挣扎是否要继续假装下去，但最后他依旧选择了回避。在葛罗斯特想要跳下悬崖了结生命时，埃德加假装疯汤姆已经离去，以好心人的身份救下父亲两次并且一直在父亲身边照料他，虽然他在父亲身边，但葛罗斯特内心仍被不知所踪的被污蔑的埃德加心怀愧疚，而这份愧疚使他的精神状况每况愈下，这也是导致他最终得知疯汤姆是爱德加时会无法承受死去的悲剧结局的原因。

这两种拒绝和回避实质上是不愿意承认自我已知事实的真相。从这个意义上说，深陷怀疑论困境的人注定会失败。他们由此产生的挫折感并不表现为对自己的挫折感，而是对他们所爱的人的挫折感，因为他们所爱的人无法给他们带来他们所渴望的那种确定性。这种挫折感使他们心烦意乱，最终走向毁灭。例如，上文提到的李尔对科迪利娅的回避是怀疑论困境导致走向毁灭的一个典型案例，而这种怀疑论是由否认即回避所驱动的。

作为伦理领域的重要一环，卡维尔的他者观与列维纳斯所提出的他者有所不同。在列维纳斯对笛卡儿的解读中，他指出他者具有无限性，自我无法

---

[1] Stanley Cavell. *Philosophy The Day After Tomorrow*. Cambridge: Harvard University Press, 2006: 145.
[2] 莎士比亚. 李尔王. 莎士比亚全集 VII. 朱生豪, 译. 北京：人民文学出版社, 2014: 41.
[3] 莎士比亚. 李尔王. 莎士比亚全集 VII. 朱生豪, 译. 北京：人民文学出版社, 2014: 59.
[4] 莎士比亚. 李尔王. 莎士比亚全集 VII. 朱生豪, 译. 北京：人民文学出版社, 2014: 60.

把握他者，也就是说他者并非可知的主体，但他认为这种自我和他者这种先于理性的伦理关系为自我与他者进行伦理交流提供了可能性；而卡维尔则将他者的存在视为自我与他者不可逾越的分离性，因此对卡维尔来说，自我与他者的伦理关系由于不可能存在的纯粹交流而对自我与他者进行折磨，即使是与我们最亲近的人，这种折磨依然存在。因此，对于他者一味地回避是无用的，只有承认他者才可以继续向前。

这种对他者的承认相应地体现在承认他者的存在和独立性，即承认自我与他者的分离性。"承认的本质是一个人从另一个人的观点去设想另一个人"[1]。对于奥赛罗来说，承认苔丝德蒙娜是独立于他的存在，他们之间是具有分离性的这个事实才是让他摆脱自我毁灭宿命的关键；对于李尔来说，承认科迪利娅是分离于他的存在，他们之间是具有分离性的这个事实才是让他逃脱自我毁灭宿命的关键；对于葛罗斯特来说，承认埃德加的存在以及自己的错误才是使他自我解脱的关键；对于埃德加来说，承认父亲对他的爱和自己的真正身份才是让他走出宿命自我重生的关键。

Andrew D. Bowyer 在《奥斯汀和维特根斯坦之后的道德哲学：斯坦利·卡维尔和唐纳德·麦金农》中指出，我们可以将两个主体相遇的经验事实理解为既是可知的又是未知的，要么是未能通过"回避"取得进展，要么是通过"承认"取得成功[2]。李尔便是对他人先回避造成自己的悲惨际遇后承认得以成功寻回自我的典型人物。李尔落难之际，科迪利娅率军前来救他于水火之中，他才承认科迪利娅以及科迪利娅对他的爱，承认对爱的表达方式的差异性的存在，达成了相互理解。因此，在两人一起被抓住时，他进行了忏悔："当你求我为你祝福的时候，我要跪下来，求你饶恕"[3]，而在得知科迪利娅的死亡后，李尔也悲痛地死去了。

葛罗斯特对埃德加的承认体现在他的忏悔。在他被挖眼时，他感叹："仁慈的神明啊，赦免我的错误，保佑他有福吧！"[4]，在得知陪伴并救了自己性

---

[1] Stanley Cavell. *The Claim of Reason: Wittgenstein, Skepticism, Morality and Tragedy*. Oxford: Clarendon Press, 1979: 441.
[2] Andrew D. Bowyer. *Moral Philosophy after Austin and Wittgenstein: Stanley Cavell and Donald MacKinnon. Studies in Christian Ethics*, Vol. 31 (I), 2018: 59.
[3] 莎士比亚. 李尔王. 莎士比亚全集 VII. 朱生豪, 译. 北京: 人民文学出版社, 2014: 96.
[4] 莎士比亚. 李尔王. 莎士比亚全集 VII. 朱生豪, 译. 北京: 人民文学出版社, 2014: 69.

命的疯汤姆便是埃德加时，他对埃德加进行了忏悔："我没有路，所以不需要眼睛；当我能够看见的时候，我曾失足颠仆。往往我们可以看到，因为有所恃而失之于大意，缺陷却能对我们有益。啊！埃德加我的好儿子，你的父亲受人愚弄，错怪了你要是我能在未死以前摸到你的身体，我就要说，我又有眼睛啦。"[1]正是因为葛罗斯特承认了埃德加，他在像李尔一样在死亡来临之前得到了解脱。

与此同时，这也是埃德加成功为他人所知，并在葛罗斯特承认他后相应地承认了父亲对他的爱。埃德加在与埃德蒙决斗之前都在试图回避承认、回避曝光和自我显现，拒绝为他人所知，直到他与埃德蒙决斗并将埃德蒙击倒之时，他才宣布"我的名字是埃德加，你的父亲的儿子"[2]，并开始讲述自己父亲在得知真相时的情形，"当我说完之后，愿我的心爆裂了吧"[3]，他在讲述途中也忏悔说"我不该一直向他瞒住自己的真相"[4]，在这时埃德加已通过他的叙述完全承认了葛罗斯特对他的爱。在他父亲和李尔相继死去之后，他认识到了承认的重要性，"这惨痛时刻的重担我们不能不背；感到的就说出来，而不是堂皇应对。最老的人忍受得最多，我们后生者流将看不到这么多，也活不到这样长久"[5]，他承认了自我与葛罗斯特和李尔的分离性，由于自我无法完全了解他者的一切，自我所能做的就是承认他者。

因此，拒绝了解他者和拒绝为他者所知是自我深陷怀疑论困境的主要表现，而只有承认自我与他者的分离性，即他者是独立存在的个体，才有可能摆脱怀疑论所带来的危机，为自我承认和自我走向至善提供前提与基础。

2　文本中的自我：承认与自我至善

《文学的断言》中指出，卡维尔对他者的承认和列维纳斯对他者面孔的回应都发生在一个先于甚至帮助我们建立自我或主体性的层面上[6]。也就是

---

[1]　莎士比亚. 李尔王. 莎士比亚全集 VII. 朱生豪，译. 北京：人民文学出版社，2014：72.
[2]　莎士比亚. 李尔王. 莎士比亚全集 VII. 朱生豪，译. 北京：人民文学出版社，2014：101.
[3]　莎士比亚. 李尔王. 莎士比亚全集 VII. 朱生豪，译. 北京：人民文学出版社，2014：101.
[4]　莎士比亚. 李尔王. 莎士比亚全集 VII. 朱生豪，译. 北京：人民文学出版社，2014：102.
[5]　莎士比亚. 李尔王. 莎士比亚全集 VII. 朱生豪，译. 北京：人民文学出版社，2014：106.
[6]　Rudrum，David. *Stanley Cavell and The Claim of Literature*. Baltimore：The Johns Hopkins University Press，2013：204.

说，文本中，他者成为新的自我认知和自我转变的载体。承认他者之后，自我承认的问题也就随之而来。

奥赛罗被卡维尔称为"莎士比亚悲剧角色中最明显的自恋者"[1]，他的悲剧结局不仅是因为对苔丝德蒙娜回避，还因为他没有承认自我和自我的责任。卡维尔在《理性的主张：维特根斯坦，怀疑论，道德和悲剧》对戏剧的解读中指出，奥赛罗谋杀苔丝德蒙娜是因为他对苔丝德蒙娜的爱和苔丝德蒙娜对他的爱使苔丝德蒙娜和他分离开来。苔丝德蒙娜确立了她作为一个独立于奥赛罗的个体对他产生的爱，正是这种差异性引起了他的愤怒，他不满意于她的差异性，因为他内心的怀疑认为这意味着他的不完整。因此，奥赛罗宁愿拒绝和回避这种爱并谋杀对方。他拒绝承认内心的感情，并不承认自我以及自我对苔丝德蒙娜具有情感依赖，拒绝承认他与苔丝德蒙娜的分离，拒绝承认这种不完整，而不承认自我的这种选择是陷入怀疑论困境的人对自我的怀疑。即使在最后关头，他仍对他人表示："你们应当说我是一个在恋爱上不智而过于深情的人；一个不容易发生嫉妒，可是一旦被人煽动以后，就会感到极度烦恼的人"[2]，由此可见，他仍然并未领悟他自我的问题和责任，仍把悲剧结局归咎于他者，而自我只是被他者所扰。由于这种对他者和自我的双重回避，奥赛罗最终选择了拔剑自刎。

与奥赛罗不同，李尔在故事结尾成功醒悟并承认自我。李尔的回避体现在对科迪利娅的回避以及对真正自我以及自我的内心与情感的回避。在故事的前半段，李尔从未表达过自己内心的情感，相反他更加希望收到他者的公开情感表达，以此来回避自我认知和真正的自我。但在李尔被花言巧语的大女儿和二女儿赶到荒郊野外之后，他开始醒悟并逐渐承认他者，继而承认自我。在看到由埃德加乔装的疯人时，他发出了感叹，"我们这三个人都已经让衣服遮蔽了本来的面目，只有你保全着原形；没有文明装饰的人不过是像你这样一个寒伧的、赤裸的、两条腿的动物。脱下来，脱下来你们这些身外之物！来，松开这里的纽扣"[3]，李尔在这里的脱衣行为已经预示着他开始寻找自我且逐渐认清自我。在暴风雨中，他发出感叹，"可怜赤裸的不幸的人们

---

[1] Stanley Cavell. Philosophy The Day After Tomorrow. Cambridge: Harvard University Press, 2006: 147.
[2] 莎士比亚. 奥赛罗. 莎士比亚全集 VI. 朱生豪，译. 北京：人民文学出版社，2014，492.
[3] 莎士比亚. 李尔王. 莎士比亚全集 VII. 朱生豪，译. 北京：人民文学出版社，2014：59.

啊，无论你们在什么地方忍受着这样无情的暴风雨的袭击，你们的头上没有片瓦遮身，你们的腹中饥肠辘辘，你们的衣服千疮百孔，怎么抵挡得了这样的天气呢？啊！我一向太没有关心这种事情了"[1]，他看到了食不果腹衣不蔽体的平民的不幸，并由此产生了愧疚以及自我批评的情感。在科迪利娅率军来救他之时，他意识到自己的错误，并请求科迪利娅的原谅，从这时起，他便开始承认自我并表达自我的情感。尽管最后由于科迪利娅的死亡，李尔抱着她的尸体在悲愤中疯狂而死，但他的死亡并非奥赛罗那种羞愧之死，而是在对他者承认也对自我承认后的解脱之死。

葛罗斯特伯爵也是如此。由于私生子爱德蒙的挑拨和煽动，葛罗斯特伯爵回避了解埃德加，在看到伪造的信件时，他完全相信了他的背叛。在他被康华尔挖去双眼时，他才开始醒悟，逐渐看清爱德蒙的真面目，并承认自我之前的愚昧和盲目，为最终走向自我觉醒和灵魂净化做铺垫。

埃德加的承认自我体现在他对葛罗斯特进行的自我承认和对埃德蒙进行的自我承认。"让我们互相宽恕吧。在血统上我并不比你低微，埃德蒙，要是我的出身比你更高贵，你尤其不该那样陷害我。我的名字是埃德加，你的父亲的儿子。天神是公正的，他们利用我们的风流罪过惩罚我们；他在黑暗邪恶的地方种下了你的生命，结果使他丧失了他的眼睛"[2]。"直到约莫半小时以前，我已经披上甲胄，对成功虽有希望但无把握，我才请他为我祝福，把我的全部历程从头到尾告诉他知道；可是，唉！他的破碎的心太脆弱了，承受不了喜悦和悲伤这两种极端激情的冲突，他含着笑死了"[3]。

在卡维尔看来，道德至善论可以将我们从怀疑论的形式之中拯救出来，将我们置于人类被改变的可能性之中，置于更深层的评估我们当代生存模式和超越并参与到更好的未来生活的道德问题之中。而 Paul Guyer 在《至善论例证》中指出，"我们需要让自己变得更加可理解，以实现我们创造和改造的潜力，以及……行使我们的自由，这便是至善论的最终目标"[4]，这正是自我至善的体现。通过他者对个体的承认以及通过他者所呈现的自我的可能性，

---

[1] 莎士比亚. 李尔王. 莎士比亚全集 VII. 朱生豪，译. 北京：人民文学出版社，2014：57.
[2] 莎士比亚. 李尔王. 莎士比亚全集 VII. 朱生豪，译. 北京：人民文学出版社，2014：101.
[3] 莎士比亚. 李尔王. 莎士比亚全集 VII. 朱生豪，译. 北京：人民文学出版社，2014：102.
[4] Paul Guyer. *Examples of Perfectionism*. *The Journal of Aesthetic Education*，Vol. 48，No. 3，2014：9.

个体得以了解自我，进而获得下一个自我，即一个更加完善的自我。因此，在承认他者和承认自我之后，对自我的改变，即自我至善，成为可能。而这种自我认识的获得，以及通过自我认识实现自我创造和自我改造的自我至善并不是一蹴而就的，而是在生活中持续地变化。

卡维尔这种对于自我承认以及自我至善的关注与探讨来源于爱默生的至善论，他曾指出"爱默生的至善论并非是指一种完美的可能性，而是强调对自我的重视"[1]，虽然爱默生本人将其至善论大多应用于民主政治领域，强调个体的独立性以及个体作为社会组成部分的重要性，但卡维尔将其拓展到伦理领域，并对爱默生所提出的"一个未达到但是可达到的自我"进行了全新的阐释。这种未达到但是可达到的自我便是至善的自我，而这种至善并不是将人由坏变好，或是由错变对，而是将人从困惑和束缚中解脱出来，逐步实现完全的自我认知和自我承认。

这种逐步的至善体现在人类生活的各个方面，以达成全面的自我至善。以人类的情感为例，友谊是自我和他者之间的一种普遍的伦理关系。"友谊在道德至善论中的作用是承认和否认"[2]，而这种关系得以建立的核心便是自我与他者之间的可理解性（intelligibility），即自我与他者的互相承认，而这种承认需要在自我至善的过程中不断自我改造和自我转化，所以，自我至善可以说"既是友谊的产物，也是友谊可能性的条件"[3]。扩展来说，友谊也包括男女间的情谊，即婚姻。卡维尔主要以再婚喜剧为例，对于婚姻中的回避和承认问题也进行了详尽的分析，他指出再婚喜剧中所关注的家庭或社会困境大多是男女间的未知性以及一段情感关系中缺乏承认和认同感导致的，这些作品反映了一种关于承认他人而又被他人所承认的生存的模态，这是一种重建与日常世界之间的亲密性的方式，其中作品中的女性将怀疑论问题的困境予以具体化，而这些怀疑论困境关乎主体与世界的距离和与他者心灵之间的疏离，即承认自我和他者间的分离性。对此，卡维尔提出的解决方案便是

---

[1] Stanley Cavell. *Conditions Handsome and Unhandsome: The Constitution of Emersonian Perfectionism*. Chicago: University of Chicago Press, 1990: 3.
[2] Naoko Saito. *The Gleam of Light: Friendship, Teaching and Emersonian Moral Perfectionism*. Cavell Colloquium, Cambridge, Massachusetts, 2006: 5.
[3] Paul Guyer. *Examples of Perfectionism*. The Journal of Aesthetic Education, Vol. 48, No. 3, 2014: 9.

爱默生式至善论重点关注的自我救赎，也就是在自我和他者的伦理关系中形成自我至善，这种自我至善既包括自我认识的获得，也包括通过自我认识实现自我创造和自我改造的自由的获得。

总而言之，在自我与他者的伦理关系中，自我应当"将他者看作一面镜子"[1]，因为他者不仅仅是外部世界的反映，也是另一方面的自我的反映。以他者为镜，通过承认他者进一步承认自我，进而进行自我改造和自我转化，使自我具有自我超越的可能性，最终走向自我至善。

3　文本外的自我：读者的至善

伦理学是一门实践哲学。相应地，在卡维尔的文学批评中，其伦理性也有着实践层面上的意义，这种实践意义在现实世界的体现便是读者通过文本阅读所获得自我至善。

由于"剧作家的首要任务是把我们聚集起来，然后让我们安静下来，让我们动弹不得"[2]，人们便变成了观众；相应地，作家也是如此，人们在面对文本时也变成了读者。作为一名读者，在阅读文本时通常会被置于怀疑论者和道德主义者之间的两难境地，也就是说，在面对文本中的他者时采取一种近乎列维纳斯式的被动态度，这种被动的态度是由于读者在阅读时所处的位置和文本中的人物所在之处之间存在着绝对的鸿沟，而这一鸿沟永远无法消失，由此，读者在阅读时总会对情节或人物进行回避。

文本之外的回避与承认存在着复杂的关系，而文本所展现的回避是多样的。一方面，在阅读文本时，读者无法靠近到需要被承认的人物他者面前，读者既无法向他们宣布自我的存在，也无法将自我隐藏起来。因此，在阅读时，读者的被动状态，即无形和无言，是强制的，这便是文本的条件，也是读者经常强加于自我和人物他者的条件。这种文本对读者进行的强制回避通过分离读者和人物他者，强制拒绝自我了解他者。另一方面的回避显示为拒绝他者进入自我的世界，即回避自我参与他者的困境，但这种回避并非文本

---

[1] Paul Smeyers, Yusef Waghid. *Cosmopolitanism in Relation to the Self and the Other: From Michel Foucault to Stanley Cavell. Educational Theory*, Vol. 60, No. 4, 2010: 461.

[2] Stanley Cavell. *Must We Mean What We Say? A Book of Essays*. New York: Charles Scriber's Sons, 1969: 326.

强制的，相反，这种回避向读者展示了通过承认并参与他者怀疑论困境以克服该困境的可能性，且表明读者也有责任这样做。尽管这种选择沉默和隐藏的回避并不是由于选择，不能根据选择或自由意志来解决，正如读者无法选择某个人物出现在某个文本中，但这样的回避在文本阅读的过程中数不胜数，就像维特根斯坦所指出的那样，这种对于情节的回避非常普遍，读者在阅读时总会产生"如果不是那样，就不会有任何事情发生……"[1]的想法。当读者屈从于回避，将文本所呈现的故事的开端看作一切的原因，并将文本所呈现的故事的结局看作不可避免的结果来对文本进行解读时，这种可能性就从读者身上消失了。在这种情况下，读者由于深陷文学作品即文本，所特有的时间性，丧失了将人物所经历的怀疑论困境自我呈现的可能性，由此导致读者无法正确地认识文本中的人物。而这种无法正确认识主要体现在三方面：从本体论角度来看，文本中的人物只是历史的产物；从认识论的角度来看，文本中的人物只是傀儡而非真正的人；从伦理的角度来看，文本中的人物的选择是被规定的，而不是真正的他者的选择。

许多传统伦理哲学的核心都是选择的问题或是缺乏选择的问题，而在卡维尔的哲学观点中，一般情况下，在文本之外的怀疑论困境及其对他人的回避并不是读者会选择的选择，而是让读者可能屈服于的威胁。由于文本把自己呈现给读者的是一种时间的体验，读者正在进入一个人物的当下，而这个人物现在正在读者面前呈现他的怀疑论困境，但由于他是文本中的存在，与读者是分离的，所以读者无法生活在眼前的时间体验中。因此，在阅读中，读者虽无法干涉人物的怀疑论困境，但也无法直接选择忽略或回避，否则，在阅读结束的时候，读者要强制性地停止回避，对此，卡维尔指出，"在结尾……我们再次被投入行动的竞技场……因为演员们已经停止了，我们可以自由地再次行动，但也被迫如此。我们的隐藏，我们的沉默，我们的位置现在是我们的选择"[2]，由此可见，卡维尔试图赋予文学一个明确的伦理、道德和说教目的，即文学可以教会我们如何在文本之外成为更好的人，即自我至善。

---

[1] Wittgenstein, Ludwig. *Culture and Value*. Trans. P. Winch. Ed. G. H. von Wright. Oxford: Basil Blackwell, 1972: 12.

[2] Stanley Cavell. *Must We Mean What We Say? A Book of Essays*. New York: Charles Scriber's Sons, 1969: 343.

读者走向自我至善的第一步便是承认文本的当下性。读者如果要参与到文本之中，他们必须首先承认他们正在阅读的这个文本所呈现的故事是正在发生在他们面前的，即文本的当下性。文本中的人物经历了一系列事件，而这些事件都是由人物生活的时刻组成的，每一个时刻都构成了人物的当下。如果读者要参与文本，就必须要把文本中所发生的事件的每一个时刻都当作人物的当下。因此，读者不应当将其对文本结局的了解运用到对一个人物最初动机的判断中去，也不应当据此认为已发生的事件对现在和未来起到决定性作用，这样意味着读者完全剥夺了人物在每一个做决定的时刻做出不同选择的自由。这种剥夺也是一种回避，是读者对文本人物作为特定个体的回避，读者并未承认人物作为人的存在，同样处于时间和空间之中。

对于文本的当下性，卡维尔指出，理论上文本中的每一个时刻对于文本中的人物来说都包含一种可能性，即怀疑论的终结和对他者回避，而这种可能性可能会改变故事的走向。但这并不意味着对上文所提到的奥赛罗或李尔而言，这种可能性会有所影响，因为卡维尔指出，如果读者确信文本中的人物会停止回避，那么"这个人是忘记了这些人物到底是谁"[1]，也就是说，虽然有这种可能性存在，但实际上这种可能性产生作用的概率很小，但这种可能性可以存在于读者身上，并对读者的生活产生影响，最终走向自我至善。虽然文本的环境使读者在文本之外的日常生活变得具有隐蔽性、寂静性和孤立性，但是文本为人们提供了一个场所，在这个场所之中人们成为读者，文本帮助读者作为人类或是公民停止选择沉默和隐藏，将读者从某种精神束缚中解救出来。

如同卡维尔所指出的："看到他的生活我会想到如何塑造我的生活和我的生活是怎样具有他的气质，我们彼此之间有着内在的联系；以及我的幸福要如何依赖于生活，是被他的困境打动但并未因他的困境受打击，还是因他的困境受到打击但并未因他的困境而煎熬"[2]。由此可见，卡维尔对于文学批评和伦理学及道德哲学的联系有着自己独到的见解。他认为它们之间的联系

---

[1] Stanley Cavell. *Must We Mean What We Say? A Book of Essays*. New York: Charles Scriber's Sons, 1969: 341.
[2] Stanley Cavell. *The Claim of Reason: Wittgenstein, Skepticism, Morality and Tragedy*. Oxford: Clarendon Press, 1979: 453.

在于"我们对角色的认同机制是什么?"[1],这是一种探索人类自我是如何认同人类他者的方式,而这种方式影响着读者,即文本所呈现的故事及其人物经历是如何作用于读者的。

文本将怀疑论所带来的可能性故事化,使读者察觉自己随时都可能陷入这些怀疑论困境中。在这种怀疑论可能性中,文本所呈现的故事中的人物正在将自己所陷入的困境和读者会陷入的困境展现出来。通过阅读文本并承认文本的当下性,读者对文本所呈现的故事中人物产生了共鸣,因为这些人物其实在为读者演绎人类生活的多种可能性,而这些可能性对于所有人都具有开放性,因为这些可能性是任何人都可以做的选择,但人们必须要为自己的选择负责。

卡维尔强调,我们必须对我们面前发生的事情负责,"我们与我们所承认的失败有关联,我们对悲剧负有共同的责任"[2],也就是说,读者要对文本中的人物困境负责。以《奥赛罗》为例,卡维尔所提出的对奥赛罗所陷入的怀疑论困境负责并不是指他的怀疑和回避是读者的错,而是指读者在阅读时经历了他怀疑和嫉妒的开始,以及这种情绪的不断发酵,但却毫无作为。作为一场演出的观众,"一场演出如果没有观众的参与就什么都不是,这种参与取决于我们每一个人"[3];而作为一个文本的读者,一个文本如果没有读者的参与就什么都不是,这种参与也就是为人物的怀疑论困境承担责任的意义所在,因为它涉及对他者采取道德和伦理立场的必要性。

这种读者对文本的参与具体体现在由人物所陷入的怀疑论困境承认自我所陷入的怀疑论困境。"康德告诉我们,人生活在两个世界中,一个是自由的,另一个是确定的。就像在剧院里,这两个世界在他们的相互的亲密和不可接近中彼此对峙。观众是自由的,他们不受人物所处的环境和激情的影响,但这种自由无法到达它能够发挥作用的舞台。演员是被决定的——不是因为他们的言语和行为是被命令的,所以他们的未来是被决定的,而是因为如果

---

[1] Stanley Cavell. *Must We Mean What We Say? A Book of Essays*. New York: Charles Scriber's Sons, 1969: 334.

[2] Stanley Cavell. *Must We Mean What We Say? A Book of Essays*. New York: Charles Scriber's Sons, 1969: 282.

[3] Stanley Cavell. *Themes Out of School: Effects and Causes*. San Franciso: North Point Press, 1984: 87.

剧作家真的设定了一个住满居民的世界,他的人物们就会行使他们所能支配的所有自由,特别是没有……总之,他们是人;我们在回应他们时所负的责任就是我们在回应任何人时所负的责任"[1]。这种责任不仅是自我对他者负有的责任,读者对人物他者所负有的责任,也是读者对自我负有的责任。通过承担对人物他者的责任,读者理解该怀疑论困境在自我处发生的可能性,以此实现自我改造和自我转化。

由此可见,文学批评的伦理性在于,承认他者的怀疑论困境对读者来说仍然是一种活生生的可能性,通过这种可能性得以实现承认自我的怀疑论困境,最终摆脱困境走向自我至善。

4 结　语

卡维尔的文学批评思想以爱默生的至善论为基础,对自我与他者的关系问题进行重点分析,形成了其独特的文学批评伦理性。卡维尔文学批评的伦理性包含三个层面:自我对他者的承认、自我承认和最终自我至善的实现。一方面,文本内的人物通过文本所呈现的故事展现自我对他者的回避以及由此所陷入的怀疑论困境,并且随着故事的发展逐步承认他者,进而承认自我,最终幡然醒悟走向自我至善;另一方面,通过文学作品,读者实现对文本中的人物他者的承认,通过读者对人物他者的承认以及通过他者所呈现的自我的可能性,读者得以了解自我,而文学作品所呈现的读者自我与人物他者的分离性以及文学作品所具有的时间性进一步使得读者在承认他者的同时承认自我,并开始寻找尚未实现的自我,最终实现自我至善。因此,在卡维尔的文学批评中,文学是实现自我至善的方式。

---

[1] Stanley Cavell. *Must We Mean What We Say? A Book of Essays*. New York: Charles Scriber's Sons, 1969: 317.

卡维尔文学批评中的文学公共性：
作为精神载体的文学

秦明利　马婧雯

摘要：公共性是卡维尔文学批评所关注的重点问题，文学公共性的构建对文学活动和价值具有重要的意义。本文指出，在卡维尔的文学批评中，日常交往行为是建立在语言的主体间性以及由此生成的公共空间的基础之上的。日常语言的公共性使得文学同样具有公共性，日常语言不仅是在政治领域的表达，同时也是文化和精神的发生场所。在《新奇而不可接近的美国》中，卡维尔指出，以日常语言为媒介传递日常经验的文学，是拯救衰退中的民族精神的有效途径。本文通过从卡维尔的日常语言出发，试图证明，在卡维尔的文学批评中，以日常语言为媒介并传递日常经验的文学是一种作为精神载体的存在。

关键词：斯坦利·卡维尔；日常语言；公共性；民族精神

　　文学的公共领域这一概念最早出现在哈贝马斯的《公共领域的结构转型》。作为一个历史描述性的术语，哈贝马斯用它特指18世纪西欧出现的历史现象。文学是作为一种表现历史和社会因素的方式而存在的，因而文学公共领域是资产阶级公共领域建构的前身和基础。哈贝马斯指出，文学的公共性体现在文学活动的自主性上，文学领域与权力领域相对分离使得文学市场和

【基金项目】本文系国家社科基金一般项目"斯坦利·卡维尔文学思想研究及著作翻译"（19BWW002）的阶段性成果。

【作者简介】秦明利（1960—），男，英语语言文学博士，大连理工大学外国语学院教授，研究方向为诠释学、文学哲学。马婧雯（1996—），女，大连理工大学外国语学院英语语言文学硕士研究生。

文学游戏有其独立的规则，在依赖社会环境这个公共空间的同时又保留审美性和个体性。"文学所描述的经验虽然是个性化的，是私人的，但受众对象，即读者，是公众，因而讨论是公开的，并通过公共媒体（如报纸、杂志）所传播和发展"[1]。文学所表现出的个性意识的觉醒在很大程度上是通过培养公共领域合格的公众所激发和影响的。文学意味着作者与读者利用文学语言进行交流、对话和沟通，这意味着文学是一个以对话为主要方式的主体间理性的交往活动。斯坦利·卡维尔就文学的公共性提出了其独特的文学批评理论。在卡维尔看来，文学是通过日常语言对日常经验的表达，人们的日常活动是建立在主体间社会活动和公共行为规范下的，因而具有公共性的特征。卡维尔指出，无论是美国19世纪以爱默生和梭罗为代表的超验主义文学还是17世纪欧洲文艺复兴时期莎士比亚的戏剧作品，抑或是19世纪以英国为代表的浪漫主义诗歌都是一种对日常语言的运用及探寻方式，文学透过日常语言的哲学性不仅找到了其与实用主义、怀疑论和至善论的联系，同时利用文学公共性的特征传递了一种超越社会与政治的精神性。公共领域中个人创造力和自由的本质是促进个人团结和培养社区意识的基础。文学和文学批评的文化影响就证明了这一点，它们在塑造社会价值观、保护文化遗产和维护民族认同方面发挥着至关重要的作用。

一、美国精神：超验主义对日常语言的诠释

超验主义作为美国19世纪最重要的文学和哲学运动，强调了直接经验和感觉的重要性，并以文学为媒介，重塑了对自然、宗教、历史以及对个体的认知，其追求人类自由和个性独立的价值体系，对日后美国民族性的塑造产生了直接的、深远的影响。而爱默生和梭罗作为超验主义运动的倡导者，他们的超验主义精神和文学语言一直是卡维尔在其文学批评中所关注的重要方面。在《爱默生的超验练习曲》一书中，卡维尔在历史维度和哲学层面对超验主义文学中的日常语言进行分析，将爱默生的超验主义与美国的哲学思想建立联系，并试图说明19世纪的超验主义文学运动为美国精神的独立和民族的解放奠定了基础，为信仰危机的美国人指明了方向。同时，在《瓦尔登湖

---

[1] 哈贝马斯. 公共领域的结构转型. 曹卫东, 等, 译. 上海：学林出版社，1999：18-257.

之感》中，卡维尔就美国传统是否具有"哲学性"进行了论证，指出爱默生是美国前所未有的最坚定、最具挑衅性的哲学批评家，并试图将爱默生作为美国思想家的代表重新审视美国的"哲学性"。而哲学语境中的不同说话方式恰恰体现出爱默生作品中的语言哲学，语言的哲学性使得以爱默生为代表的美国文学成为拯救和宣扬美国精神的重要媒介。

卡维尔深受维特根斯坦和奥斯汀的日常语言哲学影响，认为日常性是哲学分析的基础，不可通约且不可分化。在超验主义文学作品中，日常语言主要体现在爱默生和梭罗对自然的重视，并将日常性归结为"普遍的、熟悉的、贴近的、向下的"[1]。这种贴近生活的日常形式是超验主义者对自然和人类存在予以关注的最好说明，因此日常语言也是回归人类自身和语言本质的体现，是人类诠释生活环境和世界的方式。卡维尔在研究爱默生和梭罗的过程中，认为我们与世界的关系并不是一种"认识"而是一种"承认"（acknowledgement）[2]。卡维尔指出，怀疑论是人类对存在现状的不确定性，对怀疑论的正确审视不仅需要对人类处境的各种可能性进行分析，同时也要顾及人类自身的有限性，在这一层面上看，哲学语言已经脱离了人类的日常生活环境和所认识的对象。卡维尔强调语言的"无基础性"（foundation-less nature of language），语词和短语并没有明确的、精准的使用标准，其意义只有在一定的对话关系中、在使用者相互协商一致的条件范围内才会凸显。因此，语言本身与事物内在意义之间不存在直接的联系，通过语言可以直接认识事物这个说法也就不存在理论的根基，可以轻易地被推翻。在这个基础上，卡维尔在研究爱默生对自然的认识的过程中指出，正如人类同自然的关系一样，人类同语言的关系并不是一种"认知"的关系，而是"承认"的关系，语言的无根性和易变性也为语言的使用者赋予了新的责任，这就要求我们对日常生活中使用的每一个独立的语词都要赋予亲切的、适应的和正确的回应，"承认"一词揭示了爱默生处理其文学语言过程中的日常性特征。同时，卡维尔指出，爱默生的文本在哲学层面上通过变形和转换（transfiguration and

---

[1] Cavell, Stanley. *This New Yet Unapproachable America: Lectures after Emerson after Wittgenstein*. Chicago: University of Chicago Press, 1989: 88.

[2] Day, William. *Zhenzhi and Acknowledgement in Wang Yangming and Stanley Cavell*. Journal of Chinese Philosophy 33 (2012): 51-68.

conversion)实现"可理解"意义上的自由,这里的变形是指一种修辞运作模式,爱默生所谓的修辞格并不一定是修辞学家称为的已知修辞格,而是被爱默生自己称为的词语的转换。变形和转换意味着失去原有的联系,建立一种全新的联系。爱默生在其《论自然》中体现了人类理性的主动性和不受自然法则约束的独立性,因此爱默生反对一致性对人类进行的规约和压制,而对自我的转换正是将我们的集体语言和哲学语言转换为自我的、日常的语言,从而从一致性(conformity)的束缚中解放出来[1]。通过转换和重塑文本,爱默生将之生成为自我的日常语言,在实现可理解的基础上,向自由过渡。

卡维尔在证明爱默生的语言是一种区别于哲学语言的日常语言的同时,也关注到了其文学语言功能中的公共性特征。日常语言是卡维尔文学批评研究中关注的重点之一,从哲学意义上来看,语言作为抽象的能指,是以共相的方式表达在日常用语中,因此语言向我们的呈现都是以公共意义发生的。并且,自我和他者之所以可以在语言中达成共识,这种共识必然不是纯个人所能提供的,而是出于个人之外的共同原则。因此,卡维尔坚持认为语言应该是日常的,而非形而上的、公共的,而非私人的。在这个方面,维特根斯坦和奥斯汀的日常语言哲学理论对卡维尔的日常性产生了重大的影响。维特根斯坦所强调的公共语言是相对于私人语言而提出的。私人语言,顾名思义,是由个体掌握和使用的语言,因指称和描绘私人对象而产生,是他人无法理解,也无法传达的。维特根斯坦哲学后期提出的"语言游戏"正是建立在"反私人语言论证"的基础上的。"语言游戏"必须遵循特定的规则,而规则的实践是反对私人性的,不能容许私人语言的存在[2]。因此,日常语言游戏规则下的私人语言并没有可以生存的空间,私人语言也无法进入语言游戏的活动之中。维特根斯坦在语言的游戏中试图证明语言乃是公共空间的活动,同时也是生活形式的重要部分。卡维尔敏锐地观察到,爱默生不仅开创了美国实用主义的理论框架,而且体现了学术探究和文化批判的开创性方法。爱默生的实用主义体现在语言的工具性特征上,同詹姆斯一样,爱默生追求一种实际的效果,注重理论对生活的实际性的、指导性意义。爱默生在《论诗人》一书中

---

[1] Mulhall, Stephen. *Stanley Cavell: Philosophy's Recounting of the Ordinary*. Oxford: Oxford University Press, 1994: 73.
[2] 张峰. 维特根斯坦的"反私人语言论证"及其消解. 重庆理工大学学报, 2019(6): 13-17.

指出：象征之物是不确定的，无所依赖的，语言也是一样，仅仅是作为媒介和过渡之物而存在的。语言在传达意义方面发挥着作用，就像马车和渡轮的用途一样。然而，重要的是要承认它不能以与精心照料的农场或精心制作的房屋相同的方式运作。因此，爱默生强调了语言的实用性特征，并且其实用性是在一定的社会环境中所建立起来的。语言的实用性决定了其产生意义的条件，即在使用者同时理解，同时认可使用规则的前提下才会生成。这种对话性和一致性体现了一种公共性的特征。因此，私人的个体不再是语言发展过程中发挥作用的原生力量，而是作为参与者的身份进入公共领域，成为公共空间交互意义上的活动者。语言给个体规定了法则，也规定了个人与公共性不可剥离的联系。因此，通过对爱默生的实用主义分析，卡维尔的文学中呈现了一种追求统一性，追求普遍价值的公共性特征。

语言作为一种文学性的体现，与精神有着密不可分的联系。德国哲学家洪堡早在18世纪就将目光集中于语言与精神的相关性上，关于语言本质和语言结构与人类精神的关系问题构建了一套独特的理论体系。洪堡指出，语言作为文化的传承、历史的沉淀，是人类交流的重要工具，必然会与人类精神，民族精神有着紧密的联系[1]。因此，语言的民族性也成为洪堡所关注的重点。受洪堡影响，卡维尔在其文学批评理论中也体现出文学语言与内在精神紧密联系的特征。文学是民族精神最伟大的记录者，同时也是精神的载体。在卡维尔看来，爱默生所代表的超验主义对美国精神的影响主要有以下三点：首先，爱默生在其《论自立》中强调了自力更生（self-reliance），自律（self-registration），自信与自强的重要性。"坚持自己的东西，不要模仿别人"，爱默生在重视个体独立性的同时也对民族的希冀给出了回应。这种呼声强烈要求美国寻求自身的政治和民族独立，早日从欧洲的束缚下解放出来。这也是卡维尔不断追问"为什么美国从未以哲学的姿态来展示自己？或者它是否曾经如此"的原因。卡维尔通过爱默生文学的哲学性思索，试图赋予美国独立性的希望与民族自豪感。其次，爱默生的实用主义强调一切要行动，要实践，注重理论所产生的实际效果和指导意义。因此，爱默生的文学哲学不是为寻

---

[1] 洪堡. 论人类语言结构的差异及其对人类精神发展的影响. 姚小平，译. 北京：商务印书馆，1999：31.

求和认识真理而存在，而是作为一种日常性的工具来指导实践，创造更符合人类希望的、人道的、理想的生活环境。美国实用主义哲学家理查德·罗蒂也指出，文学与永恒性、知识、稳定性无关，更多的则是一种对未来和希望的关注。在《铸就我们的国家》一书中，罗蒂强调语言在公共领域的政治空间中的作用是为建立一个自由的、公正的、令人自信的和充满自豪感的国家所服务。因而，在卡维尔看来，爱默生文学中所体现出来的实用主义思想对美国民族性的团结和政治化的秩序起到了重要的作用，是美国精神所向往的自由。最后，卡维尔也关注爱默生的至善论，并将其道德至善论看作是一种真正的哲学。爱默生从自我与他者的伦理层面，强调他人可以被理解。卡维尔认为，接纳道德至善论可以让我们摆脱怀疑主义的陷阱，并让我们踏上变革之旅，更深刻地理解我们当前的存在方式。通过超越我们的极限并积极参与道德问题，我们可以为更光明的未来铺平道路。卡维尔至善论不仅体现在个人维度下的个体主张，同时也在政治哲学中得到了应用，并为社会转型提供了可能性。卡维尔反对将政治局限于公共领域，认为政治应归属于一种"对话的生活形式"。因此，根据公民主体性中道德和实践的需要，卡维尔试图放宽政治在公共领域的界限，而是将其作为生活形式而趋向于日常性，这对美国精神的道德性和主体性塑造有着不可忽视的影响。以上三点表明，卡维尔通过对爱默生文学中日常语言的关注，利用爱默生实用主义的特点对其文学的公共性加以说明，最后证明超验主义文学在美国精神的塑造上起到了重要的作用，对美国政治制度的确立和民族独立都发挥了独特的影响。

二、欧洲精神：日常语言对莎士比亚戏剧中怀疑论的回应

哲学传统与文学艺术的关系问题同样也是卡维尔文学批评所关注的重点，卡维尔将视线转向文艺复兴时期具有开创性意义的文学形式，集中于对文艺复兴时期的剧作家莎士比亚文学戏剧作品的研究，并将其拓展为对悲剧、艺术本体论和道德完善论的进一步阐释，构建了其独特的文学批评角度和思想维度。在《理性的主张：维特根斯坦、怀疑论、道德、悲剧》中，卡维尔将莎士比亚文学的分析与哲学相结合，并在伦理学、分析哲学、日常语言学的哲学层面，利用哲学家海德格尔、维特根斯坦、康德、笛卡儿等的哲学思想对莎士比亚文学作品的怀疑论因素进行剖析和解读。怀疑论是卡维尔哲学思

想所依托的根基,其并不是哲学理论要去拒斥和摆脱的对象,而是人类认识水平有限、知识局限的反映。在卡维尔看来,莎士比亚笔下悲剧结局的形成正是怀疑论所导致的,而卡维尔所强调的日常语言则是对抗怀疑论最有效的方式。日常语言投射到文学中,则形成了卡维尔眼中莎士比亚文学中的独特风格。莎士比亚的文学作品真实地捕捉了他那个时代的社会规范和美学,无缝地融合了浪漫主义和现实主义的元素。此外,他的著作在整个欧洲文艺复兴时期传播人文主义原则方面发挥了重要作用。

对卡维尔最重要的讨论是怀疑论问题,维特根斯坦曾指出:"怀疑论是不可反驳的,怀疑只出现于问题存在的地方,问题只能存在于有答案的地方,而答案只能存在于某种东西可说的地方。"[1] 怀疑论反映出人类关于自身、关于他者和关于所处的世界的知识是局限的,这种与真实答案的距离和对人类生存现状的不确定性正是怀疑论所产生的根源。卡维尔指出,怀疑论不仅是对世界、对个体所处境遇的质疑,同时也是知识的悲剧。悲剧产生于不可调和的冲突和矛盾,因此也是怀疑论的最终的结果。悲剧意味着对日常的规避,是个体行为的不切实际性,悲剧英雄在很大程度上试图逃离甚至放弃现实。《奥赛罗》中所酿成的悲剧在很大程度上是奥赛罗人物性格上的缺陷所造成的,"轻信说"和"嫉妒说"是其怀疑论因素的具体体现,奥赛罗将所有的美好理想都给予在苔丝德蒙娜身上,将现实的残酷理想化,甚至试图逃避现实。卡维尔认为,渴望逃离日常的限制是人类的一个基本倾向,这种倾向正是怀疑论的根源。要克服怀疑论,首先是要回归到日常性中来,而在哲学中,日常性正是在日常语言的场域中发生的。日常语言的系统化、整体性和确定性的意义,是打破怀疑论中不确定因素和碎片化的最好的说明。语言标准和规范不能脱离日常生活,而是在日常生活中不断更新和发展自身。卡维尔认为,莎士比亚《冬天的故事》正是以日常性对抗怀疑主义的典型代表,书的第一章为:"你们必须唤起你们的信仰"[2],而信仰正是对现实和日常的呼唤。《冬天的故事》是莎士比亚于1611年创作的一部悲喜剧。西西里国王莱昂特斯怀疑王后赫敏与好友波利克塞尼斯有染,于是囚禁了王后并抛弃了她刚

---

[1] 维特根斯坦. 逻辑哲学论. 杜世洪,译. 北京:商务印书馆,1996:12-25.
[2] 莎士比亚. 莎士比亚全集. 绿原,等,译. 北京:人民出版社,1991:77-246.

出生的女儿。结果，皇后悲痛而死。这部剧充满了传奇色彩。结果国王发现女儿并没有死，已经长成了一个美丽的女孩儿。女王奇迹般地还活着，结局也很圆满。莎士比亚时代是一个重要的转折点。许多旧的观点和习俗受到质疑。此时怀疑论相当盛行。与此同时，莎士比亚通过《冬天的故事》表达了他的观点。卡维尔的结论是，《冬天的故事》是对"怀疑论"的回应。该剧"平衡了怀疑与信任、逻辑与感官知觉、判断与同情心"。莱昂特斯深深地致力于理性思考，并在面对现实的不确定性时陷入怀疑。洛赫尼茨说："不确定性的确定性威胁到了他的理智，并达到了疯狂的边缘。"他虽然确信妻子有问题，但苦于缺乏明确的证据。莱昂特斯对不安全感的恐惧导致他采取更加专制的方法来确保稳定。这个迷信又理性的国王，实际上走向了理性的反面。对于怀疑主义造成的罪恶，莎士比亚指出"你必须唤醒你的信仰"。他的大臣卡米洛坚决捍卫赫敏，他的行为让人想起中世纪的骑士忠诚感，这种忠诚感基于传统和正派，而不是逻辑和理性。理性和现实正是对怀疑论最有利的对抗，根基于日常和所处环境的现实性发展出一套用于打破怀疑因素的理论武器，也正是日常语言对怀疑论反击最有力。语言是一种规范，同时人们对语言的使用既包含个人责任，也涉及社群意识。

在卡维尔看来，怀疑论所造成的悲剧不仅是对日常的逃离和规避，最终也是陷入伦理道德的困境中。所谓道德，其实是自我与他者的伦理哲学，道德性不是私人的，而是公共语境下的行为的认可程度。卡维尔指出，追求自由和他人的可理解是道德至善论的终极要义。悲剧的产生也源于自由的缺失和因互不理解而导致的怀疑。婚姻作为实现自我统一和互惠状态的例证，是道德至善论的突出证明，同时也是公共关系有力的表征形式。理查德·埃尔德里奇在《康德，卡维尔和哲学境遇》[1]中讨论的再婚喜剧是基于对七部好莱坞喜剧的争论所得出的综合性的主题和结构。在这些电影之中，复婚的喜剧中争吵的夫妇和情节剧中未知的女人证明了人类的能力——去承受和克服怀疑论对共同体和世界之关系的质疑。正如卡维尔所言，这些"日常的喜剧"因而反映出一种关于承认他人而又被他人所承认的生存的模态，这是一种重

---

[1] Eldridge, Richard. *Kant, Cavell and the Circumstances of Philosophy*. *The Journal of Aesthetic Education*, 11 (2014): 73-86.

建与日常世界之间的亲密性的方式，是试图在公共空间找到存在意义的有力说明。在《至善主义例证》[1]中，盖尔列举了莎士比亚悲剧《奥赛罗》，正是因为主人公不能使自己被理解，从而陷入了怀疑论的危机，最终导致了家庭甚至是国家的悲剧命运。因此，道德评价可以看作是一种基于理想主义原则的社会判断，个人必须坚守"善"的观念。莎士比亚的戏剧不仅在心理层面上提供道义上的支持，更重要的是引发人们对人生节奏和主题的深刻思考。在莎士比亚的作品中，冲突往往围绕人性的暂时压抑和相互冲突的欲望展开，凸显错综复杂的生命价值观及其对人类精神的影响，这是莎士比亚悲剧的本质。卡维尔认为，道德完美主义帮助我们克服怀疑，让我们探索个人成长和改变的潜力，促使我们更深入地反思当前的社会规范，并参与道德辩论，以创造更美好的未来。

莎士比亚文学作品是欧洲文艺复兴时期人文主义精神的巅峰，为欧洲精神的塑造和文化底蕴的丰富赋予了新的生机与活力。首先，莎士比亚悲剧中充满了怀疑论的色彩，这也是卡维尔文学批评中所关注的。马克思认为"怀疑论者是哲学家中的科学家"。怀疑论，作为反思世界真理及人类存在的重要流派，对西方哲学及其思想的发展有着一定的促进作用。关于西方哲学的核心问题，怀疑论试图打破僵化的教条模式，不断提出问题并进行反思，使西方文化和思想不断朝着多元的和新型的方向繁荣和发展。在这个基础上，怀疑论解构了文学和哲学上的绝对主义和独断论，将理性和批判的辩证思想引入思维模式中，使西方哲学最终形成了机智、缜密、反思和批判的理性主义思维体系，成为欧陆哲学思想有力的理论奠基。因此，莎士比亚文学作品中体现出的怀疑论哲学，是人们对当下环境的真实再现，是其世界观的投射，对欧洲民族精神的塑造有着不可或缺的影响。将怀疑论作为武器，反对和批判传统的封建思想和宗教哲学，进一步推动了当时资本主义萌芽和文艺复兴的进程。其次，对于怀疑论所造成的悲剧性结果，卡维尔认为，通过日常语言和道德至善可以与之对抗，使人在公共空间中达到一种稳定和谐的状态。这就在公共语境的意义上处理好与他者的关系。怀疑往往是来自对承认他者的拒绝，是逃避认知的体现。卡维尔认为，莎士比亚的戏剧形式是一种治疗

---

[1] Guyer, Paul. *Example of Perfectionism*, *The Journal of Aesthetic Education*, 3 (2014): 5-27.

方式,让我们直面他者,激发净化和宣泄,治愈我们的麻木。这就要求人们认识到在公共空间中,自我与他者是共存的,必须向他者分享并构建主体间性,通过语言实现与他者交流并具有道德责任。因此,摆脱悲剧意味着回归现实,并在自我与他者之间创建一个稳定的、公共的、可以分享和交流的生存形式。这样看来,卡维尔通过道德至善的方式,在处理自我与他者的关系问题上,解决了怀疑论所带来的不确定因素。莎士比亚通过其文学的形式对处理人际关系的伦理道德性问题给予了关注,这是对欧洲中世纪以个人身份优越感为基础的,上层社会文化精神为代表的贵族精神的有力抨击,也是对基督教神学笼罩下的僵化等级秩序的突破和挑战。其文学通过语言的公共性使欧洲精神得以显现并重新焕发生机。最后,莎士比亚在文学作品中体现了人文主义的个性化色彩,如通过对哈姆雷特亲情、友情、爱情观的探索,以及对生死复杂性的深邃独白的思考;《暴风雨》中李尔王对社会腐败的尖锐谴责;莎士比亚在《威尼斯商人》中对邪恶战胜正义的发人深省的审视,巧妙地塑造了多样化的人物形象。在此过程中,他巧妙地将中世纪浪漫主义的迷人象征主义和奇幻元素与对现实主义的刻意强调融合在一起,从而为现实主义文学的出现开辟了一条强大的道路。因此,莎士比亚在赞扬人性美好的同时,宣扬人的自由意志,使人文主义向传统的宗教神学发出挑战,人们的个性、自由、平等的意识开始萌发,成为欧洲思想解放和人文主义精神重要的文学奠基者。卡维尔将对莎士比亚文学理论的研究引入自己的文学批评中,通过日常语言对产生悲剧的怀疑论的抵抗,卡维尔在道德至善的公共层面试图重新定义与他者的关系,并指出以莎士比亚为代表的欧洲文学是欧洲文艺复兴时期人文精神的体现,文学也在一定意义上因其公共性特征,成为精神的依托和载体。

三、浪漫主义精神:诗歌语言向日常性的回归

在《日常性的探索:怀疑主义和浪漫主义》[1]一书中,卡维尔将三位作家联系在一起,分别是浪漫主义者威廉·华兹华斯、雪莱以及柯勒律治,三

---

[1] Cavell, Stanley. *In Quest of the Ordinary: Lines of Skepticism and Romanticism*. Chicago: Chicago University Press, 1988: 56-89.

位作家都关注日常语言和公共经历的重要性。爱德华·达菲在《世俗的神秘：斯坦利·卡维尔和英国浪漫主义》[1]中指出，对美好生活的描述需要对日常给予关注，因为它能让人与世界亲密接触。卡维尔通过对包括柯勒律治的《古水手之歌》和威廉·华兹华斯的《平凡的追求》在内的浪漫主义文学作品的接触和研读，对浪漫主义精神给出了哲学性的诠释。对于浪漫主义的诠释，卡维尔指出，哲学的任务是克服和批判形而上学带来的弊端，而文学则是对其内在的超越，是哲学的内化或主体化。哲学与文学的这种交流，或是说拒绝交流，是导致浪漫主义产生的原因。卡维尔通过对浪漫主义给予哲学性的诠释，指出浪漫主义是对日常性回归的表现。同时对浪漫主义诗学代表华兹华斯和柯勒律治的语言使用加以分析，指出其在本质上具有日常化的语言特征，诗歌反映当时时代背景的特点，也暗示其具有公共的属性。通过与实用主义哲学家罗蒂的浪漫主义进行比较，卡维尔的浪漫主义最终证明诗歌是反映浪漫主义精神的重要渠道，也是浪漫主义精神发生作用的空间和场所。

卡维尔所谓的浪漫主义是寻求一种日常性，并试图通过浪漫主义恢复日常性的声音。而回归到日常性的途径则是通过"承认"，对于分析哲学家奥斯汀来说，我们无法了解他人的心灵，而当我们了解到理解他人感受无意义的同时就会明白，对正确关系的处理不是通过"认知"，而是通过"承认"。避免承认会导致悲剧（卡维尔对莎士比亚的研究也是如此），拥抱承认就意味着接受这个世界。超验主义者爱默生和梭罗正是因为接受与世界的亲密关系，将其带回到日常语言的使用当中，因而摒弃了对其的质疑和一切不确定性。同时，承认也是卡维尔至善论的基础，是使人成为更全面、更合乎道德的人的前提。因此可以看出，卡维尔的作品是以现象学和诠释学为代表的欧陆哲学的方式呈现的，而不是以逻辑分析为基础的分析哲学的方式而呈现的。达菲因而将卡维尔的哲学解读为诗歌，同时也将哲学文本解读为一种永恒的文本。他多次将卡维尔的作品描述为"呼唤浪漫主义"，并将浪漫主义描述为对这一召唤的回应。对于浪漫主义与文学哲学的关系，理查德·罗蒂与卡维尔的思想有着一定程度上的关联。在《理查德·罗蒂：一个拥有浪漫主义灵魂的实

---

[1] Winant, Johanna. *Secular Mysteries: Stanley Cavell and English Romanticism. Studies in Romanticism* 14 (2013): 625-628.

用主义者》[1]一文中，美国新实用主义哲学家代表罗蒂指明哲学的诗性的特征在很大程度上是由浪漫主义所带来的。罗蒂首先对浪漫主义产生的背景做出了分析，在当时社会，人们普遍对追求永恒真理失去信心，随之而来的是对个性自由解放的探寻。因此，由启蒙运动而产生的理性主义与浪漫主义形成了两种对立的模式。理性主义，以追求理性和逻辑为依托，是对确定性的探寻，具有意图性。相反，浪漫主义强调一种开放空间，在逃避成为复制品的前提下，讲求一种反传统的创造性。浪漫主义认为，一切事物都具有偶然性，这种无定论决定了任何想法和理论都有被质疑的可能，因此理性主义所寻求的那种确定性完全是无法实现的，想象始终高于理性。自由就是对必然性的规避，而实用主义相比现实性更具备工具性和实践性，是通过行动对自由探寻最有利的形式。此外，罗蒂在其《后哲学文化》中指出，当今的文化模式是由小说（文学）所定义的，而非哲学或宗教。在罗蒂看来，文学批评理应受浪漫主义所启发，如今却呈现出被哲学控制的倾向。文学批评中蕴含的开放性、创造性和变化性，正是受浪漫主义的启发，对寻找永恒真理的有力反击。罗蒂试图用浪漫主义和文学批评来抵抗哲学带来的压制，浪漫主义运动本质上是一场哲学运动，是对哲学普遍性的回应。因此，罗蒂被看作是一位拥有浪漫主义灵魂的实用主义者。卡维尔同罗蒂相似，认为文学作品的哲学价值不应被简单化为文学表达、阐述和验证某种哲学理论而存在。文学不应成为哲学的奴隶，而是有独立的话语和表达。实际上，文学也是一种发现、探索和反思人类生活的领域，是挑战哲学权威最好的说明。可见，罗蒂与卡维尔都在一定程度上将浪漫主义视作哲学与文学之间联系的纽带。罗蒂更关注浪漫主义和文学批评对哲学寻求真理意义上的取代作用，而卡维尔认为浪漫主义是向日常性的回归，这种日常性既是哲学上公共空间语境下语言的开放性，同时也是文学批评理论中对个体自由意志的追求。

　　对于诗歌语言的使用，卡维尔分别对华兹华斯和柯勒律治进行了分析，并指出华兹华斯的语言意在用人们真正使用的语言来代替传统的繁复的诗意叠加的辞藻。华兹华斯认为，文学语言应属于那种真实的、率真的、自然的、

---

[1] Susana de Castro. *Richard Rorty: A Pragmatist with a Romantic Soul*. Contemporary Pragmatism 2 (2011): 21-33.

不造作的表达方式。田园生活因为贴近大自然，最能体现语言的真实特征。因而，华兹华斯在其诗歌语言上主张真挚朴实，这种语言由于贴近民间用语，是回归日常性的典型代表。卡维尔引用了华兹华斯《不朽颂》的第二句："这大地，以及每一样平常景象。"这里所提到的"平常"一词，与卡维尔所强调的"日常性"可以算是大同小异。在卡维尔看来，华兹华斯的日常语言体现在诗歌语言的乡村化，日常只能在日常所丢失的东西中找到，而其浪漫主义则是寻求日常的表现形式。通过强调华兹华斯在写作中的这一方面，卡维尔认为浪漫主义诗歌不是要追求崇高的诗意而是要追求日常。相比之下，卡维尔指出，柯勒律治认为语言是公共环境的产物，每个人的语言都会受到外界因素如认知水平、个人情感等影响，因而并不存在一种纯粹的、真正的语言。日常语言应不具备完整的系统性和标准性，因而不是适合入诗的"真正的语言"。柯勒律治的浪漫主义特征不是像华兹华斯一样，体现在语言上，而是集中在其诗所蕴含的想象之中。诗人柯勒律治将想象归结为诗歌的灵魂，是艺术创造的核心。通过想象，依靠偶然、短暂和多变的素材直接作用于我们的心灵，因而去挖掘事物的隐蔽之处。基于此，卡维尔认为，两者虽然都是浪漫主义诗学的代表，其语言都具有浪漫主义色彩，但是由于对语言本质的看法有所分歧，造成了其诗歌整体氛围的差异。在卡维尔看来，诗歌是利用"我"的言说、理性、思辨色彩及强烈的个人经验来表达一种价值观，并保持其经验的独特性，从这一点看来，浪漫主义诗歌是一种从宣泄个性走向一种具有普遍真理的公共性，浪漫主义诗歌从各个方面体现出其语言的公共性与个性的统一，从而使其诗歌从关注自我情感上升到公共空间中对人类存在的终极追问。

通过对日常性的探寻，卡维尔将诗歌看作是日常语言在公共空间的应用与发展，是将自我的个人经验上升为一种价值观。因此，在浪漫主义这个方面，日常语言被看作是日常经验向公共领域的延伸，因而具有公共性的特征。在卡维尔看来，正是诗歌中的日常经验传达了一种浪漫主义精神。首先，华兹华斯欣赏一种田园的、世俗化的诗歌形式，对日常生活的关注在一定程度上体现了人类存在中人与自然的关系问题，自然作为公共空间的一种表现形式，是人类活动发生的场所和空间。因而，这种与自然的密切联系使得浪漫主义在关注个性的同时更加注重将自然看作载体，以朴实的意象去感染读者，从而达到一种共情。其次，诗人柯勒律治对想象力的广泛应用，使其诗歌的创作灵活多变，想象力作为诗歌的灵魂，是诗歌创作的生命。诗歌艺术以对个人经历和情感的探索为中心，最注重想象的力量，用热烈的语言、富有想象力、创造力和丰富的艺术手段来塑造最理想化的描绘。这种对情感和想象的侧重，是对现实生活和客观实际限制的突破，表现出浪漫主义对自由精神的向往。最后，在卡维尔看来，浪漫主义是当时所处环境内部作用的结果，英国当时正进行工业革命，民主运动和民族解放斗争高涨，阶级矛盾处于一种紧张的局势，形之于诗，当时的作品具有极强的尖锐性，其丰富的情感特征和个性化的艺术形式，是对古典主义保守倾向和理性教条的抨击，同时也是社会心理的趋向。因而诗歌在当时的时期反映了大众对自由、个性的憧憬，是反映浪漫主义精神的有力载体。

四、结　语

卡维尔强调思想、语言和行为之间的联系，重点关注"可表达"的理念。这个概念涉及能够传达一个人的处境而不仅仅是描述情感。说话的行为是一个人存在状态的自然表达。卡维尔认为，日常语言即是去发掘人类如何表达他所处环境和精神的困境。一个人既要寻求与众不同的、追求独立的个性与欲望，同时也要在他者的环境中被认可和接受，后者不可避免地要使用到日常语言。日常语言的公共性特征规定了个体与公众不可分离的联系，同时也成为文学作品中必不可少的元素。卡维尔在《新奇而不可接近的美国》中，将爱默生和梭罗为代表的超验主义作家视为成就美国文学的主要奠基者，他指出爱默生将日常性归结为一种普遍的、熟悉的，是诠释人类生活和世界方式最有力的说明。同时通过爱默生对实用主义的探析，指出爱默生所强调日常语言实用性所产生的条件和意义是由公共空间所规定的。此外，在《否认知识：莎士比亚的六部戏剧》中，卡维尔通过论述莎士比亚戏剧中的悲剧结局是由对不确定性的恐惧，即怀疑论导致的，指出日常语言的系统性和确定性是克服怀疑论的有效方式。悲剧产生的另一因素是对他者的疏离，卡维尔试图利用至善论重新处理个人与他者在公共空间的社会关系，从而使日常语言在公共空间更好地发挥作用。最后，《日常性的探索：怀疑主义和浪漫主义》[1]体现了卡维尔对浪漫主义的诠释,指出华兹华斯和柯勒律治在诗歌中突出了日常和想象的重要作用,具有浪漫主义色彩。诗歌通过个体经验的言说,传达一种具有公共意义的价值观,是向日常性的回归。

　　文学是以日常语言为媒介对日常经验的表达,卡维尔利用日常语言的公共性进而突出了文学的公共性作用。文学的公共性不仅仅体现在政治领域,同时也是精神发生作用的场所。超验主义文学的产生对美国民族独立,个体意识的觉醒起到了重要的影响作用;莎士比亚的戏剧作品使欧洲人文主义精神在文艺复兴的浪潮中觉醒,从而摆脱了中世纪的思想束缚,实现了个性自由解放的新格局;以华兹华斯和柯勒律治为代表的浪漫主义诗人通过诗歌的形式将情感和想象放置首位,超越了现实和客观实际的限制,成为大众对自由、个性憧憬的精神依托。因此,在卡维尔的文学批评中,以日常语言为媒介并传递日常经验的文学是一种作为精神载体的存在,是反映民族精神和大众意识的重要凭借。

---

[1] Cavell, Stanley. *In Quest of the Ordinary: Lines of Skepticism and Romanticism*. Chicago: Chicago University Press, 1988: 88-106.

文学哲学研究

吉尔伯特·阿代尔《作者之死》中的作者双重性

秦明利　李奕瑄

摘要：在小说《作者之死》中，英国苏格兰剧作家吉尔伯特·阿代尔讲述了一名颇负盛名的批评家兼作家如何制造了自身的"形而上死亡"。本文拟从阿特伍德的"作者双重性"阐释出发，探索在这一"形而上死亡"的创作过程中，主人公斯法克斯所呈现出的作者肉身与写作分身的分裂。这一双重性的分裂由三个不同阶段的写作分身构成：第一，在早期写作中，作为邪恶化身的通敌卖国写作者"赫耳墨斯"。第二，为了掩盖其亲纳粹历史，以"理论"（The Theory）消解"赫耳墨斯"存在的知名解构主义作家。第三，斯法克斯被其读者枪杀后，仍然是使《作者之死》的写作仍在进行的不在场和不确定写作主体。这一对作者双重性的三重审视，不仅重新阐释了罗兰·巴特的"作者之死"理论，更为当代的作者观发展提供了一条作者与读者在文本中融一的道路。

关键词：作者之死；作者双重性；吉尔伯特·阿代尔

《作者之死》是英国苏格兰剧作家吉尔伯特·阿代尔（Gilbert Adair）出版于1992年的中篇小说。该作品以解构主义者保罗·德曼的亲纳粹主义历史为素材，讲述了批评家兼作家斯法克斯为了掩饰过去的丑闻，通过创造"理论"（The Theory）而"杀死"自己的过程。因《作者之死》的整体叙事结构

【基金项目】本文系国家社科基金一般项目"斯坦利·卡维尔文学思想研究及著作翻译"（19BWW002）的阶段性成果。
【作者简介】秦明利（1960—），男，英语语言文学博士，大连理工大学外国语学院教授，研究方向为诠释学、文学哲学。李奕瑄（1994—），女，大连理工大学外国语学院英语语言文学硕士研究生。

带有悬疑小说的特征，其情节发展线索又与德曼的生平紧密对应，该小说通常被视为一部以一起谋杀事件讽刺当代理论狂热的戏仿之作，这也导致了阿代尔及《作者之死》在英美小说研究中的边缘化，更忽视了该小说对"作者"这一命题的后现代式思考及其与巴特"作者之死"理论的互动。此外，这部小说的一大特色就是其文本嵌套结构，整部小说的作者是阿代尔，但其主人公斯法克斯也声称小说由自己叙述，并将他制造自身死亡的全过程记录在他的苹果电脑里。事实上，这一由阿代尔创作的母文本《作者之死》与斯法克斯创作的子文本《作者之死》既有重合也有区别，二者间的互动彰显了后现代主义文本的张力。而在子文本的生成过程中，斯法克斯这一肉身也分裂出了风格各异的写作主体，三个阶段的递进转变，实际上暗指了一条传统作者权威论的解构之路，这也引发了读者对作者主体性问题的一系列后现代思考：到底是谁在写？为什么写？写作的最终意义是什么？

鉴于此，本文拟从阿特伍德写作观中的"作者双重性"阐释出发，指出斯法克斯肉身分裂出的三重写作分身为邪恶化身"赫耳墨斯"、作者解构者和不在场的写作主体，同时探讨这三个阶段中每个写作分身对前者的依次取代，以期揭示小说对"作者之死"理论的新回应及其体现出的当代作者观发展动向。

一、邪恶的化身：通敌卖国者"赫耳墨斯"

小说主人公斯法克斯正式的作者生涯开始于第二次世界大战时期"赫耳墨斯"的笔名，这也是其第一个阶段的写作分身。不同于正义清高的斯法克斯，邪恶的化身赫耳墨斯为了满足其写作欲望不惜通敌卖国为纳粹服务，在第二次世界大战期间写下大量宣扬民族主义和种族歧视的文章，其行为与斯法克斯本体的思想极为矛盾。然而，在斯法克斯的前半生中，他似乎并未意识到自身化身的存在，在这种本体与化身的隐性互动中，阿代尔通过对斯法克斯化身三个阶段的变化的叙述，实际上影射了他对作者身份的引入性思考。

化身对应的英文为"double"，指的是一种双身共体的现象，即在一具身体中存在两个截然不同的人。在神话时代，对化身的文学叙述多以双胞胎的形式出现，且双方的关系通常是一正一邪，二者亲密却又敌对，在相互对抗中最终都不可避免地走向一方的胜利与另一方的灭亡。阿特伍德指出，这一古老主题通常显现于男性身上，最初记载于《圣经》中该隐与亚伯的故事。

该隐与亚伯是一对血浓于水的亲兄弟，两人亲密无间，但性格的截然不同最终促使哥哥出于嫉恨杀死弟弟。罗马神话中也有著名的兄弟相残的传说，战神玛尔斯的一对双生子一个叫罗慕路斯，另一个叫雷穆斯，二人在为创立的新城市命名时互争上风而致引发战争，最终弟弟被哥哥杀死，哥哥成为古罗马的首位国王。在这种亲密的双生关系中，常常隐蔽着双方对彼此的敌视和防备，以及必须抹杀对方存在以强调自身独一性的命运之感。到了阿特伍德所言的"文学"时代，化身的形象也大多是诡谲邪恶的。最经典的例子则是英国作家史蒂文森的哥特小说《化身博士》，其讲述的是正直的哲基尔医生饱受自己分裂出的邪恶化身海德医生的心理折磨。在白天与黑夜的轮转之中，哲基尔的人格也在善良与凶恶之间来回摇摆，一方面哲基尔憎恶海德的胡作非为，恨其罪行与自身信仰背道而驰，另一方面哲基尔却又暗自享受着海德犯罪带给他的无限快感。这一化身与本体对肉体统治地位的激烈争夺最终导致了哲基尔的心理崩溃，服下苦杏仁味儿的剧毒药剂自杀，海德这一化身也随之死亡。在叙述化身的传统中我们可以得知，化身与本体的命运是紧密相连的，二者互依互存，尽管双方的心理和行为天差地别，一个分身的命运依然决定了另一个分身的命运。

不难发现，化身一直存在于主人公斯法克斯的前半段人生中。首先，斯法克斯从出生起便具有双重身份，他的家人用其祖父的名字为其命名，于是在他小时候家里就同时存在着两个斯法克斯。祖父诗人和剧作家的身份似乎一开始就暗示了斯法克斯之后也成为一名作家的人生轨迹，这种身份的同一性首先体现了双重身份间的亲密性和传承性。在斯法克斯13岁时祖父去世，他作为护柩者目睹祖父下葬，而当他看见棺木上印刻的姓名"Léopold Sfax"时，仿佛像经历了自身的死亡一般，不禁在葬礼中惊叫，差点失去意识。这可以说是斯法克斯第一次意识到自己身份的双重性，并由祖父这一化身的消失而经历了自身的第一次死亡。在斯法克斯的回忆中，祖父是法国高蹈派诗人，常因艺术审美的不同与斯法克斯的父亲冷战。祖父深受唯美主义诗人泰奥菲尔·戈蒂耶的影响，认为诗歌是纯粹的艺术，极力强调诗歌形式的严谨与技艺的完美，倡导一种冷峻严肃、精确客观的艺术之美。实际上，祖父这一化身象征了一种传统的作者观念，即主张作品的完美性由作者完全掌控，作者的权威在于对文本的整体结构和每一处细节的有意识主导。即使高蹈派反对浪漫主义诗人过度的感情抒发,力求展现科学式的客观有机统一体,作者本人对文本的过度把控也走向了另一个标榜自身权威性的极端。同样,祖父所代表的这种艺术形式在读者的接受过程中排斥"生成性"的批评方式和接受主义式阅读,限制了读者对文本的权力和阐释可能性。因此,祖父这一化身的死亡象征着作者发展历程中传统作者权威的衰落,这在年幼的斯法克斯看来是惊恐的、难以接受的,甚至痛苦得感到自己也死了一次,但这确是暗指了后现代作者对自身身份的再度审视,以及对这一不再兼容的"化身"的告别与剥离。

其次,在战前至战初的时期,斯法克斯虽还未以"赫耳墨斯"的笔名写作,但已开始显露其一善一恶的双重性特征。不同于对祖父艺术信仰的模糊态度,斯法克斯明显地对其父亲表示出厌恶。在数次提到父亲的艺术品位时,斯法克斯使用的形容词都是"非高尚的""非纯粹的",他更称父亲为"狡猾"的"艺术贩子"[1],为了利益专门与亲法的德国官员打交道,通过行贿而求自保。在斯法克斯看来,父亲两面三刀、处事圆滑的行为无疑是无耻下流的。在批判父亲的通敌行为时,斯法克斯是如此刚正不阿、正义凛然,但他却突然主动找上了之前拒绝过的纳粹报社商讨合作之事。斯法克斯前后矛盾的行为实则是其恶之化身的潜伏,善与恶的交替变化难以预测又难以察觉分辨。战争的影响导致了斯法克斯无法出版任何政治类或文学类的文章,这使得热爱创作的他无处展露自己的才华,叙事的冲动无处释放,正是这种对写作的强烈欲望和表现自身的渴求催生了恶之化身的萌芽。

最终,斯法克斯分裂出邪恶的化身赫耳墨斯,借隐匿本体身份的笔名开始其通敌卖国的写作。在多篇文章中,赫耳墨斯对纳粹主义思想多加恭维,更对犹太族群大肆攻击。在一篇论及战时艺术作用的文章中他就写道:"一个真正的艺术家不会,也永不能放弃他的区域性特征,因为这是被'血统和土壤'所命定的。""血统和土壤"(Blood and Soil)是一句纳粹口号,为国家主义者所采纳,宣扬的是德意志民族的种族优越论。除了公然吹捧纳粹口号,赫耳墨斯还变本加厉地对犹太人进行攻击,批判其民族文化小众且无用,犹太人对世界带来的影响不仅微乎其微,更是污染性的。在这一时期,斯法克斯

---

[1] Adair, Gilbert. *The Death of the Author*. London: Heinemann, 1992: 13.

这具身体似乎完全被赫耳墨斯占据，执笔的赫耳墨斯强大有力，却是个残暴的怪物，他以笔犯下了一篇篇令人发指的暴行，而正直的斯法克斯仿佛被邪恶侵蚀到消失了，又或者，此时的斯法克斯就如同《化身博士》中的哲基尔一样，在赫耳墨斯掌握主导权之时躲在某个小角落里暗自享受行恶的快感。直至斯法克斯成为美国的著名教授，回顾这段历史时才发觉，当初写作的似乎完全是另外一个人，虽然他在自白中向读者承认确是他犯下那些暴行，但他坚持认为，无论是当时的他还是现在的他，都不是一个反犹分子，更不是纳粹主义的拥护者，真正写下那些文字的人是他的邪恶化身赫耳墨斯。

在阿特伍德看来，这种邪恶化身的现象似乎更容易出现在作者身上。她曾提到"作家的手有两只，一只吉祥，一只邪恶"[1]，作家普遍有种迷信，认为体内有两个自己，"吉祥"的自己在没有写作活动时负责生活，"邪恶"的自己形影模糊、神出鬼没，只有在写作时才趁人不备接管大局。在阿特伍德看来，任何作家都逃离不了这种分裂化身的命运，因为"写作这一举动本身就把人一分为二"[2]。化身就如同《五指怪》中那只脱离了书写者而自顾自写字的手，他是"滑溜的"，是"邪恶的双胞胎"[3]，作者通常会在完成创作之后回看文字而感到惊讶与迷惑，对究竟谁进行了写作这一问题进行自我怀疑。斯法克斯与赫耳墨斯既可以被看作同一个人的双重性格，也可以被看作两个人合二为一。斯法克斯和赫耳墨斯分别对应了常人与作家的双重身份，斯法克斯强烈的创作冲动促使了赫耳墨斯的诞生，但在写作的过程中，赫耳墨斯作为作家的超能力超出了斯法克斯的控制，写下了违背斯法克斯本意的文字。

化身的主题本质上体现了一种对传统的质疑与越矩，化身的出现一方面表现了作者自发地对自己身份的怀疑，若连作者自己都不确定是自己还是他者完成了创作，作者对文本的绝对控制以及相应的作者权威又从何而来呢？另一方面，由于创作多由化身主导，化身又同本体的性格和思维迥异，文本的意义也就不再具有固定的单一性，文学意象的阐释也不能专横地集中于作者方面，对作者生平的历史性考察也不再具有绝对信服力。因此，通过表现

---

[1] 阿特伍德. 与死者协商：一位作家论写作. 严韻，译. 上海：上海三联书店，2007：27.
[2] 阿特伍德. 与死者协商：一位作家论写作. 严韻，译. 上海：上海三联书店，2007：32.
[3] 阿特伍德. 与死者协商：一位作家论写作. 严韻，译. 上海：上海三联书店，2007：36.

斯法克斯的化身和作者的双重性，阿代尔为接下来对传统作者权威的逐步消解铺下了基石。

二、"理论"：作者的自我解构

斯法克斯第二个阶段的写作分身是隐瞒其亲纳粹历史的美国著名解构主义理论家。为了证明作者本人可以脱离作品而存在，并且现在的作者本人与当时的写作主体不再是一个人，斯法克斯有意识地创造了"理论"（The Theory），用七个步骤证明了作者在作品中的不在场，即作为邪恶化身的写作主体之死，为他过去通敌卖国的"赫耳墨斯"身份洗清亲纳粹主义嫌疑，更为现在的斯法克斯本人摆脱与过去作品的任何关联。作为解构者的主体力求消灭作为文本对象的客体，这一解构行为实际彰显了作者主体与客体的自我分裂，更表现了作者对自身双重性分裂的恐惧和焦虑。

在斯法克斯1972年出版的第一部著作《谁管叶芝说什么？他的诗歌在说话》中，他就有意地将当时还未引起美国学界波澜的"作者之死"理念（1967年）作为此书的核心前提，意欲扩大巴特解构思想在美国的影响，并为自己的解构理论抛砖引玉。他声称文学的意义不来自那个有名无实的作者，而是语言规范和符码的积聚，被记录下来的作者意图也不能够作为决定作品意义的特权之物[1]。这一思想是对巴特"作者之死"在美国的一次引入，也可看作一次重新阐释，目的是先普及一个基本的理论主旨，将解构主义的种子埋在美国学界的土壤中。然而，巴特主要是从以现代书写者取代生理作者的角度阐述作者之死，认为语言成为一个自为自在的运动系统，在编织中无限地生成意义，作者不再作为文本的单向度源头，而是被架空为其文本作其谓语的一个主语。这种把作者实体转化为语言主语的理论还不足以达到斯法克斯的要求，因为作者并没有完全地消失在文本中，他的现实身份还是可以被读者追溯到，因此他需要用一种更为激进的理论来消灭赫耳墨斯这个文本客体，断绝读者追溯作者的可能性。

在1974年出版的第二部著作《恶性螺旋》中，斯法克斯首先提出了与哈罗德·布鲁姆共有的信念，即文本的误读是不可避免的。正如布鲁姆在

---

[1] Adair, Gilbert. *The Death of the Author*. London: Heinemann, 1992: 23.

1973 年的《影响的焦虑》中所做的精神分析学研究表示，诗人对诗人（尤其是后辈诗人）的影响引发了焦虑感，经典会树立起一个不可企及的高度，诗人对前人的阅读总是一种误读，而诗歌批评史的形成就是一代代诗人误读各自前驱的结果。斯法克斯也指出了这种误读最终会走向一种彻底的不安全感，因为越是研究一个文本，其易读性就越低，就同我们盯着一个字越久，会觉得它越陌生越难认一样。人也不是文字的作者，因为比起自以为使用文字的作者来说，文字更为古老，更加多变，也远远比作者有经验。因此，文字不被任何人所拥有，人们也不能被提前规定了自己的阅读方式[1]。文本会破坏自身，更会破坏作者的原始意图，转而生成一场自己的自由游戏，读者可以在其中进行多元的甚至是互相矛盾的自由阐释。

  为了更加清楚明确地表现生理作者在文本中的真正"死亡"，彻底地消灭赫耳墨斯的存在，斯法克斯创造了"理论"以七个步骤进行解构。第一，否定不仅仅是作者的首要性，甚至是作者自始至终的存在——由此赫耳墨斯的存在被完全否定。第二，作者的存在需要被重新定义为一种"缺席"——由此赫耳墨斯作为一名作者，其存在也是一种"缺席"。第三，没有一个文本允许存在任意层面的阐释——由此赫耳墨斯的每一个文本都不允许存在任意层面的阐释。第四，由于所有的文本都是一个自我指涉的整体，无法映射一个在文本之外的现实世界——由此赫耳墨斯所说的每一个词都不能被认为是指涉在文本之外的现实某物。第五，从理论上讲，对作者真实历史身份的考察是毫无用处的——由此赫耳墨斯的真实身份没有必要也并无价值被深究。第六，每一个文本看似支持的意识形态，实际上都可以被其自身顺利地再次揭露和瓦解——由此赫耳墨斯在文章中看似对纳粹主义的声援也可以再次被其取消。第七，所有的意义、可读性以及阐释的所有可能性，最终都会消解为由断裂的声音堆叠的絮语，变成无限复归的空洞语言符号——由此赫耳墨斯的所有文本也会遵循这一消解式的复归法则。

  主体与客体的分离与二元对立是自笛卡儿理性主义以来的近代哲学的核心理念之一，传统作者观中的作者—文本也是基于这种二元论，将艺术表现者与艺术表现对象置放于主客体的两极，作者对文本具有生产、支配、表现、

---

[1] Adair, Gilbert. *The Death of the Author*. London: Heinemann, 1992: 26.

阐释等主动关系。作为解构者的斯法克斯，也代表着生产和阐释赫耳墨斯的作者主体，赫耳墨斯则代表了脱离作者本人而自为存在的文本客体。进行这七步解构的前提，却是对自身主客体分裂的承认。但这种表现者与被表现者的二分给作者带来了焦虑，作者身为艺术表现者的主体身份无法面对同时是艺术表现对象的自己，在作者内心深处最大的恐惧就是这种自我的分裂。因此，斯法克斯选择以消除客体的方式来取消这种分裂，只有作者死了，"鬼魂不散"的客体对主体的纠缠才能结束，作者才能回归一个纯粹的身份，彻底地脱离与作品的联系。

然而，这一解构主义观点为了满足私人意图，必然不能从纯粹的学术考量出发，难免会因其强制性的目的性导向阐释而埋下祸患，这也照应了保罗德曼逝世后解构主义所面临的政治伦理和道德信任危机。自1987年格雷夫公布了德曼在第二次世界大战期间发表的诸多亲纳粹文章起，越来越多的学者开始质疑德曼解构主义思想的学术价值及其与亲纳粹历史的关系。质疑德曼的学者指出，德曼的解构主义理论试图掩饰过去，结果却使得人们纷纷挖掘其过去，并由此反对他后来的理论[1]。德曼一直致力于建构自己的修辞学理论，力求一种去历史化、去语境化的阅读方式，这诚然促成了美国解构主义运动的蓬勃发展，但也与他意欲回避自身战时经历并非无关。但由于德曼的战时书写内容实属恶劣，导致一大批学者开始批判解构主义的合法性，认为德曼后期的理论也隐含了战时文字的逻辑思路，认为"其解构主义用文学权力抵抗极权化、瓦解和反对整体意义，把存在与文字分离开来，或者把存在之名当作其本身而分解"[2]，将对文学的纯粹思考渗入意识形态的左右，这无疑造成了解构主义的政治危机。事实上，这种强烈要求去历史化的解构主义观点确实造成了一个难题，即文字所进行的自由的游戏实际上是无目的、无中心的、无价值的，无限意义实则意味着无意义，在游戏中狂欢的读者最终走向的是历史的"虚无"和价值的"虚无"。

作者的主客体二分现象既体现了传统二元论对作者身份的深刻影响，也

---

[1] 林精华. 解构主义的政治和伦理危机：保罗·德曼修辞学阅读理论与其亲纳粹言行. 外国文学评论，2018（1）：211.
[2] 林精华. 解构主义的政治和伦理危机：保罗·德曼修辞学阅读理论与其亲纳粹言行. 外国文学评论，2018（1）：212.

预示了作者身份变化过程中消解自身的必然性。这一矛盾双方中，一方对一方强制性的消解看似解决了作者双重性带来的问题，实则还是走入了解构主义的困境——虚无的"深渊"。事实上，不论是那个有血有肉的作家本人，还是那个作为作品的署名的写作主体，都是在一种不可分割的紧密关系中共同完成了对作品的创作。因此，解构主义的"理论"不能将赫耳墨斯犯下的罪行彻底洗清，也不能将作者分为两个完全独立于彼此的二重身份。解构主义还不是终点，作者的双重性仍未被解决，究竟是谁在写作这一问题依然困扰着作者。

三、不在场的写作主体：作者，读者，还是文本？

制造了自身形而上死亡后，斯法克斯实际上形成了自己第三个阶段的写作分身，也是小说最后的叙述者。这个写作主体既不在场，又无法确定，小说留下的最后也是最大疑问就在此：斯法克斯死后，究竟是谁完成了这部小说？是斯法克斯的某个还活着的分身？是枪杀了他的读者拉尔夫？还是文本自己完成了故事的叙述？阿代尔通过一一追问这一不在场写作主体的身份，暗示了作者之死后作者与读者对文本阐释权的争夺以及由此而来的意义归属的不确定性。

首先，作为作者的斯法克斯在文本中缺席了，成为一个不在场的人。"理论"导致的作者的"死亡"并不是作者在生物意义上的消亡，而是指作者的意义和作用发生颠覆性改变，作者的角色从文本中退场，这与福柯的作者功能论不谋而合。福柯将实际写作活动中的作者不在场归纳为三个方面：其一，作为表现主体的作者在话语分析的层面上正在消解[1]，作者看似以写作表达个人意图，实际上他的写作被一种更大尺度的话语塑形方式规制，与其说是"我在说话"，不如说是"话在说我"。其二，传统的写作是为了克服死亡，而现代写作却成了杀死作者的行为，不仅作者的个人化特征在文本中完全消失，作者整个存在都要被写作抹去。其三，作者的不在场还表现为写作本身的消失[2]，写作也不再是一个人为刻意的行为，而是特定时代的话语塑形方式在

---

[1] 张一兵. 话语方式中不在场的作者——福柯《什么是作者？》一文解读. 文学评论，2015(4)：137.
[2] 张一兵. 话语方式中不在场的作者——福柯《什么是作者？》一文解读. 文学评论，2015(4)：138.

文本中的布展，随着写作本身的消失，作者也更无法在文本中在场。奉行"理论"否定作者存在的斯法克斯，在最后的自我叙事中必然也是不在场的，这是在形而上的层面上的作者缺席。而在斯法克斯被拉尔夫一枪毙命之后，不仅是作者这个名字，连他这个活生生的人都彻底消亡了。那么，失去了作者之名和作者肉身的文本是由谁完成呢？其整体结构是如何被建构的呢？

因此，一个作者缺席的文本似乎将创作的权力交予读者手中。如此一来，"作者之死"带来了"读者之生"，敞开了文本原本的封闭空间，为读者开启想象的无限可能性。当文本阐释权从作者手中释放，读者可以依据自己的理解来进行二次创作。伽达默尔在谈论理解的历史性时也强调了读者对本文的历史性理解，即读者在自身的现在视域与本文的过去视域的融合中达成对历史文本的当下理解。随着历史条件的变化，作者在文本中退场了，变为自己作品的读者，"他作为反思者所具有的看法并不具有权威性"[1]。作者代表的原始意义也消失了，或者说演变为一系列他者，读者对文本意义的阐释活动实则成为一种对象性的精神活动，通过对文本的认知来进行自我认知，通过对他者意义的阐释来进行自我阐释。这一在文本阐释中确立的历史视野，对浪漫主义天才论和作者个人崇拜画上句号，为后现代文学批评打开了一个多维度的阐释空间，读者从意义的被动接受者转化为创造者。在多元视域的洞见下，读者完成的不仅是结合了个人经验的对文本意义的再次生成，更是一种通过阐释活动达成的自我理解和世界认知。

然而，当文本阐释权完全由读者掌控，作者彻底成为"消失的人"，极易走向读者狂欢的极端，读者的过度阐释将导致意义的不确定甚至是虚无。赫施在《解释的有效性》一书中针对伽达默尔解释学的历史性原则提出了质疑，对读者阐释权的扩大表示了担忧。在赫施看来，作者之死带来的对作者原意的否定同时也否定了解释的客观标准。作者的缺席使得共同价值判断标准也无法存在，容易让读者陷入理解的非确定性和相对主义旋涡中去。当文本失去原本的意义，读者狂欢将文本阐释任意化、无限化，对与错、好与坏的标准消失了，一切对文本的学术研究也就失去了价值。在小说中，阿代尔以隐含的读者主体的两层不确定性，表达了这种将阐释权完全交予读者的担

---

[1] 伽达默尔. 真理与方法. 洪泽鼎，译. 北京：商务印书馆，2010：250.

忧。其一，斯法克斯被拉尔夫杀害后，小说的叙述并未停止，小说最后的附录也标注道拉尔夫参与了这一叙述过程。然而不确定在于：拉尔夫到底写了多少？整本小说是由斯法克斯完成，还是一开始就都由拉尔夫完成？其二，这一读者作为写作主体的不确定性还存在于作者—读者的双向关系中。斯法克斯一直是一个堤防读者的作者，在面对信徒式读者（reader-as-disciple）和敌人式读者（reader-as-nemesis）时[1]，斯法克斯总是无法对二者清晰地进行分辨。拉尔夫作为斯法克斯最危险的读者，偷偷入侵他的电脑查看斯法克斯的小说草稿，从而得知其黑暗的过去以及在大学校园里的杀人罪行。拉尔夫向斯法克斯开枪的行为更加加深了双方关系的这种不确定性，读者为了抢夺叙事话语权不惜以作者的生命为代价，这种敌对的关系显然有悖于和谐的传统的作者—读者关系。最终，即便附录中标识拉尔夫为作者，这一写作主体依然是存疑的、不确定的、模糊的。

寻找不在场写作主体的最后选择落在了文本上，斯法克斯解构的结果是写作主体的不在场，无法为文本指派一个有血有肉的、确定的作者实体。那么，文本自身是否就是说话的那个"幽灵"呢？小说最后确实存在一个疑点，也可称其为漏洞，即斯法克斯的结局并未交代，他似乎就这么突然消失了，留下了一个空缺，留有的只有他的苹果电脑上的这部小说的电子草稿。迈克尔·格里尼指出，阿代尔对小说结局的刻意安排是为了符合德曼的主张。在讨论罗素的自白写作时，德曼提到了文本作为身体（text as body）向机器（text as machine）的转变，这表明文本是一个"无缘由地搅拌着语言产品的随心所欲的无动机系统"，随后再由读者附加个人化的意义于其上[2]。因此，斯法克斯的苹果电脑就象征着德曼的文本机器，这一文本性的非个人化特征强调语言的本质性而取消了作者与读者附着于语言上的心理因素。因此，文本中传统的作者权威和"作者之死"后一跃而起的读者权威这两个峰极都不再存在，存在的是一个不断编织生成的文本"机器"。然而，这似乎又回到了解构主义的困境之中，文学被非人性化地文本化处理，被剥离了具体的历史语境而

---

[1] Greaney, Michael. *Contemporary Fiction and the Uses of Theory*. New York: Palgrave Macmillan, 2006: 77.

[2] Greaney, Michael. *Contemporary Fiction and the Uses of Theory*. New York: Palgrave Macmillan, 2006: 77.

成为一个自为自足的独立体，在无边无际的自由游戏中陷入无意义的深渊。

这样看来，作者之死后究竟谁成为写作主体掌握文本阐释权这一问题似乎没有任何唯一且正确的答案。为了走出这种解构主义的困境，有必要再次回到阿特伍德的作者写作理论来寻找指引。阿特伍德没有提供直接的回答，而是以《爱丽丝镜中奇遇记》的故事为例，讲述了作者双重性的融合。在故事开始，爱丽丝也是双面的，一面是"生活"中的她，另一面是镜中的她，可以被视为"艺术"中的她。面对着不同的自己，爱丽丝并没有打破镜子摧毁自己的分身，放弃艺术的自我，而是走进镜子，与另一个自我融合，让世界上只存在唯一的爱丽丝。阿特伍德写道：

"写作行为发生在爱丽丝走进镜子的那一刻。就在那一刻，两个分身中间的玻璃屏障消失了。爱丽丝既不在此处，也不在彼处；既非艺术，也非生活；既非此物，也非彼物。尽管与此同时，她集所有这些于一身。就在那一刻时间静止不动，同时又无限延展，作家与读者都进入了无垠的非时空世界。"[1]

阿特伍德试图以此传达这样一种信息，困扰我们的解构主义危机只是作者分裂的第三阶段，若想解决这一难题必须回到它的根源——对作者双重性的解决上去。爱丽丝走进镜子的融一消解了自己的两面性，这也表明了作者与其分身看似对立实则统一，二者不可分离，并且都同时参与了对作品的创作。只有在写作中，艺术和生活才能在作者身上实现统一，分身与本体才能重新归为一体。同理，作为作者一个分身阶段的读者和作者的关系也并非二者互不兼容，互相争夺对文本的控制权。只有作者和读者合作才能真正地完成一个文本的创作，在作者和读者共同存在于文本的亲密关系中，文本的意义才不至于被流放到无意义的虚无中去。

四、结语

《作者之死》在围绕子文本的作者之争及作者双重性的叙述中，渗透了当代文坛对写作这一行为的重新思考。在阿代尔的讲述中，写作本身就是一个复杂的过程，它不仅是作者与自己的博弈，更是作者与读者和世界的协商。写作的权力实际就是对意义进行阐释的权力，这一权力无法被简单地、粗暴

---

[1] 阿特伍德. 与死者协商：一位作家论写作. 严韻，译. 上海：上海三联书店，2007：69.

地递交给作者、读者或文本任意一方,而是在三方之间来回运作才能真正得到实现。更重要的是,阿代尔抛出了一个关键的问题——解构主义之后的作者何去何从?解构主义在宣告了作者的死亡之后,自身也陷入了意义不确定的无价值危机中,无限的"游戏"和"延宕"断绝了作者的后路。为了走出这一困境,有必要舍弃解构主义的路径,回溯到作者本身,也即问题的源起来寻找出路,在作者身上发生了什么这个问题需要引起重视。

从阿特伍德的"作者双重性"阐释来看,作者必须"死",也即作者与文本必须分离的原因来自作者对自己肉身与写作主体分裂的恐惧与焦虑。作者的双重分裂是被先天决定的,不论是济慈在《歌唱情欲和快乐的诗人》里提到的诗人"同时生存在两个地方",还是戈蒂默声称的"一方面对其他人的生活过度关注及认同,同时又保持无比的超然疏离"的作家之为作家的特质,作者的双重性特征自18世纪以来已成为作者们普遍承认的话题。然而,这一分裂在成为作者之为作者的标志的同时,也造成了作者确认自我身份的困难和混乱,因此解构主义的选择是"杀死"代表"生活"的作者主体而留下代表"艺术"的文本客体。这种排除现实影响的非历史主义激进方法自然存在局限,因此也无法成为作者双重分裂的最终解决途径。正如伊格尔顿在《理论之后》中宣称后现代主义的"寿终正寝"以及要将理论从后现代的压抑中解放出来,使其走出"符号"直面现实[1],对作者双重分裂的解决,也即最终对作者与读者和文本三者关系的重新阐释,也要在考虑艺术与生活、文本与世界的整体关系中进行。一方面,作者的分裂必然存在,作者与文本的界限不可模糊,读者在解读作品的过程中要适当地"去作者化";另一方面,作者的分裂二重身本质上依然是为一体,作者的创作离不开艺术与生活的同时参与,二者通力完成了对作品的创作,同时作者的肉体生命在死亡之后完成了向文本形式的转变,其存在多多少少于文字中得以留存,而读者也在与文本的更新着的互动中,将作品同化,使文本变为自己的一部分,不断地赋予文本以新的活力。这一由探究作者双重性而来的作者和读者在文本中融一的道路,或将在"作者之死"带来的解构主义僵局之下,为当代西方作者观发展提供新的思路。

---

[1] 金惠敏. 理论没有"之后"——从伊格尔顿《理论之后》说起. 外国文学, 2009 (2): 80.

"双重视力":
舍斯托夫哲学中的陀思妥耶夫斯基

曹海艳

摘要:"双重视力"是舍斯托夫阐述"悲剧哲学"思想的重要概念之一。"第一视力"认识的是"必然"存在的世界,"第二视力"认识的是"自由"存在的世界,二者截然对立。本文着重探讨了舍斯托夫视域下陀思妥耶夫斯基的"双重视力"的产生、内涵,以及二者的斗争和对峙在其思想及文学创作中的体现。

关键词:"双重视力";舍斯托夫;陀思妥耶夫斯基;苦难

列夫·舍斯托夫(Лев Шестов,1866—1938)是 20 世纪俄罗斯著名哲学家。从较早时候写作的《悲剧哲学——陀思妥耶夫斯基与尼采》到后期的《雅典与耶路撒冷》,舍斯托夫的思想经历了从"悲剧哲学"到"圣经哲学"的转变,但反对理性对人的统治一直处于其思想的核心地位。舍斯托夫认为,理性主义精神逐渐完成了对人类生活的全方位统治,它所具有的普遍必然性

【基金项目】本文系国家社科基金项目"列夫·舍斯托夫文学批评研究"(项目编号:21BWW034)的阶段性成果。

【作者简介】曹海艳(1981—),女,俄语语言文学博士,大连理工大学外国语学院讲师,研究方向为俄罗斯文学。

"使人的精神陷入了深重的被宰制的深渊"[1]。因此，他反对理性和思辨，推崇信仰和启示，以"以头撞墙"的勇气寻找着走出悲剧和绝望的拯救之法。

舍斯托夫是一位独具特色的哲学家，拥有一般哲学家所欠缺的简洁笔法，自由的论述方式打破了时代和文体的界限，文学与哲学的完美交融赋予其思想以特有的深刻性和独特性。他总是试图探究那些对于哲学而言是关闭的，但对于某些文学家来说却是敞开大门的人类的经验领域。可以说，俄罗斯的作家们是舍斯托夫哲学探寻的"永恒的同路人"[2]，其中，陀思妥耶夫斯基的思想和文学创作对舍斯托夫哲学产生了最为深刻和重要的影响。他总是尝试着从被广为接受的观点和视角之外重新审视陀思妥耶夫斯基。他认为，陀思妥耶夫斯基的作品主题复杂而深刻，尤其是在研究人的存在问题时，很少有人能像这位作家那样穷尽所有，包蕴万千。

一、"双重视力"的产生及其内涵

在《悲剧哲学——陀思妥耶夫斯基与尼采》和《在约伯的天平上（灵魂中漫游）》两部著作中，舍斯托夫重点探讨了陀思妥耶夫斯基思想的转变或信念的"秘密而痛苦地"重生的问题。《战胜自明（Ф. М. 陀思妥耶夫斯基诞辰一百周年纪念）》（以下简称《战胜自明》）又是一篇论述作家思想转变和矛盾斗争的文章，并首次使用了"双重视力"（двойное зрение）这一概念。在该文中，舍斯托夫的论述以讨论生死大问开始。

自古以来，人类对生的崇拜与向往，对死亡的恐惧和厌弃从未止息。当古代中国的皇帝千方百计地寻找长生不老之灵药时，西方的贤哲也在苦苦思索生与死之间的奥秘。古希腊伟大的悲剧家欧里庇得斯的名言"生就是死，而死就是生"成为舍斯托夫探讨的开端。面对生死问题时，通常情况下，人们可以轻易分辨什么是生，也知道什么是死，对生充满了期待和欣喜，而死亡的恐惧和不安数千年来一直惊扰着万物生灵。当从哲学层面来思考这一问题时，舍斯托夫发现，在某些时候，这个看似最简单的问题却迷惑着很多被尊为"智者"的人们："最聪明的人反而在普通人认为没有困难的地方无影无

---

[1] 杨振宇."哲学是伟大的最后的斗争"——论舍斯托夫对胡塞尔哲学的批判及其意义. 南昌大学学报：人文社会科学版，2011（2）：53.
[2] Лашов В. В. Метафизика русской литературы Льва Шестова（Автореферат）. МГУ，2011：17.

踪了，怎么会是这样呢？……有什么能比不知道是活着还是死了更可怕的呢！"[1] 在一般人看来，生就是生，而死也应该就是死，因为这是确定无疑的普遍规律，正常人决然不会将二者混淆。然而事实却并不尽然——在舍斯托夫看来，打破人类思维定式和基本原则的是传说中的死亡天使，正是它的降临给某些人带来了重新审视生死迷局的"双重视力"。

关于"双重视力"概念的来源，研究者图尼曼诺夫指出，"舍斯托夫的'概念'不依赖于'逻辑的'和'科学的'理据，它产生于某种神秘—幻想的、传说的空间。成为舍斯托夫关于陀思妥耶夫斯基的重要文章灵魂的是关于死亡天使的东方传说"[2]。在《战胜自明》一文中舍斯托夫这样写道：

死亡天使降临于人，为的是把人的灵魂和肉体分开，而使他全身长满眼睛。……它不能触动人的灵魂，甚至也不和灵魂见面，而是在离开之前，悄悄地把自己无数眼睛中的一双眼睛留给了人。于是，人突然开始从高处看到所有人看到的东西，而他自己还是用旧眼睛看到一种新东西。[3]

所谓的"双重视力"指的是"第一视力"和"第二视力"。具体而言，"第一视力"又称"天然的视力"，即人自出生之日起便获得的正常的视力，这是生的天使的亲切馈赠。用这双眼睛人们观察和认识着这个世界，了解并掌握新知，遵循着各种规律和原则。舍斯托夫认为，这双眼睛看到的世界是"必然"存在的世界。因此，又可以将其称为"天然的眼睛""通常的视力"或"旧眼睛"。"第二视力"则不是每个人都能够拥有的。这是一双无形的眼睛，是不经意间死亡天使降临后留下来的。透过这双眼睛人们在旧有的世界里看到了全新的、迥然不同的存在，因此将其称为"非天然的视力"。它看到的是与日常生活相异的"反常现象"，这不是个人成长和集体发展过程中的经验积累，也不是支配和指导人们生活的理性规律，而是没有了科学、理性统治的"自由"存在的世界。舍斯托夫认为，"必然"存在和"自由"存在是直接对立的：前者处在理性的指导和统治之下，其中充满着规律、原则和种种确定不移，而后者则是在旧世界里发现的"新大陆"，即"凡在'一般'看到现实的地方，在一个人只看到幽灵和怪影，即在'一般'认为不存在的——

---

[1] 舍斯托夫. 在约伯的天平上. 董友等, 译. 上海：上海人民出版社，2004：19.
[2] Туниманов В. А. Ф. М. Достоевский и русские писатели XX века. М.：Наука，2004：167-168.
[3] 舍斯托夫. 在约伯的天平上. 董友, 等, 译. 上海：上海人民出版社，2004：20.

真正唯一现实的地方，出现了'新视力'"[1]。可以说，从"第一视力"到"第二视力"揭示的是"个人在由物质和观念铸造的必然性世界中的生命状态"[2]。一般人认为，新的视力与知识、规律相悖。这也正体现出第二视力的"反常性"所在。在舍斯托夫的论述中，"反常性"或"反常现象"是他阐释"悲剧哲学"思想过程中十分重要的语汇。笔者认为，我们可以将这种"反常现象"或"反常性"的出现视为进入舍斯托夫"悲剧哲学"领域的标志之一。

舍斯托夫指出，自死亡天使出现，并在某些人身上留下了一双新眼睛后，伴随着怀疑、犹豫的思想斗争不停地折磨着获得双重视力的人，他们不可避免地要经历新思想与旧思维的冲突，而吸引着获得这两重视力的人们全身心投入战斗的原因"就在于它使我们摆脱可靠性，就在于它赋予我们克服称作自明东西可能的希望"[3]。简言之，战胜理性治下的自明是"非天然的视力"之所以激动人心的主要原因。

二、"双重视力"的斗争与对峙

陀思妥耶夫斯基是一位深刻的思想家，提出了一系列诸如人的奴役与自由、信仰与理性、传统与现代等重大命题，他的思想和文学创作对俄罗斯白银时代的文化思潮产生了重要的影响。舍斯托夫同时代的哲学家们对陀思妥耶夫斯基有过精彩的论述。例如，索洛维约夫把他称为"精神领袖"，别尔嘉耶夫专门探讨过他的世界观问题，罗扎诺夫论述过人的自由问题，等等。舍斯托夫与上述同行同处于20世纪初宗教哲学思潮的影响下，与他们的观点有一脉相承的联系，注重对作家思想的解读，同时又能够紧紧围绕其作品探讨人的存在问题，进而把握作家思想变化的轨迹。在探讨"双重视力"概念时也不例外。舍斯托夫认为，陀思妥耶夫斯基在某个时刻曾经为死亡天使所青睐，拥有了"双重视力"，二者之间的争斗在作家的内心深处展开，并在其文学创作中得到体现。

---

[1] 舍斯托夫. 在约伯的天平上. 董友，等，译. 上海：上海人民出版社，2004：26.
[2] 徐凤林. 舍斯托夫论黑格尔宗教哲学. 中国俄语教学，2019（2）：37.
[3] 舍斯托夫. 在约伯的天平上. 董友，等，译. 上海：上海人民出版社，2004：21.

在《战胜自明》一文中，舍斯托夫首先探讨了陀思妥耶夫斯基获得"第二视力"的时间问题。他指出，并不像许多研究者认为的那样，经历了死刑判决后被流放的陀思妥耶夫斯基在监狱里直接改变了对自由世界的认识，相反，这是一个渐进的过程。在监狱里作家对外面自由的生活充满着期望和幻想，无论是在给哥哥的信件中，还是在以亲身经历为蓝本写作的小说《死屋手记》中都有所体现。陀思妥耶夫斯基同样怀着热切的期盼向往着出狱后的新生活，然而，出狱后的现实却令他失望。无论他多么努力地要安排好自己的生活以免"重蹈覆辙"，都未能如愿。他发现，"自由生活越来越像苦役生活，他在监狱生活之前的'整个'天空本来是无限的，就其无限性而言是有许多许诺的，可是如今却像他那牢房的矮小顶棚一样，令人感到憋闷和窒息"[1]。所有美好的设想在重获自由的生活中并未实现，他的心灵疲惫不堪，而蕴含在这心灵中的理想并未变得崇高，反而在现实中屡屡受挫，束缚和压迫从四面八方向他袭来，甚至整个人类的生活都在受到某种压制，散发着压抑的情绪——监狱外的生活成为另一种"死屋"。这在舍斯托夫看来，正是理性统治的结果。人们把理性的能力视为解决一切问题的主要手段，而情感、意志、信仰等非理性因素则被从构成认识的整体环节中分离出来，世界被撕裂成概念的碎片，人也被抽象为理性化之物。

舍斯托夫认为，当陀思妥耶夫斯基走进"死屋"，"作为奖赏，从死亡天使那里获得了可怕的、不请自来的天赋——"第二视力"，它也是构成《地下室手记》的主题"[2]。正如赫尔岑所言，陀思妥耶夫斯基就像进入地狱的俄罗斯但丁一样，带领读者直面人性的丑陋及其生存的悲剧性问题。

在"第一视力"看到的世界里理性占绝对的统治地位，不允许任何反抗，俯首听命成为人类的唯一宿命，因此"双重视力"的斗争和对峙是持久而严酷的。舍斯托夫指出，理性把个人的经验转变成一般的必然判断，而后上升为普遍存在的规律，从而形成科学。它客观而冷静，是理性进行一切判断的生命之源，人们不假思索的接受态度更是理性"横行"的重要原因之一。因此，舍斯托夫全心全意地批判和反抗理性及其治下的世界。他首先对理性

---

[1] 舍斯托夫. 在约伯的天平上. 董友, 等, 译, 上海：上海人民出版社, 2004：23.
[2] Лашов В. В. Метафизика русской литературы Льва Шестова (Автореферат). МГУ, 2011：32.

存在的特权提出质疑。他认为，人们盲目地崇拜理性，忽视了"人们承认理性在审判，但它本身不是法庭"[1]的事实。在"第二视力"的帮助下，陀思妥耶夫斯基也认识到这一点。换言之，理性在日常中的力量是人类亲自赋予，并主动不加怀疑地真心相信的，正是凭借这一力量它才拥有了最高的审判权。客观规律、逻辑法则、普遍必然性等所谓的"自明真理"实际上都是"人造的神话"，它的所有光环都充满了虚妄，恰如《地下室手记》中"二二得四"的虚假威势。以"二二得四"为代表的理性不允许权力之争，成为永世的立法者和审判者是它的夙愿，它把不承认其统治地位的人统统残忍地排除在外，让其成为"异己者"，陀思妥耶夫斯基的那位可怜巴巴的小官吏就是这样的牺牲者之一。

《地下室手记》是一部哲理小说，作家"塑造了俄罗斯文学史的一个新典型'地下室人'，揭示了现代文明所造就的病态、畸形、丑陋且具悲剧性的心理和性格特征"[2]。在小说中，作家借人物之口表达了对"必然"存在的世界的失望。这位退职的小官员在自己的"蜗居"之所侃侃而谈，但他的话语却颠三倒四，毫无章法和逻辑性，他不但嘲笑他人，对自己也毫不留情。在他那些看似疯狂的话语中我们看到，他已然注意到理性对人类的统治和人的身处绝境之感。这种绝境，用他的话来说就是被一堵石墙挡住了前进的道路，"这是怎样的石墙呢？喔，那当然是自然规律，是自然科学的结论，是数学"[3]。"地下室人"认为，大多数人在面对石墙的阻挡时会进行反抗，但在发现其坚固性和不容推翻性之后随即选择了妥协和屈服，石墙有时甚至成了退让的托词和借口。意大利诗人但丁的那句"抛弃每一个希望"则彻底断绝了人类反抗理性统治的一切可能性，人类只能心甘情愿地俯首听命。舍斯托夫对陀思妥耶夫斯基塑造的这位"地下室人"的评价很高，并且在与理性的斗争中，视"'地下室人'为可靠的、强有力的同盟者"[4]。

舍斯托夫认为，《死屋手记》和《地下室手记》是陀思妥耶夫斯基后来创作的包括《罪与罚》《白痴》《卡拉马佐夫兄弟》等小说的滋养源，后者是对

---

[1] 舍斯托夫. 在约伯的天平上. 董友，等，译，上海：上海人民出版社，2004：41.
[2] 顾宏哲. 批评之镜：陀思妥耶夫斯基作家经典在俄国的生成. 俄罗斯文艺，2017（2）：78.
[3] Достоевский Ф. М. Записки из подполья. М.：Издательство АСТ，2016：15.
[4] Капилупи С. М. 《Трагический оптимизм》 христианства и проблема спасения：Ф. М. Достоевский. М.：Алетейя，2013：172.

前者的广泛的注释，在这些作品中，"双重视力"的斗争与对峙也随处可见。

舍斯托夫认为，单是小说《罪与罚》的名称就已很明显地体现着有罪就有罚这一规则。按照拉斯科尔尼科夫的理论，"普通的人精神贫乏，服从于道德法则，不普通的人则自己创造'一切都是被允许的'规律。善与恶已不存在：有某种高于'善与恶'的东西"[1]。他向往那些可以扭转乾坤的大人物，也想检验一下自己到底属于哪一类人。在舍斯托夫看来，拉斯科尔尼科夫的所想和所实施的杀人行动都是在试图冲出普通人眼中"一般"的尝试。作家为他设置了挣脱小人物命运的想法，以一己之力去实现或证明普遍规则之外"自由"存在世界的存在。很可惜他失败了，然而，"在他的眼中，这个认罪的案件说明的不是他的理论不正确，而是证明他自己并不属于那些可以超越道德规范之上的伟人之列"[2]。作家在小说结尾处以高亢的笔调所描绘的"新生"故事并未展开，只不过是一个美好的许诺而已，而这恰恰说明了"必然"存在世界和"自由"存在世界的角力以及前者力量的强大。《白痴》中仿佛来自"世外桃源"的梅什金公爵突然登场，在一天的时间之内他认识了小说所有的人物，故事情节紧张、饱和到无以复加的地步，作家希望通过他的行动改天换地，但结果却一如从前。舍斯托夫认为，作家在小说中塑造的人物形象其实都不过是带着一个个假面的他自己而已，在字里行间他专注地与自己的主要敌人"二二得四"进行斗争。

事实上，理性的绝对统治地位似乎牢不可破，它以坚固的石墙形象呈现在陀思妥耶夫斯基面前，挡住了他的去路，无论是拉斯科尔尼科夫、梅什金，还是德米特里·卡拉马佐夫，在与理性的自明进行对峙时都无一幸免于难。个人与全体的抗衡注定是一项异常艰巨的任务，以至于作家本人有时候也难免陷入混乱，也会在作品中试图调和"双重视力"之间的矛盾，所以细心的读者可以在严肃的、充满悲剧氛围的内容和高亢情调的结尾之间寻找到一些蛛丝马迹。舍斯托夫认为，获得"第二视力"的陀思妥耶夫斯基正是看清楚了理性的这一实质才多次试图冲破它的"封锁线"，在作品中不止一次地表现着"异样"的内容。然而在理性大行其道的时代，任何对规律、原则的不敬

---

[1] Щедрина Т. Г. Л. И. Шестов: pro et contra, антология. М.: РХГА, 2016: 67.
[2] Белов С. В. Федор Михайлович Достоевский（издание 2－ое）. М.: Книжный дом《ЛИБРОКОМ》, 2010: 121.

都被视为离经叛道。陀思妥耶夫斯基以文学的方式探讨着这种超越和反抗，在体验到短暂的激动和自由之后，他的灵魂便陷入了深深的恐惧之中。

舍斯托夫认为，尽管陀思妥耶夫斯基在"第二视力"的帮助下看到并在小说里展现了人类存在的反常，但"双重视力"所见之物的矛盾与斗争是激烈而残酷的，死亡天使带给他的"美丽新世界"有时则成了难以承受的重负。"一般"是如此强大，而"第二视力"又是一位"不速之客"，经常来得不及时，它所带来的惊扰在陀思妥耶夫斯基内心引起了"轩然大波"。但它又不足以撼动理性统治的世界的力量，身心俱疲的陀思妥耶夫斯基不得不偶尔闭上这双"非天然的"眼睛，摆脱不协调的声音而寻求内心片刻的宁静，每每此时，"第二视力"服从"第一视力"的趋势便加强了。

三、苦难换来的"裁决权"

当"地下室人"以混乱的逻辑和不连贯的话语高呼推翻理性之墙时，陀思妥耶夫斯基以天才的思想辩证法在人的身上发现了自然的天性，呼唤着真正的自由，"它不是理性对精神现象的统治，自由本身是非理性的和极端的，它跨过了人设置的界限"[1]。然而，他的振臂高呼并未获得多少支持者，日常中的反常性反倒引起了他自己的惊惧，独身一人与"全体"的对峙无异于以卵击石，"'我是独身一人，而他们是全体'，他惊讶地感叹着。他离开'一般'，离开仅仅把'一般'作为自己实在基础的唯一现实世界，所以他似乎悬在半空中，基础从他的脚下坍塌了"[2]。舍斯托夫认为，失掉之前视为"立命之本"的观念后，陀思妥耶夫斯基就此失去了根基，成为无根基的存在，不自觉地寻找着"双重视力"之间的妥协与和解。他善于透视人类灵魂的秘密，然而却发现了人类生活无法避免的矛盾和悲剧，恐惧和绝望随之而来，他越是努力回归正常就越发深陷于"反常"，痛苦、孤独和各种苦难迎面袭来，正是在这种情况下，他说道："人有时喜爱苦难而胜过喜爱幸福，混乱和破坏有时比秩序和创造更可贵"[3]。和"第一视力"产生理性一样，在陀思妥耶夫斯基那里，"第二视力"揭开了"人喜爱苦难"的命题。

---

[1] Бердяев Н. А. Русская идея. Миросозерцание Достоевского. М.：Издательство 《Э》, 2016：347.
[2] 舍斯托夫. 在约伯的天平上. 董友, 等, 译. 上海：上海人民出版社, 2004：30.
[3] 舍斯托夫. 在约伯的天平上. 董友, 等, 译. 上海：上海人民出版社, 2004：48.

纵观陀思妥耶夫斯基的全部创作，数不清的屈辱、折磨、嫉妒、压抑、混乱、伪善和困苦境遇几乎贯穿始终，这些著作俨然已成为人类罪行和苦难的百科全书。在他的笔下，苦难留给人的启示超越其本身，已上升为对人生意义的终极思考，从而成为通向自由的必经之路。舍斯托夫认为，"人喜爱苦难"的观点是"第二视力"给作家带来的结果之一：人们先是失去日常生活的根基，随即陷入对非天然眼睛所发现的新事物的恐惧中，绝望和苦难是其必然结局。同时他们似乎发现，"最可怕的是，所有这一切的苦难并非源自坏人的作恶，而是出自生活的必然，因此也就无解无望"[1]。

别尔嘉耶夫认为，"苦难不仅是人固有的，更是产生意识的唯一原因"[2]。作家善于探察人内心深处隐秘的情感，将思想触手深入人类思想的"地下室"之中，在与理性对抗时表现出了非凡的勇气和果决心态，虽然寡不敌众的暂时失利在他发出挑战的那一刻就已注定，"整个世界和一个人互相碰撞，世界这方是所有的传统，受难者一方则只有绝望。此时的人撕裂了与过去的联系而进入到'地下室'……当命运的意志与真正的生活正面冲突之时，人们确信，所有的'学说'皆是虚假"[3]。舍斯托夫指出，恐惧带来了绝望，绝望是苦难的先兆，而苦难则是必须要经受的，在陀思妥耶夫斯基那里，正是苦难换来了"裁决权"。"天然视力"所见到的世界已由理性判定：时间早已有了历史上的第一次测定，理性占据统治地位，对它的盲从和顺服成为人类的宿命。理性主义将现实理想化，试图用科学方法指导实践活动，以理性的规律为依据建立起一座"水晶宫"，生活在其中的人们长时间受到某种规律的支配，逐渐趋向麻木的状态，并习惯性地自觉遵从。因此，看透理性的这一切"伎俩"的陀思妥耶夫斯基希望通过承受苦难来换取新的"裁决权"，即时间的第二次测定。换言之，他希求通过重新确定世界的秩序，推倒以理性为代表的"石墙"，从而使人类摆脱被围困、被束缚的精神和心理境地，重获真正的自由和意志。

---

[1] 潘道正. 苦难的价值——陀思妥耶夫斯基《白痴》中的"受难"思想. 探索与争鸣，2010 (5)：124.

[2] Бердяев Н. А. Русская идея. Миросозерцание Достоевского. М.：Издательство《Э》，2016：219.

[3] Щедрина Т. Г. Л. И. Шестов：pro et contra，антология. М.：РХГА，2016：69-70.

四、结论

概言之，理性统治之下的人的境遇是舍斯托夫哲学关注的中心。当面对现代文明象征的"水晶宫"时，理性的强大统治力再次显现，这是"理性王国"的具象化，它体现了对人类理性、科学发展的高度崇拜和热情，但"在理性范围内不能解决生存的痛苦和悲剧，无法找到个体存在的根基"[1]，这一切在舍斯托夫看来无疑都是对人的存在本身的束缚与挑战，他在陀思妥耶夫斯基的文学创作中看到了这种深深的焦灼状态和反抗的意识：人们宁愿选择躲避在地下室或洞穴里，也不甘愿对理性俯首称臣。"在地下室里发展着前所未有的孤独，与世界的隔绝以及个人与世界之间的对立"[2]。在这里产生和发展着反抗理性的意识，在被普遍接受的日常中作家描写了反常的存在，摆脱理性束缚的信念的诞生是一个漫长而艰辛的过程，一旦获得死亡天使赠予的"非天然视力"，眼前的一切必将发生天翻地覆的变化，无法承受的苦痛和惊惧也必将伴随其间，尽管对峙的双方力量相差悬殊，但舍斯托夫认为，提出没有答案而又迫切需要回答的问题正是第二视力的全部意义所在，而振臂高呼，唤醒人们拒绝对理性盲从的意识亦十分迫切。

舍斯托夫认为，陀思妥耶夫斯基是获得"双重视力"的人，他在日常和"反常"中看到了人的挣扎和窘境、苦难和悲哀，这也成为其文学创作所着意表现的内容。当人的外部生活不可避免地陷入无望的深渊时，被理性束缚的人顿时失去了存在的根基，"无根基性"的生活得以显现，悲观、绝望便随之而来。因此，他认为，陀思妥耶夫斯基笔下的人物所处的绝望是真切的，苦难是浓烈的，他们在悲剧中体验到了对普遍规律和必然性的反抗，这种反抗则反映着生命的真实和对最高真理的探求。而"只有当人起而反抗日常性、真理、理性、科学和道德的必然性时，他才真正地成为人"[3]。

---

[1] 徐凤林. 俄罗斯宗教哲学. 北京：北京大学出版社，2006：287.
[2] Щедрина Т. Г. Л. И. Шестов: pro et contra, антология. М.：РХГА，2016：83.
[3] Дробжева Г. М.，Роом Л. А. История отечественной философии XX века. Тамбов：Издательство：ТГТУ，2003：114.

被叙述的时间：
保罗·利科诗学诠释学及研究述评

田雨祁　徐明莺

摘要：保罗·利科以"叙述"与"时间"概念为核心，吸纳改造亚里士多德诗学及奥古斯丁时间观，构建了其诗学诠释学的思想体系，打开了文学时间经验的读者维度。本文首先梳理利科学术生平的三个重要阶段，确定其诗学诠释学理论体系的发展过程；其后考察利科诗学诠释学思想对在叙述中作为人类经验的时间的阐释；最后，本文综述了近年来国内外关于利科诗学诠释学思想的研究，指出目前学界应该系统性地处理利科诗学诠释学。在利科的诗学视域下，叙述与时间的关系是解决哲学上传统时间疑难的进路，也是在世界之存在中诠释自我之存在的关键。

关键词：保罗·利科；文学哲学；诗学诠释学

保罗·利科（Paul Ricoeur，1913—2005）是法国 20 世纪杰出的思想家、哲学家，被誉为现象学和诠释学大师。国内学者李幼蒸曾对利科的思想做出整体性评价："利科的重要性，不在于其完成了什么理论体系……而在于他努力、智慧和诚实地将时代各种认识论对立的张力关系聚集于一身，并企图对

【基金项目】本文系 2021 年度辽宁省经济社会发展研究课题"公共阐释视域下的'一带一路'政策研究"（2021lsljdybkt-006）的阶段性成果。
【作者简介】田雨祁（1996—），女，大连理工大学哲学系博士研究生，主要研究方向为法国哲学、诠释学。徐明莺（1977—），女，英语语言文学博士，大连理工大学外国语学院副教授，研究方向为英美文学、西方文论。

其加以探索和协调。"[1] 利科自身并不致力于建立完善的理论体系，但每一部作品都是对上一部未竟之意的延续，因此其思想表现出极强的连续性。利科的学术生涯大致分为三个阶段：早期意志哲学时期，中期诗学诠释学时期，后期翻译哲学时期。诗学诠释学理论是利科思想发展中承上启下的重要阶段，其中的"叙述"与"时间"概念也成为从存在论意义上在世界之存在中重新诠释自我之存在的核心。

利科对诠释学的初步定义为对文本的诠释相关联的诠释程序的理论，并通过文本理论实现了其思想的诠释学转向。长期以来，利科在研究中一直保持着对基本问题的关注，其诗学诠释学中"叙述"与"时间"的看法也从语言的不可通约性这一基本问题出发。作为对《活的隐喻》探讨的延续，《时间与叙述》进一步深入探讨了以依赖现象学的方法所解析的人类经验所存在和发展的基本形态，利科称之为在时间中延续并扩展的"叙述"。出于对语言通约论的反对，利科认为语言的应用范围应为极其广泛的，而对语言以及人类文化的关系的探讨则应落在作为语言和一切文化的共有因素，即时间性上。"时间以叙述的方式说出，就成为人类的时间。同样的，在叙述描述时间的经验特征时，叙述便变得更为深奥。"[2] 由此可以看出，在利科的诗学诠释学中，叙述可以对人类经验进行标示、联结；而在语言中起着限定以及组织作用的场所就是"文本"。"文本"也成为作为人类经验共性的时间与叙述行为之间的中介。

为了进一步分析时间与叙述的基本特性与关系，利科从亚里士多德与奥古斯丁中汲取养料，进一步丰富其诗学诠释学思想的层次与内涵。由于其思想的连续性与层次的丰富性，本文将首先梳理利科的学术生平，确定其诗学诠释学思想的发展过程；其后，着重考察其诗学诠释学思想对叙述与时间关系问题的探讨，确定在意义诠释过程中"文本世界"的重要地位；最后，本文将考察近十五年来国内外利科诗学思想研究，以在梳理研究现状的基础上，发掘利科诗学诠释学思想的认识论及本体论意义。

---

[1] 李幼蒸. 悼念保罗·利科. 国外社会科学，2005 (4)：66.
[2] Ricoeur, Paul. *Time and Narrative* (*volume* 1). Chicago：University of Chicago Press，1984：3.

一、保罗·利科的学术生平

利科自身并不致力于建立完善的理论体系，但每一部作品都是对上一部未竟之意的延续，因此其思想表现出极强的连续性。根据其研究重心的转移，利科的学术生涯大致分为三个阶段：早期意志哲学时期，这一时期受马塞尔和胡塞尔影响，主要着眼于意志哲学的研究，利科本人称之为"接受现象学和存在主义时期"；中期诗学诠释学时期，这一时期利科借由文本论文实现了其思想的诠释学转向，形成了对哲学诠释学及诗学的一般看法；后期翻译哲学时期，翻译哲学是利科主体哲学思想的重要特征，充满了对话性与辩证性，既接受各大流派思想的影响，又具有敏锐的批判精神。

保罗·利科出生于法国东南部城市瓦朗斯，先后就读于雷恩大学和索邦大学，曾担任芝加哥大学、耶鲁大学、蒙特利尔大学的客座教授。利科视野开阔，曾出版学术著作逾二十部，基本著作有《意志哲学》（*Philosophie de la volonté*）两卷本（1949—1960）、《历史与真理》（*Histoire et Vérité*）（1955）、《论解释：弗洛伊德论文集》（*De l'interpretation：essai sur Freud*）（1965）、《解释的冲突：关于诠释学的论文集》（1969）、《活的隐喻》（1978）、《解释学与人文学科》（1981）、《论现象学派》（1986）、《作为他者的自我》（*Soi-même comme un autre*）（1990）等。2004年11月，他被美国国会图书馆授予"克鲁格奖"。

利科被公认是最重要的现象学家之一，但他学术研究涉猎广泛，内容包括现象学、诠释学、语言学、心理学、宗教学和政治学等诸多学科门类。国内学者高宣扬指出："保罗·利科的思想涉及哲学、社会哲学、道德哲学、宗教哲学、文化哲学、诠释学以及人文社会科学的一般方法论的重大问题。他思想范围广泛，主要决定于他对誊自身及人的文化极度关怀。他是不折不扣的人文主义者，一位仁慈的、负有道德责任感的思想家。"[1] 同时，作为哲学领域久负盛名的翻译家，利科曾翻译胡塞尔等人的哲学著作，也因此对其早期思想产生了重要影响。

利科的思想都是在与其他哲学家的对话中展开的，如亚里士多德、弗洛伊德、海德格尔、伽达默尔、康德、胡塞尔等。在对话中，利科的思想在不同领域

---

[1] 高宣扬. 当代法国思想五十年（下卷）. 北京：中国人民大学出版社，2005：540.

不断地拓展和丰富。利科师从庄·纳贝尔与伽普里尔·马塞尔，并受他们影响，认为自己所从属的哲学传统是"反思的、现象学的和诠释学的"。早期利科深受胡塞尔现象学影响，在对胡塞尔著作进行出色的翻译与批评的同时，胡塞尔的现象学也给利科提供了哲学研究的基本看法。但马塞尔的生存哲学对他的影响又使他对现象学有一定保留。从此我们可以看到，利科的两个思想渊源分别为生存哲学和现象学，这也形成了利科的早期哲学思想。

20世纪30~60年代初，利科受马塞尔和胡塞尔影响，主要着眼于意志哲学的研究。这一阶段，利科本人称之为"接受现象学和存在主义时期"。1947年，利科出版的第一本书即为与杜夫海纳合写的《雅思贝尔斯与生存哲学》。1949年，利科出版了《意志哲学》第一卷《意愿者与非意愿者》，利科"意志哲学"的研究阶段正式开始。整个第一卷的中心内容是论述"意愿者"和"非意愿者"的基本结构，认为"意志"紧密地同完成意志的行动相关。1951年，利科翻译并发表了胡塞尔的现象学著作《观念Ⅰ》，这本书对法国现象学的发展有很大贡献。1960年，利科出版了《意志哲学》第二卷，并在这一卷中对意愿者和非意愿者的交叉结构进行现象学分析；对于"可错性"概念进行人类学研究，以便从"人"的先天构成中探索其道德上的"恶"和精神上的"痛苦"的可能来源；对于"恶"的象征性进行分析，说明"恶"的单纯可能性和错误的现实性的关系[1]。在这一时期，利科的思想主要受到海德格尔、马塞尔以及纳贝尔三大思想家影响，以胡塞尔的描述现象学为主要方法，集中探讨了作为人的基本生存动力意志及其行动的问题。而利科在《意志哲学》第二卷中对人类生存中隐藏的"恶"的研究，使他的诠释学超越了纯粹描述的现象学，从而成为他从现象学向诠释学转向的重要标志。

20世纪60年代初至80年代初，利科开始由意志哲学转向诠释学，步入其学术生涯的第二研究阶段。这一阶段的研究又分为三个层面，现象学诠释学、语言学解释学和文本诠释学。在利科看来，诠释学是通向哲学思辨之路，可以说利科的现象学思想和诠释学思想是紧密相连的。在这一阶段，利科于1961年发表《论弗洛伊德与诠释学》，较为系统地阐述了语言、象征与解释的关系问题。1965年，利科出版关于论述弗洛伊德的论文集《论解释》。1969

---

[1] 高宣扬. 当代法国思想五十年（下卷）. 北京：中国人民大学出版社，2005：540.

年，利科出版了《解释的冲突：关于诠释学的论文集》。他对意志哲学的研究、对精神分析的再分析、对结构主义的考察，使得他得以从现象学逐渐推进到诠释学。利科试图在现象学与诠释学之间实现一种"嫁接"，而在如何将这两者统一起来的问题上，利科反对海德格尔的"捷径"，主张走一条文本分析的漫长道路，也就是要把作为方法论的古典诠释学和作为存在论的哲学诠释学在存在论基础上统一起来。

在利科现象学诠释学不断发展完善的过程中，利科把诠释学同结构主义、精神分析学及现象学的关系列为最优先思考的基本问题。语言研究日益显示出其诠释学研究中的基础地位，利科认为语言分析是达到存在的必由之路，语言表达是人存在的一种方式。利科的语言学诠释学也由此形成。1961 年至 1962 年，利科将这一时期内的演讲及论文汇集成《论诠释：弗洛伊德论集》。他认为，精神分析学关于梦、性、图腾和各种心理现象的象征理论是诠释学的重要理论基础。通过对弗洛伊德精神分析学的研究，利科更加深入地探讨了象征的问题，这也对其象征理论在诠释学思想中的重要地位产生了重大影响。利科在关于结构主义的争论中，着重探讨了结构主义的起源，即语言学。利科主张诠释学要经历语义学、反思哲学和本体论三个阶段，即从语言问题着手，通过反思主体问题而达到存在问题。在探讨语言与诠释的关系时，利科一方面吸收了英美分析哲学关于语义学的理论研究成果，另一方面结构主义、精神分析学以及法国当代思想家们关于"论述"的最新理论成果又使得他能够更加深入地分析语言因素在诠释过程中的重要意义。

20 世纪 70 至 80 年代，利科的诠释学思想的第三层面集中于文本的理解。在这一时期，利科逐渐形成了他自己的对哲学诠释学的一般看法。在利科看来，诠释学是以存在论为基础的非主体的意义理论，也是一种为存在论服务的方法论，它的主要任务就是文本解释。他对象征、隐喻、叙述的诠释构成了其独特的文本思想，并在反思中达到了存在论层面。1975 年，利科出版专著《活的隐喻》。这本关于隐喻的专著共分为八个部分，分别论述了隐喻与诗学、修辞学、语义学、哲学等学科的关系及其理论依据。也正是在此书中，利科的语言学诠释学思想逐渐步入了隐喻诠释学思想。隐喻不仅具有修辞学的意义，而且具有本体论和认识论的意义。利科认为，"隐喻是一部小型作品,一部作品如一首诗,可以被视为一个持续的或扩展的隐喻。"[1] 隐喻是小的文本,文本是大的隐喻。在《解释理论:话语与剩余意义》中,利科除了探讨话语和事件,也对象征和隐喻进行了论述。他认为,隐喻是语义创新,它仅存在于被创造出来的那一瞬间,相比之下,象征永远不会死,它只会被转化。20世纪80年代,利科的主要思想集中在对叙述问题的研究上。1983年,《活的隐喻》的姐妹篇《时间与叙述》的出版标志着利科叙述理论的基本构建。利科认为,人类现象、行动、文本等都有支配其构成的内在动力,这也就是他们的逻辑。文本解释的任务,就是要解释这种内在的动力和逻辑。但这必须将具体的诠释方法结合广义的诠释型原理,为此,利科提出了一种新的诠释学方法,即叙述。利科将情节化纳入对叙述与时间关系的分析中,然后探讨了虚构叙述与历史叙述的关系。在他看来,一方面,二者都是围绕着情节展开叙述,这就证明了它们在意义或结构层面上的家族相似;另一方面,虚构的叙述也不是纯粹的虚构,而是对现实的模仿。在此意义上,模仿是一种现实的隐喻。利科谈及象征、隐喻、叙述,都是对广义文本上的探索,试图从多个维度对广义的文本进行诠释。

利科的翻译哲学是其主体哲学的一大特征,其翻译思想充满了对话和辩证性,既接受各大流派思想的影响,又具有敏锐的批判精神。其翻译思想集中体现于其晚年出版的《翻译论》。有两种途径可以通往翻译行为所提出的问题:狭义上来说,是将某一言语信息从一种语言传递到另一种语言;广义上来说,是在同一个语言共同体内部阐释全部能指。在《翻译论》中,利科提出翻译的两种范式:一为语言学范式,即从狭义来讲,翻译是语言间的话语与信息的转变;二为本体论范式,即从广义来讲,翻译是同意话语社区内对整体意义的阐释。利科认为,传统的"可译性"与"不可译性"模式没有意义,取而代之的应该是一种更具有实践色彩的"忠实"与"背叛"的新模式。利科还认为,语言具有自身反思性。同样的事情,总是可以用另一种方法来表述。同理,用另一种方式来翻译,也总是可能的。有关翻译的诸多问题都源自语言的自反性。好的翻译必定包含某种对"他者"开放的因素。所有的翻译都是自我与他者的对话,这也就意味着肯定差异性,兼容并包"他者"。

---

[1] 利科. 活的隐喻. 汪堂家,译. 上海:上海译文出版社,2004:341.

利科的翻译哲学与其诠释学思想密不可分、相互关照,利科对翻译问题所给予的特殊关注,实际上是将翻译哲学纳入其诠释学的研究范畴,沿其"译不可译"思想可达到其象征与隐喻的双重意义结构,反之,利科诠释学思想中的"象征、隐喻和叙述"等理论亦可指向其翻译哲学中翻译与行动、指称等问题的研究。

纵观利科主体思想的三个阶段,我们可以看出,利科的整个思想是以生存哲学以及现象学为思想渊源,通过对精神分析学、结构主义、语言学、英美语言哲学的批评和吸收,从而实现了现象学和诠释学的嫁接。作为当代哲学诠释学的代表人物之一,利科以其将诠释学与存在论、认识论和方法论结合在一起的独到观点,为西方哲学提供了新方向。

二、被叙述的时间:利科的诗学诠释学

尽管利科的整体思想有着极强的连续性,但其对文本的关注表现出了明显的诠释学转向。20世纪60年代初至80年代初,利科开始由意志哲学转向诠释学,步入其学术生涯的第二研究阶段。在利科看来,诠释学是通向哲学思辨之路,可以说利科的现象学思想和诠释学思想是紧密相连的。在这一阶段,利科于1961年发表《论弗洛伊德与诠释学》,较为系统地阐述了语言、象征与解释的关系问题。1965年,利科出版了关于论述弗洛伊德的论文集《论解释》。1969年,利科出版了《解释的冲突:关于诠释学的论文集》。他对意志哲学的研究、对精神分析的再分析、对结构主义的考察,使得他得以从现象学逐渐推进到诠释学。

20世纪70至80年代,利科的诠释学思想的第三层面集中于文本的理解。在这一时期,利科逐渐形成了他自己的对哲学诠释学的一般看法。在利科看来,诠释学是以存在论为基础的非主体的意义理论,也是一种为存在论服务的方法论,它的主要任务就是文本解释。他对象征、隐喻、叙述的诠释构成了其独特的文本思想,并在反思中达到了存在论层面。从《活的隐喻》(1975)到《时间与叙事》三部(1983—1985),利科分别从语义学及诗学角度针对语言问题进行了集中探讨。在《时间与叙事》中,利科的诗学诠释学理论从对亚里士多德的情节理论及奥古斯丁的时间理论的改造出发,集中论述了叙事

的中介性与时间的人类经验共性,通过"被叙述的时间"揭示了叙事理解力对实践理解力的改造作用以及虚构叙事对行动世界的揭示与转变作用。利科在其后的《从文本到行动——解释学文集 II》(1986)中进一步探讨了"文本世界"之于读者的意义。当语言被当作文学文本而记录下来,文本的意义就与作者的意向之间出现了"远化",文学文本中的指称世界也与日常语言中的世界产生"远化"。利科对于文本的探讨就集中于文本中的可能世界与人的行动之间的关系。

"语言"一直是利科思想的基本问题。利科主张诠释学要经历语义学、反思哲学和本体论三个阶段,即从语言问题着手,通过反思主体问题而达到存在问题。在探讨语言与诠释的关系时,利科一方面吸收了英美分析哲学关于语义学的理论研究成果,另一方面结构主义、精神分析学以及法国当代思想家们关于"论述"的最新理论成果又使得他能够更加深入地分析语言因素在诠释过程中的重要意义。在利科之前,哲学界对于语言存在一种通约论,这种语言通约论认为,一切完美的语言都可以测定语言的非逻辑应用所能达到的意义和真理性的程度。然而与之相反,利科认为语言的广度、多样性以及不可通约性决定了其应用范围在现实以及潜在上是极其广泛的。为了探求语言的本质以及语言与世界的关系,利科将重点放在了语言与人类文化的关系问题上。基于对语言通约论的反对,利科对语言的创造性给予了一定的重视,而这种创造性集中体现在语言中隐喻的矛盾。在各个主体的诠释活动中,语言对诠释所起的中介作用,包括对意义的再现、隐喻与传递,都是以叙述的形式出现的。因此,语言是在叙述中完成了意义的中介化,语言就是叙述。其后,利科由此做出假定,即以其各种形式显示在叙述行为中的人类经验的共性,就在于其时间性。也就是说,一切叙述行为都在时间中进行,在时间中进行的,都能够被叙述。时间作为人类时间的共性,不仅本身包含一系列宇宙论、心理学与社会学的问题,更核心的在于其与叙事性的相互关系中,包含语言的实际与潜在应用的一切领域。由此,利科建立起叙述与时间的相互关系。

尽管虚构与历史的概念是作为二元关系出现在利科的诗学中,但利科仍然给予了虚构叙事以特别的关注。如果说时间性是人类经验的共性,而叙述性联结起人类经验,"文本"就成为语言中限定、组织的场所,也成为有时间性的过往经验与叙述行为之间的中介[1]。那么,文本作为言谈的现实含义的最初单位,可以通过叙述行为来对句子进行组织和安排句子的功能。在这里,为了进一步说明叙述尤其是虚构叙事如何对文本进行组织与安排,利科引入了亚里士多德诗学的情节观,展示情节作为异质要素之综合,虚构叙事对行动世界的揭示与转变作用。通过对亚里士多德诗学情节观以及奥古斯丁时间观的改造,利科详细地构筑其叙事时间理论,以叙事诗学作为解决时间疑难的进路,体现出异质要素之综合的特征。利科的叙事时间理论包含以下三个层面:叙事对于自身存在与世界存在的中介作用、叙事对自我存在的时间重构作用,以及虚构叙事中对自身存在的身份建构作用。

首先,利科的叙事理论指出叙述对于自身存在与世界存在的中介作用,语言是在叙述中完成其中介化过程的。在利科看来,各个主体的解释活动都是语言功能的运动。语言所起到的再现意义的功能都是以叙述的形式体现出来的。就文本与读者而言,二者之间的历史间距也是依靠叙述的过程来实现的。因此,语言就是叙述,语言就是在叙述中完成其中介化的过程的。利科的虚构叙事诗学着重探讨了利科虚构叙事诗学对亚里士多德诗学的改造以及叙事对自我存在的中介作用。在亚氏诗学中,诗人通过把各个事件编排成一个情节的活动,从而对行动进行创造性模仿。情节编排(muthos)在这里不只是一种静态的结构与形式,而更偏向于一种动态的过程。在利科的叙事诗学中,"情节"被更为动态化的"情节化"概念所取代,"对行为的模仿"与"对情节的编排"二者同属于"情节化"的内涵,由此被赋予了强烈的诗学运作与创造特征。通过对亚里士多德诗学的改造,利科以"情节化"取代"情节",以三重模仿诠释动态的历史与虚构叙事循环,由此实现意义的传递。语言是在叙述中完成了意义的中介化,作为语言的叙述承担着在世界存在中对自身存在的中介作用。

其次,利科的叙事时间理论指出叙事与时间之间存在的相互性关系,叙事行为的三重模仿对于时间经验存在协调与重塑的作用,为解决传统的时间疑难提供进路。为了进一步阐释叙述与时间的关系,也试图用叙述理论解决

---

[1] 高宣扬. 利科的反思诠释学. 上海:同济大学出版社,2004:152.

长久以来的时间疑难，利科基于亚里士多德诗学的情节观，以更为动态的"情节化"取代"情节"，以三重模仿诠释动态的叙事循环。通过情节化，故事素材与实践被整合为一个由开端、中段和结尾构成的完整的故事；通过对情节的动态改造，利科诗学中情节化的概念不再局限于亚氏诗学中悲剧的体裁，而是扩张到更为广阔的话语领域。基于情节化的运作，三重模仿的提出进一步实现了对时间经验的协调与重塑作用。模仿作为诗人对行动本身的模仿，其发生的前提条件则为对行动的预先理解。这也构成了三重模仿的第一重，即对行动的先在理解性，"预塑形"。三重模仿中的模仿二则集中于情节化对异质要素的综合作用，通过情节化故事中各种不和谐的异质要素实现一种动态的一致性，从而使得叙事作品能够从传统与历史中有所积淀的同时，保持其创新性。模仿三则表现出极强的"视阈融合"特点，在模仿三的过程中，文本中的可能世界与读者的经验世界不断地融合，阅读成为文本与读者之间的中介。在此意义上，三重模仿中表现出的"预塑形""塑形"与"再塑形"提供了一种解决时间疑难的进路，即情节化得以对叙事作品中的时间以诗学的方式进行综合，消逝的时间与绵延的时间在叙事中被不断调和，对时间经验起到了协调与重塑作用。

最后，虚构叙事存在着对自身存在的身份建构作用。所谓叙事身份，是人类通过叙事的中介作用所获得的那一种身份认同。在叙述塑形活动中，叙事性事件似乎无法与某种整体相协调，然而利科在将情节与人物连接起来的叙述活动中看到了另一种事件的存在方式，事件在其中失去了它的非人称的中立性。人物作为行动的主体、事件的发出者，其身份问题成为确定叙述身份的关键。人物与情节编排所赋予的统一性、连贯性与完备性一起，在整个故事中建构叙述身份，叙述活动在建构故事、情节的叙述身份的同时，产生了人物的叙述身份。叙述身份是读者与文本对话的产物，是主体间性的凸显，它重塑读者经验及生活世界，更新其身份，实现对自我存在的身份建构。

利科的叙述理论围绕着叙述与时间的相互关系，试图解决的是关于时间的认识论与本体论问题。在利科的叙述与时间理论中，主体通过语言的中介，在理解"他人"所提供的信号的含义的反思活动中，展开主体自身的思考，并同其他主体以及世界存在相互中介，最后迂回地实现主体对自身的再次认识与阐释，确定其身份。利科通过对虚构与历史中时间性问题的论述，从认识论及存在论的角度诠释了人类的认识、存在以及现实生活是如何以语言为中介，寻求其意义的。

三、利科诗学诠释学思想研究述评

诗学一直是西方文论的焦点之一。诗学的历史归根结底可以追溯到亚里士多德以诗的方式模仿现实的论证，这也是利科诗学诠释学理论的出发点。利科的哲学思想不仅在哲学领域发挥了重要作用，而且在宗教、语言学、美学等领域也产生了深远的影响。利科以其独特的解释学与本体论、认识论和方法论相结合的观点，为西方哲学提供了新的方向，同时也引起了国内学者的关注。国内外的研究主要集中在利科对现象学和诠释学的嫁接上，近年来，随着研究的深入和视野的开阔，利科的诗学和文学思想逐渐受到关注。

近年来，国内外针对利科诗学诠释学思想的研究主要集中在两大类：第一类为从哲学诠释学的角度出发，探究其诠释学思想中的哲学价值，尤其关注利科与哲学界前人海德格尔、伽达默尔以及哈贝马斯等人的思想对比；第二类为从诗学的角度出发，探究其诗学思想中的文学价值以及伦理学价值，关注其对亚里士多德诗学及奥古斯丁时间概念的吸收改造，并将其运用于文学文本的研究。总的来说，目前学界对利科诗学诠释学的研究主要集中在对于其理论中关键概念和思想（如叙述、时间、文本、语义分析等）的阐释性研究。不同于国外学界的研究脉络，自 20 世纪 60 年代以来，"诠释学"一词已经出现在国内对前东德哲学论文的翻译中，西方诠释学以及利科的哲学思想在其后得到国内学者的普遍重视，并在 20 世纪七八十年代的改革开放浪潮到来时逐渐达到发展的高潮。随着对西方诠释学的研究发展，国内对利科思想的研究从哲学扩展到其他学科领域，形成从述评到创新，再由创新到体系构建的三个发展过程。

利科的诗学诠释学与海德格尔诠释学思想最大的不同在于其采取了"迂回"的诠释路径，以语义分析为必要中介，把文学作为实现现象学与诠释学最终结合的必由之路。通过象征，一个直接的、字面的意义指向另一个间接的、形象的意义，由此，象征与诠释相互关联。利科主张诠释学要经过语义学、反思哲学和本体论三个阶段，语言分析在其诠释学理论中占有重要地位，是达到存在问题的必由之路。1994 年出版的由涂纪亮主编的《现代欧洲大陆语言哲学》选编了徐友渔、周国平等合著的《语言与哲学——当代英美与德法传统比较研究》，文内从语言哲学的角度探讨了利科的诠释学。在《保罗·利科的语言哲学观》[1]（2011）中，学者论述了利科对语言诠释学的主张，从语言问题着手，通过反思主体问题而达到存在问题。利科试图融合语言的方法论和本体论，在两者之间取得某种平衡。在利科看来，语言分析是达到存在的必由之路，语言表达是人存在的一种方式；无论是文本，还是隐喻，利科都强调它们向我们展示的可能世界，即它们在存在论上的新维度。

利科《活的隐喻》一书在语词和话语等实体方面对隐喻进行了彻底的考察，认为隐喻不仅提供新的语义，更具有本体论价值。利科的隐喻理论从诗歌隐喻的争论开始，最终走向人类脱离了文字的字面意义和隐喻表述不同语义之间的冲突，从而获得创造新的意义和不同世界的能力，注重人类通过诗歌创造意义的这一过程。隐喻理论也属于利科诗学对行为的预先理解。纵观其思想体系，不难发现诗歌和文本分析对其哲学目标的实现起着重要作用。国内学者从不同角度和方面对利科隐喻诠释学进行了研究，数量较多，且多为期刊论文的形式，主要是对利科隐喻诠释学的述评，强调其对利科诠释学思想的重要意义。汪堂家从修辞学与哲学在隐喻理论上分道扬镳谈起，系统地论述了利科隐喻诠释学的多重效应。作者认为，哲学归根到底是对意义的探究，而隐喻是意义之谜，因此对隐喻的揭示即为哲学对意义探究的基础。隐喻诠释学不仅大大扩展了传统的真理概念，而且从根本上深化了宗教诠释学对理解的理解以及对解释的解释。在文学批评方面，隐喻诠释学从根本上改变了传统诗学对诗歌语言与现实的关系的看法[2]。汪堂家更偏向于从修辞学与哲学的关系角度论述利科的隐喻诠释学，王丽娜则从意志哲学的角度对利科的隐喻诠释学进行了论述。[3]作者从两方面分析了利科隐喻阐释学所呈现的与意志诠释学现象学的关联。第一，利科把隐喻研究分为隐喻意义研究和隐喻指涉研究，把诸多视角纳入整一的隐喻诠释学。第二，《活的隐喻》揭示了隐喻之语义学及哲学的意味，两种意味凝聚在"行为"的隐喻上，使得

---

[1] 孙际惠. 保罗·利科的语言哲学观. 求索，2011（6）：137-139.
[2] 汪堂家. 隐喻诠释学：修辞学与哲学的联姻——从利科的隐喻理论谈起. 哲学研究，2004（9）：71-77.
[3] 王丽娜. 作为意志构造之意义创造的隐喻——一种对保罗·利科隐喻诠释学的解读. 中国语言文学研究，2017（1）：183.

在批判了意识幻象之后谈论隐喻的意向成为可能,这是构造意志的意义话题的继续。张逸婧探讨了利科的隐喻与形而上学的关系。作者认为,隐喻问题是对意义的探究,隐喻则包含意义之谜。在德里达看来,形而上学话语本身就是隐喻,他致力于通过对哲学文本的解构来摧毁形而上学。而利科则认为哲学话语和诗歌话语具有不同的语义学意向,诠释学的目标是使两者在相互区别的前提下相互补充。透过他们在隐喻与形而上学的关系这一问题上的不同见解,可以看出两人哲学思想的根本差异。在国内的学术论文中,2009年王金凤的博士论文《保罗·利科诗学思想研究》[1]从文本理论、隐喻理论、悲剧理论、叙述理论的角度对利科的思想进行了综合的分析。王金凤的另一篇论文《诠释学视域中的隐喻》[2]则选取了具有利科隐喻特色的两个术语进行评述,进而探讨了利科隐喻理论的缺陷和遗憾。通过对"相似性"和"隐喻之真"的考察,利科的诠释学主张逐渐显现,即从语言问题入手,通过反思主体问题而达到存在问题,这也使隐喻具有了本体论价值。

利科以语义分析为必要中介,把文学作为实现现象学与诠释学最终结合的必由之路的态度展示出其诗学诠释学对文学文本的特殊态度。其中,三重模仿中的"再塑形"阶段把读者之间的对话作为首要考虑因素,表现出深刻的伦理目的。瓦尔德斯在他的专著《文学与保罗·利科哲学》中谈到了利科对文学的特殊态度中的伦理学价值。这种态度的伦理力量在于尊重差异,并把读者之间的对话作为首要考虑因素[3]。瓦尔德斯从整体上对利科的文学哲学做出了总结,并认为这有助于建构一种新的以读者为中心的文学批评理论。狄奥尼西奥通过运用利科的叙事方法来理解自我及其自身正义和天赋相交的宽恕观念,来解决哲学人类学的问题[4]。在利科的哲学人类学中,尽管人具有邪恶的倾向,但人的先天善良却分化成许多能力,其中包括宽恕。对利科来说,宽恕的能力介于因人的过错而丧失行为能力和通过将犯罪行为人与其恶行分离而可能解除这种能力之间。

---

[1] 王金凤. 保罗·利科诗学思想研究. 山东大学,2009.
[2] 王金凤. 诠释学视域中的隐喻. 求索,2009(4):116~118.
[3] Mario J., Valdés. "Literature and the Philosophy of Paul Ricœur." *Comparative Critical Studies* 7. 2-3 (2010):203-210.
[4] Dionisio, Guillermo R. *Paul Ricoeur's Anthropology of Forgiveness*. Budhi:*A Journal of Ideas and Culture* 20,2 (2016):118.

利科对时间概念的倚重，使得对利科诗学诠释学理论更为系统的研究主要集中在其叙述与时间之间的关系理论。在其诗学理论中，利科论述了虚拟叙事的重构，即文本通过指称功能重塑语言之外的世界的力量，这个阶段表明了文本世界和读者世界之间的相互关联。利科给出了三种方法来揭示虚拟和真实经验之间的关系，即预塑形、塑形与再塑形。虚拟经验的超验意义在这三种方法中得到体现，这一点同时也体现在利科的文学理论批评中。刘慧明以话语理论为背景烘托，选取了叙述循环、叙述运作和叙述身份—认同这三个维度来勾画和描述利科叙述理论的概貌，凸显出"中介化"在利科诠释学思想体系中的范型意义[1]。哈里·詹森（Harry Jansen）从文学哲学的角度对利科的时间理论与异质时间性的关系给予了更多的关注。与其他从利科的文学哲学角度讨论的文章相比，本文着重讨论了利科在时间和叙事上所讨论过的文本，包括伍尔夫的《达洛维夫人》、托马斯·曼的《魔山》和普鲁斯特的《追忆似水年华》。在《时间与叙事》一书中，利科通过对历史与虚构的研究，证实了时间与经验在叙事中的关系。詹森指出，利科认为时间性是同质的，虚构叙事中至少包含三种不同的时间性。在他对普鲁斯特的文本分析中，利科明确地否定了柏格森对时间性的看法，而詹森认为柏格森捍卫的是一个在普鲁斯特的小说中显而易见的异质时间性[2]。

在理论类研究中，学者对利科诗学诠释学理论中的文学关键词给予了比较多的关注，叙事、时间、象征、隐喻等概念成为学者的研究重点。除去前述研究中对内在发展和逻辑的重视，即对概念问题的梳理外，部分研究还聚焦于利科诠释学理论与其他哲学家的理论的关系问题。利科对诠释学本体论、认识论和方法论结合在一起的思想，使得国内针对利科诠释学思想的部分研究集中于利科与诠释学其他代表人物思想之间的争论与对比。王岳川认为，在哈贝马斯的批判诠释学与伽达默尔的"解释的循环"的诠释学思想论战中，利科是倾向于哈贝马斯的，并认为利科不再像伽达默尔那样仅将诠释学看作本体论，而是将诠释学看作本体论、方法论和认识论，因而应更加关注如何

---

[1] 刘慧明. 作为中介的叙述：保罗·利科叙述理论研究. 广州：世界图书出版广东有限公司，2014.
[2] Harry, Jansen. *Time, Narrative, and Fiction: The Uneasy Relationship between Ricoeur and a Heterogeneous Temporality*. History & Theory 54, 1 (2015)：1-24.

将三者结合在一起，从而使诠释学作为哲学本身，为现代西方哲学提供一个新出路[1]。

张汝伦认为，诠释学作为一种为存在论服务的方法论，从其为文本解释的角度来说，利科对于海德格尔和伽达默尔的诠释学理论基本是赞同的。同时，作者也在该书中论述了利科的观点同二者的分歧之处：二者都忽略了方法问题，伽达默尔甚至将真理与方法对立了起来。这不但不利于哲学和人文学科的对话，而且也使一些具体的诠释学问题，如诠释的有效性问题无法解决。与伽达默尔相比，利科诠释学分析的重心在文本。他批评伽达默尔将与理解对象保持距离看作是需要克服的否定的因素，因为它会造成人文科学的对象化，但我们也可以有一种积极的保持距离的观念[2]。邱进、杜凤刚则着重分析了伽达默尔和利科对"真理"和"方法"两个概念及其内在联系的理解上的分歧。作者指出，这种分歧体现的是海德格尔存在论真理观的两种不同发展路径：伽达默尔以柏拉图的对话为范式，强调诠释学中开显出来的理解的真理；利科以对文本的结构分析为基础，关注以反思为中介达到的自我理解的真理。伽达默尔和利科都试图让诠释学从海德格尔彻底的基础存在论回到具体的精神科学，并从不同角度为精神科学的独特真理提供了辩护[3]。

在实践类研究中，如何系统地将利科诗学诠释学思想应用于文本分析中同样也是目前需要解决的问题。利科虽然没有系统地将其诗学诠释学思想理论化，但他对具体文学文本、哲学文本关系问题的每一次解读都是对其理论的一次补充与发展。在此方面研究中，国外的部分研究将重点放在利科诗学理论在具体文学文本的应用上。布雷恩斯基于利科对叙事、时间和历史的反思，催生出电影和编剧研究的一个新分支，该研究将电影视为诗意的叙事，即对生活片段的浓缩表示[4]。布雷恩概述了利科的虚构/历史二元性的理论基础，并着重分析了叙事者的时间性。作者认为，利科对人类行为及其在叙

---

[1] 王岳川. 利科尔的解释学思想. 天津社会科学，1998（4）：75-81.
[2] 张汝伦. 现代西方哲学十五讲. 北京：北京大学出版社，2003.
[3] 邱进，杜凤刚. 真理·方法：伽达默尔与利科之争——兼论现代诠释学对精神科学独特真理的辩护. 文艺理论研究，2015（6）：169-177.
[4] Brenes, Carmen Sofia. *Fact and fiction in Jackie* (2016)：*Revisiting a biopic with Paul Ricoeur*. *Journal of Screenwriting*, 2018.

事作品中的表现方式的反思为编剧研究奠定了基础。国外此类研究多从利科诗学诠释学的虚构与历史的关系问题出发，进而从理论的角度系统地对文本进行分析。相较而言，国内对利科诗学诠释学理论的文学性研究不足，从而缺乏在文本分析中对利科理论的运用，从而成为本研究待解决的问题之一。

四、结语

本文通过梳理利科的学术背景与其思想的三个阶段，以及近年来对利科诗学诠释学研究的综述，试图以"叙事"和"时间"两个概念为中心建立利科哲学中的诗学诠释学体系。纵观利科思想的三个阶段可以看出，利科的整个思想是以生存哲学以及现象学为思想渊源，通过对精神分析学、结构主义、语言学、英美语言哲学的批评和吸收，从而实现了现象学和诠释学的嫁接。利科的叙事时间理论通过吸纳并改造亚里士多德诗学及奥古斯丁时间观，指出叙事与时间之间存在的相互性关系，为解决传统的时间疑难提供进路，打开了文学时间经验的读者维度。

20世纪80年代中后期起，国内哲学界学者陆续对利科的诠释学思想进行了论述，特点为开始时间晚，大多为介绍型概述。国内对利科思想的研究主要分为两个大类，分别为诠释学思想研究与翻译哲学研究。我国学者对于利科的研究首先集中在其诠释学方面，其中隐喻诠释学的研究较为全面，学者从不同角度和方面对利科隐喻诠释学进行了研究，包括修辞学与哲学的关系、隐喻与形而上学的关系、意志哲学和其文艺思想等角度。相比之下，国内学者对利科后期的翻译哲学观及叙述理论还有待深入。近年来，随着利科思想的不断传播，国内对利科主体思想的研究也由诠释学领域逐渐扩展到其宗教、美学以及文艺思想等领域，显示了利科诠释学思想的多面性和包容性。对利科诠释学思想的研究不仅可以给文学理论带来反思，同时为其他作品的诠释提供了更大的空间。

福柯研究现状述评
——兼论米歇尔·福柯文学哲学思想

秦明利 柏松子

摘要：米歇尔·福柯是20世纪法国哲学家，被誉为"20世纪法兰西的尼采"，他的思想和著作涉猎面广泛，跨越了现代人文科学和社会科学，包括哲学、文学、医学、史学等方面的内容。本文根据福柯的三个学术阶段，对其哲学思想中的关键词、其对文学的思考及其应用进行分析解读，梳理福柯的哲学和文学思想，对近年来国内外福柯哲学与文学研究进行述评，指出现有研究的不足，为之后的研究提供思路。

关键词：福柯；主体；权力；知识；生存美学

本文首先梳理福柯学术生平三个主要性阶段：考古学时期，谱系学时期和伦理学时期，厘清其哲学和文学思想及其批评理论的具体脉络。此外，对近年来国内福柯思想研究现状进行述评。国内外福柯思想研究涉及的方面与福柯的思想理论研究方向相类似，即哲学和文学两大研究领域。其中哲学领域研究的重心在于对福柯三个学术阶段中思想关键词的分析解读，包括主体、权力、知识、话语、生存美学等概念。而文学领域的研究则集中于福柯的文学思想理论。本文将分别从哲学和文学两个领域，对近年来国内外的福柯研

【基金项目】本文系教育部人文社会科学规划基金项目"作为哲学的文学批评：卡维尔文论研究"（18YJA752011）的阶段性成果。
【作者简介】秦明利（1960—），男，英语语言文学博士，大连理工大学外国语学院教授，研究方向为诠释学、文学哲学。柏松子（1996—），女，东南大学人文学院哲学与科学系博士生，研究方向为伦理学。

究进行综述，找出现有研究的局限性，为下一步的研究提供方向。

福柯的学术生涯历经了三大阶段：考古学阶段、谱系学阶段和伦理学阶段，且他的研究重点也经历了"主体—权力—主体"的演变。其中，20世纪60年代也被称为福柯的"文学时期"。在文学领域解读福柯，最好的出发点是《雷蒙·鲁塞尔》——这是福柯此生唯一的文学研究专著，一部被他称为非常私人的作品。加里·古廷在《牛津通识读本：福柯》中指出"鲁塞尔最吸引福柯的是其被边缘化的地位——没有获得文学成功，同时被归类为'精神有问题'者；同时，鲁塞尔作品中对人的主体性的拒斥也使福柯着迷"[1]。这部作品展现出福柯对死亡的关注，而这一关注贯穿福柯的全部作品。裹挟着从鲁塞尔的文学中发现的边缘化和死亡，福柯在之后的哲学思考中更加倾向于关注和探讨边缘化人群以及主体的生存境况。

一、福柯思想关键词及研究

近年来，国内福柯哲学研究以对福柯三个学术阶段中思想关键词的分析解读为主，其中包括主体、权力、知识、话语、生存美学等概念。本部分将针对国内福柯哲学研究，分关键词进行综述。

"主体"作为贯穿福柯哲学思想发展历程的重要线索，也被福柯正式承认为其哲学思考关注的核心。福柯提出的分析问题，即主体是如何构建的，实际上是宣告了主体论的终结。主体论"是一种把人置于文化的中心地位，把人作为知识和文化的奠基者、创造者和最高目的的文化观念"[2]，它自笛卡儿和康德以来便统治了西方文化。而福柯反对存在主义和现象学中的主体论，莫伟民在《主体的真相——福柯与主体哲学》中阐明了福柯的"主体"概念与存在主义的"主体"概念之间的区别，萨特所主张的存在主义中"主体"是意识主体，而福柯的"主体"是知识—权力关系的产物，"（他）否认至高无上的、起构造甚至奠基作用的、具有普遍性的主体，而认为主体是通过知识形式、强制性的屈从实践和伦理自由的实践得以构成的。"[3]而陈群志在《阿道与福柯的修身哲学之争》中总结得出福柯的"主体"形式的建立：

---

[1] 加里·古廷. 牛津通识读本：福柯. 王育平，译. 南京：译林出版社，2013：37-38.
[2] 陶秀璈. 主体论文学话语的终结——关于福柯现代认识型概念的考察. 哲学研究，2007 (8)：68-72.
[3] 莫伟民. 主体的真相——福柯与主体哲学. 中国社会科学，2010 (3)：51-64.

"一是通过无处不在的知识—权力关系建立,一是依靠自由与解放的修身实践建立"[1],前者是属于福柯的考古学阶段和谱系学阶段,而后者属于伦理学阶段。正如福柯经历三个学术阶段,他的"主体"概念也相应地在三个阶段有不同的侧重。在张廷国和李佩纹的《论福柯的"主体"概念》中,因为福柯"在不同的时期采取不同的研究方法,从不同纬度切入主体问题",知识主体、权力主体和伦理主体三个概念被提出。知识主体即是指在考古学时期福柯的"主体"思想,福柯认为"在知识权力框架内,知识的主体是知识的客体",也就是说,预设完善的主体是不存在的,界限也非绝对清晰,主体被权力和知识双重压制的,是在历史进程中不断被规训和建构的。权力主体即是指谱系学时期福柯的"权力"思想,福柯认为"作为权力主体,即作为权力客体的那个主体,也是权力所要驯服或被权力已经驯服的主体",他通过分析权力,进而揭示了主体发展的历史过程。在这个阶段,福柯提出了"生命政治"这个概念,生命政治的对象是人,而这种生命政治是依靠规训和惩治建立起来的。因此,"福柯所谓生命政治中的主体,必然是权力意义中的主体,即主体必须成为符合权力所希求的状态的主体,成为被权力所规训的主体"。因为在福柯的晚期思想中,他对主体问题的侧重点已从知识与主体和权力与主体的关系转向伦理与主体。在此阶段,他对古希腊和古罗马的历史文化进行分析解读,得出主体并非诞生于各种抽象的概念,而是"来自主体的自我生成,它不具有任何固定的实体内涵,而是表现为对主体的改造和主体的演化,是人类在实践活动中不断地构建的伦理主体"[2]。对于权力和伦理与主体的关系研究,Lenka Ucnik 在《汉娜·阿伦特和米歇尔·福柯思想中的伦理、政治和主体的变革可能性》中指出,通过研究福柯思想中主体、伦理和政治之间的关系,道德制度和政治制度是普遍适用的,但他试图培养一种充满活力与批判性的主体来抵抗权力和道德的固有约束[3],而这种主体就是要靠自我实践形成。总而言之,福柯提出的"主体"概念并非笛卡儿和康德所认为的预设主体,而是随着历史进程不断建构出来的,他的主体思想也从

---

[1] 陈群志. 阿道与福柯的修身哲学之争. 世界哲学,2015 (6):85-92.
[2] 张廷国,李佩纹. 论福柯的"主体"概念. 江海学刊,2016 (6):52-56.
[3] Ucnik, Lenka. *Ethics, Politics and the Transformative Possibilities of the Self in Hannah Arendt and Michel Foucault*. Philosophy and Social Criticism 4,2018:200-225.

在知识和权力的双重压制下构建的主体转为伦理中自我实践所构建的主体。

在以"主体"作为研究的总主题的前提下,福柯围绕主体的诞生与发展探讨了"权力"在其中的作用。福柯的"权力"概念不同于传统权力观念,他从不把权力视为某种一致的、单一的、稳定的实体,他研究的是权力关系;他所谓的权力绝对没有一个中心位置,其功能绝对不能归结为政治上的统治,它也不属于任何人。他自己曾在《规训与惩罚》中明确指出"传统权力观中的'权力'根植于一种前现代的'君主'逻辑,通过法规、条约和可见的暴力,对社会和人群进行控制。这是一种一维的、线性的、金字塔式的、否定性的权力。社会群体和结构被分割成有权力的和无权力的,有权力的一方制定规则,规定什么不能做,做什么会受到惩罚。这种传统权力是一种可见的、残忍的,通过身体进行展示的暴力"[1]。而他关注的是"权力是如何发生的",权力在具体情境中的演绎逻辑、运作方式以及技术策略等问题。刘树奎和刘芳在《福柯的权力理论和权力哲学》中将福柯的"权力"概念概括为"一种作用关系,一种运作网络,一种弥散的、无所不在的、毛细血管式的规训性技术和知识",他们还指出这种"权力"概念具有四个基本特征:"弥散性、结构性、生产性和技术性"[2]。因此,权力并非实体而是一种关系网络,权力并非一元而是多元的,权力并非固定而是流动的,任何人都不能拥有全部的权力。福柯的微观权力理论包含规训权力理论和生命权力理论。规训权力是指旧时的惩罚策略,包括公开酷刑和监狱监禁。其中在《规训权力演绎中的身体境遇》中,赵方杜总结了福柯论述规训权力演绎逻辑的三个阶段:首先"作为'公共景观'和权威展示的酷刑",这属于一种权力仪式,用来展示君主专制的权威;其次,"带有人道主义色彩的惩罚",在这个阶段酷刑逐渐消失,惩罚形式转向侧重于对人内在心态的征服,而监禁因其适当性和有效性成为当时最普遍的惩罚方式,福柯认为这个社会依靠司法来维持平和;这种做法剥夺了犯人的一切权利,但并未让犯人有强烈的感触,既对犯人进行惩罚又并未造成肉体伤害;以及"知识、话语共同构筑",这是以科学的名义将人体分割成不同的机制进行相应的控制,人体成为一种资源,如同福柯

---

[1] 米歇尔·福柯. 规训与惩罚. 刘北城,杨远婴,译. 北京:三联书店,1999:218.
[2] 刘树奎,刘芳. 福柯的权力理论与权力哲学. 前沿,2013(3):63-66.

在《必须保卫社会》中所说"既增加受役者的力量,又提高奴役者的力量和效率"[1],Christophe Mincke 和 Anne Lemonne 在《监狱的灵活性与非灵活性:福柯其思》中介绍道:监狱监禁是一种剥夺自由的刑罚,但物理空间的封闭并不只是为了隔离意志,使犯人丧失能力是监狱监禁的主要功能之一,其目的是使犯人无法在社会中自由行动,从而保护守法公民[2],最终使犯人的身体变得驯顺且有利可图。而规训权力控制身体的技术策略包括"空间分配、活动编码、时间安排、力量组合、层级监视、规范化裁决和检查制度"[3],这一整套技术策略对人体进行了有序而全面的训练和监管,有效地塑造出驯顺且有利可图的人体。对于生命权力理论,张一兵在《生命政治学与现代权力治理术——福柯的法兰西学院演讲评述》中进行了详尽的解读,他解释说"生命权力技术运用的对象是人的生物学存在,即作为生命权力的关联物和知识对象的人口"[4]。根据福柯的理解,生命权力是包含着规训权力的,两种权力是具有等级关系的,而且生命权力面向的对象更加精确:人的生物学存在,即活着的人。这种生命权力技术是资产阶级针对人口治理而发明的,通过这种运作,"资产阶级的生命政治权力运行更加微观化、细小化,先前宏大的权力暴力逐步转化成通过看不见的'微细管道'和'网状组织'对生命直接发生作用的治理权力"[5]。

在对"主体"的研究中,"知识"的概念和"权力"也是密不可分的。在福柯的微观权力理论系统中,福柯指出"权力制造知识……权力和知识是相互连带的;不相应地建构一种知识领域就不可能有权力关系,不同时预设和建构权力关系就不会有任何知识"[6]。相应地,David A. Nicholls 在《福柯与物理疗法》中也表示,知识、权力与真理的建构在福柯思想中是不可分割

---

[1] 米歇尔·福柯. 必须保卫社会. 钱翰, 译. 上海: 上海人民出版社, 1999: 28.
[2] Mincke, Christophe, and Anne Lemonne. *Prison and (Im) mobility*. Cambridge: The University of Cambridge Press, 2014: 528-549.
[3] 赵方杜. 规训权力演绎中的身体境遇——论福柯的现代性诊断. 理论月刊, 2012 (10): 155-159.
[4] 张一兵. 生命政治学与现代权力治理术——福柯的法兰西学院演讲评述. 天津社会科学, 2015 (1): 4-13.
[5] 福柯. 两个讲座. 严锋, 译. 上海: 上海人民出版社, 1997: 230-235.
[6] 福柯. 规训与惩罚. 刘北城, 杨远婴, 译. 北京: 三联书店, 1999: 321.

的，权力产生知识，知识倚靠权力的形式发挥其功能，传播权力的影响[1]。福柯提出了其独创的术语"知识型"，即指在某个时期存在于不同学科领域之间的所有关系，是在一个既定时段内各种知识和学科共通的基础和可能性条件。他把西方文化从16世纪开始分成四个"知识型"时期：16世纪的文艺复兴知识型、17~18世纪的古典知识型、19世纪以来的现代知识型以及当代知识型。文艺复兴知识型构成的原则是"相似性"，知识就是发现自然中物与物之间的相似。因为这时只有无限性和神的概念，没有人的概念，知识的主要形式是自然科学。古典知识型时期同一与差别原则取代了相似性原则，以表象作为本质，知识在于给表象以秩序。福柯分析了17~18世纪的经济学、语法学和自然史，以此探究人是如何成为知识的主体和知识的客体的。张一兵在《古典认识型：话语、自然和财富中的三种大写的构序》中总结了青年福柯对古典知识型的解读，"17世纪出现的古典认识型在整个西方文化历史存在中建构了三种新的大写的有序：一是作为一门符号科学的普通语法，这是对话语活动的构序；二是重新确定'自然的连续性和错综复杂性'存在的自然史，这是向大自然立法的构序；三是'准许交换和确立起人们的需求或欲望之间的等值的符号的科学'——货币理论和价值理论，这是关于经济活动的构序。"[2] 古典认识型总体构形中的存在是通过表象实现出来的，这是一个存在与表象同一的连续体，因为表象背后空无一物。只是它自身的复制，所以，表象为基始性的由三种大写构序建构起来的世界更像是一个建立在虚无之上的不在场的存在论。而对于现代知识型，福柯认为，现代时期所发生的最重要的事是"人的诞生"，而现代知识型也是以人为核心。因此，福柯认为人只是19世纪以来的产物。张一兵在《现代认识型：大写的历史之发生》中总结道"世界被重新构序了，这是一种被重新改写的大写的历史。18世纪财富分析消失的地方，经济过程通过生产及使生产成为可能的一切的周围重新聚集；古典认识型自然图表消失的地方，生物在生命之谜周围重新聚集；普

---

[1] Nicholls, David A. *Foucault and Physiotherapy*. Physiotherapy Theory and Practice 28, 2012: 447-453.

[2] 张一兵. 古典认识型：话语、自然和财富中的三种大写的构序—青年福柯的《词与物》研究. 江海学刊, 2013 (6): 38-46.

通语法消失的地方,语言在多样性的词形变化周围重新聚集"[1]。在福柯看来,知识是与权力相结盟的,在《知识与权力:从福柯的观点看学科场域中的权力运作》中,吕振合和王德胜分析了人文科学与权力的关系,"人文科学本身是伴随着权力的机制一道产生的,是各种权力机制实践的产物,权力机制在各种记录、调查、报告、分析的程序过程中,建立起庞大的档案馆,在这一基础上人文科学得以形成;反过来,人文科学又为权力的更好运行提供了工具和解释"[2]。由此可知,知识与权力并不是简单的外在关系,两者存在一种共生关系。因为知识与权力密不可分而且是在权力关系中构建的,没有一种知识是完全客观和正确的,也没有哪一种知识是中立的。

"话语"理论是福柯哲学研究中的重点之一。考古学到谱系学,被认为体现着福柯话语观的理论迁转。郑鹏认为,"福柯的话语理论正是为了颠覆统一性,瓦解连续的、进步的传统历史观"。他指出,福柯自己事实上也对"话语"的概念含糊其词,"……我们可以称话语为一组'陈述'……话语是由数目有限的一组'陈述'所组成"。因此,在《话语、考古学、谱系学——福柯话语理论的迁转和意义》中,郑鹏总结出:"考古学所要描述的,不是井然有序、浑融无间的统一状态,而是离散状态的话语空间。这一空间正是由无固定本质的、功能状态的陈述构成",因此话语也具有这种非定质状态。哈贝马斯在《现代性的哲学话语》中提到"从20世纪70年代初开始,福柯开始把知识考古学与研究相关实践的谱系学区分开来。知识考古学揭示的是话语所具有的构成真理的排除规则。而谱系学研究的是:话语是如何形成的,话语为何会出现,又为何会消失,为此,谱系学一直在寻找随着历史而不断变化的有效性条件发生的制度根源"[3]。随着考古学向谱系学的转向,福柯也从对话语规则的研究转向了对话语的生产程序的研究。并且,在考古学向谱系学转向的过程中,"话语概念的内涵由形成规则所建构的独立系统,转变为'权力—知识关系'的特定系统。这种内涵的变化还反映出一种将非话语的实践纳

---

[1] 张一兵. 现代认识型:大写的历史之发生—青年福柯的《词与物》研究. 南京社会科学, 2013 (9): 24-33.
[2] 郑鹏. 话语、考古学、谱系学——福柯话语理论的迁转与意义. 外国文学研究, 2012 (2): 129-136.
[3] 哈贝马斯. 现代性的哲学话语. 曹卫东, 译. 南京:译林出版社, 2004: 293.

入话语概念的趋向"。在谱系学阶段，福柯吸收了尼采的思想观点理论，使用权力、主体等概念来解释分析话语问题。张一兵在《从构序到祛序：话语中暴力结构的解构》一文中，通过分析话语中存在的强制性构序，具体地阐释了三种话语的控制程序。第一种方式是排斥的程序，表现为"禁止、分隔和抛弃、真与不真"；第二种方式是话语的自行控制程序，包含"评论原则、话语精华原则、学科原则"；第三种方式是话语权产生的应用条件，涉及"对言说主体的资质限定、话语社团的控制法、在宗教政治和哲学的信条中生成的话语权以及由话语的社会性占有而生成的话语权。"相应地，福柯提出了四个祛序的原则，"颠覆原则、不连续性原则、特殊性原则、外在性原则"，也提出了四个主要祛序性概念"事件、系列、规律性和可能性状况"[1]，由此他认为话语的祛序其实是话语事件的集合。而 Britta Baumgarten 和 Peter Ullrich 在《话语、权力与治理：福柯思想下的社会运动研究》中总结了福柯思想下的话语研究两方面：话语定义了在既定社会中的既定时间点可以思考和传达的内容的界限；话语也塑造了人的主体性[2]。因此，有关话语和人的主体性的关联在张锦的《作者弗洛伊德——福柯论弗洛伊德》中得到彰显，福柯认为弗洛伊德是"话语性的创始人"，这里的"话语性"指阐释向"规则、规范和体系"[3]的转向以及人的精神的对象化。

福柯的"生存美学"概念是他晚期的思想转向，这个概念在 1982 年法兰西学院的"主体诠释学"课程中首次提出。高宣扬在《福柯的生存美学》中指出："福柯的生存美学思想就是指人的主体化即艺术化过程，这个过程的整个演变需要经历三个阶段，即从摆脱自我经过关怀自我到达创造自我。"[4]相应地，在《主体的演变与生存美学》中，福柯的生存美学思想被认为是"一种视个体生命为艺术品的生存实践，是一种行为道德。生存美学确立的是个体与自身之间的美学关系，关注的是实践中的个体"[5]。两种对福柯"生

---

[1] 张一兵. 从构序到祛序：话语中暴力结构的解构——福柯《话语的秩序》解读. 江海学刊, 2015 (4)：50-59.
[2] Baumgarten, Britta, and Peter Ullrich. *Discourse, power and governmentality: Social movement research with and beyond Foucault*. WZB Discussion Paper IV, 2012：401.
[3] 张锦. 作者弗洛伊德－福柯论弗洛伊德. 国外文学, 2017 (4)：1-11.
[4] 高宣扬. 福柯的生存美学. 北京：中国人民大学出版社, 2005：401.
[5] 段国重, 顾明栋. 主体的演变与生存美学——福柯与拜厄特的主体化艺术研究. 中山大学学报：社会科学版, 2016 (2)：45-52.

存美学"的定义的共同之处在于在生存美学时期，从早期的关注权力关系转向对自我关系的探讨。在从谱系学转向伦理学的时期，福柯对古希腊古罗马的生活艺术相关文献进行研究，得出"关怀自身"这一共同点，因而"关怀自身"也就成为福柯"生存美学"的核心内容。Daniel Smith 在《福柯的伦理主体性："关怀自身"和"存在美学"》中指出，"关怀自身"给予福柯一种不依赖于司法范畴的将伦理概念化的方式，且这种方式并未将伦理主体设想于实体模型上。而福柯的"存在美学"思想相比于基于"确实存在的"内在物质所得出的真实表达，更应当表述为引导"创造力"的实践[1]。吕群峰在《从他者到生存美学——福柯对自由的寻求》中总结道："你必须担忧你的灵魂，这是'自我关怀'的首要行为，因为灵魂能够发现作为个人和政治行为的基础的准则。"[2]正如高宣扬的概括："直到 70 年代末，福柯的研究中心才更清楚地从主体性与真理的相互关系转向以'关怀自身'为核心的生存美学问题。而到了 80 年代初，福柯的生存美学就围绕他所探讨的'自身的技术'问题而完整地表述在他于法兰西学院的最后三年的讲稿中：《主体的诠释学》《对自身与对他人的管辖》以及《对自身与对他人的管辖：真理的勇气》。"[3]这也说明在福柯的"生存美学"思想中，除了"关怀自身"这一核心内容之外，还包含其他内容。胡颖峰对生存美学思想的其他几方面进行了总结：第一，"福柯的生存美学将生活本身艺术化，将日常生活与艺术密切联系起来"，也就是说，福柯的生存美学就是他实施贯彻的生存准则，生活既是艺术也是艺术的源泉。第二，"福柯的生存美学确立的是个体与自身的关系，而不是个体与社会的关系"，如同生存美学的核心观念"关怀自身"，自身关系才是他所关注的，这也是为什么福柯将"生存美学"也称为"关于自我的伦理学"。第三，"福柯的生存美学是通过"自我的技术"把个体构成为主体的"，即通过自我技术塑造自我，并将生活变成一种自我制作的具有任意风格的生存艺术。第四，"福柯的生存美学是作为伦理学的美学，因而实现了伦理学与美学的交融"，福柯所关注的伦理学不是道德规范而是自身的生活方式风格，福柯

---

[1] Smith, Daniel. Foucault on Ethics and Subjectivity: "Care of the Self" and "Aesthetics of Existence". Foucault Studies 19, 2015: 135-150.
[2] 吕群峰. 从他者到生存美学——福柯对自由的寻求. 中国现代外国哲学学会会议论文集，2004：288-297.
[3] 高宣扬. 福柯的生存美学的基本意义. 同济大学学报：社会科学版，2005（1）：21-30.

所关注的美学不同于传统意义上的美学，而是"让生活成为一件艺术品"这种对生活和自身实践的审美。第五，"福柯的生存美学注重人在审美自由中实现创造与超越"[1]，如同李银河在《福柯与性——解读福柯〈性史〉》中所说，她称赞福柯"把自己创造成为一件艺术品，力图发明自己，而不是发现自己"，由此可见，福柯的生存美学注重的是内在自身的创造，"而不是外在的'解放'"[2]，这也是福柯对主体本身关注的表现。

二、福柯的文学思考及文学哲学性

福柯在20世纪60年代曾系统地对近现代文学进行研究，他对巴塔耶、布朗肖、鲁塞尔等作家进行了一系列的讨论和分析，这一时期被称为福柯的"文学时期"，在这个时期他的文学思想也相应形成。近年来，国内外与福柯相关的文学研究主要分为两个方面：一些学者对福柯提出的"文学语言""作者""话语"理论进行了探讨；此外，福柯的哲学思想常常被用作研究进路以分析其他作家的文学作品。本部分将分别针对福柯的"文学语言""作者"以及"话语"理论的分析研究和以福柯哲学思想为研究进路的文学研究进行综述。

针对福柯的"文学语言"思想，在《僭越与折返——论福柯的语言文学观》中，段建军提出福柯的"文学语言"是一种反话语的语言，一种生产性的语言，一种游戏性的语言，也是一种通往无限的语言。"文学语言"的反话语体现在通过引入"非话语"的域外经验，对自身进行重构；"文学语言"的生产性体现在通过重叠复制形成多种风格语型；"文学语言"的游戏性体现在需要与读者进行视阈融合，最终得以进行对话；"文学语言"通往无限体现在"人们通过使用文学语言，抵制死亡，超越死亡，借助它的无限折返，得到象征性的永生"。文学话语，不管它是学术知识的驯服工具，或者是学术知识的抗争手段，不过是一种实验可能性，但还必须加上身体上的使用，和自己以及和他人的关系，还有对于冲突性的运用等因素。福柯一方面探讨了文学语言与话语的区别和文学语言独有的特点；另一方面，福柯将"文学语言"概

---

[1] 胡颖峰. 论福柯的生存美学思想. 理论月刊，2014（8）：39-43.
[2] 李银河. 福柯与性——解读福柯《性史》. 济南：山东人民出版社，2001：52.

念与生存论相结合,揭示了"文学语言抵制死亡通往无限的最终旨归,即赋予文学语言一种生命化动态历程——僭越与折返"[1]。自 20 世纪 60 年代,福柯的研究方向逐渐由考古学转向谱系学,这种转变使他能够在文学、疯癫、死亡和现代性之间建立一种周密的联系。比如:文学与疯癫的联系是福柯在 20 世纪 60 年代早期创作《疯癫与文明》的重要主题,福柯从尼采《悲剧的诞生》以及巴塔耶和布朗肖的禁忌越界思想汲取灵感,认为疯癫是一种彻底的毁灭性的崩溃,但文学只是一种崩溃的结构:文学中,没有绝对的崩溃,也没有最终的突破,语言中的每一次越界都会产生新的禁忌。Roberto Machado 在《福柯,哲学与文学》中提出:文学语言省略了主体和客体,取代了由哲学和现代经验科学构筑的自我;文学语言是一种能够无限重复下去的语言,在文学意义上,写作便是将重复作为作品的核心;现代文学语言的存在也是对主体、内在性和意识的消解[2]。因此,当福柯谈到文学时,他总是表示文学侵越系统的权力已经不复存在,文学已被重新引入系统之中;而语言只能通过社会革命来复兴,并通过其他方式修复。

福柯在讲稿《什么是作者》中提出的"作者"概念也是他重要的文学思想之一。他提出的"作者"概念不同于文学作品的"作者",张锦在《作者弗洛伊德——福柯论弗洛伊德》中指出"福柯否定了'作者'这一概念的自明性,他没有在纯文学的意义上分析'作者'问题,正如齐格尔所说,他将文学与作者问题提升到'自我批判'而不是内部批判的层次上"[3]。福柯所关注的"作者"概念是集中于作者是如何在社会运行体制中有所影响的,"是怎样被资本主义社会建构和命名的,它又在资本主义社会的这种发明中起到什么样的维系现有文化机制的作用"。在《从他者到生存美学》一文中,作者是指"认可创造性的个体,不论他是作家、画家还是理论家"[4],如同福柯对弗洛伊德和马克思的评价"话语性的创始人"。这种意义上的"作者"实现了人的精神的对象化。

---

[1] 段建军,俞耕耘. 僭越与折返——论福柯的文学语言观. 学术月刊,2014(9):118-126.
[2] Machado, Roberto. *Foucault, Philosophy, and Literature*. Contemporary French and Francophone Studies 16, 2016:227-234.
[3] 张锦. 作者弗洛伊德——福柯论弗洛伊德. 国外文学,2017(4):1-11.
[4] 吕群峰. 从他者到生存美学——福柯对自由的寻求. 中国现代外国哲学学会会议论文集,2004:288-297.

"话语"理论被认为是福柯对于文学理论影响最深远的思想。对福柯来说，话语通常指陈述的总体，它们可以隶属于不同的领域，但它们却无论如何都服从于共同的运行规则。关于话语理论在文学理论中的应用，姚文放在《文学理论的话语转向与福柯的话语理论》中指出，"福柯对于文学理论的意义不外通过两条途径得以实现：一是由福柯的文学观念产生的直接效用，二是由福柯的话语理论产生的参照效用"[1]，由此可见话语理论对于文学理论发展的重要性。托马斯·恩斯特曾这样解释福柯的文学研究意义："我们可以以这样的方式来接受福柯的理论：在研究文学文本时把福柯的话语概念用在考察现实权力关系和历史权力关系上，在运用的过程中把它们同社会科学理论结合起来。这样一来，福柯在文学科学的话语分析理论中所起到的作用，就是帮助我们在历史的回顾中更为广泛地考虑到时间、环境和影响等要素，即考虑到文学文本产生的关系条件。"[2] 福柯的话语分析理论积极生产且主动建构出文学文本中的知识和意义，对于文学理论的发展与争论具有重要的参照效用。

福柯的哲学思想也常被作为研究其他作家作品的进路。在《从福柯的权力观论〈死亡诗社〉中的权力斗争》中，武立红探讨了《死亡诗社》中蕴含的权力思想。她指出，《死亡诗社》中反映出三种交织的权力，"即以校长为代表的传统教育机构的规训权力；以文学课新教师基汀为代表的改革创新派教师的知识权力；以尼尔父亲为代表的家长的话语权力"[3]，这正与福柯的权力观相呼应，权力存在于所有人之间，学生也相应地实行着他们的微观权力。《〈唐老亚〉中的'隐性叙事'与华裔美国人历史的重建》一文也通过福柯的权力话语理论对文本进行了分析。该文中，管建明分析了赵建秀作品《唐老亚》中华裔美国人在西方白人中心权力话语下的美国生存发展创业的历史[4]，在这部作品中，白人中心权力话语使华裔美国人的历史可以被随意歪曲，这印证了福柯认为的知识与权力是密不可分的权力观。杨金才和杨金怡在《权力的控制与实施——论麦尔维尔小说〈比利·巴德〉中的'圆形监狱'

---

[1] 姚文放. 文学理论的话语转向与福柯的话语理论. 社会科学辑刊，2014 (3)：147-156.
[2] 托马斯·恩斯特. 福柯、文学与反话语. 朱毅，译. 福柯的迷宫，马文·克拉达，等，编. 北京：商务印书馆，2005：208.
[3] 武立红. 从福柯的权力观论《死亡诗社》中的权力斗争. 外国文学评论，2012 (1)：216-223.
[4] 管建明.《唐老亚》中的"隐性叙事"与华裔美国人历史的重建. 外国文学研究，2003 (6)：93-98.

意象》中指出，小说中一艘名为"战威"号的战舰就是一个权力场，战舰上不同等级的军官和水手构成了一个微型权力等级社会[1]，体现了福柯的"权力—知识"理论，也反映了权力的控制与实施。

福柯对文学的思考大多基于对文学本身的本质性思考，包括对作者、话语、文学语言等概念的探讨，这对于文学批评领域大有助益。福柯在其"文学时期"对文学的探讨实际上也是为其哲学思想提供研究进路和研究场域。在对鲁塞尔和萨德的研究中，文学成为一种僭越的实现，从饱含时间性的语言中诞生，最终永存于无尽的空间中。不论是作为图书馆的文学还是被禁物的文学都抛弃了古典作品强调的再现，转而投向一种永恒缺席，在其中作为书的拟像永恒存在。福柯的思想运动潜在地提出问题，即"文学怎么被问题化成一种具有哲学价值的思想影响，并'异托邦地'映像福柯哲学"[2]，这一问题的厘清将文学置入哲学所关注的问题性，并增加了哲学性思考的价值。文学成为福柯进行思想研究的场域，带领他走向他向往的外界，在其中显现的自由、自我、他者、界限性，以及由界限性而来的僭越性都是福柯思想中不可或缺的部分。据此，福柯在对文学的思考中发掘了一种僭越性方式，指向一种摆脱自我的外界，这种对自我的摆脱和外界也被福柯引入其哲学研究的领域，显现为他对传统主体性的拒斥和生存意义上的无限性。福柯也将这种文学中的僭越体验延伸到各种社会实践中，以此试图有效产生新的主体性形式，这也是他哲学思想的核心关怀。由此，福柯的文学思考与其哲学研究交融成为一种福柯式文学哲学思考，不仅在文学研究领域，也在哲学研究领域发挥了文学分析的作用。文学作为一种无形体验在福柯的哲学思想发展中成为一种思考的基础，实际上是一种"准哲学"的显现。

三、结语

纵观福柯的学术生涯，他经历了三个阶段：考古学时期、谱系学时期和伦理学时期，他的研究重点也从主体转向权力最终回归主体。他从未在任何狭义学术研究领域成为专家，但却在他所涉及的研究领域中找到他人所忽略

---

[1] 杨金才，金怡. 权力的控制与实施——论麦尔维尔小说《比利·巴德》中的"圆形监狱"意象. 外国文学，2005（2）：73-78.

[2] 杨凯麟. 分裂分析福柯. 南京：南京大学出版社，2011：57.

的研究盲区。在福柯的研究中，主体是通过知识影响、权力实践和伦理实践构成的；权力与知识是同构的，权力是一种交错的关系网络，而知识借由权力得以传播发展；话语是非定质状态的，对主体具有塑造作用；生存美学是生活艺术化的体现，注重提升自身内心精神世界的，坚持美的创造。国内外学者的研究涵盖了福柯的三个学术阶段以及哲学、文学两个学术领域，其中对于考古学时期和谱系学时期的研究较为丰富，对伦理学时期和福柯的文学思想的研究有待补充。虽有较多学者将福柯的权力观等哲学思考作为研究进路对文学作品进行分析，但并未将其作为福柯文学思考的一部分探讨其文学哲学思想。此外，福柯的文学思考如"文学语言""作者"理论等在文学领域研究中大多作为文学作品分析的进路，但对概念本身及福柯文学思考的本质性研究较少。因此，对福柯的文学思考的本质性研究以及探讨福柯哲学思想和文学思考之间的联系需要被重视和进一步研究。

国内理查德·罗蒂研究现状述评

徐明莺　马婧雯

摘要： 理查德·罗蒂是当代美国的哲学家和思想家，也是美国新实用主义哲学和后现代主义的主要代表之一。本文试图以罗蒂的学术生平为切入点，通过分析罗蒂的新实用主义哲学思想、真理观、后现代文学文化理论以及社会政治思想，对罗蒂在哲学和人文科学领域的思想进行梳理与归纳，指出国内现有研究的局限性以及今后研究工作的重点和方向。同时，罗蒂的哲学思想作为当代阐释学理论的发展，对当下阐释的公共性问题进行了深层次的剖析，对20世纪西方主流阐释学起到了引领作用。

关键词： 理查德·罗蒂；新实用主义；文化政治学；后文化哲学

理查德·罗蒂（Richard Rorty，1931—2007）是当代美国最有影响力的哲学家、思想家，也是美国新实用主义哲学和后现代主义的主要代表之一。罗蒂早期的学术生涯经历了从分析哲学，欧陆哲学到实用主义哲学的三个过渡。这一时期，"自柏拉图以来的西方传统哲学占据主导地位，使得哲学愈加专业化和技术化，逐渐与文化的其他领域脱离，成为形而上学的'镜式'哲学，从而造成西方哲学的危机。"[1] 为了解决这一问题，罗蒂抨击、批判、解构西方传统哲学，建立一种新实用主义哲学，并在此基础上提出了新实用

【基金项目】本文系2021年度辽宁省经济社会发展研究课题"公共阐释视域下的'一带一路'政策研究"（2021lsljdybkt-006）的阶段性成果。

【作者简介】徐明莺（1977—），女，英语语言文学博士，大连理工大学外国语学院副教授，研究方向为英美文学、西方文论。马婧雯（1996—），女，大连理工大学外国语学院英语语言文学硕士研究生。

[1] 黄颂杰，朱新民. 聚焦当代哲学：理查德·罗蒂. 上海：复旦大学出版社，2011：59-60.

主义真理观。20 世纪 80 年代以后，罗蒂的学术活动的重心逐步由哲学研究转向对人类面临的重大社会问题的讨论。对自我，私人生活与公共生活的区别，社会团结，民主文化和左派政治等发表了自己的观点。基于此，国内关于罗蒂的研究可大致分为两个阶段。第一个阶段是 20 世纪 80 年代初到 90 年代末，这一时期的研究主要面向罗蒂的哲学思想和基本内容。第二个阶段自 2000 年延续至今，研究内容逐渐细化到对罗蒂文化观和政治观等方面的研究，总体呈现出多元化的研究视角和交叉学科的研究模式。本文试图按照罗蒂的学术生涯发展脉络，从罗蒂的哲学思想研究，新实用主义真理观，后现代文学文化理论和社会政治思想四个角度入手，分析梳理国内对罗蒂的研究现状，找出现有漏洞与局限性，为今后研究工作指明重点和方向。

一、罗蒂学术生平

罗蒂的学术研究主要分为两大阶段。在第一阶段，罗蒂利用英美分析哲学所擅长的严格方法和精密论说，详细分析了当代诸多分析哲学和历史主义思潮，结合欧陆哲学的解构思想，发展出一套独特的新实用主义的思路和话语。这一时期罗蒂的学术重心主要在哲学理论和思想上。《语言学的转向》（*The Linguistic Turn*，1967）、《哲学与自然之境》（*Philosophy and the Mirror of Nature*，1979）、《实用主义的后果》（*Consequences of Pragmatism*，1982）是这一时期罗蒂的代表作。1967 年出版的《语言学的转向》，使得"语言学转向"成为分析哲学领域内一大重要的关键词。而他作为新实用主义代表人物地位的确立则是通过 1979 年所完成的《哲学与自然之镜》。在本书中，罗蒂以深厚的分析哲学素养，用分析哲学家熟悉的语言，为美国分析哲学家指出了分析哲学当前发展中的证结所在，从而获得了广泛的社会影响，被看成是一本关于当代美国哲学思想的论著。在此之后，罗蒂于 1982 年编写了《实用主义的后果》，在该书中，罗蒂第一次提出了新实用主义哲学主张，为日后实用主义的哲学思想的研究提供了理论的范本。

在第二阶段的研究中，罗蒂试图通过对文化政治和民主建设加以分析，从而对实用主义对人们行为所产生的影响做出阐释和说明。首先，在社会政治层面，罗蒂出版了《偶然，反讽与团结》（*Contingency, Irony, and Solidarity*，1988）、《筑就我们的国家》（*Achieving Our Country*，1998）和论文集《哲学和社会希望》（*Philosophy and Social Hope*，1999）。在1988年出版的《偶然，反讽与团结》中，罗蒂在批判西方传统的超越历史观和普遍人性观的同时，主张一方面坚持自由民主社会的基本价值观和信念，另一方面又承认所坚持的信仰、价值以及用以描绘自我和世界的终极词汇都是历史和环境的偶然产物。作为坚定的左翼知识分子，罗蒂在《筑就我们的国家》中强调左翼知识分子和基层的政治激进派之间建立某种强有力的联系的重要性。其次，在文化层面上，罗蒂在新实用主义的基础上倡导一种崭新的"后哲学文化"。"后哲学文化"这一概念由罗蒂最早在其论文集《实用主义的后果》中集中阐述出来。它被用以说明，在体系化哲学日渐衰落的今日，哲学应当放弃它此前所展示出来的高高在上的姿态，而同文学、艺术、宗教以及科学一起作为文化领域中的平等的一分子而存在。为此，罗蒂在《实用主义的后果》以及接下来的《客观性、相对主义与真理》（*Objectivity, Relativism and Truth*，1991）、《论海德格尔以及其他》（*Essays on Heidegger and Others*，1991）以及《真理与进步》（*Truth and Progress*，1998）等论文集中以短文的方式从哲学、文化、政治、文学、宗教等尽可能多的方面描绘了这一多元文化的场面。最后，罗蒂在晚年时也积极参与意识形态问题、全球化问题、女权主义、伦理问题等公共话题的讨论，成为西方知识界非常活跃的公众人物。《文化政治哲学》（*Philosophy as Cultural Politics*，2006）以及短文《生命之火》（*The Fire of Life* 发表于2007年11月的《诗歌》杂志）表明了罗蒂晚年对社会生活和时政热点的关注。

二、罗蒂的哲学研究

理查德·罗蒂的新实用主义思想是各类思想的集大成者。其中以詹姆斯为代表的古典实用主义，维特根斯坦所代表的分析哲学和以尼采所代表的欧陆哲学都或多或少地影响到罗蒂的实用主义哲学观。其中，罗蒂在英美分析哲学的实证主义逻辑推理理论的基础上，结合欧陆的怀疑论和解构主义思想发展出一套趋于完备的、独立的实用主义思想和话语。罗蒂的实用主义，是对以认识论为中心的系统哲学的颠覆，是一种反形而上学传统的，并在根本上反本质主义，反表象主义，反基础主义的哲学。

罗蒂对传统及当代西方哲学的批判以反本质主义为起点。国内学者主要从罗蒂本质主义的来源和特点出发,来对其本质主义的批判加以说明。研究表明,罗蒂在杜威和詹姆斯的哲学思想影响下,认为外界事物是无本质可言的。罗蒂在分析哲学和古典实用主义的基础上提出,实用主义是反本质主义的,并认为逻各斯中心主义在一定程度上即是本质主义的。刘之静[1]指出反本质主义其实是对传统西方哲学逻各斯中心主义的动摇和消解。针对罗蒂反本质主义的内容,王元明[2]认为,继柏拉图之后,哲学一直是由静止并且永恒的实质所主导,而我们所看到的只是其变现出来的变化的现象。因此,哲学家的使命之一就是探求世界的本质。然而,在罗蒂看来,世界上不存在一成不变的本质,对本质的探索其实是形而上学的神话,毫无意义和价值可言。此类研究还包括蒋劲松的《从自然之镜到信念之网——罗蒂哲学述评》(1998)和张国清的《无根基时代的精神状况——罗蒂哲学思想研究》(1999)。

罗蒂坚持事物和人没有本质,基于这个立场,客观世界无法通过人的语言所表征和反映出来。因此,罗蒂在此基础上,进一步通过对表象主义的批判对传统西方哲学进行了解构。传统认识论以"表象论"为中心,认为我们就是包含各种信念的心灵,并且存在的任务即是利用信念来表象实在。根据表象论,我们对外在事物的理解完全是依赖现象,知识由表象所构成,而信念是理性空间内的内在形式,用于将行动者的知识区别于对这个世界的解释。在罗蒂看来,为了认识某件事情,人们必须要有信念,而信念是需要被辩护的,辩护本身就是一种社会实践,是对表象论的颠覆。对罗蒂反表象主义的研究表明,外在事物与人们的认识没有直接的联系,因此外在事物是无法体现和反映在人们的语言之中的。潘德荣[3]表示,罗蒂的语言具有偶然性,我们运用语言完全是由历史事件所决定,并不是因为这种语言比另一种更客观或更接近实在。而语言的使用,也仅仅是满足一种社会实践层面上的需要,并非为了追求实在或本质。基于此,王元明指出,围绕认识论所构建的,坚持心灵与世界分离的传统西方哲学在本质上是偏离正轨的,人们的认识不能被看作是外在事物的表象。

此外,通过消解基础主义的理论根基,罗蒂进一步深化了其对传统认识

---

[1] 刘之静. 罗蒂新实用主义的诗学走向. 人文杂志, 2006 (3): 34-44.
[2] 王元明. 试析罗蒂的新实用主义. 西安外国语学院学报, 1996 (2): 6-9.
[3] 潘德荣. 偶然性与罗蒂新实用主义. 华东师范大学学报, 2005 (2): 37-40.

论的批判。对于回答罗蒂是如何理解"基础主义"这个问题,谭仲鹬[1]、苏晓云[2]、张桂枝[3]三位学者都认为,罗蒂所认为的基础主义是对西方传统哲学的解构。西方哲学自柏拉图开始,就在为寻求一种稳定的统摄性基础理论而不断努力。只有找到稳定的基础,哲学才能为外在事物及公共领域进行辩护。关于回答罗蒂是如何反对或批判基础主义的,学者们围绕这一问题形成了如下三种不同的见解:第一,谭仲鹬认为,传统的认识论哲学是以心灵为基础所进行的形而上的构建,对基础主义的解构首先要解构认识论中的心灵主义倾向。第二,张桂枝认为,一直以来,心灵被看作是反映客观世界的镜子,罗蒂在对哲学史进行深入研究之后,对作为"自然之境"的心灵进行了否认,从而动摇了古希腊至今哲学思想中的基础主义。第三,苏晓云认为,罗蒂对构成基础主义的本质以及绝对真理进行了反对,通过驳斥客观性来反对形而上的基础主义哲学。

罗蒂对作为这种镜式哲学根据的"基础主义""本质主义"和"表象主义"的批判表现出对以认识论为中心的传统哲学的反思与解构。此类研究探讨罗蒂新实用主义中关于批判西方哲学思想的主要内容,落脚点集中在新实用主义对于传统实用主义的批判性和进步性。综合了罗蒂哲学观点的全方位阐释,它为新实用主义下真理观的研究与梳理提供了理论依托和哲学基础。

三、罗蒂的文学研究

在某一时期,自柏拉图以来的西方传统哲学占据主导地位,使得哲学愈加专业化和技术化,逐渐成为形而上学的"镜式"哲学,脱离了文化的其他领域,从而造成西方哲学的危机。为解决这一危机,罗蒂试图回归文学并即将哲学与文学相结合,并证明哲学其实是一种诗性的存在[4]。

对于罗蒂的后哲学文化,国内学者普遍表明对文学文化的研究是罗蒂后哲学文化中最值得关注,同时也是后哲学文化的核心部分。国内对罗蒂文化

---

[1] 谭仲鹬. 论罗蒂后现代哲学的人文精神意蕴. 华中理工大学学报, 1998 (1): 17-22.
[2] 苏晓云. 从语言转向的超越到心灵之镜的破碎. 广西师范大学学报, 2004 (7): 36-37.
[3] 张桂枝. 罗蒂的反基础主义思想探析. 国外社会科学, 2008 (6): 35-39.
[4] Guignon, Charles and Hiley, David. *Richard Rorty: Contemporary Philosophy in Focus*. Cambridge: Cambridge University Press, 2003: 33-45.

观的研究普遍认为，罗蒂的后哲学文化是摆脱了经院哲学束缚的，批判的哲学观。这种哲学观将哲学拟文学化，并将之看作为一种语言游戏。有学者指出，罗蒂的后哲学文化观是对基础主义和本质主义提出反对的最好的说明。从西方哲学发展趋势的视角来看，这种发展展现了现代西方哲学真理性与文学审美性的融合。此外，还有学者将罗蒂的文化思想与西方其他的思想家如库恩进行了比照，指出罗蒂的文化观事实上是对当下西方哲学困境的回应。最后，研究聚焦于将罗蒂的哲学思想与小说这一文学形式的对比。认为哲学与小说之间的对比就类似于对待我们自身的问题与对待科学的问题。科学上所探求的是一种终极的答案，谈论空间中的因果关系问题。而文学，在某种程度上，是关于自身的问题，是在一定的社会条件下，探讨存在的问题。因此，罗蒂的后哲学文化将哲学与文学进行了融合和汇总，两者实质上是可以相互关联的。此类研究还包括《罗蒂的后哲学文化思想述评》[1]、杨寿堪的《现代西方哲学发展的一种趋势——析罗蒂"后哲学文化"的理论》[2]以及张今杰的《哲学的两种改造——罗蒂与阿佩尔哲学比较》[3]。

罗蒂后哲学文化研究中显露出科学与文化之争中的倾向，并将罗蒂有关科学的哲学反思上升到科学文化哲学范畴。此类研究普遍表明通过反实在论、反表象主义和反本质主义，罗蒂实现了对基础主义和传统哲学的终结，并宣告后哲学文化的兴起。罗蒂的科学观和后科学文化观实际上是通过消解科学合理性和科学划界问题等手段来贬低科学的形象和地位。最终表明，科学的终点是转向人文主义的。研究表明，罗蒂试图解构科学和科学家的神化形象，否定与客观世界相符合的真理并对分析哲学所提倡的逻辑推理的科学方法进行了质疑。通过切断科学与形而上学之间的联系，罗蒂指出后哲学文化在本质上是一种后科学文化。这些论文对罗蒂的科学观进行人文主义的解读，在罗蒂的哲学溯源、科学哲学的构建模式、本质及其理论价值方面拓展了研究思路，从科学作为文化和科学的文化研究等方面理解罗蒂的科学文化哲学，并为文学的地位的提升奠定了基础，使文学成为后哲学文化的导向学科。

---

[1] 张国清. 罗蒂的后哲学文化思想述评. 教学与研究, 2000 (4)：54-59.
[2] 杨寿堪. 现代西方哲学发展的一种趋势——析罗蒂"后哲学文化"的理论. 学术研究, 2001 (7)：69-72.
[3] 张今杰. 哲学的两种改造——罗蒂与阿佩尔哲学比较. 青岛科技大学学报, 2003 (2)：24-28.

后哲学文化中,哲学被看作是一种文学形式,罗蒂认为哲学具有诗性的特征,并主张两者存在一种相互联系的关系。国内学者在罗蒂文学观的基础上,对文学理论进行了进一步的阐释。德里达在其解构的文学范式中指出隐喻的重要性,在德里达的影响下,罗蒂认为隐喻使哲学成为一种文学形式。隐喻使文学的边界和涵盖的内容得以扩大,并使文学批评的领域不断深入。因此,在对罗蒂的研究中常常发现罗蒂将哲学设想成一种文学批评形式,并将哲学看作是诗性的书写。韩克勇在《理查德·罗蒂新实用主义文学理论思想初探》[1]中表示,罗蒂提倡一种作为书写的哲学。通过隐喻和重新描述,将哲学塑造为一种可以通过移情而达道德诉求的文本式构造。此类研究包括:韩克勇的《理查德·罗蒂新实用主义文学理论思想初探》,黄家光的《论罗蒂文学文化与因果实在论的困境》[2],赵彦芳的《文学的伦理:个体和共同体之间——从罗蒂的文学思想谈起》[3]。

罗蒂的文学思想是反本质主义的进一步论证,但同时也强调了文学的价值和功能。通过想象力和共情发生作用,文学试图构建一个独立于宗教、政治、哲学的领域,并为个体的自由与解放争取效益。作为一名实用主义者,罗蒂的后哲学文化试图创造个体的自由,并在个体之间构建团结的共同体。可以看出,坚持文学的审美性无论是对于哲学还是政治,都可以保持一种共同的思潮。此外,罗蒂的文学文化在政治和社会层面上就是一种文学的乌托邦,直接导向了对罗蒂政治观的研究。

四、罗蒂的政治学研究

罗蒂政治观的研究,揭示了罗蒂在公共领域和私人领域的区分,同时也是哲学与政治的二分。目前,国内关于罗蒂的政治研究主要依托于自由主义和反讽等概念的探讨,并试图证明罗蒂秉持着一种自由左派的保守主义者。

罗蒂首先对公共领域和私人领域,政治和哲学做了明确的区分。此类研究普遍认为公共领域与私人领域之间存在着明确的界限。罗蒂曾十分明确地

---

[1] 韩克永. 理查德·罗蒂新实用主义文学理论思想初探. 山东大学,2009:22-35.
[2] 黄家光. 论罗蒂文学文化与因果实在论的困境. 科学技术哲学研究,2018(3):41-45.
[3] 赵彦芳. 文学的伦理:个体和共同体之间——从罗蒂的文学思想谈起. 南京师范大学文学院学报,2016(3):124-128.

表示，政治的归政治，哲学的归哲学。社会政治实践不可以被哲学批判取代，形而上的哲学论述对具体的社会实践而言没有任何益处。有学者表示，罗蒂认为哲学是一种私人活动，不应将这种活动与社会的公共性等同，同时也不应规定政治实践必须符合这种私人活动的原则。以此，国内学者就哲学与政治的优先性做了一定的比照。研究普遍认为，在罗蒂眼中，哲学的重要性远远低于政治。张国清[1]也注意到罗蒂的"民主先于哲学"的口号，指出与传统的形而上学相比，罗蒂更重视现实生活中的政治问题。陈亚军[2]也进一步指出，罗蒂认为本体论理应被文化政治学而取代，因为一切理论的提出与探究终究是为了指导实践，即使是上帝是否存在的本体论也是如此。因此，作为公共领域的政治与私人领域的哲学理论应有明确的界限，这也有利于明确和清晰政治立场。

在明确了政治与哲学的界限后，罗蒂选择了自由主义的政治立场并由此引发了对罗蒂政治学中自由观的探讨。罗蒂研究普遍认为，罗蒂无疑是一位自由主义者，承认并追求自由主义的基本价值。罗蒂出生于左派知识分子的家庭，在这种气氛的熏陶下，罗蒂对社会公正给予了莫大的关注。研究认为，罗蒂当时处在一种进步的，改革主义和激进自由主义的政治环境。在罗蒂看来，自由主义的出现其实是一种历史的偶然，不相信自由主义的胜利存在着必然性。关于自由主义的本质，我们不需要更多的理论研究，而应聚焦于如何利用自由主义改革现有的制度，从而实现一个真正自由民主的国家。因此，罗蒂的自由主义最终落实在社会实践，这与其哲学思想中的实用性不谋而合。有学者认为，罗蒂的自由主义不需要理性主义的哲学基础，而是在人道主义的基础上，减少人类社会的痛苦，实现人类幸福的最大化。通过对自由主义的阐释，试图纠正当下人们对政治彻底绝望的现状，重拾民族自豪感和对国家政治制度的信心。

"反讽"也是罗蒂政治哲学的重要概念。国内学者对罗蒂反讽概念的分析偏重于私人完美和创造层面。借助反讽概念，黄泰柯[3]认为罗蒂批判了传统哲学的本质主义观点，认为所谓本质的世界，其实充满着偶然，创造而不是

---

[1] 张国清. 试论罗蒂的种族中心主义观念及其后果. 杭州大学学报，1996 (3)：66-72.
[2] 陈亚军. 新实用主义：美国哲学的新希望. 哲学动态，1995 (4)：27-29.
[3] 黄泰柯. 反讽概念及其涉及的公私关系问题. 伦理学研究，2015 (4)：36-41.

发现才是我们私人完美的关键。罗蒂同时也提醒我们，在追求私人完美的过程中，要注意个体对共同体的义务，加强公共团结。通过反讽概念的揭示及对团结的强调，罗蒂把西方文化中自由主义的传统与爱国主义的传统巧妙地结合了起来。政治立场的确定，为促进政治和社会进步提供了有力的指导和借鉴。因此，可以看出罗蒂在政治活动中倾向保守主义。罗蒂在政治上反对激进的革命，而提倡温和的改良。消除政治上的残酷并获取自由是通过政治制度的改良和民主的运作方式，其自由的思想也是来源于对西方世界近几年兴起的改良与革命的反思。对于具体的改良途径和方法，殷振文[1]指出，罗蒂认为文学评论或"诗化"的反讽是现代政治改良的重要途径之一，由于社会实践活动的偶然性和历史性，不能依托政治家来规划未来的政治走向和道路选择。对罗蒂政治观的研究表明，罗蒂的政治思想具有温和主义的特点，即给予不同的文化团体进行平等对话的机会；同时，罗蒂的政治哲学思想中的自由反讽与和谐团结为其今后在公共领域的思想理论体系的形成提供了强有力的理论支撑和实践支持。

五、结语

通过对国内罗蒂哲学观、文学观和政治观的研究加以分析，可以看出罗蒂的实用主义思想已渗透到各个领域。罗蒂反对传统的以认识论为中心的形而上的西方哲学，认为哲学并不是寻求现象背后的本质，其目的也不是去探索真理所存在的本体性意义，而是去关注人类当下的存在，并试图利用其解决具体的实际问题。在文学领域，罗蒂也反对科学神圣化和文学科学化，将文学的实用性特征变现在阅读上。阅读通过想象力使人产生共情，其目的并不是去探求阅读本身的意义，而是通过阅读这一行为达到一种自由的状态。最后，在政治层面上，罗蒂强调了其作为左派的自由主义者，对社会公正的向往。罗蒂的政治思想在很大程度上受到了杜威和惠特曼的影响，试图扭转当下人们对社会制度普遍的怀疑，重新构建一个自信的，让人们充满自豪感的国家。罗蒂的新实用主义思想在实践层面对公共空间进行了说明，公共性是相对于私人性所提出的，公共领域与私人领域之间存在着一个明显的界限，

---

[1] 殷振文. 诗性文化与理查德·罗蒂的自由主义政治思想. 理论界，2013 (10)：57.

而政治和哲学同样也是分离的。政治隶属于公共领域,相应地,哲学存在于私人领域。这种界限的划分也为罗蒂的政治思想开拓了深层次的含义。

纵观罗蒂的学术生涯,罗蒂在20世纪下半叶开创了其独特的哲学思潮,在关于心灵、语言、知识、真理和政治学的领域,引起了哲学界的极大的关注。在哲学日渐技术化和专业化的危机之下,罗蒂将大众视角重新带回文化领域和政治领域。除此之外,罗蒂还将伽达默尔的诠释学列入其研究的大纲中,认为伽达默尔的诠释学是对认识论导向的传统西方哲学的洗礼。诠释学用启发开导代替了为认识提供基础的这个目的。同时,罗蒂将伽达默尔的效果历史定义为"改变我们的那种历史意识"[1]。罗蒂之所以回归到伽达默尔是因为阐释学具有启发性的特征,同时当下我们的处境在很大程度上受到历史的影响。因此,罗蒂的思想为寻求一种启发性的,归于历史的理解,是对公共阐释的回归。

---

[1] 查尔斯·吉尼翁. 理查德·罗蒂. 朱新民,译. 上海:复旦大学出版社,2007:68.

保罗·利科叙事时间的现象学分析

丁 蔓 罗 超

摘要： 通过对历史叙事、时间经验、虚构叙事三者关系的探讨，保罗·利科提出历史叙事与虚构叙事交织的叙事诗学新形态。在这两种不同的叙事形态中，时间始终是最为本体的存在。利科提出的"历史时间"既调和了宇宙论时间与现象学时间，又充当了历史叙事与虚构叙事的中介。他通过叙事时间的介入将不可直接言说的时间化约成为人的时间经验，使其在文本化、读者化和现实化的过程中得以实现。叙事时间的介入使利科的叙事诗学走出文本，走向本体论意义的在世存在和世界。利科的叙事诗学开拓了叙事学研究的新范畴，让我们更容易通过对时间的把握来理解叙事。

关键词： 叙事诗学；历史叙事；虚构叙事；历史时间；时间经验

如今，叙事学研究已经成为学界关注的焦点之一。20 世纪 80 年代中后期之前的经典叙事学注重研究叙事文本的形式、结构、语词及意义。20 世纪 80 年代中后期以后的女性主义叙事学、认知叙事学、修辞性叙事学、空间叙事学、图像叙事学、医学叙事学等后经典叙事学则通过跨学科、跨媒介研究将叙事文本与社会语境和社会现实相结合，同时更加关注读者的参与度。这体现了现代叙事学多元化的发展态势。叙事学研究往往将叙事文本看作静态的，认为叙事或是作者对异质事件的整合，或是读者抒情达意的媒介，或是作为

【基金项目】本文系 2018 年度教育部人文社会科学研究规划基金项目"保罗·利科象征诗学研究"（18YJA752001）、2017 年度大连理工大学基本科研业务费项目"利科的象征诗学研究"（DUT17RW203）的阶段性成果。

【作者简介】丁　蔓（1973—），女，科学技术哲学博士，大连理工大学外国语学院教授，研究方向为文学哲学、诠释学。罗　超（1989—），女，大连理工大学外国语学院英语语言文学硕士研究生。

对现实的投射。然而,上述对叙事的理解和诠释都是依赖时间实现的。作者、读者及现实对时间的共同操控体现了叙事时间的生产性特征。此外,叙事学研究往往集中在情节发展、人物性格及叙事策略方面,而上述研究背后的核心则是动态可控的时间。时间的异质性和不可调和性催生了时间疑难。

  时间疑难促使保罗·利科从叙事角度对时间进行诠释。在利科看来,"时间疑难集中来源于现象学观点与宇宙学观点之间的相互遮蔽"[1]。宇宙论时间借助于宇宙学、物理学及数学等探寻客观时间的概念及意义,现象学时间关注人对时间的内在体验,二者在呈现对立状态的同时均忽视了时间与叙事的结合。因此,利科提出第三种时间——"历史时间"来调和前两种时间并将其作为历史叙事与虚构叙事的中介。利科的"历史时间"将现象学时间嫁接在宇宙论时间上形成的,是关于人的时间。它"把任意瞬间(instant quelconque)与鲜活当下(présent vivant)结合在一起"[2],通过人的体验将难以理解的时间化约成为人的时间经验。利科对时间疑难的诗学回应是"把经验时间宇宙化了,它也把宇宙时间人性化了"[3]。伏飞雄在其研究中指出,历史叙述与虚构叙述在阐释时间疑难方面,还具有互补的特征[4]。历史叙事虽然叙述过去,但预测未来。虚构叙事虽然筹划未来,但文本中的事件参照历史。两种叙事形态并非完全独立,而是交织并存。利科的叙事诗学是历史叙事与虚构叙事交织的叙事诗学新形态,超越了单一的文学叙事。在叙事时间的文本化和读者化基础上,利科的叙事时间在对意向经验的分析中得以实现。"关于意向经验,胡塞尔有一种特殊用法,借用笛卡儿的'我思故我在'来理解:意向经验(我思)描述的真实内容是经验本身(我在)"[5]。在利科的叙事诗学中,叙事时间的文本化、读者化和现实化过程是时间实现的过程,也是意向经验不断发展的过程。利科对时间疑难的叙事诗学回应同时也是对叙事疑难的积极回应。

---

[1] Ricoeur, Paul. *Time and Narrative*. Vol. 3. Trans. K. Mclaughlin & D. Pellauer. Chicago: University of Chicago Press, 1988: 242.
[2] 保罗·利科. 从文本到行动. 夏小燕, 译. 上海: 华东师范大学出版社, 2015: 22.
[3] 保罗·利科. 从文本到行动. 夏小燕, 译. 上海: 华东师范大学出版社, 2015: 294.
[4] 伏飞雄. 利科对时间问题的"叙述阐释". 文艺理论研究, 2012 (2): 121.
[5] 尚杰. 胡塞尔的意向性概念. 云南大学学报: 社会科学版, 2006 (5): 21-22.

一、叙事时间的文本化

叙事时间的文本化是指叙事时间以文本的形式确立，成为具有相对独立性的文本之物。经过了对符号和象征的诠释后，利科转向对叙事文本的诠释。在利科的叙事诗学中，时间与叙事共生共存。作者是叙事文本的创作者，叙事文本是叙事时间的载体，叙事时间是叙事文本的核心，三者循环存在，缺一不可。叙事时间文本化将抽象且难以把握的时间具体化为人的时间经验，让异质时间具有了完整性和可理解性。在马尔克斯的《百年孤独》中，百年究竟是什么？如同奥古斯丁说过的，"那么时间究竟是什么？没有人问我，我倒清楚，有人问我，我想说明，便茫然不解了"[1]。从宇宙论时间的角度来看，一百年即一个世纪。但对于文本中以布恩迪亚家族为代表的当地人而言，在他们的意识中，百年可能代表更长的时间。作者以布恩迪亚家族为载体，将百年的时间化约成为他们的时间经验。同时，零散、抽象的时间具有了可理解性。作者将百年时间与拉美民族的现实当下相结合，这既超越了单一的物理时间，也超越了单一的心理时间。作者通过"历史时间"这一中介将当地居民的百年兴衰以文本的形式确立并赋予百年时间以完整性和可理解性。

叙事时间的文本化奠基于叙事情节对异质时间的综合。文本中的时间是多元的，它们在矛盾、冲突中通过调和走向融合。在利科的叙事诗学中，叙事时间的意义就在于通过情节对异质时间进行整合。亚里士多德的情节概念只应用于悲剧、喜剧和史诗，利科想要"在亚里士多德《诗学》最初的应用范围之外检验情节变形的能力"[2]。他致力于拓宽情节概念的应用领域，探寻一种适合所有文学体裁的"情节"范式。"亚里士多德将情节界定为'对事件的安排'"[3]。这种对事件的安排不是在一维的线性时间中进行的，它需要叙事情节对文本中宇宙论时间及现象学时间进行整合。从亚氏的情节概念出发，利科提出了对时间的预塑形（prefiguration）、塑形（configuration）和再塑形（refiguration）。异质且抽象的时间是零散的、难以把握的，只有通过叙事情节将其内化为文本中的叙事时间才能被把握和理解。"利科主张叙述绝不

---

[1] 奥古斯丁. 忏悔录. 周士良，译. 北京：商务印书馆，2016：258.

[2] Ricoeur, Paul. *Time and Narrative*. Vol. 2. Trans. K. Mclaughlin & D. Pellauer. Chicago: University of Chicago Press, 1985: 7.

[3] 申丹，王丽亚. 西方叙事学：经典与后经典. 北京：北京大学出版社，2010：36.

仅仅是一种形式，而是独特的人类时间性经验在语言中的体现"[1]。在利科的叙事诗学中，叙事不仅仅是一种向读者传递信息的媒介，叙事本身就是信息，这种信息即具体化了的人的时间经验。托马斯·曼的《魔山》叙述了主人公卡斯托普在山上逗留的七年时间。在这七年的时间历程中，山下人信奉的是有序的宇宙时间，他们的时间经验以日历和钟表衡量。山上人却坚持"超时间"，他们的时间经验以月计算而且是停滞的。对山上人来说，七年就好像七天，他们对时间的内在体验取消了时间尺度，是混乱无序的。曼将人对时间的内在体验融入七年的宇宙时间中，将七年时间化约成为卡斯托普的时间经验。他对"历史时间"的创造性运用突破了顺时序宇宙时间与无时性现象学时间的桎梏，使文本中的叙事时间呈现更大的包容性。叙事情节对两种异质时间的综合是对顺时序时间和现象学时间的偏离，更是一种超越。利科的"历史时间"既打破了传统的线性时间，也超越了纯粹的心灵时间，使文本中的叙事时间呈现包含不协调的协调状态。

叙事时间的文本化在间距化（distanciation）中得以实现。在利科的叙事诗学中，以文字形式固定的叙事文本与口头叙述之间是存在间距的。间距则为理解、诠释文本提供了空间。"间距有四种表现形式，即意义对事件的超越；文本与作者之间的间距；文本与读者之间的间距；文本从明确指称的限定中解放，并拥有一个新的指称维度"[2]。文本中的事件是客观的，但作者对时间的创造性"塑形"会让事件意义超越事件本身。单一的事件不是叙事，只有作者通过叙事时间将一系列事件整合成一个具有可理解性的整体，才构成叙事。也只有在作者的叙事文本中，事件的意义才能实现。"作者的目光可以指向外界或者指向内心，即外向的或内向的，从而或者产生一份有关世界的纪录，或者产生一种为想象所改变的现实的图景"[3]。历史学家的叙述对象是历史事件，他们的目标是记录世界；他们的叙事活动是对世界曾经样貌的"还原"，但这种"还原"并非完全客观。文学家的虚构叙事指向人物的内心世界，但他们的虚构并非完全脱离现实，也并非完全主观，他们的虚构活

---

[1] 伍茂国. 现代小说叙事伦理. 北京：新华出版社，2008：20-21.
[2] 保罗·利科. 诠释学与人文科学. 孔明安，张剑，李西祥，译. 北京：中国人民大学出版社，2011：93-105.
[3] 华莱士·马丁. 当代叙事学. 伍晓明，译. 北京：中国人民大学出版社，2018：24.

动与现实相关。在伍尔夫的《到灯塔去》中，作者对时间的创造性"塑形"使文本的潜在意义更加丰富。在小说的第一部中，作者用多于三分之一的篇幅叙述了九月的某个下午和黄昏。这段特定的时间通过拉姆齐夫人等人的时间经验得以展现。小说第二部的篇幅小于文本总篇幅的十分之一，但它却叙述了十年的时间。在这十年的时间中，第一次世界大战爆发，拉姆齐夫人去世，关于夫人的一切似乎转瞬即逝。从宇宙论观点来看，这是漫长的十年。但就人物的内心体验而言，十年，不过是他们人生的瞬间。小说第三部的"灯塔"具有双重意义。它既是拉姆齐一家心心念念的远方，也象征拉姆齐夫人精神永存。在这一部分，对拉姆齐夫人的回忆，对现世生活的体验及对未来的畅想交织并存，理想与现实之间的张力推动了叙事进程。小说中截然不同的叙事时距将抽象的时间经验化。伍尔夫对叙事时间游刃有余的操控使文本化的叙事时间在间距化中得以实现。

二、叙事时间的读者化

叙事时间的读者化是读者遭遇文本，对文本中的叙事时间进行说明、理解和诠释。说明意指对文本中的叙事时间进行结构分析。理解和诠释是叙事时间意义得以实现的必要条件。在狄尔泰看来，说明与理解是相互排斥的。但利科认为二者是辩证统一的，在读者的阅读活动中二者既相互对立又相互协调。文本中的叙事时间是将现象学时间嫁接在宇宙论时间上形成的时间变体，是异质时间相结合的产物。文本中的叙事时间结构需要读者对其说明。叙事时间中事件意义的达成需要读者的理解和诠释。在利科的叙事诗学中，叙事文本不是封闭的，是向读者敞开的。读者基于自身的经验对叙事时间进行诠释。"诠释追求的正是对经历过的经验进行一种再现（reproduction）、重现（Nachbildung）"[1]。虽然伍尔夫的《到灯塔去》叙述的是拉姆齐一家，但她的创作原型则是她的父母。小说三部分，叙述时间与被叙述时间各不相同。时间结构的不同需要读者的说明，其意义的实现需要读者的理解和诠释。小说第一部分用 152 页的篇幅叙述了九月的某个下午和黄昏，第二部分用 25 页的篇幅叙述了十年的时间，第三部分用 80 页的篇幅叙述了拉姆齐先生父子

---

[1] 保罗·利科. 从文本到行动. 夏小燕, 译. 上海：华东师范大学出版社，2015：156.

三人去灯塔的过程。读者对叙述时间与被叙述时间的说明揭示了叙事时距的不同。叙事时距的不同是作者进行创造性叙事的需要,也是读者理解、诠释文本的需要。小说第三部分,虽然拉姆齐夫人已经远去,但是她的精神永存。她的精神为文本中的人物指引着前进的方向,让莉丽实现了她的画家梦,也为文本前的读者提供反思的场所和空间。单一的时间是静态的,但文本中的叙事时间是人的时间经验,是动态的,具有可理解性。文本不是封闭的,是向它的读者和世界敞开的。文本世界与读者世界交叉的媒介就是读者。在读者的阅读活动中,文本的使命得以完成。说明和理解的辩证关系在阅读中由对立走向调和。事件的意义在文本诠释中获得实现。

叙事时间的读者化是读者通过对叙事时间的占有(appropriation)重新构建文本的意义。文本阅读包含理解文本和理解自己两个层面。读者通过想象性变异和去己化将文本内容占为己有,实现文本的可理解性。读者对叙事时间的占有即读者对时间经验的理解过程。这个"意义"不是读者期待从文本中获得的既定存在,而是在阅读过程中产生的。在"三重塑形"的再塑形层面,读者遭遇文本,文本世界与现实世界交叉。"只有文本世界和读者生活的世界相遭遇时,叙事塑形问题才会转向叙事对时间再塑形问题"[1]。叙事时间是在读者参与下实现的。读者参与文本阅读,就是带着自身的时间经验对文本的叙事时间进行认识和理解。读者被期待通过去主体化将文本占为己有。读者对文本的理解,是占有,更是失去。读者放弃原来的自我,走向一个新的自我。古希腊著名历史学家希罗多德的《历史》是一部希波战争史。在这本史书中,有些事件他并未给出明确态度,而是将表决权交给读者。文中关于多里尤斯和他部下的所作所为,叙巴利斯人和克罗敦人说法不一。作者指出,"每一位读者都可以采信他认为是最有说服力的看法"[2]。这样读者就会重新关注叙事时间,叙事时间才能被读者再塑形。"再塑形是一个反思和修正的过程"[3]。读者对《历史》的再塑形是理解和反思历史的过程,也是通过占有叙事时间进行再理解和再创造的过程。书中既有真实的时间经验,也有

---

[1] Ricoeur, Paul. *Time and Narrative* Vol. 2. Trans. K. Mclaughlin & D. Pellauer. Chicago: University of Chicago Press, 1985. P. 100.
[2] 希罗多德. 历史. 徐松岩, 译. 上海:上海人民出版社, 2018:503.
[3] Vlacos, Sophie. *Ricoeur, Literature and Imagination*. New York: Bloomsbury Academic, 2014: 204.

希罗多德根据人们的口述、文献、遗迹等虚构的时间经验。读者可以将自己看作历史叙事文本中的人物，通过体验其中虚实结合的时间经验来理解和把握时间。"所有被看见的东西也可以是不被看见的，但却始终是可以被看见的"[1]。文本期待读者阅读，这种阅读期待又将文本变成一个新的未被阅读的"文本之物"。文本不断被理解、被诠释，叙事时间的指称功能越丰富。历史叙事是事实性与虚构性的融合。历史叙事中也包含非真实的事件，但事件本身有其真实性。历史叙事通过虚实结合的时间经验来更加有效地反映事实。

叙事时间的读者化是读者在叙事时间中从当下的我走向另一个我。在伦理维度，利科的叙事诗学致力于构建读者主体身份，而这种身份认同更强调读者的自身性。笛卡儿的"我思"是封闭的，但利科认为读者应该走出自身、诠释自身，进而修正自身。读者对自身的认识不能直接实现，只能通过文本诠释迂回进行。在这个过程中，叙事时间为读者提供了重新认识自我的新媒介。读者带着自己的时间经验站在文本前，就会看到一个真实而且放大的自我。这个自我不是已成的，是在走向文本指向的可能世界时出现的。当下的我与另一个"新我"，有同一性，也各有其自身性。同一性是因为它们都是"我"的变体，各有其自身性是因为这是两个不同阶段的"我"。作为对叙事时间再塑形的主体，读者对叙事时间再塑形的过程，也是其理解和反思自身的过程。"反思的目标，是要在自我之存在的努力、自我之存在的欲求中去把握自我"[2]。读者反思的目标，是在叙事时间的推进中发现一个新的自我。叙事时间是文本的时间，也是读者的时间。读者对自身的认识不能通过自身直接实现，而要通过叙事时间这个中介迂回进行。在读希氏的《历史》时，作为现代人的我们置身其中，让自己更加深刻地认识历史事件和历史中的伟大人物。这是站在现在的时间点上回忆过去，参照历史，筹划未来。"历史时间总是表现为过去、现在与未来之间的变动张力"[3]。历史叙事叙述的是过去的事情，但本质上是时间在过去、现在和未来三个维度中的绵延。以史为鉴可以明得失，以《历史》作为借鉴，我们可以反思自身，在理解、诠释文本历史人物时间经验的过程中修正自身。"他人是自我的'镜像'和'面容'，

---

[1] 埃德蒙德·胡塞尔. 内时间意识现象学. 倪梁康, 译. 北京: 商务印书馆, 2017: 183.
[2] 莫伟民, 姜宇辉, 王礼平. 二十世纪法国哲学. 北京: 人民出版社, 2008: 705.
[3] 陈慧本. 论历史时间的空间化及其与隐喻、叙事的关系. 史学月刊, 2019 (4): 121.

它直接切近'自我'和真理"[1]。阅读《历史》是我们反观历史的过程，也是我们认识和反思自身的过程。作为读者，我们通过理解他者的时间经验和反思自身，走向一个全新的自我。

三、叙事时间的现实化

叙事时间的现实化是通过探讨生命、死亡、时间等关乎人类存在的问题在诗的境界与现实生活间探寻动态平衡的过程。叙事时间现实化带有启示的力量，启示人在诗与现实之间寻求平衡的过程中将人类面临的问题、做出的选择及反思的结果在叙事文本中展现出来。文本中的叙事时间引导读者如何更好地生活、如何思考未来。在曼的《魔山》中，作者既叙述了山下人与山上人截然不同的时间经验，也探讨了生命与死亡的问题。山上人都是病态的，他们在山上等待着被宣判死亡。有些人虽然下山，但最终也会回到山上并死在那里。山上的疗养客们渴望继续生存，但死亡犹如魔咒伴随他们。山上人是病态的，他们生存的欧洲也是病态的。在时间的流逝中，他们追寻和平稳定的生活，但现实却让他们与随时而来的死亡为伍。文本和现实之间的间距为叙事时间的现实化提供了空间。文本世界与现实世界相遇，才能对现实世界重新塑形。此外，文本中的叙事都是通过对行动的创造性模仿，通过创造性叙事，充分利用生产性想象力实现的。通过创造性叙事，作者对人类的行动世界进行塑形，读者对人类的行动世界进行再塑形。人的行动作为文本的一个指涉对象，面向它的读者群开放。对于时间及生死的理解，山上人与山下人是截然不同的。山上人在时间的累积中选择等待死亡，山下人在时间的推进中享受物质充裕的生活。山上人的"静待死亡"与山下人的"乐观主动"展现了持有不同时间经验的人对待生死的不同态度。

叙事时间的现实化是对文本指向的可能世界的回应。文本指向的可能世界只能通过历史叙事和虚构叙事抵达。两种叙事文本既有其本身的含义，也有其指涉意义。"文本应该不是向它的作者扩展，而是向它的内在意义以及朝

---

[1] 陈世丹，尹宇. 沃尔曼作品中的回应、面对、正义和移情——后现代他者伦理观. 外语与外语教学，2019（3）：118.

着它所开启和发现的世界命运扩展"[1]。在利科看来，文本并非封闭的实体，它是指向可能世界的。文本通过隐喻实现语义创新，通过象征表征世界，通过虚构走向未来，这些都为文本意义的丰富奠定了基础。通过隐喻、象征及想象缔造的叙事时间更是让静态的叙事文本"活"了。"隐喻是一种间接的描述现实的途径"[2]。《到灯塔去》中，伍尔夫用"灯塔"为小说中的人物指明方向，也用它作为拉姆齐夫人精神永存的隐喻。小说叙述了战前人们精神状态的极度混乱，他们需要"灯塔"为他们指明前进的方向，他们同样需要通过"灯塔"这个中介来迂回认识和反思自身。小说第二部中，拉姆齐夫人去世，但她的精神不会随着时间的流逝而消失。它会像"灯塔"一样依然带给人们光明，指引人们走向更加美好的未来。"时间不是现在之点的均质流逝，而是不断地'趋向'又'返回'，趋向可能性（将来）而回到事情本身（曾在）。这种既趋向又返回表现为时间的出位性（将来、过去、当前三种出位状态）"[3]。小说第三部包含对过去的追忆，也含有对未来的期待。伍尔夫打破单一的线性时间叙事，将战前及战后的时间嫁接在人物对时间的内在体验上，在过去、现在与未来的交织中叙述拉姆齐一家及周围人的时间经验。这种交织的时间经验服务于虚构叙事中的人物，也属于读者。读者对虚构叙事中时间的认识是通过人物的时间经验实现的，也是通过将叙事时间与自身及现实相结合实现的。读者不能直接认识自身，但可以在理解虚构叙事时间经验的过程中迂回认识自己。"历史学家和诗人的区别在于前者记述已经发生的事，后者描述可能发生的事。诗倾向于表现带普遍性的事，而历史却倾向于记载具体事件"[4]。历史叙事诉说过去，具有偶然性；虚构叙事筹划未来，具有普遍性。伍尔夫的虚构叙事是关于故事中人物的，也是关于读者及现实世界的。文本不是封闭的，是经由现实，指向可能世界的。在这个可能世界中，虚构叙事兼容了虚构性与真理性。

叙事时间的现实化指引我们走向本体论的在世存在和世界。"文学虚构指向的存在，不是在给定存在（l'être donné）的模式中，而是在能够存在

---

[1] 保罗·利科. 从文本到行动. 夏小燕，译. 上海：华东师范大学出版社，2015：20.
[2] Simms, Karl. *Paul Ricoeur*. London: Routledge, 2003：74.
[3] 张汝伦. 二十世纪德国哲学. 北京：人民出版社，2008：308.
[4] 亚里士多德. 诗学. 陈中梅，译. 北京：商务印书馆，2017：81.

(peut-être)的模式里"[1]。读者的阅读行动使文本的使命得以完成，读者在阅读中走向文本指向的可能世界。"它的指涉，就是它的真理价值，它的意图是通达现实"[2]。而历史叙事和虚构叙事打开了在世存在新的可能性。在利科的叙事诗学中，"世界就是由文本打开的指涉对象形成的整体"[3]。叙事文本是作者主观意愿的显现，也是对世界的间接叙述。叙事时间现实化在给予文本生命力的同时，也给我们认识自身及世界提供了更为广阔的境域。"叙事不仅仅是对已发生的行动进行描述的场所，更是在世生存的一种模式"[4]。叙事是对行动世界的重塑，也为人类生存提供一种借鉴模式。索福克勒斯的悲剧《俄狄浦斯王》叙述的是俄狄浦斯的故事，但也为我们的在世存在提供借鉴意义。他虽然努力与命运抗争，但终未逃脱"弑父娶母"的魔咒。在这个悲剧中，他的肉眼看到的只是现象，而没有看到真理。他的"灵魂之眼"看清自己就是杀死父亲的凶手后，他将自己放逐，以示忏悔。历史叙述过去，史诗和悲剧指向未来。索福克勒斯的这一悲剧让我们认识到我们虽然在世界之中，但我们不能决定世界，也不能决定我们在世存在的遭遇。我们对存在及世界的认识应当超越现象，我们应该用自己的"灵魂之眼"去认清现实，探索真理。"世界的存在就是自身的存在所必要的相关项。没有一个在世界中出现和行动的自身，就没有世界；没有一个以某种方式可以实践的世界，就没有自身"[5]。自身与世界是相对应而存在的。我们应该不断地认识、理解和反思自身，更应通过自身的实践来探索世界，求取真理。在利科的叙事诗学中，历史时间的介入将抽象的时间通过时间经验的形式展现出来。我们对社会、自我及存在的认识都不是通过抽象的时间完成的，而是通过其变体——叙事时间实现的。

---

[1] 冯寿农，黄钏. 保罗·利科诠释学的文本理论探析. 厦门大学学报：哲学社会科学版，2020（1）：163.
[2] 保罗·利科. 从文本到行动. 夏小燕，译. 上海：华东师范大学出版社，2015：119.
[3] 保罗·利科. 从文本到行动. 夏小燕，译. 上海：华东师范大学出版社，2015：205.
[4] 刘慧明. 作为中介的叙事 保罗·利科叙事理论研究. 广州：世界图书出版广东有限公司，2013：183.
[5] 保罗·利科. 作为一个他者的自身. 佘碧平，译. 北京：商务印书馆，2018：451.

四、结论

在利科的叙事诗学中,历史叙事是事实性与虚构性的辩证统一,虚构叙事是虚构性与真理性的辩证统一。在这两种交织并存的叙事形态中,时间与叙事循环存在。作为抽象存在的时间不能被直接言说,利科将现象学时间嫁接在宇宙论时间上,形成"历史时间",历史时间依赖人的时间经验实现。叙事时间不是静态的,具有生产性和可理解性。叙事时间的文本化起始于情节对异质时间的综合,通过文本的形式确立,深化于作者对文本间距的操控。叙事时间的读者化进程中,读者通过对文本的占有赋予其新的意义,同时读者也在阅读文本的过程中迂回认识、理解、诠释自身。叙事时间的现实化通过叙事时间这一中介认识和把握社会、存在及世界。利科的叙事时间在文本化、读者化和现实化中得以实现。在利科的叙事诗学中,叙事文本及叙事时间都因人的介入而具有了动态性和可操作性。利科的叙事诗学连接了时间与叙事,并使二者呈现健康循环状态。对历史叙事与虚构叙事的兼容使他的叙事诗学走出文本,走向本体论的在世存在和世界。总之,利科的叙事诗学将抽象的时间具体化,让叙事研究的视角多样化,对当代叙事研究有极为重要的意义。

德里达艺术哲学中的再现论

王晶石　张桐月

摘要：本文主要以再现论作为切入点，探讨了德里达中期艺术哲学思想中艺术与哲学的内在关系。再现论较之模仿论概念更广，德里达在解构了西方传统的模仿论后，其观点超越了模仿论，因而并未彻底超脱于再现论。本文在梳理德里达艺术哲学中所体现出的再现论观点的同时，指出文字其实就是对于现实的重复与再现，符号也无法脱离其本原，这也使得德里达的部分艺术观点偏向再现论的角度，有助于我们进一步地对其艺术哲学进行研究与分析。

关键词：模仿；再现论；艺术哲学；边饰；真理

德里达反对模仿论，在他的艺术哲学思想中，更多地体现出再现论的理念。再现论作为近现代艺术理论的核心概念，本身由模仿论的概念演变而来，重新探讨了艺术作品的内涵和边界。德里达曾经在解构胡塞尔"话语"这一概念时，就说过"话语就是那自身再现"[1]。因而，尽管德里达本人并未系统性地对其艺术观点做出过论述，但在他解构他人的艺术观点中，也渗透出德里达自身对于艺术再现论的理解。德里达认为以文字为载体的艺术和文学具有不确定性，因而需要用一种开放的眼光去理解艺术作品。德里达的再现

【基金项目】本文系2021年辽宁省哲学社会科学青年人才培养对象委托课题"德里达文字学中的阐释理论研究"（项目编号2022lslwtkt-017）的阶段性成果。

【作者简介】王晶石（1987—），女，英语语言文学博士，大连理工大学外国语学院副教授，研究方向为文学理论、英美文学。张桐月（1996—），女，大连理工大学外国语学院英语语言文学硕士研究生。

[1] Derrida, Jacques. Spectres de Marx. Paris: Galilée, 1993.

论超越了柏拉图的模仿论,意味着他的思想中去除了艺术必须遵从现实世界的规约,同时也去除了艺术和现实的本体性等级差异。因此,本文以德里达艺术哲学中的再现论作为讨论的中心,探讨了德里达解构主义视域下艺术和世界的关系,同时也重新思考了德里达的文学观。

一、模仿论与再现论

纵观艺术哲学的历史,最早的西方艺术理论之一,便是由柏拉图提出的艺术模仿论。柏拉图在《理想国》的第三卷中,曾说过这样的话:

"所以你所发明的这帖药,只能起到提醒的作用,不能医治健忘。你给学生们提供的东西不算真正的智慧,因为这样一来,他们借助文字的帮助,可以无师自通地知道许多事情,假如有一位聪明人有本领模仿任何的事物……我们的城邦之中没有像他这样的一个人,同时法律也不允许有像他这样子的一个人。"[1]

在柏拉图看来,诗人所做的无非就是模仿,诗歌会弱化人们的心智,煽动起不安的社会气氛。柏拉图随即提出了艺术模仿论,即诗歌、舞蹈、绘画、戏剧和雕塑等艺术形式,都具有模仿的共性。模仿论在相当长的一段时间内,都保持着其权威性,这是欣赏艺术作品时的一个重要评判标准,如欣赏诗歌时,需要看的便是其是否"模仿"了普遍的事物,是否揭示了事物的真实性和本原。

但自 19 世纪晚期开始,模仿论的权威性开始受到了挑战,再现论(Representationism)便被广泛提出。在绘画界中,表现主义、立体主义、抽象主义等流派纷纷兴起,这些艺术作品不再是对现实事物的复刻,有些甚至与现实脱节,而重点强调对原型的再次加工。在文学界中,随着后现代主义的崛起,很多类似具有"非现实性"的文学作品不断出现,如马尔克斯的《百年孤独》,克鲁亚克的《在路上》,贝克特的《等待戈多》,等等。这些文学作品超越了柏拉图"艺术模仿现实"这一论断,逐渐暴露了模仿论的有限性,并倾向于艺术再现论。

再现论由模仿论改造而来,相较于后者,再现论表达的内涵更广。再现

---

[1] 柏拉图. 柏拉图全集(第二卷). 王晓朝, 译. 北京:人民出版社,2002:197-198.

论不仅包含模仿的复刻意义，也加入了重新表现的概念，即只要该艺术品体现了某物，且观看者从中意识到了某事物的存在，那就能够断言其性质是再现性的。从艺术哲学历史来看，与再现论近乎同时期出现的另一文艺理论为表现论（Expressionism）。表现论认为文学艺术是创作者心灵世界的体现，是一种将内在化的思想与情感外在化的展示，在本质上同再现论对立。于是，再现论和表现论在近现代文艺理论中逐渐动摇了模仿论的地位。

作为模仿论的挑战者之一，德里达就从再现论的角度，对柏拉图模仿论的整个思维模式都进行了解构与批判。在《柏拉图的药》一文中，德里达就通过对于"药"这一概念的解构，批判了柏拉图以"药"来比喻文学书写的方式。德里达指出，书写并不是纯粹对声音的模仿，并不会代替经验记忆，更不会让人因此难以获得智慧，探寻真理。又比如在《播撒》一文中，德里达通过提出"撒播"的概念，指出了修辞给文学文本所带来的不确定性，驳斥了文本即是单纯的模仿这一观点[1]。另外，在德里达对马拉美《模拟》的解读中，他指出了无论是模拟还是模仿，无论是表现还是再现，这些都是使得真理得以呈现的原型[2]。

二、艺术再现论：原型与边饰

德里达的艺术表现论的探讨及其对模仿论的超越集中于1978年出版的《绘画中的真理》。在书中德里达曾对塞尚的"画中真理"这一概念做了研究。塞尚认为，画中真理是"融合'最玄微的感性'与'最理智的理性'以抵达物之现实（réalité），即抵达那'原初世界'，那'在其本源处的自然'"[3]。可见，在塞尚看来，艺术是对于现实与本源的一种模仿。德里达并未反驳塞尚的说法，但他却抓住了画中真理这一概念中的不确定性加以解构，即"法语原文 la verité en peinture 中，真理（vérité）、绘画（peinture），以及介词 en 三个元素所包含的，自身的纷繁多义及其造成的模糊性。"[4] 为了撬动以模仿论为主的传统艺术哲学的大厦，德里达则从内和外入手。

---

[1] Derrida, Jacques. *Dissemination*. Trans. Barbara Johnson. London: The Athlone Press, 1981: 304.
[2] 董树宝. 幽灵之舞：德里达论拟像. 外国文学, 2018（4）：142-152.
[3] 魏柯玲. 画与真——论德里达《绘画中的真理》. 文艺研究, 2020（2）：148-160.
[4] 魏柯玲. 画与真——论德里达《绘画中的真理》. 文艺研究, 2020（2）：148-160.

第一，德里达从艺术作品的内部解构了模仿论的权威。德里达指出，传统模仿论的观点认为艺术品只是模仿品，并不能体现出真理。进一步展开来说，在古希腊时期，柏拉图就把艺术看作是模仿，是"摹本的摹本"。在《理想国》中，柏拉图就提出过著名的"床"的隐喻，通过三种床，"自然的床"，"木匠造的床"和"画家画的床"构建了等级层次关系。他说："匠人可以到处制造……但它们都是影子，而不是实体和真相。"[1]这无疑是把艺术的床放置在了这一层级的最低端。但柏拉图的观点显然受限于一定的时代性。在古希腊时期，那时的艺术作品确实多是对现实的模仿。如模仿各种自然场景的画作和雕刻物，甚至于哲学理论和文学作品，都往往和火、水等自然元素，或与其他代表着自然力量的神明们息息相关。然而，随着后世人们对于现实世界认知的不断进步，艺术作品也随之不断进化。单纯的模仿品很难定义所有艺术品，而在再现论的观点被提出后，会发现那些模仿品同样具有再现的特质。事实上，再现原型的案例在文学中十分常见，许多文学作品都拥有着极为真实的，反映现实生活或是历史的详细描写。如莫泊桑的《一生》，巴尔扎克的《人间喜剧》，托尔斯泰的《战争与和平》，等等。这些作品包含模仿，却也超越了模仿，本身即是对于现实世界的一种再现，并不单纯是现实的摹本。

在德里达看来，再现论所表现的是一种对于原型再现的不确定性真理。在再现论中，为了寻求价值，即绘画中真理原型的再现，我们需要从线条或是绘画的主题中寻找其精神特质，也就是再现论中所提出的有条件的再现。有条件的再现是指，有时候我们可以识别出正在被再现的东西，但在许多作品中，这些再现同样是晦涩难懂的，读者很难轻易理解出其内在含义。可艺术本身具有一种特质，即观看者会下意识地认为某事物正在被再现，如看到波浪的形状时，我们会下意识地联想到海潮和浪花。可见，即便观看者并不清楚艺术品想要表达的是什么，我们依旧会调动脑内现有的知识和个人的认知，主动地去对作品加以诠释，理解其中所再现的含义。这也正是德里达所说的"真理以现时的在场为规范、秩序和法则，即或是作为物的无蔽，或是

---

[1] 柏拉图. 柏拉图全集（第二卷）. 王晓朝, 译. 北京：人民出版社，2002：193-194.

作为物与再现的一致"[1]。

因而可以这么说,再现论中的艺术真理由艺术家和观看者合作而成,并随着双方的变化而变化。艺术家就像是镜子,足够诚实地倒映出了原型,但这面镜子中再现出的同样是观看者的一部分,是其心中最接近于原型的表现。在这个时候,原型与绘画间便没有了多余的阻碍,艺术作品并不像柏拉图所说的是"摹本的摹本",而是一种最为直接的心灵的对话,也是对于艺术家的真实和理解的再现。

第二,德里达从外部解构了模仿论中艺术的"边框",即解构了传统的逻各斯中心论的思想。康德在其《判断力批判》中提到了边饰这一概念,即"注释、括号、例子、图表、比喻、类比、征引,以及放大而言,整个第三批判在三大批判体系中的边饰功能。"[2] 就像是框住画的画框,画框不是艺术家本人的作品,却也能够算得上是作品的一部分。类比文学,就好比文学作品在后世被装订出版、再版和改版。在这一点上,德里达通过解构康德的《判断力批判》,批判了康德用例子框住文字的行为,认为这破坏了哲学文字的纯粹性,正如他所说的:"因此我从例子开始:不是从给出法则的导言,也不是从全书开头(美的分析)。不从中间亦不从结尾,而是从美的分析接近结论的部分,第 14 段。题为'通过例子来说明'。"[3] 其实,大部分理论都是有鲜明的观点与体系的,这些边框在规范了形式的同时,也在一定程度上限制了理论的继续发展,将其拘束在了体系之中。同理,作为艺术作品"装饰品"的边饰,在表现作品新的扩充与现实再现的同时,也将作品限制在一定范围之内。

因而,德里达认为在某样艺术作品中,当边饰出现时,其原有的结构便被解构了。边饰作为一种附属的存在,却既不存在于作品之内,也不能完全算作是作品之外,可它本身也并不能够成为新的中心,那么传统的逻各斯中心主义的艺术哲学便因此而被破解了。无论是柏拉图还是康德等人,都遵循着强烈的中心主义。正是这种中心,或者说是权威的存在,在很大程度上束缚了艺术的表现形式,框定了美的界限,使得艺术哲学难以突破一定的边界。

---

[1] Jacques Derrida. *La Dissemination*. Paris: Seuil, 1972: 237-238.
[2] 伊曼努尔·康德. 判断力批判. 邓晓芒, 译. 北京: 人民出版社, 2002.
[3] 魏柯玲. 画与真——论德里达《绘画中的真理》. 文艺研究, 2020(2): 148-160.

但在德里达解构主义之后,新的道路便出现了。就如同文学中的后现代主义一般,文学等艺术都开始探寻新的表现形式,尝试去框架和去中心化的写作方法。这也才是最接近于自然和反映最真实的艺术表现形式,这种自然与真实的手法,也正是再现论观点。

总的来说,在一定程度上破除了框架的束缚后,绘画等艺术就又变成了对于自然与现实最质朴的再现,体现了无即是有的观念。边饰观念的提出既保留了部分过去的体系,但同时也是对于原型的补充和完善,使得观看者们能够从一个客观的角度去再现艺术产物。通过解构边饰的概念,德里达完成了去中心化,去除了边框,认为艺术应当是不受束缚,自然体现的。这种用自然而然体现艺术的思想,显然也和再现论是相通的,具有同样的特质。

三、文学再现论:重复与再现

在撬动了整体的艺术理论大厦,探讨了模仿与边饰的问题后,德里达把对艺术的解构思想进一步深入到了文学的领域。而在解构文学模仿论的时候,德里达选择了从对话语的解构入手,抓住了胡塞尔独白理论,提出独白(即话语)就是对脑内思想的重复和对自我的再现。在解构胡塞尔有关真实话语和想象话语间的区分的《逻辑研究》时,德里达认为这二者都是一种"本源的重复解构"[1]。而话语又是由符号组成的,符号形成了文字,产生了交流,组成了文学。所以文学同样是对作者自我观念中现实世界和真我的再现,进而艺术文学作为现实世界的模仿这一观点就被解构了。

展开来说,在胡塞尔看来,"一个人的孤独的独白并不是真实的话语,只是自己想象出的,幻想中的自我交流"[2]。既然是没有说出口,那其本身就并不存在。且因为不是真实的话语,所以这种独白也是毫无意义的。针对这种独白理论,德里达做出了解构。正如之前所提到的,德里达把这些看作是"本源的重复解构",这指的是,如果如胡塞尔所说,独白只是自己脑内的话语,那就必然不可能是一种交流,而只是一种重复。交流需要在人与人之间,自我的独白则只是对脑内想法的一种重复,或者可以说是自我的一种再现。

---

[1] (法)德里达. 声音与现象. 北京:商务印书馆,2010.
[2] 胡塞尔.《逻辑研究》第二卷第一部分. 倪梁康,译. 上海:上海译文出版社,1998.

具体到文学，文字是一种简单的符号，无论是对话抑或是文学作品，都是由许许多多的文字有序组成的。当文字被当作单个符号时，很显然这些符号具有可重复性，毕竟同一文字在语言系统中不可能只出现一次，每个文字的意义都是一种约定俗成的符号，它们本就具备了具体的含义。当使用文字时，人们所做的只是找出脑内对应的符号，并把它们组合好用以表达出特定的意义。这实际上就是一个重复的过程。而这种重复，是对文字本源意义的不断回溯，即对本源的再现。也可以说，一切话语，就是在结合了当下具体现实的前提下，用符号再现出文字本源意义的过程。在文学艺术中，当阅读一本文学作品时，读者往往会结合自身现有的经历、学识与社会经验，从一个现有的角度去理解其中的文字。而读者之所以能够理解作者想要表达的含义，就是因为其中的文字符号都是约定俗成的，是能够再现出其本源含义的符号。正如德里达所说的：

"主体不表现为再现，就不能说话；而再现不是一种事故。没有自身再现的真实话语并不比一个没有真实话语的话语再现更易想象……话语自我再现，就是它自己的再现。更确切地说，话语就是那自身再现。"[1]

与柏拉图和康德等人一样，胡塞尔哲学本质上也是唯心主义的，即强调心灵与精神的存在，并认为是自我意识产生了万物的存在，这种精神优先的观念显然和艺术表现论有着内在关联。因而在德里达对胡塞尔的观点加以解构后，其观点显然就被导向了其对立的一面，即唯物论与再现论的一面。比如说，在胡塞尔的独白理论中，独白原本是存在于脑中的一种幻想，是不存在的虚幻的精神交流。但在德里达用"符号"解构了胡塞尔的观点之后，即便是在传统的唯心论的观念中，符号本身也就是一种关于本原的替补或者是延伸，为了解释意义，意义必须缺席，而符号必须在场。解释意义的不在场是符号学的第一必要条件，胡塞尔在《逻辑研究》中同样提到了意义和符号的关系。在场就意味着再现与重复，作为传达意义所必需的符号，文字具有这样的特性，文学也是如此。因此，在德里达的视域下，文学就是一种对本来意义再现的符号构成，是再现的。

从上面的论述中可以看出，在德里达看来，文学艺术同样是再现的，如

---

[1]（法）德里达. 声音与现象. 北京：商务印书馆，2010.

果文字不以符号再现的形式出现，人们就无法交流，更难以理解文学作品中想表达的含义，也就理解不了其中传达出的真实与本原。这种对于现实世界的再现，无疑和再现论的观念是相符的，因而在对文学艺术的表现形式上，德里达的艺术思想中同样体现出了再现论的特质。

四、艺术与文学的边界

在解构了传统艺术哲学理论之后，德里达开始探讨文学的边界问题。实际上，德里达之所以要解构传统的艺术哲学，就是因为他想要挣脱旧框架的束缚，在文学和艺术的范畴争取到更多的可能性。德里达虽然不想彻底模糊边界的存在，但他同意艺术哲学会受到时代历史等因素的影响，随着读者的接受力增加，艺术与文学的边界也会被逐步拓宽，进而更好地用自然和自由的方式体现创作者同时代的思想与世界观[1]。这种提倡自然和自由的再现现实世界的观念，就是德里达艺术哲学思想中再现论的体现。

进一步来说，在传统的艺术哲学观点中，框架的存在阻碍了艺术与文学的发展，因而德里达提出了去框架的思想，用边饰破坏了逻各斯中心主义的框架模式。艺术的边界也因此被进一步拓宽，能够更加广泛地再现出现实世界与其所想表现出的真实。可以说从古至今，艺术领域一直在不断寻求着突破，新的艺术形式也不断诞生，这其中包含绘画，也包含文学。解构与文学的联系显然是紧密的，德里达本人也很擅长玩这类"文字的游戏"。纵观文学史，我们会发现，正是历史意识的发展使得世界文学得以存在，文学大家们时常在继承前人理念的情况下，进而又对过去的思想加以反叛，这就使得文学的理念不断更新，概念也不断拓宽。许多可能过去被视作规则的框架，现在也大都被突破，不再存在明显的界限。比如，诗词在过去通常是极为严谨的存在，从押韵到文体，有着许多规则与限制。在这样的框架下固然也诞生出了许多传世的经典，但在近现代，诗歌的框架被不断打破，从古典诗歌再到自由诗，又到后现代主义诗歌。显然，文学概念逐渐不再存在明显的界限，它们唯一需要做到的，便是体现其所想体现的"真实"，并于文字中再现。

---

[1] 刘绍静. 延异·撒播·踪迹——德里达的互文性理论与超文本的结构、意义. 临沂大学学报, 2015, 37 (3): 103-107.

就这个问题而言，德里达其实更倾向于保守，不希望彻底模糊边界的存在。但也正如他所说："文本之外无他物。"[1] 当一切对象都要通过文字的意义才能被理解时，文本便会变得不再单一，而是多文本相互交织。在这样的情况下，文本的意义、文本和文本之间的关系必然会不再受人的控制，加之艺术的丰富性与复杂性，也使得其自身必然会出现"变异"，进而拥有无限的可能。德里达本人其实也期颐于在不同文本间穿越，用以开拓文本更多的可能性。正如德里达在《撒播》中所提到的："撒播已经并总是肯定意义产生的分离，撒播事前就分割了意义。"[2] 文字究竟会撒播多远，究竟会交织出什么新的含义，这些都不得而知。作品的价值并不是用于自我满足，更无法完全置身于社会之外，艺术作品具有历时性，是必然会受到历史的影响的。在受到影响的前提下，可见文学作品就并非只是作者情感的表现，更主要的是作者对于其眼中的客观世界的展示和再现。

伽达默尔也曾在《真理与方法》一书中提到过："任何理解都将处于历史的形式影响下，无法做到纯粹的，真正客观的理解。"[3] 可以说文本阅读和理解不可避免地会带有偏见，而人们对艺术的理解也往往是如此的。最为典型的例子，便是凡·高与他的画作。在凡·高在世时，他的画作并不广泛地被欣赏与理解，印象派艺术的线条确实是简单但又晦涩难懂的。可在他去世后，随着人们在艺术审美上的不断突破与开放，印象派逐步成为较为主流，且被广泛接受的绘画流派之一。这就使得作为印象派先驱之一的凡·高的画作被人们发掘。而这样的案例在艺术界还有许多，包含绘画、文学、雕塑等众多领域，这种现象的发生，因为是逐渐宽容的审美，在对历史上的作品回溯时，人们开始能够再现出艺术家们想要表达的含义，也开始能够理解不同的创造者在作品中呈现出的对世界的独特再现了。

德里达同样承认，艺术本身的价值取决于学者对艺术哲学的不断探索。尽管所有作品都是创作者本人对于本原的探究与再现，但随着艺术边界的不断拓宽，随着他人对于文字与艺术的理解和解释的变化，艺术的价值方才不

---

[1]（法）雅克·德里达（JacquesDerrida）. 论文字学. 上海：上海译文出版社，2005.
[2] Jacques Derrida. *La Dissemination*. Paris：Seuil，1972：237-238.
[3] 汉斯格奥尔格·加达默尔. 真理与方法——哲学诠释学的基本特征. 洪汉鼎，译. 上海：上海译文出版社，1999.

断被发掘，从而展示出其本身具有的真实性。在此基础上，可以说这种探究其实就是关于本原和存在的探索，而在这些对文字和艺术的不断的理解和再现中，各种存在才得以流传至今。人们一再地溯回起源，也是为了了解最初的起源和存在，探寻原型中真理的再现。这种追寻对真理与现实世界的再现的观点，无疑和再现论等同，是德里达艺术哲学思想中再现论的体现。

五、结语

总的来说，德里达的艺术哲学中蕴含再现论的思想。本文先从艺术史的角度出发，梳理了模仿论与再现论的观点。而后，本文探讨了德里达对西方传统的模仿论的解构，其观点也超越了模仿论，却依旧没有彻底超脱于再现论。而在对边饰的讨论中，德里达去框架的理念使得艺术得以脱去传统的逻各斯中心主义的框架，回归再现论中的对于自然，以及对现实的艺术性的再现。

在这之后，本文把注意力转向德里达视域下艺术中的文学领域，在德里达看来，其实文字本身，就是对于现实的重复与再现，符号的特殊性使其在作为文字表意时，也无法脱离其本原，必须要在再现了自身的前提下，才可以用在文学中并用以交流。

最后，我们回到艺术史的角度，分析了德里达对艺术边界的看法。尽管艺术的边界不该被彻底模糊，但文学艺术具有延异性，始终是在不断生成，延续和变异的。加之艺术作品被置身于社会历史中，随着读者对于文字与艺术的理解和解释的变化，其始终都会是作者对于其眼中的世界的展示和再现。

伊恩·麦克尤恩小说中意识确定性的辩证关系

吴卓娅　韩丽媛

摘要： 伊恩·麦克尤恩对于意识确定性问题的思考一直贯穿于他的小说创作之中，后现代主义影响下意识的不确定性与由自然主义科学性发展而来的确定性在一定程度上形成二元对立。如何认识世界，解决人类认识发展的困境并走向真理是麦克尤恩的小说致力于探讨的问题。本文将以黑格尔的意识理论为研究进路，通过对黑格尔意识理论的拓展补充，阐释麦克尤恩小说中人物意识发展的确定性与不确定性辩证关系，进而为当代人们正确地认识世界提供方法论指导。

关键词： 麦克尤恩小说；意识；确定性；辩证关系

伊恩·麦克尤恩作为当代英国颇具影响力的作家，其探究领域广泛，其中不乏对于人类思维本质的思考。麦克尤恩小说中对于意识确定性问题的思考在一定程度上反映了不同时代背景下对于确定性问题的追溯与反思。自人类文明伊始，人类对知识确定性与不确定性问题的思考就一直在持续，随着对世界的认识不断地加深，更试图从纷繁复杂的现象中探寻其内在的规律以及确定性。同时，对于意识确定性与不确定性之间的关系也一直是西方哲学家致力于探讨的问题。而麦克尤恩试图在小说中表明的对于意识确定性问题

【基金项目】本文系中央高校基本科研业务费资助项目"流动性视域下20世纪英国小说中的伦理共同体书写研究"（DUT22RW212）的阶段性成果。

【作者简介】吴卓娅（1961—），女，英语语言文学硕士，大连理工大学外国语学院教授，研究方向为外国语言文学、文学哲学。韩丽媛（1995—），女，大连理工大学外国语学院英语语言文学硕士研究生。

的看法,从某种程度上与黑格尔的意识理论有异曲同工之妙。因此,本文将基于黑格尔的意识理论,将主要通过《赎罪》《爱无可忍》以及《追日》探讨其中所隐含的意识确定性的辩证发展过程,阐释麦克尤恩作品中意识的确定性与不确定性的辩证关系,从而更深入地理解麦克尤恩对认识不确定性问题的看法及解决方式,并对当代人们正确地认识世界给予一定的启示。

一、麦克尤恩小说中意识的直接确定性

黑格尔在《精神现象学》中描述意识理论作为对个人主观认识的研究主要分为三个阶段,首先是对象的意识,其次是自我意识阶段,以及最终接受理性思维的考量形成一种成熟的辩证的意识观。与以往关于意识的确定性与不确定性之间的矛盾运动不同,黑格尔提出的是一种相对辩证的自我意识理论研究方向。黑格尔把确定性与真理性设为自我矛盾的内在意识结构,确定性与真理性并非是简单的对立关系,而是由确定性的自我否定到不确定性,进而对真理的不懈追求。随着麦克尤恩对于意识确定性问题的思考逐渐成熟,其小说中对于意识确定性问题的呈现在很大程度上与黑格尔的意识理论不谋而合。二者都认为对于世界的认识始于一种无任何中介环节的直接确定性,形成一种包含不确定性的基础,并在此基础上对意识的直接确定性进行否定性的反思,走向他者,并最终通过辩证的否定使我们对于事物的意识具有真理性。

意识的直接确定性主要体现在意识理论中各阶段的初始环节,分别是感性的直接确定性,欲望的直接确定性以及观察理性的直接确定性,并分别在麦克尤恩的小说中有所体现。首先是感性的直接确定性。黑格尔的感性确定性作为精神现象学的开端,不同于康德的感性认识,康德认为感性受外部对象的刺激并做出适当的反应而产生的表象就是感性直观。它已经不是纯粹的感觉经验了,里面还有我们的知觉判断。我们已经对这个感觉形成了知识,对纯粹的感性进行了加工。因此,在康德看来,感性是一种经过主体不自觉加工的认识能力。而黑格尔则认为,感性是意识最简单最初始的形式,是对于直接的东西或存在着的东西的认知。黑格尔的感性具有一种直接的确定性,而在直接确定性背后也暗示了认识对象的客观存在性以及其丰富的认识限度与局限。麦克尤恩的小说《赎罪》讲述了主人公布莱奥妮幼年时由于感知经

验的不确定性以及不成熟的个人主观意识所造成的认识的谬误，导致姐姐塞西莉亚与其恋人罗比分离，至死不能相见促成终生的遗憾。悲剧产生的原因在于布莱奥妮对意识确定性浅显的认识，无法通过否定与反思对由感知而来的认识进行辩证的分析而陷入感性确定性的陷阱之中。布莱奥妮，作为一个充满想象力的十三岁女孩儿，在窗边无意中看到家里清洁女工的儿子罗比与姐姐塞西莉亚站在水池边交谈，接下来却看见罗比举起一只手来，仿佛在像塞西莉亚发号施令，而姐姐这时也没有反抗，而是快速地脱去衣服跳入水池中。虽然仅仅通过对事情的观察，并不能真正了解事情的来龙去脉，但是通过感性确定性可以确定的是事情的存在，通过这种直接的感知，布莱奥妮作为感知的主体，认识到事情的存在，而且对事物的认识是完全直接的感知，不存在任何中介环节。虽然眼前所发生的事令布莱奥妮十分费解，以至于产生一种怀疑的态度，小说中有提到"就这样，院子里变得空空如也，若不是塞西莉娅在地上留下了那摊水渍，布莱奥妮简直要怀疑刚才是否发生过什么"[1]。这里所体现的是一种存在的虚无，我们对于事物最初的认识就是通过感性确定性这种直接的认识，从中可以获得的仅仅是关于事物存在的真理。然而，感性确定性在自己的经验中，当它要把握自己的真理时，却发现："'这时'恰恰就是这样一种东西，由于它存在，它就已经不复存在了。显示给我们的那样的这时已经是一个曾经存在的东西，而这就是这时的真理；这时不具有存在的真理。"[2] 因此，曾经存在过的事物，在此时的本质其实是非存在，即虚无性，所以布莱奥妮才会怀疑刚刚目睹的一幕是否真的存在过，但感性作为对事情此时的认识发现残留于地面的水渍就是对事情的存在过的最大的肯定。虽然布莱奥妮作为一个十三岁的女孩儿无法真正了解到眼前景象背后的事实真相到底是怎么样的，但是作为认识主体可以确定的是感性知识的存在，这将使之后认识的发展成为可能。除此之外，我们对于事物的意识首先是来自外部特征的感性认识，但是当感性作为认识的基础没有办法在现实中寻找到其确定性，则不能根据这些模糊的感知做出任何判断。经过"喷水池""藏书室"事件以及布莱奥妮偷看了罗比写给姐姐露骨的情书之后，

---

[1] 伊恩·麦克尤恩. 赎罪. 黄煜宁，译. 上海：上海译文出版社，2018：44.
[2] 邓晓芒. 黑格尔《精神现象学》中的自我意识溯源. 哲学研究，2011（8）：70-76.

在布莱奥妮心中,就鲁莽地将罗比认定为一个狂暴的色情狂,而自己则作为一个能够揭穿罗比丑恶嘴脸并保护家人的角色。因此后来,当她在黑暗的草丛中找到表姐的时候,就将那个逃跑的身影认定为是罗比。而事实上,由于当时天太黑了,光靠眼睛并不能看清。当布莱奥妮问她:"是他,对不对?她隐隐感到——而不是看到——"[1]所以在警官询问的时候,她对于罗比的指正并不是真的,她所陈述的事实并不是完全基于感性确定性而来的认识。布莱奥妮通过感性只能发现有人逃跑,即发现认识对象的存在,但是并没有亲眼看见那个伤害表姐并逃跑的人就是罗比。因此,感性确定性被主观意识所歪曲,导致了"所信即所见"谬误。

其次,欲望的直接确定性在《爱无可忍》中体现得尤为明显。作为自我意识发展的最初形态,欲望体现了对于意识自身观察的萌芽并具有一种直接确定性。《精神现象学》中所指的欲望并不是指一般意义上动物所具有的最原始、最基本的生理学意义上的欲望,而是指意识的一种状态,对得到确定性认识的一种渴望。在麦克尤恩的小说《爱无可忍》中,欲望的直接确定性主要体现在认识主体对于自身的确信以及生理学意义上对于安全感的渴求,其深层次的原因在于对安全感的寻求以及存在的缺失。欲望的直接确定性主要体现在主体对自身的确信,对他者的忽视。在这个阶段里,自我看不见自己与他人是相互依存的,他为了自己的存在而抹杀别人的存在权,杀死别人确认别人的不存在。"确信对方的不存在,他肯定不存在本身就是对方的真理性,消灭那独立存在的对象,而给予自身以确信"[2],对于他者存在的忽视也正是《爱无可忍》中造成认识的冲突以至于产生无法调和的矛盾的主要原因。小说中的每个人对于事物的看法都受到自己内在知识体系和生存环境的影响而无法得到一个客观的认识。对于他人的意见与看法更是处于一个隔绝的状态。每个人都是自说自话,从来没有尝试过从他人的视角看待事物。主人公乔是一名科普作家,对于有物理学博士学位的他来说,应该带着自己提出的原子增量理论,站在人类知识的高山上,然而最终却因为自己内心对严格约束的反叛,而成为科学领域的失败者,将自己比喻成依赖他人成果的寄

---

[1] 伊恩·麦克尤恩. 赎罪. 黄煜宁,译. 上海:上海译文出版社,2018:184.
[2] 黑格尔. 精神现象学. 邓晓芒,译. 北京:人民出版社,2017:116.

生虫和边缘人。因此,在科学领域的发展一直是他难以压抑的欲望。所以对于帕里的分析与判断成为他急切证明自己的机会。虽然表面上他对于帕里的骚扰感到十分厌恶,但事实上,他对于这种行为的好奇已经不断地驱使他靠近这个狂热的信徒,并试图从科学理性的视角分析。正是乔对于科学的确信,而使他忽视了其他人从其他任何角度的分析,进而造成了一种傲慢的独断主义。这个从他的妻子克莱丽莎写给他的信中就可以发现,"你把对付帕里当作了一桩案子,一项任务。也许它完成了你一直想做的科学研究的替代物。你进行研究,做逻辑推断,很多事都被你说对了,但在整个过程中,你却忘了带我同行,忘了和我一起分享心事"[1]。乔自以为是的科学理性最终造成二人的感情无法挽回的破裂,与乔一样,帕里对于宗教的狂热使他陷入一种精神的病态,开始不择手段地跟踪,写信,甚至雇用杀手向乔表达自己的爱意,满足自己的欲望。而这种欲望也导致了认识主体对于自身的盲目确信,完全忽视了他者的存在。麦克尤恩在小说中也对这种情况进行了总结,"我们生活在一片由大家部分共享,不可信赖的感知迷雾中,通过感官获取的信息被欲望和信念的棱镜所扭曲,它也使我们的记忆产生倾斜,我们根据自己的偏好观察和记忆,说服自己相信这一切。无情的客观性,特别是我们关于自己的,总是注定失败的社会策略"[2],欲望作为超越意识阶段的自我意识活动,就是要完全取消对象的独立外在性,把对象消耗掉,毁灭掉,将其规定为无欲望知识的自我意识,从而实现自身的真理性,即确信自己和对象的同一而采取的最简单最低级的形式,进而造成由其直接确定性而导致的自我意识的谬误。

除此之外,理性意识阶段的直接确定性主要出现在观察理性环节,在《星期六》中体现得尤为明显。观察理性通过对事物的观察而形成一种理性的意识,并将这种理性意识作为直接确定性的存在,进而在认识事物的过程中将对事物的感性认识转变为一种规定性的概念。因此,对于事物的认识就直接体现为对普遍性概念的直接的应用,这一点在《星期六》的主人公贝罗安身上体现得淋漓尽致。理性的思维习惯使他对于生活中每件事的认识都变成

---

[1] 伊恩·麦克尤恩. 爱无可忍. 郭国良,译. 上海:上海译文出版社,2018:270.
[2] 伊恩·麦克尤恩. 爱无可忍. 郭国良,译. 上海:上海译文出版社,2018:223.

一种概念的解释，这在小说开篇对自己思绪的审视中就可以发现，"关于审视自己思绪的他，常常为自己这种持续而扭曲的欣快症所困扰。或许在他熟睡的时候，体内的分子发生了化学事故，促使多巴胺似的受体在细胞内极其强力地反应，才导致了这种突然的兴奋"[1]。贝罗安对于生活中每种现象的认识都体现了他对于观察理性的极致运用，包括对于他自己内在思绪的认识。此外，《星期六》中观察理性更直接的体现是在对巴克斯特神经疾病的诊断。在星期六的早晨，贝罗安穿过伦敦街道成千上万正在举行反战游行的队伍，在一次小事故中，他与一个叫巴克斯特的暴徒发生了摩擦。贝罗安凭借职业的敏感，在交涉的过程中通过观察理性的直接确定性发现巴克斯特极其不稳定的情绪和肢体不停地抽搐，并将这种症状诊断为一种神经型疾病舞蹈证。无疑，通过贝罗安的专业理性判断，能够形成对于事物直接客观性的认识，并在这种客观性认识的指导下做出理性的判断。然而，不可否认的是，客观知识的单一性无法为现实的不确定性提供最确切可靠的答案。虽然贝罗安对巴克斯特的疾病的起因以及发展有十分清楚的认识，但是对巴克斯特的内在意识却无法通过观察理性把握，以至于最终造成巴克斯特接受不了现实而对他进行报复。因此，暴露出观察理性的直接确定性所暴露的弊端，无法深入对象内部对其进行准确的把握，所以需要下一个阶段在实践理性中继续探寻理性意识的真理性。

二、麦克尤恩小说中对意识直接确定性的否定

意识的直接确定性作为各阶段的开端，为意识的不同环节提供有力的根据，但随之而来的绝对主义与独断主义的谬误也造成了不同程度的局限。因此，迫切地需要通过否定作为意识过程中必不可少的环节对其加以纠正。麦克尤恩小说中也特别通过对意识的直接确定性所造成的谬误进行反思，强调否定环节的重要性。黑格尔的意识理论中的否定环节，分别是知觉对感性直接确定性的否定、承认对欲望直接确定性的否定以及实践理性对观察理性的否定。

首先，知觉处于对事物认识的普遍性阶段，是对感性确定性的否定。在

---

[1] 伊恩·麦克尤恩. 星期六. 夏欣茁，译. 上海：上海译文出版社，2018：4.

感性确定性阶段，主体可以直观地感知到的就是事物的存在，即主体只知道"这一个"的存在，而不知道认识的对象是什么、具有什么普遍性的特征以及与别的事物具有什么关系。感性确定性的这种特征使它在具有丰富性的同时又是一种最贫乏的知识。一个人凭着那看起来最丰富、最具体的感官印象，面对面地认知一个物，这种看似最确定的做法恰恰得不到任何关于它普遍性的认知，它甚至得不到关于"这一个"这种最基本的知识。因此，这种看似最直接的最抽象的认知，必须通过共相及其所属的普遍的意义才能够间接地认识事物。而一旦我们开始反思感性确定性所带来的真理，便进入了知觉阶段。知觉以认识的普遍性与共相为原则，是对感性确定性的否定。由于感性确定性的直接性，能够被认识到的仅仅是"这一个"的存在，至于意识的对象是什么则无从可知。而当我们试图通过语言表达感性确定性中所意味的"这一个"时，只能将其当作普遍性的东西才能够把握到认识的对象的内容。但是通过语言所表达出来的并不是直接的意味，而是具有共性与普遍性的事物。因此，知觉中的事物不仅是个别的东西，而且是渗透了共相与普遍性的事物。所以，知觉对感性认识既包含肯定的同时又包含否定，正如黑格尔所说："在知觉里，感性成分依然存在着，但是已经不像在直接确定性那里，作为被意味的个别的东西，而是作为共相或者作为特质而存在着"[1]。而感性确定性所意味的东西用语言准确地表达出来是不可能的，只能从其表现的直接性中，通过中介与否定，寻找其被区别、被规定了的属性。而知觉正是通过语言的普遍性否定了感性确定性对于"这一个"的意味。在麦克尤恩的小说中，布莱奥妮通过感性确定性所确定的事物也正是经过知觉的中介环节，将其理解为是具有不同属性的事物，进而对其有了更加普遍性的理解。然而，知觉在吸取感性经验的同时，也蕴含着对于感性确定性的否定性，也就是黑格尔所说的"扬弃"，"陈述了它的那种我们在否定的东西上面所看到过的真实的双重含义；扬弃是否定并且同时又是保存"[2]。在布莱奥妮对藏书室事件的认识中，感性确定性已经随着她所感受到的昏暗的灯光下开始了，"走近了几步之后，她看到了最远处角落里他俩深色的身影。尽管他们一动不动，

---

[1] 黑格尔. 精神现象学. 邓晓芒，译. 北京：人民出版社，2017：75.
[2] 黑格尔. 精神现象学. 邓晓芒，译. 北京：人民出版社，2017：72.

但她立刻明白是她中断了一次袭击,一场肉搏战"[1]。布莱奥妮通过感性确定性可以得到的仅仅只是两个身影的存在,至于他们在做什么则是通过知觉的扬弃的中介环节,进一步将其普遍性地认为是具有伤害性的一次袭击。而事实却是与布莱奥妮的推断大相径庭,其实,这并不是罗比对姐姐的暴力侵犯,而是二人因为在确认对彼此爱慕之后的亲昵。由此可见,知觉的普遍性对于确定的对象的普遍性认识具有否定的意味,因此,在认识的过程中需要注意这些容易被误解的情况。在精神现象学当中对此也有解释,虽然认识的对象是确定不变的,但是意识本身确是变化无常的和非本质的东西,因此对意识来说就有可能发生不正确地把握了对象和弄错了的情况。知觉者具有陷入假象的可能性的意识,因为在那作为原则的普遍性里,他在本身对知觉者是直接的,但确是作为被消灭、被扬弃了的东西"[2]。

其次,承认对欲望的否定主要体现在对于认识客体也就是他者存在的承认。在这种"认可的自我意识"里,自我意识不再是简单地消灭对象的确定性,宣布没有确定性就是对象的真理性,来确信自己的存在,而是"认可"对象也是自我意识,并与之发生一种持久的对立统一关系。在黑格尔自我意识的辩证法中,人们寻求并需要他人的承认,这也就是承认对欲望的直接确定性的否定。麦克尤恩很显然也考虑到人生活在社会统一体中,而面对他人对自我意识直接确定性的质疑与否定,需要通过反思认识到欲望对于认识的影响,进而通过承认他者的存在否定欲望的直接确定性。然而,在《爱无可忍》中,麦克尤恩却试图从反面论证他人承认的重要性,当自我意识的承认环节被忽视,则由欲望而来的直接确定性就会最终导致错误的意识。而在这种后现代主义认识论影响下的人们,都局限于认识的主观性之中,对于意识的真理性相差甚远。狂热的宗教主义者杰德执着地认为通过热气球事件与乔的相识是因为上帝的指引,希望能够通过爱将他引向上帝,并开始锲而不舍地对乔跟踪和骚扰。帕里极端的宗教信仰致使他将个人主观意志强加于他人身上,而没有将他者作为与自己对立统一的对象而存在,所以,帕里的主观意识得不到他人的承认而造成一种荒谬的独断主义。"听着他的这番宏论,我

---

[1] 伊恩·麦克尤恩. 赎罪. 黄煜宁,译. 上海:上海译文出版社,2018:136.
[2] 黑格尔. 精神现象学. 邓晓芒,译. 北京:人民出版社,2017:74.

竭力不张口结舌。事实上，他心地那么虔诚无害，显得如此颓唐沮丧，满口又是如此胡话连连，我真的为他感到悲哀啊"[1]。乔从一个科学主义者的角度观察帕里诡异的行为，认为是一种会出现强烈妄想症状的精神疾病，因此，没有办法承认他者的意识合理性。克莱丽莎认为乔是由于热气球事件的刺激，而假想有人对他进行骚扰，因此对于乔的理性分析置若罔闻；洛根的妻子认为洛根由于见义勇为而殒命是因为急于在其他女人面前展示自己的男子气概，然而这种由欲望而来的主观意识却也只是自己逃避伤害的手段。以上，每个人的自我意识的谬误都是由于缺乏对于欲望直接确定性的反思，最终形成一种无法被他人承认的意识。《爱无可忍》中承认对欲望直接确定性的反思主要体现在对于他者的承认以及从个体向普遍自我意识的发展。麦克尤恩正是通过在小说中缺失反思环节的安排从反面论证了在探寻自我意识真理性的过程中，承认否定直接确定性的重要性，从而体现出麦克尤恩小说中自我意识辩证的发展过程。

　　此外，实践理性作为理性意识发展的第二阶段，在《星期六》中主要表现为对观察理性的直接确定性的否定。麦克尤恩试图在小说中找到解决观察理性直接确定性的方式，强调实践理性的重要性。理性为了实现自身的真理性，达到它自己即是一切真理的确定性，就不能仅仅停留在观察理性阶段，只是将对存在的感知变成理性概念而存在，无法获得意识与存在的统一。因此，必须将理性意识具体化到实践中去，理性不再直接发现它的确定性，而是在具体的实践中重新审视这种规定的概念，也即是通过实践理性否定观察理性的直接确定性。黑格尔认为，理论的东西本质上包含于实践的东西中，实践理性高于理论理性。理论理性的直接确定性使它始终是外在于客观对象的，因此在实践理性的认识过程中将理论理性作为认识对象，使认识主体转变为客体，实现主客统一的自由。在实践理性中，理性不再是那种认为自己即是一切实在的直接的确定性，而是看出直接的东西一般具有一种被扬弃的东西的形式，因而这种直接的东西的客观性只还算是个表面，其本质则是通过实践实现对观察理性直接确定性的反思，验证理论理性在具体情境中是否合理，并扬弃其与存在不符合客观必然性。现实世界并不总是符合普遍的理

---

[1] 伊恩·麦克尤恩. 爱无可忍. 郭国良，译. 上海：上海译文出版社，2018：81.

论理性的设定，在《星期六》中，贝罗安作为一名知名的神经外科医生，却常常无法摆脱职业的本能，试图通过理论理性直接确定性的思维方式解读一切发生的事物。比如与巴克斯特的初次见面，贝罗安就企图根据自己对于神经科学的研究解释巴克斯特的行为的异常。通过对贝罗安内在心理活动的描写能够看出，观察理性已经成为他不自觉的认识方式。对于一切事物的认识都无法摆脱理性思维方式框架的束缚，并得到一种对于事物直接确定的认识。然而，这种直接确定性的认识在实践的检验中却发现其不合理性，因为现实世界并不总是符合理论理性的设定，实际情况的复杂性以及不确定已经超出观察理性的客观必然性。所以在贝罗安与巴克斯特的冲突过程中，贝罗安并无法按照神经科学的知识准确地分析巴克斯特的行为。而只有在实践行动中才能真正得到准确的认识。因此，能够发现《星期六》中实践理性对于意识的真理性具有十分关键的矫正作用，理论理性与实践理性是走向意识的真理性不可或缺的两个方面，经过辩证的发展才能够更加准确地认识世界。

三、麦克尤恩小说中意识辩证的确定性

黑格尔的意识理论是一种辩证的发展过程，从直接确定性的自我否定走向不确定性，以及否定之否定即辩证的确定性而最终实现自身的真理性。麦克尤恩小说中意识的发展过程也体现为一种辩证的确定性，分别为知性辩证的确定性、普遍自我意识辩证的确定性以及自在自为实在的个体性中意识辩证的确定性。

首先，知性作为一种能动的认识能力对知觉的否定主要体现在对于事物的普遍共相进行抽象的概括，试图寻找到这些现象普遍性背后的真实。知觉主要是对于事物普遍特征的认识，能够认识到的仅仅是事物所具有的诸多共相与普遍性。布莱奥妮对于事物普遍性的认识主要体现在将"喷水池事件"理解为一种具有敲诈或者勒索性质，之后又将"藏书室事件"理解为暴力性的行为等。其中敲诈、勒索以及暴力都是超出知觉阶段对事物共性的普遍特征的归纳。知性以"无条件，绝对的共相"为认识对象，在此基础上对事物的认识进行抽象概括。但是在知觉阶段，知觉者难以避免地会陷入对事物意识的假象以及幻觉中，所以为了更准确地探求其无条件的共相，知性作为一种能动的认识能力能够否定共相中所包含的片面性，并对他们加以抽象地概

括为具有一定规定性的概念。而布莱奥妮则正是一个反面的例子，她知性的认识能力并没有战胜知觉所带来的假象以及幻觉，尽管她并没有充足的证据证明罗比就是强奸劳拉的人，但是对于这种幻觉的确信却使她无法看清事情的真相，这也正是麦克尤恩试图在小说中通过主人公布莱奥妮的遗憾，对意识确定性问题的深刻反思。其次，知性对知觉的否定体现在它对于普遍性能动的理解力，即对知觉阶段我们所获得的杂多现象进行综合的认识，通过扬弃认识对象的外在性而获得必然性的认识，实现主客统一。黑格尔将知性看作是一种从表象上升到概念进而用概念进行认识的能力，它逐步摆脱对于表象直观的认识而将其进行概念化、判断和推理，进而使知性具备一定的规定性与分析能力。章忠民在《黑格尔的理性概念》中也曾提到，"知性具有一种能动的理解力，是形成抽象概念的能力，它具有分析，规定，划界，定义等性能"[1]。在对事物的普遍性进行抽象的概括与分析的过程中，发现事物内部的规律与联系其实也暗含着对事物自身的否定认识。从布莱奥妮将罗比指认为强奸犯整个过程中的线索来看，布莱奥妮对于事情的分析归纳也是对于现象中所包含各种特征的能动的理解，为了追求内在的同一性，主观地将罗比的行为抽象概括为具有暴力色情的倾向。麦克尤恩小说中意识的主观性在一定程度上受到后现代主义知识观的影响，每个人在获得知识的过程中都融入自己的理解，不自觉地对其进行加工。因此，所获得的知识具有很强的主观性和片面性，而这也正是布莱奥妮错误认知的关键原因。作为一个十三岁的女孩儿，自身的知识是有限的，而且家庭环境中父亲的缺席导致她对于爱情的极度不信任，从她创作的戏剧《阿拉贝拉的磨难》就可以看出她对于爱情的理解过于偏激，她无法理解爱情的玄妙以及沉浸在爱情中的人令人无法理解的想法与行为。因为这种对于爱情的前见，布莱奥妮知识的构建很大程度上受到主观性的影响。而且，缺乏对主体认识能力的全面认识，因此将片面夸大整体，造成认识的谬误。

  自我意识阶段中意识辩证的确定性主要体现在普遍的自我意识环节，将自己提高到对存在的普遍性认识，即属于一种全体的自由的意识，也就是一种理性。麦克尤恩在小说中极其强调这种普遍自我意识的重要性，通过普遍

---

[1] 章忠民. 黑格尔理性观研究. 上海：上海财经大学出版社，2004：61.

的自我意识人的意识才能够逐渐进入理性的王国,从而在一定程度上避免后现代主义认识论所造成一种相对主义以及虚无主义。普遍的自我意识是指意识经过自身内部的辩证运动,达到一种自在自为的状态,在这一过程中,实现了自己的真理性和辩证性。《爱无可忍》中普遍自我意识辩证的确定性主要体现为对个人主观意识否定的否定,即对承认环节的扬弃。自我意识通过对欲望的扬弃进入承认的环节中,在他者的自我意识中获得它的满足。然而,自我意识为了满足被对方承认的欲望,为了被对方承认而失去自我意识的存在,而具有了对方自我意识的性质。这种单向的承认也会使认识主体失去自我意识的真理性,因此在获得他者自我意识承认的基础上需要对其辩证地进行否定,进而使相互差异、各个独立存在的自我意识作为统一而存在:我就是我们,而我们就等于我。通过对《爱无可忍》整部小说的理解,虽然作品中的每一个人物都在一定程度上受到后现代主义认识主体性的影响,而无法通过承认的环节进入普遍的自我意识,但是读者在阅读的过程中确是跟随着作者的铺陈,了解每一位人物在探寻事实真相过程中意识的发展,所以我们可以发现帕里对乔狂热的跟踪以及爱慕是由于一种精神疾病的困扰,而无法正常地生活。乔因为在科学领域的郁郁不得志而急于通过对帕里的诊断证明自己的能力,而因此忽略了克莱丽莎以及其他人的看法。克莱丽莎的怀疑也只是因为多年的文学积累而形成的一种与理性的思维截然不同的感性的认识方式,因此对于乔的分析置若罔闻。在读者的阅读过程中,因为对故事背景的了解能够承认他者自我意识的合理性,但是在此基础之上仍然需要以辩证的眼光来看待每个人自我意识中蕴含的否定性,认识主体不能仅仅为了满足被对方承认而失去普遍的自我意识,因此需要在意识自身内部进行一场自我的斗争,然后得以完善,发展为一种初步的理性。

自在自为实在的个体性,作为理性意识的最后阶段经过观察理性以及实践理性的发展而具有一种辩证的确定性。同时,它也是《星期六》中理性意识最终的实现。理性扬弃了当初出现于其中的那种自为存在着的或否定的自我的规定性,认识到一切行动都应该为着自身,使个体性与普遍性统一起来,这就是自在自为的实在的个体性。《星期六》中自在自为实在的个体性的辩证的确定性主要体现在对实践理性的进一步反思,因为通过实践而获得理性意识仍然是局限于个体性之中,所以需要扬弃实践理性阶段的个体性,进一步实现理性意识辩证的确定性。贝罗安对于巴克斯特神经疾病的诊断，主要是由于其内在的职业素养。但是这种由观察理性而来的判断只能被贝罗安自己理解，对于一个非医学专业的人，很难理解一个神经外科医生对于病人的专业诊断。因此，巴克斯特认为他的诊断完全是对自己的诅咒，因此而怀恨在心。为了摆脱这种认识的局限性，必须将观察理性的规定性简化为一种普遍性的概念，必须摆脱自身内在的约束而上升为客观真理，进而能够被大众理解，实现了个体性与普遍性的统一，即理性意识辩证的确定性。

四、结语

麦克尤恩小说中对于意识确定性问题的思考经过了一个辩证的发展过程，通过否定环节反思意识的直接确定性，并在此基础上通过辩证的否定走向意识的真理性，从而形成对于事物正确的认识。麦克尤恩试图通过这种辩证的认识方式，使我们对于世界的认识不断地加深，进而从纷繁复杂的现象中探寻其内在的真理性。此外，在现实社会当中，这种辩证的确定性的认识方式也会对人们正确认识世界给予一定的帮助和引领作用。

罗蒂的新实用主义文学本质观研究

马 莉

摘要：文学的本质问题是20世纪以来文学研究领域的重要问题。美国新实用主义哲学家、文学理论家理查德·罗蒂以反本质主义哲学思想为基底反对文学本质主义。罗蒂在"泛关系论"的视域中提出"泛文学"概念，突破文字文本的文学形式之囿，用以指涉涵盖文学、艺术、建筑、绘画、歌曲，甚至电影、电视等大众文化形式在内的一切人类创造力产物。"泛文学"文化的要旨是发扬想象力、创造力，以包容性、多样性与西方传统的理性中心主义抗衡。在此意义上，罗蒂实则以文学的实用功能性解构对文学本质问题的探讨。

关键词：反本质主义；新实用主义；泛文学

  理查德·罗蒂是美国新实用主义哲学家、文学理论家。罗蒂成名于分析哲学领域，二十余年之后，他背弃分析哲学和形而上学传统，继承詹姆斯和杜威的古典实用主义衣钵，扛起新实用主义哲学的大旗。此后，便开始在他的"后哲学文化"理论背景下，对"大写的"真理、哲学之王、科学之王不断发起攻讦。罗蒂由普林斯顿大学哲学教授转任弗吉尼亚大学人文科学教授以及斯坦福大学比较文学教授的历程，昭示其由哲学转而对文学寄予厚望的理路转变，也清晰地表明罗蒂的文学理论思想之下深厚的哲学基底。罗蒂后期的基本哲学理念是反本质主义、反基础主义和反对二元方法论的，由哲学转向文学之后，他的新实用主义哲学思想在文学的土壤中滋长、壮大，同时

【作者简介】马 莉（1980—），女，科学技术哲学博士，大连理工大学外国语学院副教授，研究方向为西方文学理论、文学哲学、文学伦理学。

也为文学理论的发展和文学研究注入了新鲜的动力。在文学本质的问题上，罗蒂从新实用主义视角做出了反思。

文学中的本质主义与反本质主义

文学的本质问题是20世纪以来文学研究领域一个重要的问题，是探讨"何谓文学""文学的特质"等使文学作品与其他非文学作品或者人类其他活动区分开来的"文学性"的问题。围绕文学理论中的文学本质问题，理论界形成了普遍主义和历史主义的对立。

普遍主义认为文学有特定的本质，将其与其他学科划界开来。对文学本质的普遍主义探寻在20世纪形式主义、结构主义、后结构主义等文学理论中略见一斑[1]。按照卡勒的归纳，文学理论家们对文学本质的理解主要有五种。一是将文学视为语言的突出，认为文学性首先存在于语言之中，这种语言结构将文学与其他目的的语言分开。二是把文学当作语言的综合，认为文学是一种错综复杂的语言，它把文本中的各种要素和成分都组合在一起。三是将文学理解为虚构，文学作品是个语言活动过程，它设计出一个包括叙事者、人物、事件等在内的一个虚构的世界。四是认为文学（作品）是美学的对象，强调语言的美学作用。五是从互文性角度入手，把文学当作文本交织的或者自我折射的建构，注重文学作品与先前作品的相互关系[2]。上述不同理论的共同特点是认定文学有其固定不变的本质，文学研究的目的之一便是发掘文学之谓文学的特殊品性。

历史主义者则强调，文学的范畴会随时代而变迁，文学与非文学之间并没有一条明晰、确定的边界，反对文学本质论。反本质主义阵营的主要代表包括罗蒂、卡勒、伊格尔顿等。伊格尔顿对于本质问题的阐释看似自相矛盾，在《二十世纪西方文学理论》中，他断定"文学根本就没有什么'本质'"，鼓励学界放弃那种想为文学找出一些"永恒的内在特征"的企图[3]，因此被当作文学研究领域首屈一指的反本质主义先锋。然而在《后现代主义的幻象》和《理论之后》中，伊格尔顿又对后现代主义和相对主义为代表的反本质主

---

[1] 南帆. 20世纪中国文学批评99个词. 杭州：浙江文艺出版社，2003：29-30.
[2] 乔纳森·卡勒. 当代学术入门——文学理论. 李平，译. 沈阳：辽宁教育出版社，1998：29-37.
[3] 特里·伊格尔顿. 二十世纪西方文学理论. 伍晓明，译. 西安：陕西师范大学出版社，1987：10.

义大加批判,为本质主义做出辩护。伊格尔顿对待本质问题相互抵牾的两种态度在后来的《文学事件》中得到了很好的诠释。他用维特根斯坦的"家族相似理论"来譬喻他对文学本质的理解,认为文学作品具有一系列相似但并非充分或者必要条件的属性,例如"虚构性""道德性""语言性""非实用性"和"标准性"[1]等。卡勒赞同伊格尔顿援引的约翰·艾里斯的"杂草说",认为正如杂草并不是一种具体的植物一样,文学可以是"人们出于某种理由而富于其高度价值的任何一种作品"[2],不具有普遍的本质和统一属性。与伊格尔顿和卡勒相比,罗蒂反对文学本质的颠覆更为决绝和彻底,一如他对哲学本质主义所秉持的批判态度。

新实用主义文学的反本质主义哲学渊源

文学中的反本质思潮与哲学的反本质主义不无关系。西方哲学的本质主义思想传统可以追溯至两千多年前的古希腊时期。对"本原""始基""逻各斯"的探索是古希腊自然哲学家们执着的追求,揭示表象之下所遮蔽的永恒的本质与实在,追寻世界一般规律和绝对的真理,是他们了解世界、认知世界的精神古堡。流贯西方哲学历史的这一本质主义传统从20世纪开始受到质疑,其基本信念、命题、方法等遭遇实证主义的严峻挑战和批判,反本质主义倾向在哲学界蔓延开来。尼采、韦伯、曼海姆、维特根斯坦、德里达、福柯、波普尔、詹姆斯、戴维森等反本质主义哲学家对本质主义的诘难并没有一套统一的理论体系、行动纲领或公认的范式,但是贯穿现代主义、后现代主义,关涉存在主义、解构主义、实用主义等诸多流派。

罗蒂一贯强调自己的哲学立场是反传统的,并且明确表示坚决与本质主义划清界限,并试图将本质主义这棵千年哲学之树连根拔起。罗蒂对实用主义基本主张所做的第一点概括就是:"它只是运用于像'真理'、'知识'、'语言'、'道德'这样一些观念和类似的哲学思考对象的反本质主义。"[3] 在《没有本体或本质的世界》和《反本质主义和文学左派》两篇文章中,罗蒂明确阐释了反对本质主义的主张,坚持认为"不存在诸如'X的非关系特性'

---

[1] 特里·伊格尔顿. 文学事件. 阴志科,译. 郑州:河南大学出版社,2017:30.
[2] 特里·伊格尔顿. 二十世纪西方文学理论. 伍晓明,译. 西安:陕西师范大学出版社,1987:10.
[3] 理查德·罗蒂. 后哲学文化. 黄勇,译. 上海:上海译文出版,2009:230.

这样的事物,更不存在像'X 的内在性质或本质'之类的事物"[1]。他认为,"必须放弃内在与外在、X 的内在核心与边缘领域(由 X 与构成宇宙的其他事物之间的关系)之间的区别"[2],并把放弃这种区别的企图定义为反本质主义。

罗蒂提议应当抛弃"事物中止于何处?事物的关系开始于何处?事物的内在本质从何处开始?事物的外在关系从何处开始?事物的本质核心和偶然边缘从何处开始?"[3]等一系列拙劣的本质主义命题,因为无论对客体做出怎样的描述,都不会穿越"表面之物"而更加接近"实在之物"。哲学本质问题被罗蒂归结为语言的描述,在他看来,不存在"把客体从宇宙其他部分剥离出来的途径,除非说就某个客体而言,某些语句是真的"[4]。对某个客体 A 的诸多描述之中,尽管某些描述会比另一些要好,但是没有任何一个是关于客体 A 具有其自身本质的同一性的描述,不存在关于 A 的某个描述比其他描述更"客观"、更精确、更贴近 A 的内在本质。总之,没有什么描述能够使我们摆脱语言进入事实,或者摆脱表象进入实在[5]。在他看来,"柏拉图的追求,透过表象抵达实在内在本质的那个企图,是徒劳的"[6],在内在事物与外在事物之间进行区分是毫无意义的。他说,"像我这样的人认为,我们应当努力从柏拉图的阴影之中挣脱出来,不要再去担心实在的本质或者把握实在事物的真正本质的可能性"[7]。甚至可以肯定,本质主义的探寻是一条"死路",哲学只能如黑格尔所言,是思想上对其时代的把握。

就反对本质主义而言,罗蒂提倡一种"泛关系论"[8],主张应当把表象和实在之间的古希腊区分换作关于世界的"不太有效"和"比较有效"的描述。这种泛关系论建议对每一个事物进行思考时都把它看作一个数字,数字是无法具有内在性质、本质核心的,不能用本质主义的语言来进行描述。

---

[1] 理查德·罗蒂. 后形而上学希望 [M]. 张国清,译. 上海:上海译文出版社,2009:286.
[2] 理查德·罗蒂. 后哲学文化 [M]. 黄勇,译. 上海:上海译文出版,2009:134.
[3] 理查德·罗蒂. 后形而上学希望 [M]. 张国清,译. 上海:上海译文出版社,2009:37.
[4] 理查德·罗蒂. 后形而上学希望 [M]. 张国清,译. 上海:上海译文出版社,2009:33-35.
[5] 理查德·罗蒂. 后形而上学希望 [M]. 张国清,译. 上海:上海译文出版社,2009:33-35.
[6] 理查德·罗蒂. 后形而上学希望 [M]. 张国清,译. 上海:上海译文出版社,2009:27.
[7] Rorty R. Is Philosophy Relevant to Applied Ethics? [J]. Business Ethics Quarterly,2006,16 (3):369-380.
[8] 理查德·罗蒂. 后形而上学希望 [M]. 张国清,译. 上海:上海译文出版社,2009:30.

罗蒂用数字 17 举出了反本质主义论辩的经典事例：对数字 17 所做的描述各不相同，可以说它是 289 的平方根，是 6 与 11 之和，大于 8 小于 22……但是这些描述中没有一个比任何其他描述更符合数字 17 的本质，对数字而言，根本无法给予本质主义方面的考虑。把对数字的反本质主义理解推而广之，无论是对桌子、电子或是人类、自然学科等任何其他事物都无法把握其所谓本质。依罗蒂所见，"除了一个极其庞大、永远可以扩张的相对于其他客体的关系网络以外，不存在关于它们的任何东西有待于被我们所认识"[1]。这一主张意味着在罗蒂眼中，事物都处于各种错综复杂的关系中，每一个事物，只要能够作为一条关系发生作用，就一定能够被融入另一组关系之中，永远无法抵达不存在彼此交叉关系的某个事物。简而言之，这种反本质主义思想的核心就是，以使客体与客体相互交织的语言图景取代作为介于主客体之间的一道幕布的语言图景。

泛文学：新实用主义文学观

在"泛关系论"视域下，新实用主义文学理论家罗蒂突破了本质主义与反本质主义之争的局限，在惯常的狭义文学概念基础上提出广义的文学概念，推崇一种边界更为宽广的"泛文学"理念。

狭义的文学指借助语言文字工具进行描述的艺术，包括诗歌、小说、戏剧、散文等多种体裁。狭义维度上的文学作为独立学科同哲学、政治、宗教等其他学科相分立。本质主义者致力探寻的正是不同体裁不同文学作品之间的共性，明确文学作品与非文学作品之间的界限。狭义的文学文化是建立在这种纯粹文学意义上的单一学科文化，是仅限于依赖不同样式的文字作品在文本层面传递文化信息的文化类型，因此是文本主义的文学文化。文学文化不受文学或哲学理论的支配，以偶然性、对话性特点发挥教化作用，因而琐碎、散漫、不精确。文学文化以自由而非真理为目标，它总是寻求新意，不试图逃避时间寻求永恒，所以在现代社会文化中处于边缘地位。罗蒂曾盛赞文学文化的巨大美德："它告诉年轻的知识分子，人类的想象力是救赎的唯一

---

[1] 理查德·罗蒂. 后形而上学希望. 张国清，译. 上海：上海译文出版社，2009：31.

源泉。"[1]

广义的文学是一切描述人类社会文化的文字行为及作品的统称，包括所有用语言进行的表述。广义上的文学概念类似于文化的概念，超越了学科间的划界。广义的文学文化是一种"泛文学文化"[2]（pan-literary culture），不单指涉唯一的文学这门学科，它以文学的强大兼容性涵盖包括文学、艺术、建筑、绘画、歌曲，甚至电影、电视等大众文化形式在内的一切人类创造力产物。泛文学不局限于文字文本的文学形式，更支持对生活和世界不拘一格进行多元呈现的多种文化类型，因此被罗蒂当作最理想的文化样板。泛文学文化的要旨是发扬想象力、创造力，以包容性、多样性与西方传统的理性中心主义抗衡。它立足于未来，是一种既融合科学文化的锐意进取精神又吸纳人文文化的人本关怀精神的整体主义文化。当罗蒂说："文学现在已经撤换了宗教、科学和哲学，成为我们文化的首要学科"[3]，则是在泛文学的维度上使用文学概念。

"泛文学"已经不单纯是对文学作品的一种宽泛的界定，而是作为一种文化现象，为罗蒂所倡导。在泛文学的文化中，科学、哲学、宗教等与狭义的文学学科同属于广义文学概念下辖的不同种类，它们以不同的语汇丰富着人类的社会和文化生活。根据罗蒂对泛文学文化做出的深度解释："在这种文学文化中，既不是在与非人类的位格的非认知的关系中，也不是在与命题的认知关系中找到救赎，而是在与其他人的非认知关系中，借由人类作品诸如书籍、建筑、绘画和歌曲等建立的关系中找到。这些作品能使人浏览其他方式的人生。"[4]这种理想的文化既能够包容科学的崇拜者，也应允许文学研究以及其他人文科学、社会科学研究以自己的方式存在。由此足见，泛文学文化的首要目的不是突显文学在文化社会中的重要性，而是以文学精神张扬诗性的洒脱，摆脱强权文化的桎梏。

罗蒂的泛文学是一个无本质、无基础的自由主义文学乌托邦，其中不再供奉哲学、科学的神龛，不再有某个具有特权的核心的专业学科或者制度，

---

[1] 理查德·罗蒂. 哲学、文学和政治. 黄宗英，等，译. 上海：上海译文出版社，2009：107.
[2] 陆扬. 德里达的幽灵. 武汉：武汉大学出版社，2008：234.
[3] Rorty R. *Consequences of Pragmatism*. Minneapolis：University of Minnesota Press，1982：155.
[4] 理查德·罗蒂. 哲学、文学和政治. 黄宗英，等，译. 上海：上海译文出版社，2009：105.

而是允许人们在画展、书展、音乐会、电影、人种博物馆、艺术博物馆、科技博物馆等多种文化之中自由选择，这是罗蒂一以贯之的实用主义哲学态度。因此，"泛文学"文化的主旨不是以文学中心主义取缔哲学或科学中心主义，不是想确立一种新的文化权威，而是想提倡一种新的生活方式——向创造力、想象力无限敞开的生活方式。

"泛文学"的社会功能

"泛文学"概念拓宽了文学的范畴，把焦点从文学的本质属性转移为注重文学的实用性，强调其帮助实现精神幸福的社会功能。

第一，"泛文学"以宽容性鼓励多元性。泛文学的文化也可以理解为一种宽容的文化多元论，"泛文学"亦可当作鼓励多元文化、无中心文化、非理性主义文化的代名词。因为文学本身的特点决定了在这种文化中，不存在核心的、本质的、确定的、客观的真理有待人们去发掘，它不提倡以一套统一的、压倒性的、权威的方法来供各个学科效仿。与之正相反，在科学文化盛行的时代，罗蒂认为逻辑实证主义在哲学领域的胜利剥夺了文学及人文学科"享有浪漫和灵感的权利，只留下专业能力和智力上的老于世故"[1]。过度专业化、科学化、学术化的自然趋势鼓励和提倡发展分析和解决问题的能力，却用这种单调的知性压制着想象的才能和热情，这无益于消除科学与人文文化之间的龃龉。罗蒂无限的憧憬和怀恋的是科学尚未渗透其他学科之前的情景，他说道："在过去，当哲学既为艾耶尔的爱慕者提供空间，也为怀特海的爱慕者提供空间的时候，它作为一门纯理论的学科，才处于一个更好的状况。"[2] 其中艾耶尔作为逻辑、批判和知性的代表，他批评文学缺乏所谓的"认知意义"，怀特海则代表着魅力、天赋、浪漫和华兹华斯。

在后哲学文化的时代，曾经由哲学文化来完成的包容性工作将由罗蒂所构建的理想的"泛文学"文化实现。在这种去中心化的多元世界中，人们既可以崇拜上帝，也可以尊崇科学；既可以钟爱文学，也可以不推崇任何事物，这样，文学研究以及其他人文科学、社会科学研究等以其自身的多元方式自

---

[1] 理查德·罗蒂. 哲学、文学和政治. 黄宗英，等，译. 上海：上海译文出版社，2009：120.
[2] 理查德·罗蒂. 哲学、文学和政治. 黄宗英，等，译. 上海：上海译文出版社. 2009：122.

由存在和发展。学科之间的分界——文学作品与非文学作品之间的界限问题——不再是值得研究的事情。科学与人文领域传统上僵持不下的专业学科、两极分立的文化领域在泛文学文化中打破藩篱、相互渗透、共同发展，最终形成欣欣向荣的文化景观。相对于基础主义允诺的普遍性、真理性而言，泛文学文化承诺一种更加开放、宽容、民主、幸福的文化生活，它以"泛文学"特有的包容性鼓励文化的多样性，不拘泥于以某一文化学科为基础的发展。

第二，泛文学以对话性鼓励共存。泛文学倡导一种对话的文化，罗蒂眼中的这种最高级文化其魅力就在于承认人类生活和世界的复杂性，允许不同语汇存在，并致力于通过各种不同视角的描述呈现复杂性、多元性样态的共存。在罗蒂的泛文学文化中，"最英勇的行为不是选定一种描述后对其他的描述断然拒绝，而是有能力在诸多描述之间来来回回、游刃有余"[1]，因此，没有哪些描述或语汇同任何其他的描述或语汇相比，能够提供一种关于某一对象的更好、更准确、更接近真实的解释。

在1986年《哲学和自然之镜》的中译本作者序言中，罗蒂清楚地阐明自己的立场：不应当再去探究科学家、诗人、政治家、哲学家等不同文化领域的专家是否高人一等，我们应该遵从杜威的实用主义精神，放弃对精神生活类型的等级系统进行探求的热望。我们应该把科学、政治、诗歌、哲学分别看作适用于各不相同的诸种目的，而不是作为一门超级学科统领其他学科。[2] 罗蒂戏谑地将所推崇的文学称为"篡权学科"，他说："一个篡权的学科宣告统辖文化其他部分，这只能通过展示它使其他学科各归其位的能力来辩护。"[3] 在泛文学文化的国度里，文学不像科学要求其他学科向自身看齐那样向其他学科兜售所谓"文学的研究方法"、第一原理、等级秩序。泛文学文化中，风格迥异的"文学作品"以其"不强势"的特点向人们传递着人类历史进程中对自身的认识、对世界的开拓、对人类过去的反思以及对未来美好的希望。

在泛文学文化的王国里，各学科以其自身的方式存在和发展。作为文学

---

[1] Rorty, R. *Heidegger, Kundera, and Dickens. In Essay on Heidegger and Others: Philosophical Paper II*. Cambridge: Cambridge University Press, 1991: 66-84. (74).
[2] [美]罗蒂. 哲学和自然之镜. 李幼蒸, 译. 北京: 商务印书馆. 2012: 11.
[3] Rorty, R. *Nineteenth-Century Idealism and Twentieth-Century Textualism. In Consequences of Pragmatism* (Essays: 1972—1980). Minneapolis: University of Minnesota Press, 1982: 139-159. (155).

文化精英的诗人们既不提供真理和救赎，也不比任何其他人更接近某种本质，他们所做的只是游离于永恒框架的束缚之外，呈现给人类多样的文本描述，以及描述中无限的意义世界。罗蒂坦言，他"把人类历史过程看作一首冗长、膨胀、声音日益嘈杂的诗"，他认为回望历史，人类终将认识到"'人性的整个启示'将不是一系列命题，而是一系列语汇"[1]。利科也曾经以科学与诗歌为例，揭示科学文化与人文文化在语言和话语层面碰撞遇合的可能性。科学语言和诗歌语言可以当作是用来消除话语误解、实现有效交流的两种不同策略，它们之间既互相对立又互为益补[2]。当科学的策略与诗意的策略之间保持适当的张力在泛文学文化的平台上和睦共存，没有哪一方试图湮没对方的话语或者企图完全掌握话语控制权，才能实现两种学科之间真正的融合。

第三，泛文学以想象力促进学科沟通。想象力是浪漫主义运动的口号，被罗蒂奉为文学和文学文化的美德，是一种重要的"通过提出关于符号和声音的有益而新颖的用法来改变社会实践的能力"[3]。罗蒂主张，想象力能够框定思想的边界，想象力有多远，思想的疆域就有多宽广。"泛文学"得以以文化状态存在的前提就是，"虽然想象力有目前的界限，但是这些界限能够被永远拓展下去"[4]。因此，罗蒂着力强调发挥想象力，任想象力驰骋在知识进步进程中的重要作用。富于想象绝不是沉迷于幻想，而是既要推陈出新，又要尽可能地得到认可和接纳。

在泛文学文化的世界里，人们不再去寻求亘古不变的永恒，想象力的光辉代替了理性的照耀，希望代替了认识，充满着美好幸福的无限可能性。首先，各学科都以极富想象力的方式用自己的语汇和方法描述事物，有利于学科目的的成功实现。其次，想象力可以抵御理性中心主义的负面影响，避免人类文化整体"科学化"的趋势。再次，想象力能够产生类似文学的移情作用，使人们愿意把更多的"别人"当作"我们"，把"他们科学文化"或者"他们人文文化"都当作"我们泛文学文化"。在想象力作用下，学科之间相互启示、互相促进，向无限的新的可能性开放，从而能够更好地增强人文与

---

[1] [美]理查德·罗蒂. 对查尔斯·哈茨霍恩的回应. Ed. 赫尔曼·J. 萨特康普. 罗蒂和实用主义：哲学家对批评家的回应. 张国清，译. 北京：商务印书馆，2003：48-57.
[2] [法]利科. 言语的力量：科学与诗歌. 朱国均，译. 哲学译丛，1986 (6)：39-45.
[3] [美]罗蒂. 文化政治哲学. 张国清，译. 北京：北京大学出版社，2011：120.
[4] [美]罗蒂. 哲学、文学和政治. 黄宗英，等，译. 上海：上海译文出版社，2009：106.

科学学科之间自由平等的沟通和交流。

　　简而言之，罗蒂从新实用主义哲学视角对文学本质问题做出了新的诠释，将如何确定文学的边界，文学究竟是否有边界等问题消解在囊括众多人类智力活动的"泛文学"概念中。泛文学概念的提出，使罗蒂相较于伊格尔顿、卡勒等历史主义者而言更为激进，更具有"破坏性"。"泛文学"是一种更加强调文学的社会功能的理论，也是新实用主义哲学家对文学本质问题的一种颠覆性的解答。

苏珊·桑塔格"反对阐释"批评理论的国内研究综述

张 硕 吴卓娅

摘要： 苏珊·桑塔格是美国声名卓著的当代批评家，她提出的"反对阐释"理论从不同角度对当今文学领域滥用阐释理论于文学作品的创作、评论和对内容的无限度挖掘的过度阐释心理和行为进行了激烈的批判。苏珊·桑塔格提出对艺术作品感官上的直接体会，主张对艺术作品的直观以获得鲜活、直接的审美体验。本文主要对国内桑塔格"反对阐释"理论的研究进行了梳理，通过综述和探讨，窥视现代文学创作与评论的趋势。

关键词： 桑塔格；反对阐释；新感受力

苏珊·桑塔格（Susan Sontag，1933—2004）是当前美国声名卓著的"新知识分子"，和西蒙·波伏娃、汉娜·阿伦特并称为西方当代最重要的女知识分子，被誉为"美国公众的良心""美国最智能的女人""知识分子永远理性的警觉""当代最重要的理论批评家"。1966年，她发表了论文集《反对阐释》，此文一经发表，就引起了当时文坛的热烈讨论。反对阐释主要针对当时评论界固有的传统的批评方式，即西方传统的形而上学。

【基金项目】本文系中央高校基本科研业务费资助项目"流动性视域下20世纪英国小说中的伦理共同体书写研究"（DUT22RW212）的阶段性成果。

【作者简介】张 硕（1994—），女，大连理工大学外国语学院英语语言文学硕士研究生。吴卓娅（1961—），女，英语语言文学硕士，大连理工大学外国语学院教授，研究方向为外国语言文学、文学哲学。

20世纪90年代以前，国外对桑塔格的研究多是零星分散的，主要是对其批评文章、小说或者电影中所提及和反映的单个现象和问题进行具体的微观研究，而综合系统的研究和理论梳理则很缺乏。并且大多通过个案分析和文本细读法，研究方法比较单一。然而，国内对苏珊·桑塔格的研究现今多集中在桑塔格早期的文章，以"反对阐释"和"新感受力"为关键词，而对桑塔格后期的理论文章研究较少，对桑塔格反对阐释理论的整体研究主要体现为侧重于桑塔格理论的文艺思想研究和以其理论起源的分析研究。现存研究现况存在以下两个弊端：一方面是支撑理论不够——基本上是套用文艺学或美学的理论，尚未达到哲学批判的高度；另一方面是，研究成果良莠不齐。其中不乏片面的甚至带来一系列误读的研究，误将桑塔格部分思想理解为全部。因此，首先应该大致对桑塔格进行理论分期，前期的桑塔格以反对阐释和新感受力为核心，关注艺术作品的形式多于内容，而后期的桑塔格，尤其是转向文化政治领域之后，显然不再以培养"新感受力"来读解文本，而是更加认同艺术作品中的政治和道德因素，这也更能体现一个活跃在西方文化圈的精英知识分子所担负的责任和义务。综合来看，国内外对桑塔格本人及其思想的研究经历了一个从片面到接近全面、从误解怀疑到理解肯定、从简单到辩证的过程。

本文以国内现有的研究文献为基点，将国内桑塔格反对阐释理论的文章主要分为几类并一一分别具体阐述，以期准确解读桑塔格反对阐释理论。

一、关于桑塔格反对阐释理论的解读及其起源

国内近十年关于桑塔格反对阐释理论解读的期刊文献共13篇，主要集中在对于反对阐释理论的理解及其理论的起源，关于反对阐释的理解，各篇文献大致相同，但是对于其起源的说法却是各有不同，大致可以分为以下几类：

（一）着重分析桑塔格的反对阐释理论和解读桑塔格所提出的新感受力。例如，徐文培、吴昊在《苏珊·桑塔格反对阐释理论的体系架构及梦幻载体的实践》一文中指出，苏珊·桑塔格凭借深厚的文学和哲学功底，针对当代评论家对文学文本的庸俗阐释之风，大胆提出反对阐释理论——强烈反对新

批评，主张发扬形式主义，提倡对文本的新感觉[1]。桑塔格在《反对阐释》这部论文中集中提出反对阐释理论，倡导恢复作品感受力，提倡读者关注作品的形式主义之美。作者将桑塔格理论体系的形成大致分为反对阐释理论与新感觉、疾病的文化阐释以及新历史主义创作三个阶段。其中，最受关注的当属反对阐释理论与新感觉这一阶段[2]。再例如，李碧芳在《试论苏姗·桑塔格对阐释理论的批判》一文中指出，苏珊·桑塔格的《反对阐释》一书从不同角度对当今文学领域滥用阐释理论于文学作品的创作和评论的现象进行了激烈的批判。文章主要从四个角度对桑塔格的反对阐释思想进行了梳理，通过探讨其文学理论批评观窥视现代文学创作与评论的趋势。其具体分析说明了桑塔格反对阐释理论反对的具体是哪四种阐释。作者认为苏姗·桑塔格将对阐释学的批判首先直指现代阐释学的起源——释经学和神学解释学，说明阐释学方法的应用对希腊神话和《圣经》原始文本的曲解、对读者的误导和对意义的破坏作用。以此证明由于阐释理论的应用，原初文本受到了极大的改动[3]。所以当后世的人们再来解读时，其内容有的已经面目全非，不再表达原创作者的真实意图与目的了。其次，苏姗·桑塔格对因施莱尔·马赫的"意义的开放性"的理论而导致文学批评将文学作品的意义进行多重无限挖掘的情况多次地罗列举例并加以批判。在苏姗·桑塔格看来，这种阐释法过分注重作品的内容而忽略了艺术家本人的意图与作品的形式，是一种对艺术品的复制，势必消减读者原本拥有的敏锐的感性体验功能。作者认为评论家应该做的是使读者看到作品本身，而不是令其被厚厚的阐释所包裹。（卡夫卡作品最经典例子）再次是对伽达默尔阐释"象征"学说的批判，伽达默尔将文本的借 A 说 B 的比喻理论做了跨越式的进一步发展，反映在当时的文学评论家，就是文学阐释之风的盛行，导致的结果是对文本内容意义的破坏性的泛滥而深度挖掘。桑塔格认为并非存在于被人们"演绎"了的象征意义之中，这些象征、意义反倒使得作品变得不真实、不自然。这样一种阐释方法

---

[1] 徐文培，吴昊. 苏珊·桑塔格反对阐释理论的体系架构及梦幻载体的实践. 外语学刊，2008（4）：135. [2017-08-23].
[2] 徐文培，吴昊. 苏珊·桑塔格反对阐释理论的体系架构及梦幻载体的实践. 外语学刊，2008（4）：138.
[3] 李碧芳. 试论苏姗·桑塔格对阐释理论的批判 [J]. 福建广播电视大学学报，2008（2）：27.

（受所处时代影响）将永远无法达到作品本身真正的意义。最后是对弗洛伊德的心理精神分析的文学批评法的批判。在弗洛伊德看来，任何个人生活中的事件，比如神经官能症症状如失言、失忆、梦等都能成为阐释的契机，而所有文学艺术作品的文本，也都适宜于精神心理分析的阐释范畴。桑塔格批判的是弗洛伊德对文学创作影响的过度状态。她的真实意图是通过反对过度阐释的文风，缝合形式与内容的二元对立，并颠覆内容对形式的主导，同时倡导多元化的文艺理论批评观。再例如，崔欣欣的《瓦解深刻 反对阐释——浅析苏珊·桑塔格〈反对阐释〉》一文是对于桑塔格反对阐释批评理论的解读，文章集中体现出"反对阐释"理论的主要内容包含以下四个方面：（1）叙述方式的碎片化；（2）提倡建立艺术色情学以取代艺术阐释学；（3）反对思想，注重艺术感受力；（4）赞美形式，反对内容。从而表现出一种散文化的写作风格，表现出感受的流动性、多样性和直观性。崔欣欣认为，桑塔格在此处对形式的强调并不是要完全地瓦解掉内容，专讲"唯美"的外表，而是要借此去唤醒形式与内容相融合时带给观者的独特的感受力。任何伟大的作品总是兼具内容与形式美的。与此同时，好的批评不是揭示出了作品深刻的内涵，而是去还原作品的本来面目，以及去解释它如何成为这样；崔欣欣认为好的批评也不是帮助我们提高智力，而是要培养我们的感受力，提高整个社会的审美力。由于以往的文学批评或者艺术批评主要是对一个问题的深刻论述，讲求逻辑性，所以文章不可避免地呈现出长篇大论式的、连贯性的论说方式。受其所主张的反对深度阐释的影响，而当深度阐述被有意打破时，这种连贯性、逻辑谨严的论述方式就随之被解构了，从而表现出一种散文化的写作风格。所以崔欣欣认为，桑塔格在此处对形式的强调并不是要完全地瓦解掉内容，专讲"唯美"的外表，而是要借此去唤醒形式与内容相融合时带给观者的独特的感受力。任何伟大的作品总是兼具内容与形式美的。

（二）从桑塔格反对阐释批评理论的起源出发探究分析。例如，徐文培、吴昊在《苏珊·桑塔格反对阐释理论的体系架构及梦幻载体的实践》一文中，首先从美学和哲学角度研究反对阐释理论的理论根源以及这一理论在桑塔格文学作品中的实践。目的在于用存在主义的思想来剖析桑塔格运用梦幻作为理论实践载体的原因、途径以及达到的效果，从而把握美国后现代主义文艺思潮的动向。[1] (1) 美学溯源：西方传统古典形式主义美学。"桑塔格的许多观点，如关于释义、风格、美学等均非她的原创，但她却将这些观点与当时的时代结合起来。"[2] 反对阐释理论对传统文学作品批评中的分析方法提出质疑。在桑塔格看来，这种传统的分析方法只注重作品的内容，忽视作品的审美特征，误导读者对文学作品的"理解或领悟"，以为从文本中找到深层次的意义就是完成了对作品的欣赏，阅读作品的目的就是阐释作品，然而对于作品艺术美感的感受力却被大大弱化了。桑塔格同形式主义美学相同也正是看重艺术的形式表现力，反对那种对于文本内容的"创造"解释。无论是文艺复兴时期的以"费解"甚至令人痛苦的方式来激起人们的感官，对艺术形式技巧进行不懈的追求；还是桑塔格提倡的依靠"意志""暴力"来刺激人们的感官，从而引发人们对于美的享受，他们的主旨不谋而合，都是看中艺术自身的探索力量，弱化欣赏者主观上的能动作用。(2) 哲学溯源：本体怀疑论，桑塔格的反对阐释理论立足于存在主义的本体怀疑论，即对世界的本源提出怀疑。"本体怀疑论"是西方后现代主义的主要特征之一。在桑塔格的作品中，很多情节的设置都体现了存在主义世界观。存在主义世界观认为人类社会和现实世界本身是荒诞的，世界充满着荒谬和谎言，人生没有目的也没有意义，也是无意义的。既然作品表达的对象都是没有意义的、不完整的，甚至是荒谬的事情，释义者在文本中根本没有可能找到完整的、固定的、有意义的内容，相反，却把自己主观的一些臆想、猜测强加在文本上，所得到的也不过是释义者在文本的基础上改写出来的内容。再例如，孙燕在《反对阐释与解构主义》一文中提出了不同的观点，关于反对阐释的起源，相比之前普遍认为的起源于哲学，孙燕认为桑塔格的反对阐释理论的起源和发展经由德里达和福柯等解构主义的影响而形成。在后现代理论语境中，反对阐释与解构主义有着密切关联，主要表现为两个方面。(1) 反对阐释的理论倡导者几乎都有一种解构主义气质。(2) 反对阐释理论从语言学层面对西方传统

---

[1] 徐文培，吴昊. 苏珊·桑塔格反对阐释理论的体系架构及梦幻载体的实践. 外语学刊，2008 (4)：137. [2017-08-23].

[2] Kennedy, Liam. *SusanSontag*: *Mind as Passion*. Manchester and New York: Manchester University Press, 1995: 17.

本质主义和形而上学的质疑与批判，使它不可避免地走向了解构主义逻辑[1]。其次，作者也认为反对阐释的起源与在人文社科方面等的延展有关联。桑塔格的艺术主张特别是反对阐释，显然来自格里耶和巴尔特。桑塔格偏爱片断式写作，认为片断、简短的文体可以给人更大的书写自由，因为片断可以任意呈现。"反对阐释"作为一种批判理论，并不局限于文学艺术领域，而是反映在人文、社会科学的诸多领域。所以，德里达的思想无疑为反对阐释理论提供了哲学纲领。而福柯在对现代性的批判中明确提出反对现代阐释学方法的观点。福柯反对目的论历史观，认为历史只是历史中各要素不断离散与重组的水平域展开，没有任何终极目标在导引历史。福柯的理论显然为反对阐释提供了方法论[2]。

（三）对于"反对阐释"国内学术界也并非全持赞同态度，就有不少学者以辩证的观点来阐释桑塔格的反对阐释理论。例如，吕玉铭在《积极性与消极性并存的先锋理论——苏珊·桑塔格反阐释观述评》一文中提出她对桑塔格反对阐释理论的理解，其理解与上篇理解大致相同，不同在于提出其理解之后，提出了关于反对阐释实际的积极性与消极性，作者认为桑塔格的反阐释观是从保护人们的艺术感受力、修正人们的阐释观以及批评观念方面来说具有一定的积极性，但也存在着注重形式、轻视意义的消极性，因此是一种积极性和消极性并存的先锋理论[3]。再如，吴世旭的《反对"反对阐释"》就认为，"反对阐释"只可能是姿态，意识形态无处不在。单纯极端的姿态在不纯洁的生活中容易被权力所操纵和利用[4]。

综合来看，对桑塔格反对阐释理论的整体研究主要体现为侧重于桑塔格理论的文艺思想研究和以其理论起源的分析研究，两方面的研究都呈现出递进发展的趋势，但在深度和广度上仍有较大的提升空间，研究的视野和方法也有待多样化。

---

[1] 孙燕. 反对阐释与解构主义. 西华师范大学学报：哲学社会科学版，2008（01）：2.
[2] 孙燕. 反对阐释与解构主义. 西华师范大学学报：哲学社会科学版，2008（1）：4.
[3] 吕玉铭. 积极性与消极性并存的先锋理论——苏珊·桑塔格反阐释观述评. 哈尔滨学院学报，2013，34（8）：67.
[4] 吴世旭. 反对"反对阐释". 西北民族研究，2006（1）：185.

二、对于桑塔格反对阐释理论的批判

"反对阐释"之所以可以成为桑塔格的标签，就是因为桑塔格的反叛大旗实际上指向了具有两千年历史的形而上学传统，"反对阐释"的口号实际上唱响的是对西方具有两千年历史的形而上学传统的批判。桑塔格说："现代风格的阐释是在挖掘，而一旦挖掘，就是在破坏；它在文本后面挖掘，以发现作为真实文本的潜文本。实际上不外乎是精心谋划的阐释体系，是侵犯性的、不虔诚的阐释理论。"[1] 在此，桑塔格并未针对一切阐释予以开炮，桑塔格明确指出："我所指的'阐释'不是广义上的'阐释'，也不是尼采所说的没有事实，只有阐释那种意义上的阐释，我所说的'阐释'是指在文本中寻找某种特定阐释符码、某些阐释规则的自觉的心理行为。"[2] 她真正反对的是那些随意进行阐释的论文，特别是关于美国文学、电影以及文化批评的论文，她坚信这些论文在阐释过程中只是盲目地搬用文化知识中的陈旧概念[3]。桑塔格旗帜鲜明地反对将文本的阐释单一化。根据弗洛伊德的看法，我们如果不对文本进行阐释就没有意义，去理解就是去阐释，这样一种单一的阐释等同长期以来被认为"是唯一正确的"，以至于当人们面对艺术作品时，首先想到的就是艺术的"道德意义"或它暗示的是什么，忽略的恰恰就是艺术（形式）的本身。这种僵化的阐释方式同时也毒害着我们的感受力，是扼杀了艺术本身。

实际上，桑塔格反对阐释理论主要表现为对柏拉图的传统内容说和对西方几千年来形而上学的反叛。桑塔格把柏拉图以来的内容当作是一种妨碍，她想彻底摆脱内容说及它背后的价值论，所以其一经提出就遭到当时文学理论研究者的质疑。本文认为，其现有的研究角度主要涉及三个方面：

（一）对"反对阐释"概念的厘定。例如，王建成在《传统批评观的颠覆——论苏珊·桑塔格"反对阐释"的精神实质》一文中提出，桑塔格反对阐释理论反对的实际旨在挖掘深层意义的传统批评风格，反对把艺术等同于道德，反对文本批评中内容对形式、道德对审美、理性对感性的排斥与欺压，

---

[1] [美] 苏珊·桑塔格. 反对阐释. 程巍，译. 上海：上海译文出版社，2003：8.
[2] [美] 苏珊·桑塔格. 反对阐释. 程巍，译. 上海：上海译文出版社，2003：6.
[3] Liam Kennedy. *Susan Sontag: Mind As Passion*. Manchester and New York: Manchester University Press，1995：21.

提倡艺术批评的民主化，寻求审美与道德的平衡，要求用感性去体验艺术作品。"反对阐释"的精神实质是对传统批评观的颠覆，对当今的文艺批评仍有极其重要的启示意义。[1]（1）"反对阐释"颠覆将艺术等同于道德说教或心理分析的符码的观念。（2）"反对阐释"颠覆艺术只是对存在之物进行模仿的观念。（3）"反对阐释"颠覆文艺批评中理性至上的观念。

（二）对"反对阐释"的肯定和认可。例如，吕玉铭在《积极性与消极性并存的先锋理论——苏珊·桑塔格反阐释观述评》一文中明确提出了反对阐释理论的积极性和消极性。作者从理论和读者两个方面提出桑塔格反阐释观的积极性。（1）让批评回归其本质。现代批评不再是告诉读者作品的意义而是需要关注作品本身。桑塔格将批评注重内容的功能弱化，强调从形式入手进行分析，是符合现代批评发展趋势的，也是符合读者的阅读需求的。[2]（2）抵制意义的污染。人们被各种各样的意义所包围，就艺术本身来看，在一定意义上它恰恰是为了恢复世界的本真——因为艺术从来都是具象地反映生活，而非抽象地去表达意义。（3）保护人们的艺术感受力。她反对阐释其实并不是真的去反对人们对艺术品做出解释，而是反对那种过度的阐释，反对意义上的阐释，剥夺了读者艺术感知力的阐释。

（三）对"反对阐释"的质疑。国内外学者对反对阐释理论的广泛讨论，其积极性毋庸置疑，但也有不少学者对其理论提出了质疑。例如，袁晓玲在《对苏珊·桑塔格"反对阐释"之批判》一文中，她认为揭示"反对阐释"的真相需要从无原则批判的角度出发，对它做出哲学批判。此批判从语言、思想和存在三个维度展开。作者认为桑塔格的"反对阐释"正是反对在事物的背后寻找根据、设定意义（形而上学）。桑塔格生活的时代正是第二次工业革命时期。她的作品可以说是对当时西方技术主义、享乐主义和资本主义的消费主义的反思和揭露。作者提出语言、思想和存在是人类历史或哲学思想史上最重要的三个维度，而哲学代表了人类思想的最高智慧，对于桑塔格的批评理论应该放置在哲学大环境下，并提出了一种方法——无原则的批判（反

---

[1] 王建成. 传统批评观的颠覆——论苏珊·桑塔格"反对阐释"的精神实质[J]. 山东师范大学学报：人文社会科学版，2010，55（1）：83.

[2] 吕玉铭. 积极性与消极性并存的先锋理论——苏珊·桑塔格反阐释观述评[J]. 哈尔滨学院学报，2013，34（8）：69.

对任何一种预先给定的立场和根据,唯一承认在纯粹思想中显现的纯粹事物,也就是实事求是,无立场,而且无根据)分为语言的批判、思想的批判和存在的批判。对"反对阐释"做出思想上的批判始于对其思想的建筑学结构的考察。存在的批判主要反对阐释理论提出在 20 世纪 50 年代末 60 年代初(正处于现代主义与后现代主义时期的过渡阶段),欧美盛行后现代主义文化。在这一文化背景下,原本所谓纯艺术的界定被消解,艺术被融入反文化的概念中。袁晓玲认为"反过度的阐释""反概念阐释"等定义虽然符合桑塔格的"反对阐释"思想,但略显片面,都不如"反对不恰当的阐释"的定位来得适当。不恰当并不代表就是不应该。而桑塔格提出反对阐释理论的初衷主要是针对西方形而上学对于文学作品的过度阐释,而不是不去阐释。作者认为"反对阐释"和"新感受力"其实都是桑塔格为了恢复读者的感受力,两者的本质其实是一样的,殊途同归。吕玉铭在《积极性与消极性并存的先锋理论——苏珊·桑塔格反阐释观述评》一文中明确提出了反对阐释理论的积极性和消极性。作者从反对阐释理论的深度广度及其反对的具体内容的角度出发,提出了桑塔格反阐释观的消极性。(1)难免有点极端,批评的诞生最初其实就包含对意义的阐释。(2)桑塔格反对意义的观点有可能造成人们对意义的轻视,使得一些艺术作品从此放弃了意义的表达,走向了荒诞和虚无,从根本上影响到艺术品的质量。(3)桑塔格的反阐释观有重形式轻内容的嫌疑[1]。但本文认为此篇文章作者对于桑塔格反对阐释理论太过片面并带有较强的主观色彩,有点一叶障目,所提出的消极性并不太能接受,感觉是庸人自扰。

总体而言,对于桑塔格反对阐释理论批判的研究呈现出发展迅速,研究力度逐渐变大且均匀的状况。但研究的角度的单一仍是需要突破之处。加强理论与文学作品之间的联系将会是开拓研究视野的可行方向。

三、关于桑塔格新感受力的解读

在苏珊·桑塔格的论著中难以找到对"新感受力"的明确理论释义。"感

---

[1] 吕玉铭. 积极性与消极性并存的先锋理论——苏珊·桑塔格反阐释观述评. 哈尔滨学院学报, 2013, 34(8): 70.

受力几乎是难以言喻的，但并非完全不能言喻。任何一种可以被塞进某种体系框架中或可以被粗糙的验证工具加以操控的感受力，都根本不再是一种感受力。它已僵化成了一种思想……"[1]"阐释艺术作品的感性体验为理所当然之物而不予重视，并从这一点出发。现在，这种体现不能被视为理所当然的了。想一想我们每个人都耳闻目睹的艺术作品的纯粹复制吧，我们的感官本来就遭受着城市环境的彼此冲突的趣味、气息和景象的轰炸，现在又添上了艺术作品的大量复制。我们的文化是一种基于过剩、基于过度生产的文化，其结果是，我们感性体验中的那种敏锐感正在逐步丧失。现代社会的所有状况——其物质的丰饶、其拥挤不堪——纠合在一起，钝化了我们的感觉功能。要确立批评家的任务，必须根据我们自身的感觉、我们自身的感知力（而不是另一个时代的感觉和感知力）的状况。现在重要的是恢复我们的感觉。我们必须学会去更多地看，更多地听，更多地感觉"[2]。

桑塔格的"新感受力"美学与她早期提出的"反对阐释"理论密不可分。她反对柏拉图、亚里士多德以来对内容阐释的传统，"无论内容说以前是怎么样的，它在当今看来主要是一种妨碍，一种累赘，是一种精致的或不那么精致的庸论"[3]。"阐释是智力对艺术的报复"，可以理解为对内容的阐释易造成批评对象本身自有的活力和批评主体感受力的丧失。面对一部文艺作品，桑塔格关注最多的不是作品的内容，而是形式，这也构成她"反对阐释"的核心思想，反对对作品内容做过分的阐释。所以对于如何进行阐释，桑塔格提出了培养"新感受力"的话题。

事实上，桑塔格追求的是一种多元的文化感受力，一种在形式与内容、审美与道德之间努力求得恰当平衡的感受力。相较于上述文献中不同学者对于桑塔格反对阐释理论的理解，对于桑塔格的新感受力，不同学者做出了不同的理解，将其从文学阐释上升到美学感受或是道德价值的实现。

（一）将桑塔格的艺术色情学作为批评的方向和任务。例如，孙燕在《反对阐释与艺术色情学——论苏珊·桑塔格的美学思想》一文中提出，桑塔格认为，艺术不同于思想，批评的功能不是进行道德提升，它诠释的应是一种

---

[1] （美）苏珊·桑塔格. 反对阐释. 程巍, 译. 上海：上海译文出版社, 2003：321.
[2] （美）苏珊·桑塔格. 反对阐释. 程巍, 译. 上海：上海译文出版社, 2003：6-352.
[3] （美）苏珊·桑塔格. 反对阐释. 程巍, 译. 上海：上海译文出版社, 2003：6-352.

美学世界观，即什么是美学感觉，因此，桑塔格主张用"艺术色情学"取代"艺术阐释学"。"艺术色情学"延续了桑塔格的反阐释理论，使批评由外在的价值领域转向内在身体领域。作者认为反对阐释，简单地说就是反对抽象的意义提升，反对把批评的重点放在文本所指涉的外部世界上，主张对艺术真切而直接的感性体验，为此必须摒弃"形式/内容"的二分法[1]。作者认为在桑塔格看来，艺术总是要比道德性文章多些什么，批评的功能不是进行道德提升，不是进行意义挖掘，而是"传播爱和激情"，它诠释的应是一种美学世界观，即什么是美学感觉。[2]批评更多地依赖情感、直觉和体验而不是理智。桑塔格认为，批评是一种色情学，强调感性体验，其任务是"削弱内容，从而使我们能够看到作品本身"。桑塔格把艺术色情学作为批评的方向和任务，批评的目标应该是使艺术作品对我们来说更真实、更透明，而不是更不真实、更模糊，而她所提出的艺术色情学正是对"透明"的追求[3]。

（二）将艺术色情学作为一种新的艺术阐释方式。黄珊在《身体与感受力——论苏珊·桑塔格的"艺术色情学"》一文中却认为桑塔格的"艺术色情学"是相对于"艺术阐释学"而提出的，"色情"对立于"阐释"，强调的是感性体验，对艺术真切直接的感受，反对抽象的意义提升，摒弃内容/形式的二元划分。此处的"色情学"实为"感觉学"，是直觉的、感官的审美体验，并不具有日常语言意义中"淫秽""低级""下流"的意味[4]。桑塔格的新感受力呼吁人们学会更多地去看、去听、去尝、去感受艺术，感受艺术作品的形式、感受艺术作品的风格，体会艺术带来的刺激、挑战，享受艺术瞬间的快感和震撼，是对传统一切批评方式的反叛。

（三）也有部分学者将新感受力视为桑塔格反对阐释思想的总核心。例如，刘丹凌的《苏珊·桑塔格新感受力美学研究》视新感受力美学为桑塔格的"总问题"，指出新感受力美学以对抗时代的价值虚无、重塑精神生活为任务，是桑塔格针对资本主义社会中因工具理性的甚嚣尘上和人们艺术感受力的日渐丧失而提出来的应对方案。再如，周静在《新感受力四重奏——桑塔格

---

[1] 孙燕. 反对阐释与艺术色情学——论苏珊·桑塔格的美学思想. 理论界，2008（3）：143.
[2] 孙燕. 反对阐释与艺术色情学——论苏珊·桑塔格的美学思想. 理论界，2008（3）：143.
[3] 孙燕. 反对阐释与艺术色情学——论苏珊·桑塔格的美学思想. 理论界，2008（3）：144.
[4] 黄珊. 身体与感受力——论苏珊·桑塔格的"艺术色情学". 剑南文学（经典教苑），2011（10）：188.

审美批评研究》中将新感受力置于桑塔格思想的核心，认为新感受力是一种从物质整体抵达思想整体的能力，是一种物质的形而上学，存在于"非人化"的艺术作品、新技术媒介以及连接了大众文化和精英文化的坎普艺术中[1]。也有一些学者在文章中提出新感受力的实现更需要一些特殊的才能。

（四）也有学者将新感受力与现代的科学技术与艺术相关联。例如，陈文钢在《超越艺术消亡论：论苏珊·桑塔格的"新感受力"》一文中指出桑塔格也认为新感受力的培养同样需要一种特别的才具：它说着一种特别的语言，要求某种特殊的涵养，所面临的难度和所需要的时间长度与掌握物理学或工程学不相上下。意味着审美客体必须首先被认识，在一定程度上被掌握，感觉才能超越理性思考。

综合来看，桑塔格提出的新感受力作为一种后现代文化现象，当下国内研究的关注点只是抽出了新感受力的理论概念和论点，没有具体研究它的理论缘由和它的实现策略及其后现代哲学源头，对于新感受力这种概念提出的创造性并没有体现。在提出反对阐释之后，又提出新感受力来消解阐释。在深度和广度上仍有较大的提升空间，研究的视野和方法也有待多样化。

桑塔格的反对阐释理论既有合理的一面，也有不合理的一面，既表现了先锋批评理论的先进性，也表现了先锋的褊狭性，因此，如果我们不是过于执着于某一个方面而去否定另一方面，而是用辩证的眼光来加以分析，这对于改进我们的批评，修正既有的阐释观还是很有启发的。席勒曾经认为，要拯救文化，就必须消除文明对感性的压抑性控制，从而使道德建立在感性的基础上。桑塔格"新感受力"的提倡意图使理性与感性的二元对立得以终结，也使人的存在最终成为有精神的肉体和有肉体的精神，即身体—主体。新感受力是针对传统的对内容阐释的旧感受力而言，是回应了过度阐释文学艺术作品新现象；更重要的是，它肯定了人对世界把握的多元性，强调了感性在认识论中的地位和价值。

针对桑塔格反对阐释理论的国内研究现状，笔者认为仍有很多领域值得进一步开拓或深化。不可否认，这些零星分散的理论观点为"反对阐释"论题的研究提供了多元的某种启示，但是都缺乏明确的问题意识，特别是缺乏

---

[1] 周静. 新感受力四重奏. 浙江大学，2011.

将"反对阐释"作为系统的批评理论观的整体意识。首先,在其思想渊源上要进行更深入的挖掘,不但深入其得以发生的社会文化基壤,而且在西方人文思想历史中追溯其谱系及演变;其次,应注意将桑塔格的理论与当今社会现状联系起来,从而真正使研究工作对现实生活起到批评和导向作用。其理论研究的批评方法和视角也应更加丰富多样,不仅仅拘泥于桑塔格的反对阐释理论,应多挖掘与艺术文学作品的关联。就整体思想研究而言,应打破视角较为单一的现状,争取对桑塔格反对阐释理论进行多方位理解和把握。

延异·互文·游戏：爱伦·坡《被窃的信》中文本的不确定性

王晶石　田佳宁

摘要：本文聚焦爱伦·坡《被窃的信》中的文本层面，分别从延异、互文、游戏等三个角度逐步展开。借助于德里达不确定性的理论，探析了爱伦·坡笔下侦探故事中的复杂性与文学价值，并尝试跳脱固有的逻各斯中心的批判体系。本文在梳理爱伦·坡侦探故事创作思路的同时，也指出了侦探故事中的不确定性恰恰是解构主义的进路。通过"信"的延异、文内和文外的互文性，坡的侦探故事最终成为其突破当时固有写作方式的"药"，开启了侦探小说的新范式。

关键词：不确定性；爱伦·坡；延异；互文；游戏

引　言

在20世纪中后期，德里达（Jacques Derrida）曾针对拉康（Jacques Lacan）关于爱伦·坡（Edgar Allan Poe）的《被窃的信》（The Purloined Letter）一文的研讨会展开讨论。[1] 学界对这一学术事件的关注主要集中在精神分析和解构主义关于"能指"和"真理"（希腊语 *aletheia*）等问题的分

【基金项目】本文系2021年辽宁省哲学社会科学青年人才培养对象委托课题"德里达文字学中的阐释理论研究"（项目编号2022lslwtkt-017）的阶段性成果。

【作者简介】王晶石（1987—），女，英语语言文学博士，大连理工大学外国语学院副教授，研究方向为文学理论、英美文学。田佳宁（2000—），女，大连理工大学外国语学院英语语言文学硕士研究生。

[1] 详见黄作.《关于〈被盗窃的信〉的研讨班》VS《真理的邮递员》——德里达在能指问题上对拉康的批评辨析. 现代哲学，2017（06）：67-75

歧，[1]而忽视了能指问题对于再理解爱伦·坡侦探故事的重要意义。能指即文本，文本是文学作品的基本构成，同时也是解构主义视域下的关键词。在坡的侦探故事《被窃的信》中，作为文本意象的"信"不再是对现实世界的再现，而是代表了符号的延迟与差异的永无止境的游戏。[2]围绕文本不确定性（uncertainty）的讨论将坡侦探故事的意义拓展到后现代领域，为重新理解其作品提供了思路。

文本的不确定性或"模糊性"广泛存在于坡的创作当中，[3]这导致了坡自凭借确定性划分文学的19世纪起便受到束缚，其侦探故事中的复杂性和文学价值也长期被忽略。[4]在传统以逻各斯为中心的文学批评体系中，学者们多数将关注的重心放在了坡侦探故事的逻辑之上，并总结出了其中"三步式"和"四步式"的推理模型。[5]这些批评忽略了坡侦探故事中的不稳定性，而这恰恰成为解构主义的进路。本论文对文本不确定性的讨论就以德里达和拉康之争的核心——"能指"为切入点，着重讨论《被窃的信》中文本的内部延异（différance），内外互文（Intertextuality）及外部游戏（play）：一方面坡在作品内部使能指自然发生了运动，抹去了部分语词的确定性，使其原有的恒定意义消失；另一方面坡引用名言典故，增加了能指与外部文本的互文性。最终，文本外部的游戏带来了文本的不确定性，使坡的侦探故事获得了后现代意义。

1 "信"作为能指的延异

叙事小说惯以逻辑的线性推进为故事发展的动力，而在坡的侦探故事中，这种动力从根本上却来源于能指的延异。传统小说通常使用线性叙述表现立体空间中并行发展变化的人物与事件，当既定的时间空间逐步形成制约，作

---

[1] 详见马元龙《关于〈被窃的信〉：德里达对拉康》(2016)、黄作《〈关于《被窃的信》的研讨班〉VS〈真理的邮递员〉——德里达在能指问题上对拉康的批评辨析》(2017)等。
[2] 李墨一. 德里达对现代性的批判、特点及其启示. 湖北社会科学，2019（06）：75-80.
[3] 李宛霖：《后经典视域下的文化修辞叙事学：以爱伦·坡的〈丽姬娅〉为例》，载《外国文学》2019年第2期，第14-26页.
[4] 于雷. 爱伦·坡在中国的接受与认知缺失. 南京理工大学学报：社会科学版，2012，25（01）：67-72.
[5] 姚丹，杨婧. 从"三"到"四"——以杜宾系列案件为例探索爱伦·坡侦探小说推理模型的演变. 海外英语，2015（08）：193-195.

家们便在时间与空间上寻求突破。[1]在《被窃的信》中，坡将突破口瞄准了故事的中心点"信"。他通过分离"信"的能指与所指，将其从静止转化为流动的状态。这种流动性构成了"信"的延异，因为"延异便是时间的空间化和空间的时间化",[2]从而模糊了侦探故事中时间与空间的界限。

在《被窃的信》中，"信"作为能指的延异指的是其在时间上的延迟与空间上的差异，而这二者在文中则分别体现为意指的变化与视域的差异，以此模糊既定的时间空间所带来的限制。在通常的文本叙述中，能指与所指间存在着稳定的指涉关系,[3]但稳定性意味着确定的文本意义，这对于需要营造迷雾以掩盖真相的侦探故事来说，无疑是致命的。身为侦探故事的开创者，坡在线性的逻辑链条中引入了不确定性，巧妙地用延异否定了这种稳定关系。在《被窃的信》一文中，"信"的意义始终伴随着空间和时间发生变化。信最初出现于警长的口述："我得到的情报是由地位很高的人亲自通知我的，有人从皇宫里偷走了一封极重要的信。"[4]而后在侦探的不断追问下，警长接着又交代了信原本的拥有者为女王，并描述了信失窃的具体过程。事实上他并未真正接触过那封信，他所了解到的一切都来自他人的转述，侦探也是同理。由此可见，当信在故事中出现时，其失窃便已经导致了空间的变化，而在一次次转述中，信息传达的时间也有所延迟。这些都构成了"信"作为能指的延异活动。

"信"的延异在时间上体现为意指的不断变化。故事中的时间线并非按照事件发展的自然时间顺序展开，而是兼顾闪回与插叙的复杂时序。复杂的时间排序使其原本作为一封信件的能指和所指逐步分离，仿佛角色们在玩一场传话游戏。传话游戏的规则是将话语尽可能准确地从第一个人传达到最后一个人，但中间每个人都会有表意偏差或是传达失误的可能。在从女王到警长，警长到侦探，最后到"我"的传达转述的过程中，"信"的含义随着传话人的增多逐渐产生了偏差。如对女王来说，"信"是她丢失的信件，是她不想被国

---

[1] 关尚杰. 时间与空间的魅性特质. 社会科学战线，2008（06）：265-266.
[2] Jacques Derrida. *Margins of Philosophy*. Chicago, 1992: 1-27.
[3] 杨镇源. 论德里达"延异"概念对文学翻译批评"忠实"伦理观之消解. 当代文坛，2010（01）：66-69.
[4] 爱伦·坡. 爱伦·坡短篇小说全集（惊悚悬疑卷）. 曹明伦，译. 北京：当代中国出版社，2014：236.

王知道的秘密；对窃贼来说，"信"是他拥有了的能够威胁女王的权力；对警长来说，"信"是委托者的任务，是被盗走的赃物；而对侦探来说，"信"是一个有趣的解密游戏，是他能用来换取酬金的"支票"。[1] 随着故事的发展，"信"的差异被不断扩大，在角色们的心中形成了差异的符号。即"差异永远不会因为语词的描述而消失，在以词语作为媒介来描述差异的同时，实际上将差异进一步扭曲和放大了，让我们离真相更远。"[2]

坡有意地打乱"信"的时序，使其作为能指的延异在一定程度上消解了其作为主体的权威性。时间上的延迟和角色之间的传递使得信最初的意义在一次次的延异中被分化，其本体则被逐渐忽视，最终被看作一个剥离所指的、抽象的符号。在故事中，并没有任何人主动去追问信的内容。即便是偷走信的犯人，其本身也并不对信件的内容感兴趣，而是聚焦于其所带来的权力价值。事实上，意指的不断变化使"信"作为能指的部分含义被坡有意隐藏了起来，读者不再纠结于信本身的存在，而是把关注点转向了由"信"引导出的谜团，"那封被盗的信显然因此从最初的信息沦为了一则事件。"[3] 由此，"信"作为能指的延异削弱了其主体的权威性，推迟了其自身的出场，"信"上所汇聚的谜团也就尽可能地在故事结束前被留存。

"信"作为能指的延异不仅体现于时间延迟所导致的意指变化，更体现于空间差异带来的视域差异中。若只关注《被窃的信》中意指的变化，"信"似乎就仅是一个纯粹的能指游戏。因此，为了进一步摆脱空间的束缚，爱伦·坡在单个角色不可避免地受到视域限制的情况下，用多个角色对同一事件进行差异讲述，使空间从视域的对比得到突破。如警长根据自己的经验搜寻那封信，找遍了各种精细的角落以及印象中那些聪明人会用来藏匿重要宝物的地方，可仍旧一无所获。他对"信"的理解显然受到了其他符号和自身视域的限制，这使得他难以认清"信"的本质所在。就如同侦探杜宾所描述的："他们进行调查的原则一成不变，至多，由于情况非常紧急，或者在重赏的促使之下，他们会把老一套的办法扩充或者变本加厉地运用一番，可也不会去碰一碰他

---

[1] 爱伦·坡. 爱伦·坡短篇小说全集（惊悚悬疑卷）. 曹明伦，译. 北京：当代中国出版社，2014：238.
[2] 刘超. 从"延异"到"自体性"——论德里达的解构策略. 广东社会科学，2014（02）：75-82.
[3] 于雷. 催眠、电报、秘密写作：坡与新媒介. 外国文学评论，2020（03）：78.

们的原则。"[1] 警长的所处的空间局限了他对符号的认知，使其逐渐偏离了真相，最终导致他无法找到信。同理，对于读者来说，这部作品的视角始终是单一的。《被窃的信》这一故事始终由叙述人讲述，而客观描写，这是德里达强调的地方，同时也是拉康忽略的地方。[2] "信"在角色间自然地产生了延异，"信"的延异也反而加深了故事的谜团，只因信越是延异，就越是难找。爱伦·坡的侦探故事似乎在这一刻陷入了绝境，所有的符号都因为其他符号的限制难以抵达本质。但恰恰是"信"在时间上的延迟，将破局的关键引向了其在空间上的差异，即视域的差异上。所以在侦探故事中，当警长深陷延异的迷宫时，空间视域也就自然地发生了转移，聚光灯因此过渡并聚集到了侦探杜宾身上。

如果说时间延迟带来的意指变化为侦探故事带来了谜题，那空间差异所体现出的视域差异就成了解开谜题的破局关键。作为"传话游戏"中的一员，侦探原本应当同样受困于延异的游戏。但在侦探与"我"的对话中可知，侦探杜宾显然深知延异的原则，"正因为有些道理是明摆着的，十分突出，十分明显，有才智的人思考时反而会把他们放过去。"[3] 破案的关键点并不在于已经被隐藏，被弱化成抽象符号的"信"本身，而在于"信"作为能指的本质，即差异。能指的本质并不能从"空缺"中见到，应当从差异中看出，它是差异的符号。[4] 差异体现在当警长寻找信时，他本着对以往经验原则的贯彻，笃信那封信是被藏在了什么隐蔽的角落；也体现在当侦探前去寻找时，本着对窃信者性格的认知，侦探猜想那封信其实是放在了非常明显的地方。侦探将能指的延异当作推导能指本质的工具，通过转换自己的视域，对身为偷盗者的部长进行换位思考，这成为他能找到信的关键因素。"我愈是相信，为了藏住这封信，那位部长采取了经过周密思考的精明手段，索性不去把信

---

[1] 爱伦·坡. 爱伦·坡短篇小说全集（惊悚悬疑卷）. 曹明伦，译. 北京：当代中国出版社，2014：242.
[2] 马元龙. 关于《被窃的信》：德里达对拉康. 中国人民大学学报，2016，30（5）：139-149.
[3] 爱伦·坡. 爱伦·坡短篇小说全集（惊悚悬疑卷）. 曹明伦，译. 北京：当代中国出版社，2014：245.
[4] 方汉文. 结构与解构之分野——拉康与德里达关于《被窃的信》之争. 外国文学评论，2008（01）：29-36.

藏起来。"[1] 侦探从差异中看破了谜题的答案，使得侦探故事并未因为延异而陷入绝境。爱伦·坡巧妙地将"信"的能指抛入茫茫的符号之海，却反倒在空间的限制中寻求到了突破口。

通读整个侦探故事，部长的手段不可谓之不高明，他表面上没有把信藏起来，但这个行为却恰恰考虑到了角色受到的空间束缚，让信能够光明正大地"藏匿"在警长全力的搜索之下。侦探是唯一突破了空间限制的角色。因此，无论是"小红印章，地址字迹纤细"的信件，还是"印章又大又黑，地址字体粗犷"的信件，[2]即便作为关键点的信的外表看上去已经发生了翻天覆地的变化，也并没有引起过多的注意。在这个过程中，"信"的确定性被进一步减弱，即故事用不确定的过程，抵达了一个确定的终点。

由此可见，"信"的意义的变化对延异的运用是突破性的。其对时间与空间限制的突破，使得侦探故事的语言在传统的写作框架上得到了最大限度的自由。而当时间与空间的界限消融时，延异对故事主体强权的持续削弱也就得到了体现，是坡对结构中主体权威的破坏的初步尝试。"延异是构成事物意义的条件，这一概念的优点就是，在原则上中和'符号'的语音主义倾向，而事实上通过从整个'文字实体'的科学领域（超出西方界限之外的文字的历史和体系，它的重要性不是微不足道的，而且我们至今还没有注意到它，或者瞧不起它）中解放出来抵消它。"[3] 正是"信"的延异所带来的能指的不确定性，给坡的侦探故事带来了理性逻辑所不具有的活力，也使文字得以脱离语音中心主义，往更为开阔的领域探索小说创作的可能性。

2 "信"作为文本的互文

在爱伦·坡的侦探故事中，当"信"作为能指的符号而存在时，其延异所带来的不确定性就初步拆解了结构中稳定的、系统的边框。然而，坡并未止步于此，而是将延异扩散到能指系统之外，使得文本自身呈现出互文性。

---

[1] 爱伦·坡. 爱伦·坡短篇小说全集（惊悚悬疑卷）. 曹明伦，译. 北京：当代中国出版社，2014：248.

[2] 爱伦·坡. 爱伦·坡短篇小说全集（惊悚悬疑卷）. 曹明伦，译. 北京：当代中国出版社，2014：248.

[3] 雅克·德里达. 多重立场. 北京：三联书店，2004：31.

"拆散这一边框应有的连接之处，并使之完全脱节、离位、断层、错置，尽管本末倒置的开口已经被敲开，但空白的页面仍未进入我们的视野。"[1] 可见，能指的延异仅是边框的突破口，"信"作为文本的互文性，才是进一步破除边框与主体权威的关键所在。

互文性是爱伦·坡侦探小说中所呈现的文本特色，也是解构主义的核心理念之一，更是文本的延异所导出的独特现象。正如德里达在《延续：边界线》一书中所说的："一篇'文本'不再是一个已经完成的写作合集，不是一本书所包含的或空白书页之间存在的内容，它是一种差异作用下的网状结构，是各种踪迹编成的织物，这织物不停地指向其边界之外的东西，指向其他由于差异作用而形成的踪迹。"[2] 文本与其他诸多文本间的互文共存，这使得传统文学中明确且固定不变的意义得以瓦解，加强了文本语意的流动性。[3] 坡的侦探故事对时代背景的融合及适应，也体现了其对文本外部世界的互文。总的来说，"信"作为文本的互文性给爱伦·坡的侦探故事带来了前所未有的开放感，使其得以在严谨的逻辑框架上构建出极具文学性的文本内容。

在文本内，互文性的构建主要聚焦于两个方面，一是差异的互文，二是非线性的网状结构。[4] 这二者皆为延异在时间空间上的差异体现，但前者主要表现于文字符号中，后者则体现于爱伦·坡首创的侦探故事叙事模式。在《被窃的信》中，互文性首先来源于"信"作为文本符号的差异。自故事伊始，"信"的含义便一直在流动。而正如德里达所说："符号作为实物的替代，具有从属性和临时性。从属性是因为符号从原始的在场派生而来，并且作为一种不在场的替补而存在。在指向最终的缺少在场的运动过程中，符号仅仅是一个中途调解驿站。"[5] 可以说，符号本身就是一种不确定的在场，其时间与空间的差异本就具有一定的互文性。正如"信"在侦探故事开场就已经被提及，但直到故事过半才真正出现，这体现了其在时间上的延迟。且"信"本身作为实物显然并非一直在场，在小说大部分的时间里，都仅仅作为一个

---

[1] 张振东，张仪. 艺术与解构——德里达中期艺术哲学批判疏论. 上海：同济大学出版社，2018.
[2] Derrida, Jacques. *Living On: Borderlines*. Trans. James Hulbert. *Deconstruction and Criticism*. New York: Seabury, 1979: 83.
[3] 钱翰. 论两种截然不同的互文性. 学术论坛，2015，38（02）：88-95.
[4] 王燕子. 互文关系与文本意义的建构. 西南农业大学学报：社会科学版，2012，10（10）：120-124.
[5] 雅克·德里达. 论文字学. 上海：上海译文出版社，1999.

符号存在。这使得"信"从一个确定的概念过渡为一个不确定的互文的符号。[1] 可以说，时间上的延迟和空间上的差异是确定性文本得以转化为不确定的互文文本的关键。

另外，爱伦·坡对互文性的构建还体现在其独特的非线性的网状叙事结构中。线性叙事的世界是单调乏味的，其以时间为线索，过于注重因果逻辑性，因而整体简单且机械。但生活的世界是高度复杂的，这就使得作者们开始寻求与之相匹配的复杂系统，爱伦·坡也是如此。[2] 因此，为了突破传统的线性叙事结构，坡首先将不同的时间和空间连同琐碎的文本串联在一起，将线性的时间碎片化。而后，坡用网状的叙事结构取代了线性的时间，即一种非单线程的，多条叙事路线交织，多结点多人物的叙事结构。爱伦·坡使网状叙事成为侦探故事的内在逻辑，这一方面让侦探故事呈现出纷繁复杂的关系脉络，另一方面，其复杂的关系脉络使得故事内的能指和多个人物间的关系脉络相互交织，不仅弱化了绝对的中心，更是形成了复杂的多结点，多中心的互文性叙事。"意义永远不是孤立自在的东西，它也不是一种自我构成，它永远处于纷纭关系中。每一个文本，每一个句子或段落，都是众多能指的交织，并且由许许多多其他的话语所决定。"[3] 这种创新的互文叙事，让坡的侦探故事真正做到了纷繁复杂却井然有序，并在保证了侦探故事内在逻辑的基础上，进一步营造出了富有张力的互文性效果，使得文本内部得以更具活力。

以《被窃的信》为例，如果只看故事的基本框架，忽略烦琐的破案过程，这桩窃信案可以说是一个极其简单、毫无悬念的事件。例如，在最初信被部长盗走之时，被窃者就已经知道窃信人的身份，部长也知道被窃者知道自己的存在。[4] 窃信者部长并没有选择把信藏在很隐蔽的角落，而是大大方方地将其放在了信架上。同样，侦探拿回信件时也几乎采用了和部长同样的方式，他也说若是部长发现信被取走，肯定也会很清楚是侦探的手笔。可以说，若

---

[1] 余乃忠. 论德里达"延异"的非概念化解构. 社会科学研究，2011，(4)(04)：128-132.
[2] 龙迪勇. 复杂性与分形叙事——建构一种新的叙事理论. 思想战线，2012，38 (05)：1-10.
[3] 陈永国. 互文性. 外国文学. 2003 (01).
[4] 爱伦·坡. 爱伦·坡短篇小说全集（惊悚悬疑卷）. 曹明伦，译. 北京：当代中国出版社，2014：251.

是没有非线性叙事的碎片化时间处理，也没有网状叙事所带来的多个角色与信之间的复杂关系网，若是只从传统的侦探推理框架中来看，这次窃信案几乎就是无悬念的悬念。然而，从"被窃的信"到"被窃的权力"的互文转变，在小说一开始便将简单的窃信案上升到了权力斗争的高度，拔高了原本偷窃案的地位。而警察局复杂的搜寻失利拔高了窃信者智慧的同时，也和侦探简单的推理及胜利形成了强烈的互文对比。可见，多结点的非线性网状叙事加上文本符号间的复杂关系脉络，让坡的侦探故事最大限度地激发出了文本的内在潜力，更是用简单故事构建出复杂世界的典型。因而对优秀的侦探小说来说，平铺直叙只会使得故事的发展趋于停滞。唯有差异与非线性的网状互文叙事，才能使得文本内产生互文性，从而给枯燥的文本带来进一步的开放感。可见，互文性是坡的侦探小说中不可或缺的。

而当读者将关注点延伸至文本外部时，会发现同样存在着名言典故、科学知识和社会现象的互文现象。正如德里达所提及的："这织物不停地指向其边界之外的东西，指向其他由于差异作用而形成的踪迹。"[1] 在《被窃的信》中，名言典故的引用是极为精妙的。如在侦探故事伊始，爱伦·坡便引用了罗马哲学家辛尼加的话"智者最忌过分精明"。[2] 而这句话看似普通，却与侦探故事的情节发展环环相扣。如在侦探杜宾谈及警察局长时，他便分析道："对局长而言，某些极为聪明的想法反倒成了普罗克拉斯提斯之床，迫使他按此制订自己的计划。"[3] 此处显然将警长与引言相联系，指出了警长和他的下属因思考得过于复杂，反而找不到丢失的信这一情形。但当我们结合整个故事来看，就会注意到"智者最忌过分精明"这句话不仅指出了窃信者和警长等角色思维固化的缺陷，也指出了侦探得以破局的关键便是不过分精明，能够多角度思考。另外，坡在文本间的互文也体现在科学知识的引入上。如在《被窃的信》中所提及的智力测试游戏、数学公式以及法语和拉丁文等。晦涩难懂的科学知识通常意味着阅读门槛的提高，但坡的作品显然并未受其

---

[1] Derrida, Jacques. *Living On: Borderlines*. Trans. James Hulbert. *Deconstruction and Criticism*. New York: Seabury, 1979: 83.
[2] 爱伦·坡. 爱伦·坡短篇小说全集（惊悚悬疑卷）. 曹明伦，译. 北京：当代中国出版社，2014: 236.
[3] 爱伦·坡. 爱伦·坡短篇小说全集（惊悚悬疑卷）. 曹明伦，译. 北京：当代中国出版社，2014: 249.

影响。究其原因，坡侦探故事的框架往往并不复杂，科学知识的引用只是侦探对案件所做的互文性分析，实际并不影响故事的整体叙事逻辑。而在这个基础上，读者如果过度聚焦于晦涩的部分，反倒成了庸人自扰，也恰恰与故事开头的那句"智者最忌过分精明"形成了互文。

可见，坡的互文性引用不仅作用于文内，更延伸至文本之外，保证了文本与读者间良好互动的同时，也为读者带来了相当的启发和警醒，更对当时的社会现象进行了互文映射。爱伦·坡的侦探故事聚焦于那个正逐步走向工业化，社会治安混乱，民众渴求质朴正义的年代。[1] 这种对于现实的焦虑映射在了小说中，与时代的大背景形成了互文。如为了迎合当时新兴的美国社会报刊业，爱伦·坡无疑探索出了最为贴合报刊的写作模式。[2] 为了在报刊连载的情况下留住读者，作者就势必需要不断营造悬念与高潮，方能引起读者的兴趣。而坡的侦探小说中所体现出的不确定的互文性，以及他独特的非线性的网状结构的叙事模式，恰恰有着多结点，多冲突的特点，在对悬念的营造上极为出彩。可以说，互文性的引入使得文本有了更为多样的外部阐释，这些外部阐释预示着文本有着无限可能的前景，同时也是爱伦·坡对小说创造模式的不断创新与探索。[3] 爱伦·坡对文本不确定的互文性的追求，反映了其对传统文学的继承与革新，也对后世的侦探小说家们产生了深远的互文性影响。[4]

总之，无论是文本内还是文本外，"信"作为文本的互文性都给了坡的侦探故事一个重构的机会。在被能指的延异拆散边框后，爱伦·坡的侦探故事并未彻底走向后现代主义的散漫与无意义，其根本便在于交织互文的文本犹如一张巨大的蜘蛛网，包裹并构建了一种新的写作模式。"文本之外别无他物"，互文的文本并不受限于外界的界定，更是一种互文的游戏，其意义也在读者与作者的游戏中得以产生。"信"作为文本的互文性给坡的侦探故事带来

---

[1] Beidler, Phillip D. *Mythopoetic Justice: Democracy and the Death of Edgar Allan Poe*. Midwest Quarterly, 2005, 46 (3): 252-267.

[2] 关键. 从爱伦·坡到柯南道尔——侦探小说的传承与创新. 长城, 2013 (12): 16-17.

[3] Grumberg, Karen. *Introduction: Beyond Orientalism—Edgar Allan Poe and the Middle East*. Poe Studies: History, Theory Interpretation, Vol. 53, 2020: 3-9.

[4] Garmon, Gerald M. *Emerson's "Moral Sentiment" and Pose' "Poetic Sentiment". A Reconsideration*. Poe Studies: History, Theory, Interpretation, Vol. 6, No. 1, 1973: 19-21.

了开放感，也营造了诸多的不确定性，让读者感觉到了更多的互动性。但传统的形而上学的思想同样潜藏在侦探故事的诸多差异之中，形成了与不确定的文本的互文，这是爱伦·坡的侦探故事兼具新旧思想，以至于其拥有了跨越漫长时间的文字新鲜感的重要原因。

3 符号的游戏：爱伦·坡的"药"

爱伦·坡对于侦探小说的探索无疑是宝贵的，面对文本符号意义逐渐枯燥固化的顽疾，坡用延异和互文的符号游戏加以治疗，不确定的符号游戏则成为爱伦·坡得以动摇文本中心极权压制，对抗无意义困境的"药"。但对于爱伦·坡来说，这份"药"同时也带来了新的困境与挑战。

"药"（pharmakon）是柏拉图在《斐德罗篇》中对书写和文字的隐喻，后来被德里达广泛应用于解构主义逻辑中。在德里达看来，pharmakon其本身实际上就有着含混的词意，既可指害人的毒药，又可指治病的良药。[1] 事实上，在化学和生物的领域中，大部分药品的浓度确实决定了其是否具有毒性。"药"这个概念天然便具备着双重性，其两种意义因此可随时相互转换。正如对爱伦·坡来说，他对于创新的写作模式和文字不确定性的探索，确实在一定程度上开拓了文学的边界，是一剂良药。但从同时代的作者们对其作品的轻视和将侦探小说归于通俗小说的行为中，又能够发现其不确定性似为一剂猛毒，就连坡本人也受其所害。然而，药的含义并非单纯的二元对立；"'药'是含混的，它是构成对立面在其中彼此对抗的中介，运动与游戏在其中将对立的含义彼此相连，并将这些对立面反转，或者让一面跨越界限进入另一面。"[2] 爱伦·坡侦探小说中的延异和互文性所引出的也并非二元对立，而是对于其含混意义的清楚的认知，坡让文本走入了符号的游戏，并以此挑战和解构文本中心的权威与极权，意图为侦探小说开辟更广阔的创作空间。

一方面在文本内部，不确定的互文性实际体现为永不停歇的文字的游戏，

---

[1] 王榕. 文字与药——通过《柏拉图的药》看解构的本质. 国外文学，2019，{4}（03）：9-17+156.
[2]（法）德里达.《柏拉图的药》,《撒播》. 芭芭拉·詹森，译. New York：Continuum出版社，2004：129.

所以它的解释也是永无止境的。[1] 正如德里达所说："字典会告诉我们更多的词语来解释它，而这更多的词语的意义又使我们继续不断地查阅下去。所以意义实际是一系列无终止的象征符号的差异。"[2] 体现在爱伦·坡的侦探小说内，便是坡对延异的引入以及对互文性的大量运用。互文性使得文内符号的意指及所指持续运动。这剂良药令小说的中心逐渐被削弱消解，在重视基本的逻辑与整体效果的情况下，毫无疑问地增加了侦探小说的复杂性，也给文字增添了流动性，反倒令坡的侦探小说有了更多的可分析之处。"聪明的艺术家不是将自己的思想纳入他的情节，而是预先精心构思，想出某种独特或与众不同的效果，然后再杜撰出一些情节——他把这些情节连接起来，以便最大限度地有利于实现那预先构思的效果。"[3] 正如坡所说，他在小说第一句话中就应当引出整个故事，却在小说末尾才点出故事的玄机。体现在《被窃的信》中便是从第一句话就开始的互文，以及侦探迟迟不揭露，结尾才提及，在时间上产生了拖延的真相。爱伦·坡对于符号的游戏和对叙事结构的掌握突破了当时浪漫主义的局限性，即通过不确定的互文性在一定程度上消解了同一性，使得爱伦·坡的侦探小说具有浓厚的后现代主义色彩，也让其有了不同于同时代其他文体的独立性以及独特的美学特色。

但在另一方面，符号的游戏会使得文本陷入无休止的语言的争辩中，从而走向无意义的深渊，其在身为良药的同时也无疑是一剂猛毒。过度追求艺术性和结构统一性的展现，难免会让人物塑造、故事情节、场面描写都变得过于"功利"，只会一味地追求文本效果，而忽视了故事情节的整体创作。这样的写作手法难免会使故事情节变得平淡无趣。[4] 而种种不确定性及互文性的描写以及较为开放的结局，也难免会使得读者走向"双重焦虑"与虚无主义的陷阱，陷入无意义的解构文字游戏中去。[5] 然而，爱伦·坡显然也注意

---

[1] 景君学. 本原与延异：德里达差异哲学中文字对语言意义的游戏建构. 苏州大学学报：哲学社会科学版，2016，37（04）：20-25.

[2] Derrida, Jacques. *Dissemination*. Trans. B. Johnson. London: The Athlone Press, 1981b.

[3] 杨冬. 西方文学批评史. 吉林：吉林教育出版社，1998：337.

[4] 孔凡娟. 后结构主义历史、知识和权力在文本中的批判和解构——后现代语境中新历史主义的理论资源探讨. 南京师范大学文学院学报，2018，{4}（04）：108-115.

[5] 黄晨. 后现代主义的主体悖论：福柯的"陷阱"与德里达的"替补"[J]. 武汉理工大学学报：社会科学版，2012，25（05）：736-746.

到了这一点。如在《被窃的信》中,坡一方面保证了小说开头与结尾的结构性互文,另一方面,在面对较为简单的案件故事和缺乏悬疑感的情节时,坡并未甘于平铺直叙的简单叙述,而是采用了大量烦琐的互文性的文字写作。如在物理学和形而上学的意义上表达物质世界和非物质世界的相似性,以智力游戏为例,证明过分谨慎的老手反而会错过一些显而易见的简单信息。这些烦琐的互文性叙述使得符号呈现为一种缺席的在场,符号本身的延异使得其天然就具有了时间上的延迟和空间上的差异。[1] 因而才能使得案件的真相在小说中被无限向后推迟,语言的意义也在小说内案件侦破的短短数日里产生一系列的变化与推移。同理,如信在全文中就呈现出一种缺席的在场。不确定的信一方面在意义上进行符号的游戏,另一方面也在时间上设置了多重悬念,使得案件的真相本身具有多重性,真正的真相得以被推迟到小说的末尾才被迟迟展开。不确定性并不仅仅是结果,而是一种手段,目的是解构,以表明一种解读的态度。[2] 爱伦·坡对互文性的了解使他意识到了符号的游戏给文本带来的缺陷,因此也尽力在叙事逻辑上进行了弥补。

更为明显的便是在《被窃的信》中,小说的结局虽然相对开放,如并未将窃信者的结局直接表现出来,也并未告知作为全文线索的信最终的下落,但坡仍旧通过侦探的预想,猜测到了窃信者最终会面临的情景。而信最终无论是被其拥有者妥善保存起来,还是被烧掉或是撕碎以保证不留线索,这些其实都不再有区别。结局中的那封信件不再是权力的象征,在其拥有者手里,它已经回归了其最普遍的含义,而窃信的部长在失去了信所赋予的权力后,其再多的心计也都只化作了无意义的挣扎而已。侦探拿到了钱,警长保住了工作,失窃者守住了秘密,窃信者恶有恶报。可以发现,在看似不确定的无意义的结局中,其实大部分角色的结果却又都是注定的。可见,通过巧妙的文字的游戏,爱伦·坡使得结局并未只是简单的"是"或"不是",而是停留在了二者的中间地带。正如"药"本身只是一种状态,良药和毒药无非由其计量所决定,爱伦·坡的侦探小说的结局也是如此。坡在结尾处留出了部分

---

[1] 刘超. 从"延异"到"自体性"——论德里达的解构策略. 广东社会科学,2014,(4)(02):75-82.

[2] Allan Emery. *Evading the Pit and the Pendulum: Poe on the Process of Transcendence*. Johns Hopkins University Press,2005:38.

空白，恰恰让侦探小说的结尾停留在了破案的高潮处，使得结局往往需要读者通过想象进行补全。这样的留白给了读者更多想象的空间，让互文的文本变得更具不确定性，情节也更加紧凑，更具张力。而通过不确定的互文，坡又隐晦地从小说伊始便对最终的真相进行互文与暗示。这就让读者的想象不至于漫无边际，或是对结局走向毫无头绪，而是在结局时，无论读者选择了哪种思考方向，都能够产生意料之外却又在情理之中的豁然开朗感。

而在文本外部，爱伦·坡对文学创作的创新和在文本中对不确定的互文的运用确实使得他在文本上进行了革新，坡因此也被视为侦探小说一系的鼻祖，影响了之后作家们的小说写作和创作方式。但其不确定的文本无疑也与当时的文学潮流格格不入，导致坡在最初遭受了诸多批评与质疑。就像尽管"药"第一次出现时被用以类比一劳永逸地解决问题，可正如苏格拉底所说，治疗百病的药是不存在的。[1] 符号游戏和互文性使得爱伦·坡破除了文本中心的权威性，却也带来了更多的未知性，使坡的侦探小说早早具有了后现代的倾向。这种后现代倾向使得坡身为侦探小说创作的鼻祖，却不可思议地在很长一段时间的文学研究内惨遭边缘化。可以说，其过于超前的创作理念成了当时的坡的毒药，但当不确定的药在进入后现代时代后，竟也戏剧性地化作了良药，和坡的创作不谋而合。且坡对符号游戏的巧妙运用，在使其避开了无意义的游戏旋涡的同时，也是他对于"药"这一概念的自我阐释。在面对不确定的互文的游戏时，坡并没有选择破坏一切传统的写作思路，而是在保留对统一结构的追求下，提供了新的解构的创作思考方式，进一步消弭了文学写作的边界。

4 结 语

总的来说，通过从德里达不确定性的角度对坡的侦探小说的文本进行解读，我们得以看到爱伦·坡在文本上是如何转向不确定性的，以及他转向不确定性的过程。坡的天性仍然是一个浪漫主义者，作为浪漫主义文学的代表人物之一，他对于小说中对正义和善恶有报的质朴叙述，都表现出了其所具有的时代特质。然而，坡对于不确定的互文性的运用，以及他对符号的无尽

---

[1] 苏李. 文本与延异——德里达对柏拉图《斐德罗篇》的解读. 江淮论坛, 2018, (4) (05): 99-104.

游戏的探索，都超越了时代的限制。这使后现代的未来感自然地从他的文本逻辑中显现出来，并且无疑对于理解坡的侦探小说体系和其创作理论有着更为决定性的作用。可以说，正是得益于坡对侦探小说文本逻辑的持续的开拓与创新，侦探小说才能作为一种看似一成不变的文学主题在多年来仍旧广受欢迎，侦探小说的主角侦探杜宾，无疑也成为文学史上极为成功的角色之一。文本中的不确定性确实较为晦涩且隐蔽，而当我们从解构的角度对爱伦·坡进行重新审视和更深层次的挖掘时，不确定的人物和作者显然更鲜明地体现出不确定性的特征。

公共阐释研究

为阐释的真理性和公共性奠基的黑格尔"理性"

刘春鸽　秦明利

摘要： 阐释以理性为主导，以公共性为视域，是一种追求真理的行为。黑格尔哲学作为形而上学的顶峰，以统一性和同一性为特征，认可人类理性的能力和理性对世界的完全把握，能够为以追求知识、把握确定性意义为目的的阐释奠定真理性基础。同时，黑格尔哲学强调理性的公共性和普遍性特征，理性精神超越孤立的、个体的自我意识，使理性主体在社会和文化的公共场域中实现自由，因而能够为阐释奠定公共性基础。不仅如此，黑格尔的理性形而上学对现代反形而上学的回应，强化了理性的真理性和公共性维度，使阐释在应对虚无主义和相对主义的挑战中进一步具有理性的保障。

关键词： 黑格尔；理性；阐释；真理性；公共性

人类文明的发展和知识的积累在很大程度上得益于阐释行为。然而，受现当代反形而上学思潮影响，当代阐释理论表现出相对主义和虚无主义的倾向。阐释尤其在以理性为出发点还是以感性为出发点，以公共性为视域还是以个体性为视域，以真理性意义为旨归还是以不确定的意义为归宿等方面存在争议。反形而上学围绕对理性的批判，从反理性和非理性的立场出发，强

【基金项目】本文系 2022 年度辽宁省哲学社会科学青年人才培养对象委托课题"黑格尔文学理论的基本特征与主要原则研究"（2022lslqnrcwtkt-14）的阶段性成果。

【作者简介】刘春鸽（1988—），女，外国哲学博士，大连理工大学外国语学院讲师，研究方向为阐释学、文学哲学。秦明利（1960—），男，英语语言文学博士，大连理工大学外国语学院教授，研究方向为诠释学、文学哲学。

调感性经验的合法性,重视多样性、差异性和个体性,却同时带来了意义的不确定性和当下的不可把握性。然而,正如彼得·琼克斯所言:"人类需要让世界有意义,生活需要理性统一。在当代,这种需要往往转化为共同基础,使人们团结而不分裂。理性致力于构建稳定的、连贯的、可预测的环境,因为人类不可能生活在完全不同与偶然的世界。"[1] 从反理性或非理性的立场出发进行阐释活动,其结果往往并非意义的开放性和可能性,而是意义的不确定性,甚至是无意义。因此,在现当代反形而上学倾向中,阐释的理性基础需要得到辩护,只有在理性前提下,阐释的真理性和公共性才得以成为可能。

当代阐释理论面临相对主义和虚无主义的困境,一种有效的解决路径是回到理性的基础上,黑格尔哲学作为理性形而上学的一座高峰,在某种意义上能够为阐释奠定理性基础。西方哲学史的一个重要方面体现为理性的历史,黑格尔哲学作为理性形而上学的集大成者在此历史中具有自身的独特性,尤其表现在理性的真理性追求和公共性维度上。黑格尔对"理性"问题的探讨,是在近代启蒙运动的大背景下展开的,并直接回应康德的"理性"难题,即康德的批判哲学在理论理性和实践理性方面所存在的困境。启蒙理性在"去神话化"和对世界祛魅的过程中造成了传统权威(如上帝和传统道德价值观等)的失效,理性作为一种新的权威尚处于"假定"阶段,这在一定程度上导致了认识上的怀疑主义,道德上的无信念,并带来了人类在文化和传统上的无根性。康德哲学从理性的自我奠基出发,思考理性的合法性,然而康德对理性不同领域的划分与界定所导致的结果是:认识缺乏真理性基础,而人类的实践自由也不具有现实性。正是在这种"理性"背景下,黑格尔的理性形而上学从理论认识的真理可能性和实践理性的自由现实性两方面出发,致力于解决康德哲学的问题。黑格尔哲学在解决康德"理性"难题的过程中,使"理性"的真理性维度和公共性维度得以彰显。然而,在现当代哲学背景下,"理性"自身的合法性再次面临挑战,而这在某种程度上与康德的理性批判又有某种潜在关系。因此,黑格尔的理性形而上学如何能够回应现当代反

---

[1] 彼得·琼克斯. 多元与统一——解构主义哲学对形而上学的挑战. 骆月明,译. 哲学分析,2017(4):72.

形而上学的质疑对于增强"理性"自身的合法性有重要意义，而这能够为阐释作为追求真理的公共性活动进一步奠定理性基础。

为此，本文主要围绕黑格尔的《精神现象学》相关内容，探讨黑格尔对康德问题的解决，以此为阐释的理性合法性奠定基础。同时，本文通过分析黑格尔的理性形而上学对现当代反形而上学的回应，为阐释的真理性和公共性提供进一步论证。

一、为阐释的真理性奠基的理论理性

阐释作为一种认识活动的目的是什么？人类的理论认识以把握真理为最终目的，阐释活动能否作为人类追求真理的合法方式？如果能够，其真理又是如何可能的？其真理性基础何在？

阐释的真理性基于理性。然而，当代的阐释理论并未对阐释的理性基础取得一致看法，阐释活动能否达到确定性的真理也有待于斟酌，并进而造成了在阐释意义上的相对主义和虚无主义态度。之所以如此，其中原因之一是源于对理性限度的质疑，即出于对人类理性有限性的预设，人们往往认为真理是无法实现的，甚至是不可追求的。即便有阐释理论承认真理的可能性，却并非以理性为出发点，这使得阐释的真理性缺乏稳固的基础，而这个基础就是理性。黑格尔在对康德哲学的批判基础上，为人类理性对真理的追求辩护。当代的阐释理论对理性的质疑与康德对人类理性所进行的限定类似，而康德的批判哲学所导致的认识怀疑论甚至是不可知论与当代阐释理论所面临的真理困境又不谋而合。因此，理清黑格尔对康德理论理性批判的缘由，能够在承认阐释作为追求真理的活动过程中为其奠定理性基础。

一方面，黑格尔为阐释的奠基体现在黑格尔对康德理论认识中物我二分原则的批判上。阐释是否具有真理性，一个方面取决于阐释者与被阐释对象的关系，如文本阐释中读者与文本的关系。康德将认识奠基在主体上，其所达到的认识仅仅是主体的自我确定性，而不是真理性。如果从康德的视角出发，阐释所达到的"知识"将仅仅是读者的一种自我确定性，而非与文本统一所达到的真理性认识。康德的理论认识以物我二分为前提，黑格尔在《精神现象学》的"理性"一章中，将康德的理论认识作为"唯心主义"的理性观进行了批判。在黑格尔看来，唯心主义的"理性"是自己确知自己即是一切实在的意识或确定性[1]。"这种唯心主义的纯粹理性，由于要达取他物，由于要达取那个对它来说是本质的，即自在的，但又非它自身所具有的他物，就被它自身摒弃为一种不是真实知识的知识了；它就这样明知而甘愿地判定自己为一种不真的知识，而不能摆脱对它来说毫无真理性的意谓和知觉了。"[2] 可以看出，唯心主义的"理性"本身具有某种矛盾性：一方面理性自身是真理的确定性，理性意识的"我性"是一切实在的基础，是真理确定性的来源；另一方面，这种理性又承认一种理性的实在，而实在超出理性自身，具有对象的自在性。产生这种矛盾的原因在于：唯心主义的"理性"是一种抽象的概念，一种抽象的"我性"。因此，在黑格尔看来，康德的理性意识仅仅是一种确定性，还不是真理性。黑格尔认为，理性有待于从确定性提高到真理性，并使"空虚的我性予以充实"[3]。

从黑格尔的理论理性出发，阐释只有在主客统一中才具有真理性，这在文本阐释中则表现为阐释者和文本的统一。黑格尔对康德物我二分的批判意在表明：自我和存在是同一的，这也是马克思的原则，洛维特曾指出："黑格尔的原则，即理性与现实的统一和自身作为本质与实存的统一的现实，也是马克思的原则。"[4] 对于黑格尔来说，康德的"理性自我"是一种自然意识，以主客二分即意识与世界的区分为前提，尚不能达到思维与存在的同一性，因此其所致力于达到的认识并不具有真理性。针对阐释活动，如果从康德的视角出发，被阐释的对象是外在于阐释主体的"他物"，阐释主体既不能达到"他物"，也无意于达到"他物"。例如，在文本阐释中，读者将自身置于文本之外、两相对立的做法不能实现对文本的真理性把握。黑格尔主张物我统一，在阐释中体现为阐释者与被阐释对象的统一性，阐释活动是阐释者对被阐释对象的真理性把握，其所达到的统一性是阐释者作为主体的确定性的真理性表现。由此，康德的抽象的"理性意识"才能在作为对象的被阐释者上得到真正的确定，从而使阐释的真理性得以成为可能。

另一方面，黑格尔的理性为阐释的奠基体现在黑格尔对康德关于"表象"

---

[1] 黑格尔. 精神现象学（上卷）. 贺麟, 王玖兴, 译. 北京：商务印书馆, 1987：155, 157.
[2] 黑格尔. 精神现象学（上卷）. 贺麟, 王玖兴, 译. 北京：商务印书馆, 1987：160.
[3] 黑格尔. 精神现象学（上卷）. 贺麟, 王玖兴, 译. 北京：商务印书馆, 1987：161.
[4] 洛维特. 从黑格尔到尼采：19世纪思维中的革命性决裂. 李秋零, 译. 北京：三联书店, 2006：125.

与"对象"以及"普通意识"与"超验意识"之间所进行的区分的批判上。阐释活动能否达到真理性,又一个方面取决于阐释意义是否与作者的原意相对立,或者说,作者意图是否是超越于阐释活动的"真正对象"或"物自体"。康德的理论认识,在"表象"和"对象"、"普通意识"和"超验意识"之间进行了区分。"表象"是呈现在意识中的经验对象,而"对象"是作为物自体的超验对象,与此相应,普通意识是人的经验意识,超验意识是上帝意识。康德认为,人的意识只能把握表象而不能认识对象,对象处于超验意识之内。不同于康德,黑格尔主张意识本身具有超越性,"普通意识"和"超验意识"并非不可相通,"普通意识"能够超越于自身而成为"超验意识"[1],《精神现象学》中的意识过程就是意识的自我超越活动。在黑格尔看来,认识活动是意识从概念到对象再从对象到概念不断进行着的"颠倒"活动,只要在概念和对象之间存在着不一致,意识的自我颠倒活动就将持续进行,而概念和对象的一致只有到"绝对知识"才能实现。

在黑格尔的理论认识视域下,阐释活动之所以具有真理性认识意义,其在于:阐释的"表象"和阐释的"对象"以及作为阐释者的"普通意识"和代表作者的"超验意识"之间不再是对立关系。康德的表象与对象之分,使阐释的对象永远发生着"偏移",即阐释永远不可能达到被阐释对象本身。同时,经验意识与超验意识的区分,以某种方式暗含着阐释者与作者的对立,被阐释对象的真理与作者相关,并被表现为作者的意图,阐释者则被拒绝了占有被阐释对象真理的可能性。因此,康德对表象与对象、经验意识与超验意识的区分,使阐释意义的真理性很难得到保证。与康德不同,黑格尔的理性认识对表象与对象、经验意识与超验意识之间区分的消除,使阐释活动成为阐释者对被阐释对象本身的认识,阐释的目的是阐释者对被阐释对象的真理性把握,阐释者与作者以及意义理解与意图之间不具有对立性。由此,阐释作为理性活动是在阐释者、作者以及被阐释对象的统一中的真理性认识活动。

黑格尔的理性能够为阐释活动的真理性奠定基础,然而,正如黑格尔的

---

[1] Hyppolite, Jean. *Genesis and Structure of Hegel's Phenomenology of Spirit*. Trans. *Samuel Cherniak and John Heckman*. Illinois: Northwestern University Press, 1974: 16.

理论认识是辩证发展的过程，阐释活动的真理也并非现成存在的。根据黑格尔的理论理性认识，真理的实现是意识在自我否定基础上的辩证发展过程。理论认识是一种运动过程，具有辩证性和否定性。伽达默尔指出，黑格尔的辩证法就是运动[1]。黑格尔在《哲学史讲演录》中也曾表明，"运动本身就是一切存在者的辩证法"[2]。同时，在意识的运动过程中，"否定性"是精神的力量和前进的动力。马克思在《1844年经济学哲学手稿》中将《精神现象学》看作为黑格尔哲学的真正诞生地和秘密，并认为《精神现象学》的最后成果就是"辩证法，作为推动原则和创造原则的否定性"[3]。也即是说，马克思认为，"辩证法"是黑格尔哲学的合理内核，而辩证法的原则就是"否定性"。黑格尔有关真理的辩证实现过程和否定性原则，使认识的真理并不作为现成性的存在，也并不以"最后的真理"作为认识的绝对终点，而是将过程中的各个环节包含在内，并具有不断发展的可能性。

黑格尔辩证发展的真理观为阐释作为追求真理的活动提供了保证，阐释过程具有辩证性和自我否定性，并使阐释的意义能够不断自我修正和进展。在《精神现象学》中，康德的理论意识作为一种自然意识形态，是意识通向真理的一个环节，其所存在的问题在意识的自我批判过程中被辩证地否定和扬弃，并成为真理王国的一部分。与此相应，阐释作为一种认识活动也同样是辩证发展的，阐释的真理存在于辩证的发展过程中。阐释作为一种理性行为，遵循理性意识自身的发展规律，即能够在自我否定的基础上不断进展和修正。同时，阐释的辩证性，并不是认可任何阐释都具有真理性，而是强调诸多阐释经验在自我批判之后具有被纳入阐释真理中的可能性。

由上可得，黑格尔的理论理性在对康德哲学的批判中，认可人类理性达到真理性认识，能够为阐释作为一种追求真理的合法方式奠定基础。黑格尔的理论理性认识克服了康德哲学在物与我、表象与对象以及普通意识与超验意识之间的区分，使阐释活动在阐释者、作者以及被阐释对象之间实现了统一。同时，黑格尔的真理是意识在自我否定基础上的辩证发展过程，是包含

---

[1] 伽达默尔. 伽达默尔论黑格尔. 张志伟, 译. 北京：光明日报出版社, 1992：10-15.
[2] 黑格尔. 哲学史讲演录（第一卷）. 贺麟, 王太庆, 译. 北京：商务印书馆, 1983：281.
[3] 中共中央马克思恩格斯列宁斯大林著作编译局. 马克思恩格斯文集（第一卷）. 北京：人民出版社, 2009：205.

过程中各个环节的全体。同样，基于理性的阐释活动具有意识的自我否定性和辩证性，能够在阐释过程中自我反思、自我修正和校准，如此形成的诸多阐释经验构成阐释的真理。因此，面对当代诸多阐释争论，黑格尔哲学能够为阐释奠定理性基础，并为阐释的真理性提供保证。

二、为阐释的公共性奠基的实践理性

阐释，作为一种人类的实践活动，其最终目的是什么？黑格尔认为，人类的一切活动以自由为最终目的，真理的目的也在于实现理性主体的自由。那么，阐释如何能够实现这种自由？或者说，阐释作为一种实践活动如何能够实现其本质？

阐释是在理性基础上、以公共性为视域的实践活动。然而，当代的阐释理论在阐释的公共视域与私人视域之间并未达成一致，尤其是在非理性和反理性的现当代思潮影响下，以重视个体性和差异性为主的阐释思想在使阐释意义具有多重可能性和开放性的同时，也造成了阐释意义本身的模糊性和不确定性。在此背景下，阐释活动需要重申自身的公共性视域，只有在公共性前提下才能达到意义的普遍可共享性，达到对人的公共教化[1]，进而实现人的自由。"现代人不再受制于神性的公共权威，试图依靠自身确证自身，建构基于主体自由的现代伦理关系"[2]。以实现人的自由为目的，黑格尔的实践理性思想在对康德哲学的批判过程中确立了理性精神的公共性和普遍性维度，具有为阐释的公共性进行奠基的意义。

黑格尔的实践理性能够为阐释奠定公共性基础，首先在于：在致力于解决如何达到实践理性的自由的过程中，黑格尔将康德的个体性的"理性"概念转变为普遍性的"理性精神"。对于黑格尔而言，康德的实践理性所面临的主要困境在于：实践理性的自由不具有现实性。黑格尔在理性精神的"道德"一节中，批判了"道德个人主义"的阐释，包括康德的道德世界观、良心和优美灵魂。其中，康德的道德世界观阐释将道德独立于自然，义务与现实冲突，道德意志与感性冲动对立，其造成的结果是普遍的目的，即道德义务，

---

[1] 张江. 公共阐释论纲. 学术研究，2017 (6)：3.
[2] 隋晓荻. 现代化状况与主体性自由：现代主义文学的伦理向度. 外国文学评论，2013 (4)：172.

与个别的目的,即享受和幸福之间难以和谐。虽然康德对道德和自然之间的和谐进行了假定,但这种和谐只是停留在"应该"之上,并不具有现实性[1]。康德的道德世界观阐释之所以存在困境,其中一个原因就在于康德的阐释是从个体的理性意识出发的,一方面这种个体意识脱离了社会文化语境,另一方面则预设了超验的上帝。在这种个体理性之下,康德的道德行为并不具有现实性。

与康德的个体理性不同,能够为阐释奠定公共性基础的黑格尔的"理性精神"具有普遍性。同时,"理性精神"是个体意识自我阐释的中介,能够为个体的阐释提供公共评价的标准。黑格尔的"理性精神"强调个体自我意识之间共识性的达成,即个体性中公共性(或普遍性)的实现。在《精神现象学》中,黑格尔对"精神"的一种解释是:"精神是这样的绝对的实体,它在它的对立面之充分的自由和独立中,亦即在互相差异、各个独立存在的自我意识中,作为它们的统一而存在:我就是我们,而我们就是我"[2]。也即是说,精神就是差异中的同一,是个体性中的公共性或普遍性。理性精神的公共性,能够为个体的认识和解释提供"中介",在这个公共性的"精神"中介中,个体性的意识发现并达成一种"分享的自我意识的理解"(a shared self-conscious understanding)[3],这种"共同的自我意识"就是理性精神。在黑格尔看来,精神是一种生命的自我意识的形式,同时也是一种发展了多种社会实践的生命形式,精神知道什么是具有普遍性和公共性的主张,因此能够为不同个体的自我理解提供中介。在社会生活实践中,个体意识需要为自己的主张提出理由,需要对自己所表现出的认知和道德责任信念进行辩护,也即需要做出自我阐释,而个体的自我阐释是否有效则来源于具有公共性的精神标准。对于个体的阐释和理解而言,具有普遍性的精神能够提供公共评价的标准或"权威"。

从黑格尔的视角来看,康德的个体理性由于缺乏公共性而不是一种有效的自我阐释。康德将概念理解的统一性建立在"先验自我"的统一性之上,

---

[1] 黑格尔. 精神现象学(下卷). 贺麟,王玖兴,译. 北京:商务印书馆,1987:129-130.
[2] 黑格尔. 精神现象学(上卷). 贺麟,王玖兴,译. 北京:商务印书馆,1987:122.
[3] Terry Pinkard. *Hegel's Phenomenology: The Sociality of Reason*. Cambridge: Cambridge University Press, 1994:8.

"先验自我"或"我思"使概念理解得以可能。然而,在黑格尔看来,"理性自我"这一概念首先就需要得到考察,而不是一个先验的概念[1]。正如马克思认为的,人的本质是各种社会关系的总和,黑格尔也主张"自我"要从自然存在物向真正的"自我"转变,即从自然状态进入社会状态,在这个过程中,人建立一定的关系,从而成为社会的人。同样,要解决"道德个人主义"的问题就必须将道德主体融入社会和集体之中,个体只有在集体中才会有成长,理性精神只有在与他人、与社会的关系中,即在公共性和普遍性之下才能成熟起来[2]。当然,个体的阐释并非就是无效的,但其阐释的有效性以公共性和普遍性为前提,因为只有在公共性和普遍性之下,阐释才具有现实性。康德的道德世界观作为个体性的自我阐释和理解,在现实性方面存在的不足也表明其尚未成为一种有效的道德阐释。黑格尔的"理性精神"概念作为"道德个人主义"阐释的进一步发展,具有公共性和普遍性的维度,也具备现实的有效性。

值得注意的是,在阐释活动中,个体性与公共性并非决然对立。黑格尔普遍的"理性精神"概念包容并承认自我的个体性,"理性精神"是个体性与普遍性的统一。精神不是单纯的个体,也不是普遍的整体,而是既包含个体性,又包含普遍性。在精神的个体性和普遍性之间存在着的辩证统一关系,即是黑格尔的"我就是我们,我们就是我"。同样,阐释作为一种理性的实践活动,以公共性为视域,但并不否认个体阐释的合法性。"个体阐释是公共阐释的原生态和原动力。个体阐释最大限度地融合于公共理性和公共视域,在公共理性和公共视域的规约中,实现对自身的扬弃和超越,升华为公共阐释"[3]。因此,阐释的公共性和个体性并非互不相容。然而,正如黑格尔"理性精神"概念的意义在于他指出了现代的个体需要集体的自我理解,"公共阐释"的意义也在于强调在原子式的现代社会中,在重视个体性的当代语境下,集体的和公共的理解的重要性。

[1] Hegel, G. W. F.. *Science of Logic*, Trans. A. V Miller. Oxford: Oxford University Press, 1969: 554-555.
[2] Westphal, Kenneth. R.. *The Blackwell Guide to Hegel's Phenomenology of Spirit*. Oxford: Wiley-Blackwell, 2009: xxii-xxiii.
[3] 张江. 公共阐释论纲. 学术研究, 2017 (6): 3.

因此，黑格尔的"理性精神"概念对于阐释的意义在于其所强调的公共性和普遍性维度，在此之下所展开的阐释活动以实现实践主体的自由为目的。作为理性主体，人的最终目的是实现自由。黑格尔将自由的现实性建立在公共性的理性精神之上。黑格尔的"理性精神"是一种普遍的、历史的主体，他将康德抽象的、纯粹的、个体的自由融入历史、文化和社会实践之中，理性精神的自我阐释在经历了必然的发展后，使自身具有了现实性。同样，作为阐释的实践活动之所以强调公共性视域也在于：阐释的意义和真理最终指向的是作为人的现实的自由。阐释作为一种公共性的实践活动，离不开主体的历史、文化和社会语境，个体的阐释也只有在公共语境中才能得到检验，并获得自身的有效性。因此，只有以公共性和普遍性为视域的阐释活动才能真正达到其最终目的，即人的自由。

由此可见，黑格尔的实践理性具有为阐释的公共性视域进行奠基的作用。黑格尔在致力于使实践理性的自由具有现实性的过程中，克服了康德"理性"概念的个体性，并赋予其公共性和普遍性的内涵。康德的"理性"是一个先验的、抽象的、孤立的概念，理性主体是脱离于他人、脱离于社会和文化的个体。黑格尔将康德先验的、个体的自我意识纳入公共的、集体的和在社会中相互关联的"理性精神"概念中，因此也将康德纯粹形式的和抽象的"理性"概念转化为在历史和现代社会、文化机制中的发展和辩证形成过程，而"理性精神"在社会、历史以及文化等公共场域中的自我实现即自由。黑格尔的"理性精神"为阐释的公共性视域提供了保障。在公共性视域下，阐释作为实践活动能够形成可共享的精神场域，阐释的意义具有了人类的共通性和理解的可交流性，由此，阐释活动才能实现人类的教化，并最终以实现人类的自由为目的。

当然，黑格尔实践理性所达到的自由现实性也具有其自身的局限性，尤其是从黑格尔的理性形而上学作为思辨辩证法与马克思主义哲学的实践辩证法之间的区别来看。黑格尔所强调的"实践"是意识和精神的实践，而马克思主义的"实践"是在社会生活中的现实的实践活动。马克思认为"思想、观念、意识的生产最初是直接与人们的物质活动，与人们的物质交往，与现实生活的语言交织在一起的。人们的想象、思维、精神交往在这里还是人们物质关系的直接产物。"[1] 虽然黑格尔强调思维和存在的统一性，强调概念和现实的一致，然而从马克思主义哲学的视角来看，黑格尔的存在和现实因其观念性和思辨性特征而在某种程度上使其实践的现实性也带有局限性。

三、黑格尔理性形而上学与反形而上学视域下的"阐释"问题

通过以上分析，黑格尔的理性形而上学能够为阐释的真理性和公共性奠定基础。在理性前提下，阐释以公共性为视域，是一种追求真理的活动。然而，在现当代哲学以反形而上学为主流的哲学背景下，黑格尔的理性形而上学面临着挑战，阐释的理性基础并不稳固，阐释的公共性和意义的真理性也遭到质疑。以反理性和非理性为立场的反形而上学，从感性经验出发，以多样性、差异性和个体性批判理性形而上学的统一性、同一性和普遍性。在此背景下，阐释的意义确定性将得不到保证，阐释所致力于达到的公共的和可共享的理解也很难实现。因此，在现当代哲学背景下，黑格尔的理性形而上学能否从自身出发得到辩护对于阐释的合理性和有效性具有重要意义。换句话说，黑格尔的理性形而上学能否对现当代的反形而上学倾向进行有力回应，将影响着阐释的理性基础能否得到进一步巩固，阐释的公共性和意义的真理性能否得到进一步辩护。

理性形而上学以达到对世界的确定性把握为方向，以实现真理性的认识为目的。现代反形而上学则以反理性和非理性为主要特征，反对形而上学的总体性和主体性特征，坚持多元主义和个人主义，强调差异性、他者性和开放性，其基本倾向是否定意义的确定性，否认当下的可把握性。对于"他者"，反形而上学坚持其不可把握性，而理性形而上学则认为"他者"是可确定的，是主体可以把握的。反形而上学的"他者"不是形而上学可以"统一"地作为自我对立面的他者，而是总在逃逸的"他者"，这种"他者"不可被自我"统一"，而是不断被延异和推移，并进一步增强了意义的不可把握性和不可确定性。同时，反形而上学基于对传统形而上学的暴力感受，反对形而上

---

[1] 中共中央马克思恩格斯列宁斯大林著作编译局. 马克思恩格斯全集（第三卷）. 北京：人民出版社，1979：29.

学对理性、秩序等的强调，而以混乱、多元和不确定性为特征。反形而上学对总体性和整体性的否定，不仅导致意义的不确定性，同时也带有否定现实的倾向，对其过度强调有可能带来破坏作用。当然，如果从积极的角度出发，反形而上学也具有激活传统形而上学的可能性，使理性思维在对无限性的追求中意识到自身的有限性，从而拓展理解存在的更多可能性。

对于阐释而言，理性形而上学视域相比于反形而上学视域，其意义就在于前者能够避免意义的分离，能够将多样性加以统合，并进而达到意义的可理解性和可共享性。在反形而上学视域下，阐释所能达到的要么是私人性的偶然意义，要么是不具有可交流性的片面意义。反形而上学对形而上学的一种批判是强调后者脱离生活实际，然而形而上学并非与当代生活现实相脱离。在黑格尔看来，当生活现实中多种元素越来越取得独立性，并进而表现出彼此之间的对立，甚至越来越脱离相互关系和相互作用时，哲学就会越来越发挥作用，哲学的功能就是以理性的统一性将分散的元素加以统合[1]，从而避免生活现实的片断化和分散化。艾略特面对20世纪的认识论危机强调秩序的重要性，"艾略特认为秩序是维系一个传统、一个文化和一个文明的核心"[2]，而形而上学的理性统一性就是在现实生活的偶然、片断和混乱中缔造一种秩序。因此，形而上学在生活实际中发挥着不可或缺的作用，它能够将多种分离的、个人的理解统合为有普遍意义的真理性认识。只有从理性形而上学出发，生活现实才具有统一性，也才是可理解的。同时，只有从理性形而上学视域出发，阐释才能达到公共性的和可共享性的理解，而只有公共性和可共享性的阐释才是有效的阐释。

黑格尔理性形而上学具有的辩证性特征，能够使其在现当代反形而上学中得到自我辩护。虽然反形而上学批判形而上学，但两者并非决然对立。黑格尔的理性形而上学具有总体性与统一性特征，但理性并不排斥感性经验的多样性和差异性。人的本质是理性，而理性又有一种趋向总体性把握、达到同一性和统一性理解的本性。因此，理性在经历多样性和差异性之后，在

---

[1] Hegel, G. W. F.. *The Difference Between Fichte's and Schelling's System of Philosophy*. Trans. H. S. Harris and Walter Cerf. Albany: State University of New York Press, 1977: 91 参考: 彼得·琼克斯. 多元与统一——解构主义哲学对形而上学的挑战. 骆月明, 译. 哲学分析, 2017 (4): 72.

[2] 秦明利. 艾略特的哲学语境. 上海: 上海外语教育出版社, 2015: 35.

经历多次分裂和对立之后,总是趋向意义的确定性和对立面的统一。黑格尔的哲学以理性为主要特征,但他的理性既是"一",又是"二",还是"三",同时也可以是"多",黑格尔"普遍中介"的思想蕴含着永恒发展和不断进展的可能性,蕴含着从一到三,从三到多的可能性[1]。理性的思辨哲学已经包含多样性和差异性。不仅如此,思辨哲学恰恰反对抽象的、形式的二元对立,包括诸如总体与差异,同一与多样,自我与他者等之间的对立关系,而是强调对立关系的统一,即总体中包含差异,同一中容纳多样,自我中含有他者。在"对立统一"关系中,差异和多元是不可缺少的环节和内容,否则理性的统一将成为死板的和抽象的同一。换句话说,"对立"是作为整体性的"统一"不可缺少的要素。在黑格尔看来,生命的进展就是不断产生自身的对立面,并获得自我重建的过程,"生命永远对立地构成自身,而且总体在最高的生动性之中,只有通过出自最高分裂,重建才是可能的"[2]。对立统一原则是黑格尔理性形而上学辩证性的体现,辩证性能够使理性形而上学得到自我辩护。

同时,黑格尔的理性形而上学所具有的总体性和整体性,并非反形而上学所理解的体系的封闭性。黑格尔哲学的意图是在一个更大的整体中,即在世界整体中将各个事物建立起普遍的关系和联系,从而最大限度地实现普遍性和公共性。黑格尔的思辨辩证法致力于普遍性的实现,其理性形而上学并非仅限于解决二元对立问题,对立面的统一也并不是仅仅由二变为一。黑格尔的"统一"并非仅仅发生在两个个体之间或对立的双方之间,并非只是一方对另一方的承认或两者之间的相互承认。或者说,黑格尔并非仅仅处理主体间性的问题,《逻辑学》由"本质论"进展到"概念论"的目的也在于此。在"本质论"中,事物处在内外二分的结构中,而未达到世界整体,但事物本身的"无限性力量"却促使事物超越内外二分的主体结构,并进展到世界整体的内在秩序中,从而在更大范围上建立起关系和联系。正如甘特·费加尔所认为的,理性在更大的范围上,并不局限于一种主体能力,而是人类和世界共通

---

[1] 邹焜. 黑格尔的整体性和体系化辩证法. 重庆邮电大学学报:社会科学版, 2017 (3): 94, 96.
[2] 黑格尔. 费希特与谢林哲学体系的差别. 宋祖良, 程志民, 译. 杨一之, 校. 北京: 商务印书馆, 1994: 10.

的结构[1]，黑格尔的理性概念即是要达到对这种共通结构的理解。因此，黑格尔理性形而上学的总体性和整体性是以建构事物之间的普遍联系为目的的，并不意味着封闭性。

黑格尔的理性形而上学以其辩证性和普遍性对现当代反形而上学挑战的回应，能够为阐释的真理性和公共性进一步提供论证。在黑格尔理性形而上学的辩证性和普遍性之下，阐释的公共性不但不与个体性相对立，而且包容个体阐释于自身之中。在公共阐释中，意义和理解的不断扩展是在真理性的前提下将更多的个体阐释纳入自身之中实现的。公共阐释在有效的个体阐释基础上不断形成更大的意义整体。同时，公共阐释的真理性追求是辩证发展的过程，在其中，个体性的、差异性的理解在理性的前提下，被包容进公共阐释的共同意义中。正如邓晓芒教授所言，"真正的开放性和包容性本身就是理性精神，这正是人和动物的根本区别"[2]，以理性为基础的公共阐释，同样具有开放性和包容性。韦斯特法尔指出，黑格尔的"公共理性"（public reasoning）是实践的、社会的和历史的，因此并不是绝对的。黑格尔的"公共理性"具有包容性，能够接受变化和挑战，并不断修正自己[3]。公共性的阐释同样在反思自身、校准自身的前提下具有向新的阐释开放的可能性。理性的阐释，并不是独断的阐释。阐释的公共性和意义的可共享性、共通性作为整体是由部分构成的，即由个体性的阐释构成的。然而，公共阐释作为有效的阐释建立在意义的连续性上，即建立在个体阐释所形成的意义之间的可公度性之上。就像黑格尔哲学不同环节之间的辩证进展关系一样，个体阐释的有效性也建立在其能够向阐释的公共性提升的基础上。

当然，不可否认，黑格尔的理性形而上学虽然重视对立和差异，但在对立和统一之间，仍然以统一为优先，理性的统一力量高于对立面的差异性。然而，这种情况并非由黑格尔哲学的绝对性决定，也并非由黑格尔作为理性

---

[1] Figal, Gunter. *Objectivity*: *The Hermeneutical and Philosophy*. Trans. Theodore D. George. Albany: State University of New York Press, 2010: xxv.

[2] 邓晓芒. 重审"要康德，还是要黑格尔"问题. 华中科技大学：社会科学版，2016，30（1）：2. 但在此，邓晓芒教授将这种"理性精神"给予康德，肯定康德哲学的开放性和包容性，由于黑格尔否定自在之物的不可知，邓晓芒教授认为这在某种程度上限制了黑格尔思想的包容性。

[3] Thom Brooks and Sebastian Stein. "Introduction". *Hegel's Political Philosophy*: *On the Normative Significance of Method and System*. Eds. Oxford: Oxford University Press, 2017: 22.

主体决定，而是由理性的本质决定的，即理性是一种将杂多进行统一，并不断获得总体性和整体性的能力。正是理性的统一性特征使得黑格尔的哲学具有了绝对性。同样，正是理性的统一性本质，使得多样性的、对立的现实和具体情况统一于思维和理性，并使黑格尔的哲学具有了观念性特征。从这一观点来看，黑格尔的哲学也是"理性狡计"的一种"工具"。黑格尔这种以"统一的全体"作为决定因素的思想，即通过辩证法将对立面扬弃从而达到统一的思维与阿尔都塞的"多元决定论"（overdetermination）以及柏格森和德勒兹的"差异"哲学形成了对比。阿尔都塞认为，在对立统一结构中多元的因素之间能够发生任意的相互关系，从而不受一个"中心的统一的主体"的决定[1]。与黑格尔以"同一"为主不同，柏格森和德勒兹将"差异"看作为"同一"之所以可能的条件，例如，柏格森的时间的"绵延"是"自我区分的运动"，在柏格森看来，只有经过这个区分运动，"同一"才可能[2]。阿尔都塞、柏格森和德勒兹等人代表反理性的立场，致力于颠覆统一性和同一性的理性，然而也正如上文所指出的，反形而上学在本质上导致意义的不确定性并使真理不可能，这恰好与理性的目的背道而驰。

因此，在现当代反形而上学背景下，对黑格尔理性形而上学的辩护进一步增强了公共阐释的合理性和有效性。从反形而上学出发，阐释的意义和理解所达到的是混乱、多元和不可确定，是意义的孤立、片面，甚至是个体的自说自话，从而使阐释带有偶然性和不可交流性。相反，黑格尔的理性形而上学将能够保证阐释的真理性和意义的公共性、可共享性，理性的总体性、普遍性和辩证性特征能够促使阐释意义不断进展，不断包容更多有效的个体阐释，并使公共阐释在开放性中不断自我提升和修正，从而形成更大的意义共同体和理解共同体。在现当代哲学背景下，黑格尔理性形而上学对反形而上学做出的有力回应，能够进一步增强公共阐释的理性基础，并为其真理性诉求和公共性视域提供保证。

---

[1] Cutrofello, Andrew. *Continental Philosophy：A Contemporary Introduction*. New York：Routledge, 2005：158.

[2] Cutrofello, Andrew. *Continental Philosophy：A Contemporary Introduction*. New York：Routledge, 2005：86.

结 论

　　针对当代阐释理论的困境，以上主要从黑格尔的理论理性的认识和实践理性的自由两个方面出发，为阐释奠定了真理性和公共性基础。同时，通过回应现当代反形而上学对黑格尔的理性形而上学的挑战，进一步论证了阐释作为一种真理性活动和公共性行为的合法性。

　　在理论理性方面，黑格尔哲学通过克服康德哲学在物我、表象与对象以及普通意识和超验意识之间的二分，肯定了理论理性认识的真理性。以此为视角，在阐释活动中，阐释者对阐释对象的真理性把握得以被认可。阐释作为理性行为，既不以阐释者和作者的区分为前提，也不以阐释的"表象"和"对象"的划分为条件，而是遵循阐释本身的进展规律，阐释经验经过自我批判和自我反思被纳入阐释的真理中。在实践理性方面，黑格尔哲学扬弃了康德个体性的、孤立的和先验抽象的"理性"概念，将其转变为在社会历史和文化机制中辩证发展的"理性精神"，并通过赋予"理性精神"以公共性和普遍性内涵，使实践理性的自由具有了现实性。当然，黑格尔实践理性的现实带有观念性和思辨性特征，与马克思的实践观相比在某种程度上具有其自身的局限性。但如果着眼于公共性、普遍性和辩证性特征，黑格尔的"理性"概念对于阐释仍然具有其积极意义。在黑格尔的理性视角下，阐释作为一种实践活动，以公共性为视域，以实现共通性和可共享性的理解为目的，使达到对人的普遍教化成为可能。同时，"理性精神"作为容纳个体性的普遍概念，使公共阐释在理性前提下接受有效的个体阐释。在现当代强调原子式的个体和个人主义背景下，黑格尔的"理性精神"和公共阐释的共同意义在于指出了集体的自我理解和共通的、可共享性的意义对于实现人类自由的根本重要性。

　　黑格尔的理性形而上学具有为阐释行为奠定理性基础的意义，阐释理论的当代困境与黑格尔哲学所面临的反形而上学挑战具有一致性，从黑格尔哲学出发，为理性形而上学进行的辩护进一步增强了公共阐释的合理性和有效性，并巩固了其真理性和公共性基础。反形而上学对差异性、他者性、多元性和个体性的强调，所造成的是意义的不可确定性和当下的不可把握性。黑格尔的理性形而上学能够将多样性加以统合，对差异性进行综合，从而避免生存现实的片面化和分散化，并使人类的理解不断融合进更大的整体中。同时，理性形而上学在其总体性和统一性之下，对感性经验多样性和差异性的容纳为阐释在公共性之下向个体阐释的开放提供了可能，个体阐释在理性前提下，在意义的可理解和可共享条件下具有升华为公共阐释的可能。正如黑格尔的理性形而上学一样，公共阐释能够进行自我反思和校准。

对抗和对话：
《安提戈涅》中的阐释问题

林 春 秦明利

摘要： 索福克勒斯的《安提戈涅》敞开了人类共同体基于阐释对话的本源性伦理秩序。悲剧冲突以安提戈涅和克瑞翁就"律法"和"正义"阐释展开的失败对话为具体表征。合唱歌基于对人之本质的追问，澄清了失败对话的主要成因在于克瑞翁错失了此在与他人的共在关联。对悲剧冲突及其成因的经验促使阐释者形成悲剧意识，在悲剧阐释和道德实践中与他人发生有效对话、深化共在关联并建构起新的伦理共同体。

关键词：《安提戈涅》；对抗；对话；阐释

    安提戈涅和克瑞翁作为悲剧冲突的对立两方，共同构成了索福克勒斯《安提戈涅》的两个焦点，使该剧具有了一种独特的双重心结构。荷尔德林是从《安提戈涅》中两个原则间的碰撞以及矛盾的不可避免认识到其悲剧性的第一人，他将两位主要人物之间的冲突阐释为两种宗教信仰及两种政治观念间的冲突。[1] 黑格尔则将悲剧冲突带入了伦理的范畴，在其看来，克瑞翁和

【基金项目】本文系国家社科基金一般项目"斯坦利·卡维尔文学思想研究及著作翻译"（19BWW002）的阶段性成果。

【作者简介】林春（1992—），女，意大利帕多瓦大学哲学博士研究生，研究方向为哲学诠释学，文学哲学。秦明利（1960—），男，英语语言文学博士，大连理工大学外国语学院教授，研究方向为诠释学、文学哲学。

[1] 荷尔德林. 荷尔德林文集. 戴晖，译. 北京：商务印书馆，2003：274-275.

安提戈涅之间的对抗是城邦政治和家庭亲缘之间的角力，这两种均具备普遍性的伦理力量在互相攻击对方的片面性要求后，以两败俱伤的惨烈方式达成了和解。[1]黑格尔阐释中的安提戈涅因其女性身份在男性权威主宰的城邦秩序中占据他者的位置，但伊利格瑞试图以安提戈涅为标杆在父权制的象征系统中建构起女性伦理秩序[2]，由此开创了近代将安提戈涅构建为女性逻各斯中心新典范的开端。此外，安提戈涅在家庭伦理中的典范意义也得到了认可：克尔凯郭尔将安提戈涅不惧禁令安葬兄长的行为，阐释为个体对家庭伦理实体所施加的磨难压制的有力承担[3]；拉康基于安提戈涅对兄长的禁忌欲望，将其建构为"象征界"即一种开创了亲缘关系规范的语言结构系统的前提[4]；对巴特勒而言，安提戈涅因其混乱的血缘关系和对兄长的模糊情感揭露了一种亲缘关系的文化偶然性，由此具有了挑战当下社会的伦理规范和文化认同的现实意义[5]。黑格尔之后对《安提戈涅》的伦理学阐释，越来越趋向于关注安提戈涅在性别伦理、家庭亲缘等具体伦理维度上的典范意义，安提戈涅和克瑞翁之间的矛盾冲突沦为次要。但在悲剧世界中种种冲突表象的背后，潜藏着一种尚未被发掘的本源性伦理秩序。基于语言的对话阐释构成了悲剧人物之间的基本关联，这种本源性的伦理秩序是《安提戈涅》悲剧性的根源所在，也是对悲剧的伦理意义进行多元阐释得以成为可能的根本原因。因此，若要探寻《安提戈涅》之于人类共同体的本源性伦理意义，势必要回归到安提戈涅和克瑞翁的冲突对立本身，探讨悲剧冲突的具体表征、主要成因以及之于悲剧阐释和伦理实践的现实意义。

一、悲剧冲突：个体阐释间的失败对话

就索福克勒斯赋予悲剧人物的言说行动以自我阐释意义的方式而言，《安提戈涅》可以说是诗人的代表作。安提戈涅和克瑞翁各自通过语言阐释活动，

---

[1] 黑格尔. 精神现象学（上卷）. 贺麟译，王玖兴，译. 北京：商务印书馆，2012：24.
[2] Irigaray, Lucy. *This Sex Which is Not the One*. Trans. Catherine Porter and Carolyn Burke. Ithaca：Cornell university press，1985：6.
[3] Kierkegaard, Søren. *Either/Or*（vol. I.）. Trans. David F. *Swenson and Lillian Marvin Swenson*. Garden City：Doubleday，1959：141.
[4] Lacan, Jacques. *The Ethics of Psychoanalysis*. Trans. Dennis Porter. New York：Norton，1992.
[5] 朱迪斯·巴特勒. 安提戈涅的诉求. 王楠，译. 郑州：河南大学出版社，2017：73.

道出了自己的行为动机和道德准则。围绕禁葬主题，安提戈涅和克瑞翁对律法和正义的不同阐释构成了悲剧冲突的具体表征，悲剧冲突无法得到和解的原因在于冲突双方未能基于对二者之间本源性存在关联的认识实现有效对话。

悲剧冲突以安提戈涅和克瑞翁对律法和正义的冲突性阐释为具体表征，体现了两种道德行为准则之间的角力。安提戈涅拥护神法所维护的家庭亲缘责任，克瑞翁则是为人法所推崇的城邦政治秩序而言说。在悲剧的开端，安提戈涅和克瑞翁先后出场，分别与在他们所占据的伦理秩序中与他们关联最为紧密的人进行对话交流，在言说、阐释以谋求共谋的过程中阐明了各自的立场：安提戈涅试图说服其剩下的唯一亲人伊斯墨涅一同安葬兄长，以完成下届冥王的不成文法律所要求的亲缘责任；克瑞翁则是向歌队长老们阐明禁葬令之于城邦秩序的维护作用，以谋求政治上的支持。基于不同的言说立场，安提戈涅和克瑞翁在"第二场"中爆发了正面对抗。针对在禁葬问题上何种律法更为公正有效，二人分别以大段独白对"律法"（nomos）这一概念进行阐释，说明各自的行为动机。所谓"律法"（nomos），在公元前五世纪的古希腊语境中，既指向不成文的宗教律令，也可以指称人为制定的城邦法律。安提戈涅所诉诸的律法是宙斯的永恒法和冥王哈得斯要求安葬死者的不成文法，正是借助于安提戈涅的自我辩护和言语阐释，不成文且无法溯源的宗教戒律得到了澄明，并构成一种伦理规范传统对人为立法的合法性发起质询。克瑞翁拥护的人法是伴随着城邦政治发展起来的司法精神体系，法律相较于宗教仪式、神话传说以及风俗习惯等宗教思想的神秘形象化表征而言，以集体命运和城邦利益为最高要求，并以明文禁令的方式为公民个体提供道德准则和社会规范。接下来是克瑞翁和安提戈涅就何为正义展开的生硬交流。安提戈涅的正义观仅关涉受冥府的宗教律令保护的家庭亲缘责任。克瑞翁则是在公民与城邦、私人道德与公共道德的混合体中定义正义：城邦法律是人之理性和智慧的最高体现，遵循国王颁布的律令便是维护正义；正义要求家庭伦理事务不干扰城邦秩序；礼待城邦的朋友、惩罚城邦的敌人是正义；女性不干扰公共事务，年轻人听从年长者的意见亦是行正义之事等。无论是安提戈涅依托于宗教精神的正义观，还是克瑞翁阐释下包含人类绝对精神和基本生活经验的法律和正义概念，究其本质都是关于伦理秩序和道德准则的精神映射，反映着两位悲剧人物对自身行为方式和与他人伦理关联的理解。

在悲剧人物的个体阐释活动中得以显现的是对峙双方于存在论意义上的伦理关系。从人类伦理生活的具体方式来看，伦理与语言密不可分，在语言的表达领域之外没有伦理原则可言。但基于语言的理解和阐释不是伦理主体的行为方式，也不是理性结构和精神意识的产物，而是"此在本身的存在方式"[1]。个体通过理解和阐释来使得此在在世界中的具体存在方式获得澄明。换言之，在此在的理解和阐释活动中获得澄明的是此在的世界观。世界是由存在决定的世界，所有存在者都处在与存在的统一关联中。但因自身存在方式的历史性和有限性，对此在而言，存在始终处于遮蔽状态。唯有不断扩充自身的视阈，外在于此在的一切事物才能重新获得亲熟性，此在与世间万物基于存在这一统一秩序的本源性伦理关联才能不断获得澄明与显现。个体阐释之间的对话交流就是存在者个体不断扩充自身视阈的有效方式。因而，在安提戈涅和克瑞翁对律法和正义的阐释活动中，得以显现的是悲剧人物各自对伦理秩序的有限认识。二者的自我辩护均是建基于对对方的全盘否定，由此他们之间的冲突性伦理关系，以及由此衍生出来的两种道德原则之间的冲突对立，神法和人法、家庭义务和城邦政治之间的冲突对立，在二人冲突性的阐释活动中得到了暂时性的澄明。冲突双方能否实现有效的对话交流，成为决定悲剧冲突能否走向和解的唯一要务。

在黑格尔看来，《安提戈涅》中悲剧冲突的实质是伦理实体自身的分化和对立，让两位代表着片面性和特殊化要求的悲剧人物双双走向毁灭是解决悲剧冲突的唯一途径。"形成悲剧动作情节的真正内容意蕴，即决定悲剧人物去追求什么目的的出发点，是在人类意志领域中具有实体性的本身就有理想的一系列力量"，即亲属友爱、政治意志以及宗教生活。[2] 伦理实体性作为这三种普遍的伦理力量的和谐统一体，在进入现实世界成为具体悲剧人物的某种"情致"后发生了自我分裂。无论是安提戈涅的血亲之爱还是克瑞翁的政治原则，都只是作为一种个别且片面的普遍力量出现，这种个别性和片面性必然导致与异己者的对立矛盾。冲突双方各自都具有普遍性和合理性，同时又因为偏执于一端的片面性都带有不正义性，因而不可能发生一方取代了另

---

[1] 伽达默尔. 阐释学1 真理与方法. 洪汉鼎，译. 北京：商务印书馆，2010：前言第3.
[2] 黑格尔. 美学（第1卷）. 朱光潜，译. 北京：商务印书馆，1981：273.

一方或是善战胜了恶的情节走向。解决冲突的唯一途径是通过悲剧人物的双重毁灭,让两种片面的特殊性均遭到否定后,重新恢复伦理实体的统一和谐。由此可见,黑格尔是基于纯粹实在的精神力量,用辩证的对立统一观点来阐释悲剧冲突及其和解。

  黑格尔的悲剧哲学割裂了安提戈涅和克瑞翁之间的存在论关联,也由此否定了在保有个体经验之独特性的同时调和冲突的可能性。对黑格尔而言,理念作为精神力量是世界的最高准则,"绝对或理念就是终极的统一,一切对立、差异与矛盾都在理念中消失,它是所有的个别都在其中失去特殊性的一般"[1]。这里隐含着两种关系模式:个性与个性之间的对立分裂状态,以及理念作为普遍性要求之于个性的绝对统一。克瑞翁拥护的人律以城邦共同体为客观存在,以政府为现实活动形式,以男性为一般性活动主体,凭借"消除或消融家庭守护神的分解支解倾向"来维持自身的存在与运动[2]。安提戈涅作为未婚女性不具备进入政治领域的道德主体,她的言说和行动是出于纯粹的亲缘意识。但黑格尔围绕安提戈涅和克瑞翁建立起来的二元对立矩阵无法解释悲剧人物在伦理身份上的含混性和行为动机上的复杂性。拉布达科斯家族的血缘混乱说明安提戈涅无法代表亲缘关系的理想模型[3]。同时,安提戈涅是以反抗法律的方式参与了她本没有权利参与的公共事务,她拒绝的言辞恰恰吸纳了她所拒绝的国家法令的权威。安提戈涅既不在城邦秩序之内,也不是全然的局外人——她处在城邦秩序和家庭伦常的分界线上,伦理身份含混。此外,安提戈涅和克瑞翁分别内化了对方的行动依据。二人所阐释的法律概念均非绝对法律,而是不同层次的法律的重叠组合:安提戈涅在宙斯和冥王哈德斯那里为安葬兄长的正义性找到了双重庇护,克瑞翁也在宙斯的宇宙法那里为其统治权力找到了有力支持。不安葬死者会使家族成员得到惩罚,整个城邦同样也会遭受瘟疫污染,在禁葬问题上家庭亲缘和城邦命运紧密地维系在一起。因此,安提戈涅和克瑞翁之间并非是全然的对立,在两人的冲突表象之下隐藏着种种基于共性的紧密关联。悲剧人物在世界中的共在的存在方式,在保有此在的个体特殊性的同时,将所有存在者都纳入存在的统一

---

[1] 朱光潜. 悲剧心理学. 北京:人民文学出版社,1983:113.
[2] 黑格尔. 精神现象学(下卷). 贺麟,王玖兴,译. 北京:商务印书馆,2012:34-35.
[3] 巴特勒. 安提戈涅的诉求. 王楠,译. 郑州:河南大学出版社,2017:40.

秩序中。但由于此在自身存在的历史性，他对世界或对他人的理解和阐释总是有限的，"人置身于世界之中，由于自身存在的历史性，他所拥有的经验总是有限的，这种有限性真实地反映了人类的筹划理性能力和自我认识的限度"[1]。这种有限性不是黑格尔哲学所强调的必然走向毁灭的个体存在的片面性，此在与他者的共在基础决定了这种有限性可以通过对话交流来不断削弱。悲剧冲突是悲剧人物有限的生存经验之间的冲突，不断扩充和修正对本源性存在秩序的认识为调和冲突、达成共识提供了可能。

当个体阐释通过对话交流上升为公共阐释，悲剧冲突才能真正得到解决，道德主体之间本源性的伦理关联也得以继续存在和敞开。阐释究其本质是一种公共行为，"阐释的生成和存在，是人类相互理解和交流的需要……阐释意义上的'理解'是指，通过解释和说明，构建以他人为对象而展开的理性活动；阐释意义上的'交流'是指，通过对话和倾听，在自我与他人之间开辟可共享的精神场域，阐释由此而实现价值"[2]。阐释者的共在秩序决定了每一次言说和对话都是向他人和为他人的行动。阐释究其本质是"有助于他者进行理解的理智的解释"[3]活动，基于此阐释者之间的对话交流以实现公共阐释，即达成"认知的真理性与阐释的确定性"[4]为旨归。公共阐释的真理性和确定性要求个体阐释者在特定历史情境下达成相对共识，其自身隐含着特殊性和多样性阐释的多元共存，也包含不断修正和扩充的动态可能性。个体阐释之间的碰撞冲突在所难免，当阐释者经验到彼此之间的共在关联，会通过有效的对话交流互相接受并肯定对方的阐释观念，实现对自身的扬弃和超越，进而达成公共阐释。冲突便在公共阐释敞开的可共享精神场域内得到了化解。但当阐释者以独断的个体经验向对方施行权力压制，对话沦为全然对抗，没能实现有效共度的个体阐释便面临着被淘汰的局面，对话双方的本源性伦理关联也就无法得到敞开与扩充。因此，公共阐释要求个体存在者开放自身视阈，具备友好对话意识并承担起公共性的伦理责任。

《安提戈涅》中的悲剧冲突没能得到和解的原因正在于冲突双方没能基于对

---

[1] 隋晓荻，刘孟妍. 真理与文学经验诠释. 中国诠释学（第11辑）. 洪汉鼎，傅永军，主编. 济南：山东人民出版社，2014：231-242.
[2] 张江. 公共阐释论纲. 学术研究，2017（6）：1-5.
[3] 伽达默尔. 哲学解释学. 上海：上海译文出版社，1994：99-100.
[4] 张江. 公共阐释论纲. 学术研究，2017（6）：1-5.

共在关联的经验实现个体阐释间的有效共度。在冲突中，安提戈涅和克瑞翁均展现出坚持己见、拒绝让步的态度。克瑞翁将自己的个体行为放大到共同体的层面上，独断地否定了他人提出异议的权力。对其而言，城邦是统治者一个人的城邦，年长者是家族中的绝对权威，因而当海蒙和先知特瑞西阿斯试图劝说他倾听不同意见时，克瑞翁罔顾两位劝说者的对话意图，将他们都定性为对自身权威的挑战者而展开激烈对抗。通过克瑞翁对律法和正义的阐释，可见其世界观是由多重的对立范畴组合而成，如理智对愚蠢、年长对年轻、男人对女人、朋友对敌人等。人与人之间的伦理秩序沦为对立分明的权力结构。对他而言最困难的事莫过于向权力秩序的下层结构妥协让步，与他人平等对话亦非易事。阐释是为了强制他人遵从自己的绝对意志，其主要目的是巩固现有的统治格局而非扩充与他人的共在关联。因而当异见出现，克瑞翁的主要反应就是打压甚至毁灭对方。最终促使克瑞翁转变立场的也并非是对劝说意见的赞同，而是对触怒神灵的可怕后果的畏惧，"让步是可怕的，但是继续去抵抗和撞击，会让我骄傲的精神伴随着灾祸同样也处在可怕之中！"（1096—4097行）[1]。在这样的对话关系框架下，安提戈涅的不妥协便呈现出一定的英雄特性。安提戈涅是被动地被克瑞翁的禁葬令放在了冲突的对立面上。下届神祇的不成文法本就要求家族成员履行安葬死者的义务，是克瑞翁的政治原则亦即如何处置战俘的政治问题，人为地制造了悲剧冲突。安提戈涅没有选择如伊斯墨涅一样屈服于克瑞翁的强权压迫，由此走上了孤勇抗争的赴死之路。安提戈涅从未掩饰自己安葬兄长的行为，在冲突中她也是以完全否定克瑞翁言说的正当性来进行自我辩护。冲突双方都拒绝让步，致使对话沦为两种道德原则之间的完全对抗，个体阐释之间未能实现有效的共度，悲剧冲突得以和解的可能性也沦为破灭。

个体阐释因失败对话未能达成具有真理性和确定性的共识，但安提戈涅展现了克瑞翁所不具备的对二人之间共在关联的明确认识。克瑞翁看似是承担了维护城邦公共秩序的职责，安提戈涅则是以一己之私破坏了公共安危，正如黑格尔认为安提戈涅是"对共同体的一个永恒的讽刺"[2]。但就两位悲

---

[1] 本文节选译文均选自张竹明的译本。索福克勒斯悲剧. 南京：译林出版社，2007.
[2] 黑格尔. 精神现象学（上卷）. 贺麟，王玖兴，译. 北京：商务印书馆，2012：35.

剧人物自我阐释下的行为动机来看，克瑞翁以城邦为名强制输出私人的道德观念，所达成的效果实为分裂人与人之间的伦理关联。安提戈涅虽是通过否定人法的正义性来抵抗克瑞翁，但其阐释下的法律观和正义观却揭示了她与克瑞翁同为人类在面对"物之所是"即神义时的自我限度。安提戈涅所道明的是其与克瑞翁与存在秩序中的共在关联，因而其阐释更具有真理性。悲剧正是借助于在悲剧世界中无法解决的悲剧冲突，借助于冲突双方因失败对话未能达成的真理性认知，对人及其行动的本质发起追问。

二、合唱歌：对悲剧冲突的形而上阐释

安提戈涅和克瑞翁之间的阐释冲突构成了主要的悲剧情节，合唱歌作为悲剧的另一组成部分，以独立于悲剧情节之外的立场与模糊的逻辑，就悲剧冲突发起对人及其行动之本质的形而上追问。合唱歌将悲剧冲突带入存在的本源之地，基于对人之本质的形而上追问，澄清造成安提戈涅和克瑞翁之间失败对话的根本原因。

借助于合唱歌与故事情节之间的张力，悲剧得以将对悲剧冲突的表现和阐释融为一体。歌队站立的场地与悲剧表演的主舞台相分隔，合唱歌与对话部分在人员构成、语言风格以及表演内容上也截然不同：安提戈涅、克瑞翁等悲剧人物由专业演员扮演，人物之间的对话接近于散文格律；歌队由忒拜城的十五位长老所代表的匿名的公众人物组成，以诗歌的抒情传统歌颂诸神与英雄的传说事迹。合唱歌在形式结构上与人物对话部分的差异和分离状态，决定了其无力干预冲突事件的发展走向，但与此同时，歌队也得以以"旁观者"的身份就悲剧冲突表达真实情感和进行道德评判。合唱歌通过表演特定的传说故事，引导观众跳出剧情做超出个体生命界限的思考，"表现的是人的恐惧、希望、疑虑和判断，是构成公民集体的观众们的情感"[1]。在悲剧中，合唱歌和人物对话部分交替上演，"歌队所表达的各种情感把整个情节的不同阶段区分开来"[2]。由此，合唱歌和故事情节之间构成了一种张力。悲剧通过这种内在张力，将悲剧冲突和人类就悲剧冲突所展开的对自身生存现状的

---

[1] 韦尔南，维达尔－纳凯. 古希腊神话与悲剧. 张苗，杨淑岚，译. 上海：华东师范大学出版社，2016：20.
[2] 罗米伊. 古希腊悲剧研究. 高建红，译. 上海：华东师范大学出版社，2017：23.

自我阐释同时呈现在观众眼前。

合唱歌中的相关性道德评判带有一种指向上的模糊逻辑，悲剧借此就悲剧冲突展开对人之存在的探寻。这种指向上的模糊逻辑第一次出现在第一合唱歌的第二曲次节——"一个人若能尊重国家的法律，尊重对神发誓要支持的正义，他就能享有国家的政治权力；如果大胆妄为，犯了罪，他就会失去城邦的公民资格。这种人，我不愿和他一个锅里吃饭，也不愿和他有一样的思想。"（第365－371行）歌队长老们不愿与之为伍的"人"，究竟指的是违抗禁葬令的安提戈涅，还是违背神义的克瑞翁，在这里是不明确的。同样的模糊逻辑还出现在第二合唱歌——"一个人的心智被神引入迷途，或迟或早他会把祸当成福，只是暂时还没有遭到灾难罢了。"（第621－623行）在合唱歌带有模糊逻辑的表述中，名称或是具有明确指向性的性格特性被隐去，我们无从直接辨别出合唱歌对悲剧冲突双方的态度。由此，悲剧暂时搁置了在两位悲剧人物之间做选择的道德任务，而是将悲剧冲突引入存在之地，基于克瑞翁和安提戈涅同作为"人"在存在论上的共性，对人及其行动之本质进行探索。悲剧人物自我阐释间的冲突所揭露的两种道德准则之间的碰撞，实质上是两种存在观念之间的碰撞。那人究竟是什么？人与行为的关系是什么？人在世界中的位置是什么？合唱歌基于人－神关系框架，在呈现人类生存面貌的同时就人之存在发起了形而上的追问。

第一合唱歌阐释了人类存在方式的奇异之处。第一合唱歌是著名的"人颂"，在克瑞翁向歌队长老颁布禁葬令和安提戈涅为兄长举行葬礼之后上演。合唱歌通过"奇异的东西虽然多，但没有一种能像人这样奇异"（第332－333行）这一主题句就人之存在展开阐释。这一句中用来形容人之特性的语词"δεινός"在这里译作"奇异的"，它本身具有含混的多义性：令人惊骇的、令人敬畏的、让人惊诧的、令人可怕的等。合唱歌分为四个层次，递进地阐释了"人"之所以是最奇异之物的复杂特性。第一曲首节首先赞颂了人类通过创造船、犁等器具技术征服大海、天空等自然环境的能力。在第一曲次节中，人类的征服对象转变为动物：难以驯服的动物被捕杀供人吃食，容易归驯的动物则被调教供人利用。这里也以隐喻的方式暗示了人对人的统治：克瑞翁作为掌权者用判决死刑的方式处理难以掌控的异己，对可以归顺的民众就用法律之"网"来制伏。由此，第二曲首节转向对人之群性的描述。人学会语言、思想和群居的生活规矩，以逃避死亡、疾病等原始的生存困境，并试图理解、阐释以及掌控自己的存在方式。人的奇异之处就在于人明智地行动——不断以技艺、以思想语言、以律法等政治手段在自然世界和人类社会中开拓进取，人的能力似乎足以掌控万物。但悲剧对人类这一自我认识的复杂态度由"δεινός"一词的多义性呈现出来，人类的理性能力究竟是令人赞叹的还是令人惊骇的？第二曲次节一转之前对人之生存"机巧"的赞美，切入了悲剧冲突的具体问题，指明人类的"机巧"若违背神义势必会引发灾祸。诸神的存在规定并限制了人类的生存方式，人类若错失了对自身存在方式的真正认识，其盲目的行动就可能招致令人惊骇的后果。

之后的合唱歌从情感、命运和灾祸等方面揭示了诸神施加于人类的压制。第二合唱歌介绍了拉布达科斯家族因受到神怒的震撼世世代代难以逃脱的厄运。人类看似能凭借理性能力完全自主地掌控生命，但实际上永远无法摆脱神义的限制。天神施加在拉布达科斯家族身上的诅咒，是个体无论如何努力都无法摆脱的。第三合唱歌在海蒙和克瑞翁爆发争执之后，阐释了爱神厄洛斯和阿佛洛狄忒对人类心智的控制。对人类而言纯粹美好的爱情，却是神灵施加在人类身上的游戏，它如同永恒的神律一样是一种支配的力量，可以使"公正者的心变形，变得不公正，变得疯狂"（第791—792行）。第四合唱歌则是通过阐释达那厄、吕克尔戈斯和克勒奥帕特拉的三个神话传说，说明命运之于人类的压制。在第五合唱歌，歌队乞求酒神狄俄尼索斯前来拯救城邦遭受的瘟疫，由此与第一合唱歌末尾歌颂人学会了医治技术的内容形成对比。人类触怒神灵并招致瘟疫污染后，只能寄希望于神灵来帮助他们逃脱灾难。诸神施加于人类存在方式上的压制，说明了人在这个世界中并非是万能的，与其他存在者产生冲突所引发的灾祸往往会超出人类所能理解和承受的范围。有别于第一合唱歌中明智地行动着的人，后几场合唱歌中的人似乎并不能完全理解自身行动的真正意义，反而是"行为会向施动者展示出它的真正含义，揭示行为的本质及其真正完成的使命"[1]。人类时而是清醒理智的，时而是盲目迷失的，那人究竟是什么，诸神之于人类的意义又是什么？

---

[1] 韦尔南，维达尔-纳凯. 古希腊神话与悲剧. 张苗，杨淑岚，译. 上海：华东师范大学出版社，2016：17.

合唱歌敞开了人亦即"此在"与存在之间的差异,并由此澄清人类的存在意义。合唱歌所呈现的人与自身行动的矛盾关系,证明了人并非如近代哲学理解的那样是对其他一切其他事物而言作为基础的东西。人的认识能力无法决定对存在的领会,因而人不是主体,不是存在的基础,因而也不能决定一切其他事物的存在方式。在实践地、技术地生存于世界中的人同存在本身之间有着一种差别,我们自己与我们每天与之打交道的对象并非就是存在,而是存在者[1]。海德格尔在《存在与时间》中将人称为"此在","此"标示出人因能"在它的存在中与这个存在本身发生交涉"[2]而与其他存在者相区别的特别意义,换言之,唯有人能够通过追问存在的方式而领会存在。此在是人的本质,而存在乃是一切存在者的基础,此在与其他一切存在者正是在与存在的关联中获得了具体的存在意义。基于此,悲剧世界中的诸神所代表的人类行动的某种尺度,就不是宗教意义上的而是存在意义上的。诗人对诸神形象的阐释,并非意在为人类找寻某种崇高且永恒的道德理想以摆脱苦难困境,而是为了澄明人与存在之间的差异,启发人去关注自身存在方式的有限性并面向未来合理地筹划自身。

当我们从合唱歌对人之本质的追问回转到悲剧冲突,会发现安提戈涅和克瑞翁之间的对抗是立于存在本身,安提戈涅真实地走在通向存在的路上,她向死存在因而具有了悲剧性。悲剧冲突与其说是国家与宗教之间、男性与女性之间或是一般与特殊之间的敌对,倒不如说是此在的两种存在方式之间的差异。根据海德格尔在《形而上学导论》中对《安提戈涅》第一合唱歌的阐释,克瑞翁迷失在忙乱的事务中而没有向存在敞开,安提戈涅却是真实地走在通向存在的路上。此在乃是"向死存在"。合唱歌所敞开的此在与存在之间的差异,正是在暗示人应当认识到自己有别于不朽者——诸神,是终有一死者并因此约束自己的行为。安提戈涅阐明了人法相较于神法的有限性,可见其行动依据正是基于对此在与存在之间差异的明确认识。此外,当"'本真的此在'遭遇到其本己的'向死存在'","本真的此在"践行着一种"为死

---

[1] 特拉夫尼. 海德格尔导论. 张振华,杨小刚,译,上海:同济大学出版社,2012:28.
[2] 海德格尔. 存在与时间. 陈嘉映,王庆节,译. 上海:三联书店,2006:14.

亡故而先行着成为自由的"决心[1]。安提戈涅自始至终都带有一种对必死结局的自觉，她没有为了逃避提早而来的死亡去屈从于克瑞翁的权威，而是坚决地顺应本己之觉悟并向死而生。与此相反，克瑞翁迷失于日常的自我蒙蔽状态，躲避"向死存在"。苦难经历、灾难性结局与死亡本身并不具有悲剧性，安提戈涅坚决地冲向其有限性和必死性的绝对界限并因此进入了本真的此在，这才使《安提戈涅》具有了悲剧性。

安提戈涅和克瑞翁在存在方式上的差异同样体现在对待他人的不同方式上，这解释了导致个体阐释之间失败对话的根本原因。上一节尾已证明克瑞翁自我阐释下的世界观是基于分裂对立的伦理关系，他以城邦共同体的安危为名强制输出私人观念，因而直接造成了与其他悲剧人物之间的失败对话。但安提戈涅看似出于私人目的违抗城邦律令，但其阐释下的行为动机却是为了扩充与他人的共在关联。造成二者在对待他人的方式上的差异，实际上植根于他们在存在方式上的差异。此在的本真的存在方式不仅是向死存在，也是与他人共同存在。此在是被抛入存在，因而此在必然从一开始就生活在一个世界中，总是已经与他人处于对话中。此在与他人共同存在，这一点本源性地包含在对存在的领会中。与此相对的，此在作为共同存在势必要通过为他人"操心"的方式与那些源自世界、向我们而来的存在者发生联系。在安提戈涅对存在的领会中，此在与他人之间的本源性共在关联已得以澄明，因而其安葬兄长、违抗禁令的行动实乃为他人的操心与筹划。"克瑞翁持有狭隘的理性主义，把人的本性限制在功能性的范围内"[2]，他把人约减为仅仅是一个以统治者的个体意志为绝对原则的政治联合体的一分子，他错失了自身与他人的本源性关联，因而没能合于尺度地与他人对话。但安提戈涅试图让城邦接纳亲缘义务的神圣性，则是让个体的独特性本源地返回到共在秩序中并找到行动依据。由此，安提戈涅自我阐释的真理性不仅在于敞开存在，更在于澄明和扩充与他人的共在。

---

[1] 特拉夫尼. 海德格尔导论. 张振华, 杨小刚, 译. 上海：同济大学出版社, 2012：45.
[2] 西格尔.《安提戈涅》中的人颂和冲突. 李春安, 译.《索福克勒斯与雅典启蒙》, 刘小枫, 陈少明主编. 北京：华夏出版社, 2007：177.

此在与他人之间的共在关联在悲剧人物的语言阐释活动中得到澄明，对存在的领会同时敦促此在与他人达成友好对话，以操心共在关联的继续扩充。由此，《安提戈涅》借由合唱歌对人之存在的追问，将悲剧冲突的形而上意义显现出来。对悲剧冲突的经验与阐释又促使观众形成悲剧意识，进而指导现实的伦理实践活动。

三、悲剧阐释：在对话中建构伦理共同体

阐释悲剧就是与悲剧文本以及其他悲剧阐释者发生对话并实现视阈融合。对悲剧冲突及其致因的经验促使阐释者形成悲剧意识。悲剧意识作为一种本源性的伦理意识基础，指引悲剧阐释者积极地与其他阐释个体发生对话并达成有效共识。借助于悲剧阐释的有效共度，伦理共同体得以在人们的对话中建构起来。

阐释悲剧就是与悲剧文本发生对话并实现视阈融合，在此过程中阐释者对悲剧冲突及其致因的经验转化成了悲剧意识。理解和阐释悲剧涉及主体间性的问题，即如何消除两种视阈之间的差异并达成视阈融合。因而阐释者在理解和阐释悲剧之前需要一种历史视阈，这种历史视阈即前见是传统不断叠加、积淀的结果，它是阐释者与悲剧发生对话的前提条件。视阈融合旨在达成统一共识，但这既不意味着完全消除阐释者的视阈以重现悲剧文本的"原初"意义，也绝非按照阐释者的个体意志重新创造文本意义，"而是始终意味着向一个更高的普遍性的上升"[1]。这种普遍性不仅克服了阐释者自身视阈的有限性，也使得悲剧阐释始终向未来敞开自身。在这样一种交互对话过程中，阐释者暂时抛却日常生活逻辑，进入悲剧游戏并经历安提戈涅和克瑞翁的冲突事件。当阐释者认识到悲剧人物之间的失败对话是由他们在存在方式上的差异所引发，他会回转到自身所处的存在背景，并震惊地意识到世界对他的限制和规定。因此，对悲剧冲突及其致因的理解和阐释促使阐释者形成悲剧意识，亦即认识到自身存在方式的有限性和与他人的共在关联，并基于此在悲剧阐释活动中和现实生活中与他人进行有效对话、解决冲突。

阐释悲剧也是与其他悲剧阐释者发生对话，悲剧意识指导阐释者承认阐

---

[1] 伽达默尔. 诠释学I：真理与方法. 洪汉鼎，译. 北京：商务印书馆，2010：391.

释的多元可能性并向对话交流开放自身。悲剧作为悲剧阐释活动的主体，是所有阐释者进行对话交流的中介场所。就悲剧阐释的本质来看，理解和阐释悲剧是一个无限的过程。正是在阐释者的交流对话中，错误的理解和阐释不断地被消除，具有真理性的理解则是不断浮现出来。悲剧阐释首先向所有阐释者提出一种对话意识要求。真正的对话关系是一种"我—你"关系，它要求作为阐释者的"我""以完全开放的态度承认作为其他阐释者的'你'是一个主体，真正把'你'作为'你'来经验"[1]。对话的双方都不固守已见，而是彼此开放并倾听对方的阐释，甚至真诚地接受反对意见。回顾两位悲剧人物的失败对话，克瑞翁对法律和正义的阐释主要是用于制造思想上的禁锢与隔阂，而非为了在民众之间建立沟通桥梁。他因错失自身存在的有限性以及与他人的本源性关联，强制地输出自认为的唯一正确的阐释，由此二人的对话交流因其不平等性、不开放性与不可共享性走向了失败。当阐释者看到悲剧人物执着于单一确定的阐释且反而受制于阐释，会意识到阐释者个体存在方式的独特性决定了阐释的多元可能性，唯有先承认其他阐释者的主体地位才能达成有效对话，因为没能实现有效共度的个体阐释终究会沦为私人阐释并被历史淘汰。

其次，悲剧意识指引阐释者在对话中消除个体差异并达成具有真理性的共识。阐释者个体在存在方式上的差异性既决定了悲剧阐释的多元性，也意味着悲剧阐释在真理性维度上有所区分。合唱歌对悲剧冲突的形而上追问，已澄清悲剧的真理性在于敞开人之此在的存在意义。正如悲剧冲突所揭示的安提戈涅和克瑞翁在存在方式上的差异，各种悲剧阐释之间也存在着趋向悲剧真理的阐释和背离悲剧真理的阐释之间的区分。因而悲剧阐释者之间所要谋求达成的视阈融合，就要求阐释者在对话中互相协商并摒弃非真理性的阐释，以尽可能地向真理性阐释趋近。视阈融合就是共同理解和共同阐释。在此意义上，视阈融合不仅是历时的，也是共时的。在视阈融合过程中，历史和现在、客体与主体、自我和他者都达到了无限的辩证统一。悲剧阐释的真理性要求反映了人类通过对话消除差异并达成共识的可能性，悲剧及悲剧阐

---

[1] 张朋骞. 问与答——论伽达默尔的对话理论. 对话与和谐. 潘德荣，付长珍，主编. 合肥：安徽人民出版社，2009：141-142.

释于人类伦理实践的道德教化意义便显现出来。

基于悲剧意识形成的悲剧阐释共识转化为道德共通感，促使人类在对话中建构起新的伦理共同体。伽达默尔认为诗为我们争得了返回与世间万物恬然共在的家的可能性。存在作为人类的本源之家，是一个先于理性认识的领域，世界对我们呈现出一种虽不确定但又分明存在的意义。由于此在自身视阈的有限性，世间万物总是趋向于疏离此在，是对悲剧的共同阐释加深了阐释者与他人的切近性和亲熟性。原先远离我们的对象被不断带入存在的本源之家并彰显出意义。悲剧阐释不但敞开了此在与他人的共在关系，还使这种本真的共在关系不断深化。悲剧阐释者之间的"我—你"对话关系，在实现悲剧阐释的有效共度后转变为"我们—存在"的共在关系，基于此，一个以"我们—存在"为基本机制的新的伦理共同体便被建构起来。由悲剧阐释达成的共识使一种对人类共在秩序的共同理解即道德共通感，成为维系伦理共同体本源秩序之发展的主要精神力量。道德共通感是"一种普遍与共同的感知判断、分辨是非善恶的能力"，其中"包含着一种群际归属感和对传统的认同"[1]。这种对人类存在秩序的伦理本源的共同经验，作为伦理共同体成员道德生活的本源，为群际生活提供了基础与依据。因此，《安提戈涅》的典范性便在于使超越个体存在的道德共通感，作为一种支撑所有人的共通的精神[2]，成为伦理共在秩序的本源，将人类长久地凝聚在一个伦理共同体中。道德共通感合理地塑造成员的共同责任，以指导个体"不只是去认识善，而且还要共同创造善"[3]。正是在维护伦理共同的统一秩序的实践中，人们通过对话解决矛盾冲突并共同创造了善。

四、结语

索福克勒斯的《安提戈涅》通过对个体阐释之间对抗冲突的探索，揭示了人类共同体基于阐释的本源性伦理秩序。安提戈涅和克瑞翁就"律法"和"正义"展开的冲突性个体阐释构成了悲剧冲突的具体表征，冲突双方没能基于对共在关联的经验实现有效对话是悲剧冲突无法得到和解的主要原因。合

---

[1] 秦明利，丁爱芹. 作为伦理范式的文学：伽达默尔实践性研究. 外语教育研究，2014（1）：68-73.
[2] 伽达默尔. 戏剧的节日特征. 伽达默尔集. 赵玉勇，译. 上海：远东出版社，1997：552.
[3] 伽达默尔. 价值伦理学和实践哲学. 伽达默尔集. 邓安庆，译. 上海：远东出版社，1997：227.

唱歌基于对人之本质的形而上追问，澄清安提戈涅和克瑞翁之间的悲剧冲突是存在意义上的冲突：安提戈涅真实地走在通向存在的路上，克瑞翁错失了此在与存在的差异以及与他人的共在共联，因而造成了与安提戈涅或其他悲剧人物之间的失败对话。对悲剧冲突及其成因的经验促使阐释者形成悲剧意识，并以此为伦理意识基础在悲剧阐释与道德实践中与他人发生友好对话、解决冲突纠纷、达成统一共识并建构起伦理共同体。安提戈涅和克瑞翁作为悲剧的双重心，通过个体阐释之间的冲突建构了戏剧张力，使得悲剧情节以一种复杂的方式不断折回到自身，对悲剧阐释和道德生活的本质进行充分探索。由此，《安提戈涅》之于人类伦理共同体的现实意义便在于为公共阐释构建伦理意识基础，对人类基于语言对话的本源性伦理秩序的经验促使人类出于维护共同体和谐与统一的目的，积极地与他者进行具有理性、公共性和反思性的对话，并最终实现具有广泛共识与相对确定意义的公共理解。

莎士比亚悲剧：
以公共理性为基础的道德哲学

秦明利　董清怡

摘要：莎士比亚在四大悲剧中展现了理性与感性、个体与他人、个人意志与公共约束之间的对抗。本文认为，这些冲突本质上是由于公共视域和个体视域之间的不可调和而造成的理解的冲突。理性与感性的冲突凸显了公共理性从认知和理解的角度为人类行动提供了指导性意义。缺乏理性的参照，个人精神场域下的理解既无法实现公度，也无法实现自身的修正和反思。最后在公共约束下，个体阐释由于不被理解失去价值，沦为私人阐释而被淘汰。因此，莎士比亚通过塑造不同形式的冲突构建起以公共理性为基础，以实现个体视域和公共视域融合为目的的道德哲学体系。一方面为人如何理解和行动做出理论指导，另一方面也使道德哲学走出了理性与感性始终对立的困境。

关键词：莎士比亚；悲剧；道德哲学；冲突；公共理性；理解

随着莎士比亚悲剧研究的不断深入和学者们跨学科意识的不断增强，国内外研究普遍从单纯的文本分析和比较研究转向了理论和文化层面，对莎士比亚悲剧的人性特征、美学价值、人文关怀都进行了历史性的探讨，悲剧的源头由神转向了人自身。悲剧冲突也不仅包含外在因素，还包括人的内部因素。因此，莎士比亚悲剧已经从命运悲剧转向了人的行动悲剧。斯坦利·

【基金项目】本文系国家社科基金一般项目"斯坦利·卡维尔文学思想研究及著作翻译"（19BWW002）的阶段性成果。
【作者简介】秦明利（1960—），男，英语语言文学博士，大连理工大学外国语学院教授，研究方向为诠释学、文学哲学。董清怡（1993—），女，大连理工大学外国语学院英语语言文学硕士研究生。

威尔斯论述到，莎士比亚在悲剧中呈现一系列行动，但这些行动又不仅是"现实生活纪实性的模仿"[1]。莎士比亚精心设计出历史和传奇相融合的故事，同时将悲剧问题落到"人类生活最根本的要素"中——"人的身体和精神"[2]。然而，现有研究并没有就这一发现继续深入，既然神和外在力量不再是悲剧的主导因素，那么人是如何造就自己的悲剧命运的？虽然有研究从情感与理智的维度探究了某个悲剧，指出"是情感阻碍了理性的判断，并造成了道德上的复杂性"[3]，或者"由于无法处理不同情感之间的对抗，被困在其中，最终呈现出权力与理智之间悲剧性的分裂"[4]。然而，这种结论是否适用于莎士比亚的其他悲剧中？如果可以，内部因素又是如何导致冲突造成个体悲剧的呢？这些还是有待解决的问题。基于此，本文尝试从公共阐释的视角来审视莎士比亚悲剧，从理性的缺失开始，逐步分析个人的情感和意志是怎样一步一步取代理性而成为个体行动的主导的。通过在不同层面上对四大悲剧的阐释，力图深化莎士比亚的悲剧艺术和哲学意义。

一、公共理性对个体行动的意义

公共理性是"阐释及接受群体展开理解和表达的基本场域"，只有以公共理性为前提，主体间对话才成为可能，阐释可最大限度地为多种话语共同体所理解和接受。阐释的生成、接受、流传也都以理性为主导[5]。而作为阐释主体的人是有限的，自我在时间和空间上的间断性都体现着个体认识的有限性，同时也动摇了思维的确定性。因此理解不能无限，总是有"用思维绝对不能达到的无数事物"[6]。要突破个体认识的有限性，靠的不是将对象与主体完全对立，也不是通过绝对精神达到主客体的统一，而是要实现主体与世界的沟通。也就是说，主体与世界需要一个可共享的表达场，使得个体的阐

---

[1] Wells, Stanley. *William Shakespeare: A Very Short Introduction*. Oxford: Oxford University Press, 2015: 138.
[2] Wells, Stanley. *William Shakespeare: A Very Short Introduction*. Oxford: Oxford University Press, 2015: 140.
[3] Goldberg, S. L. *An Essay on King Lear*. Cambridge: Cambridge University Press, 1974: 16.
[4] Bloom, Harold. *William Shakespeare's King Lear*. New York: Infobase Publishing, 2010.
[5] 张江. 公共阐释论纲. 学术研究, 2017 (6): 1-5.
[6] 笛卡尔. 第一哲学沉思录. 庞景仁, 译. 北京: 商务印书馆, 1986: 50.

释可被理解和接受。公共理性就是这样一个场域，它建立在群体之中，既有效避免了个体认识的绝对化，又化解了主体与客体的对立。所以，公共理性是个体行动的参考系，它防止了个体由于此在有限性而做出非理性的行为。

"所有悲剧都源于不可化解的冲突"[1]，在莎士比亚的四大悲剧中，这种冲突首先表现为个体感性和理性的冲突。主体在认识世界时缺乏公共理性的根基，悲剧主人公常常以情感为依据行事，这使他们的阐释行为不具有共通性。虽然非理性因素可以参与阐释过程，"精神性体验与情感意志是阐释生成的必要因素，但（它们）必须经由理性逻辑的选择、提纯、建构、表达而进入阐释"[2]。由于情感是多样多变的，无法用规则衡量，缺乏公共理性的判断就无法在理性与实践的框架下修正和推进认知的确定性，人对世界的认知将会处于一种飘忽不定或者绝对化的状态中。这就会导致个体对世界产生诸如怀疑、焦虑、恐惧等情绪，此时人对世界的理解和阐释仍然会处在遮蔽的状态中。公共理性可以将个人基于情感的阐释代入世界这个敞开领域中，将人与世界有机地结合，使个体具有存在的根基。

莎士比亚四大悲剧都是从开场就向我们暗示了公共理性的缺失，并奠定了悲剧的基调。《奥赛罗》的开头向我们展示了一个始终将情感视为行动的正当理由的大环境，在这个环境中理性被放置在了次要的位置。理当维持正义的公爵在勃拉班修谈到他女儿苔丝德蒙娜时说道"如果有人用这种邪恶的手段引诱你的女儿……那么无论他是什么人，你都可以根据无情的法律，照你自己的解释给他应得的严刑"[3]，这句话表明法律所代表的理性是要屈服于人的情感的。接下来奥赛罗在为自己解释时所说的一番话也更多的是动之以情，而非晓之以理。以情感为尺度的阐释缺少公度性的保障，很难与接受对象之间达成共识进而被理解。而没有实现公度的理解仅仅是个体的一个单向行动，由于没有进入一个被普遍接受的公共意义领域，这种基于情感的理解也无法带来澄明性的洞见。因此，《奥赛罗》中理性环境的缺失不仅使阐释活动自身无法对事件加以观照和澄明，还使主体与世界的对话关系遭到破坏。

外部环境首先给公共理性的建立设置了障碍，同时奥赛罗自身也是一个

---

[1] Goethe. *Hegels Idee einer Phänomenologie des Geistes*. Freiburg：Alber Verlag，1973：99.
[2] 张江. 公共阐释论纲. 学术研究，2017（6）：1-5.
[3] 莎士比亚. 莎士比亚全集（5）. 朱生豪，译. 北京：人民文学出版社，1994：569.

感性又冲动的人，他的行动很大程度上是受感情驱使。奥赛罗在整部剧中先后有过几次失控，"苍天在上，我现在可再也遏制不住我的怒气了；我的血气蒙蔽了清明的理性，叫我只知道凭着冲动的感情行事"[1]，"我要把她碎尸万段"，"苍天在上，我倘不能报复这奇耻大辱，誓不偷生人世"，"该死的淫妇！啊，诅咒她"[2]！对于奥赛罗个人来说，情感意志是他行动的全部依据。然而，奥赛罗并不是全然没有理性，他既然能成为战争英雄，仅仅靠武力是远远不够的，智慧和计谋绝不是奥赛罗缺少的东西。在伊阿古最开始向奥赛罗暗示苔丝德蒙娜不忠时，他的确要求有证据，否则绝不妄起猜疑。但是情感的因素最终战胜了理智的力量，在伊阿古"哪种几乎超人力的奸计"[3]之下，他还是坚信夜幕中的人影和手帕足以成为苔丝德蒙娜不忠的确凿证据。奥赛罗在对事件的阐释中缺少了基于理智的反思和修正，在某种程度上，他将个人意志作为强力，将世界和他者排除在外。可以说，奥赛罗没有实现与世界的对话、交流、理解和融合，他的行动纯粹是基于情感的自我伸张，不足以成为能够普遍立法的意志。

面对伊阿古的精心设计，虽然奥赛罗嘴上说不会让嫉妒消磨自己的一生，不会让猜疑支配他的心灵，但奥赛罗同时也承认，若是他有一天感到怀疑，就要立刻解决。面对苔丝德蒙娜的请求，奥赛罗也曾警告她，"当我不爱你的时候，世界也要复归于混沌了。"[4] 这里就表明，奥赛罗是有足够强大的能力构建一个世界和摧毁一个世界的，然而他构建的这个世界是基于自己情感的世界，并不是一个以公共理性为主导的世界。因此，奥赛罗的情绪一直起伏不定，他对苔丝德蒙娜的看法也总是处在信与不信的抉择中。但是由于外部世界也缺乏公共的理性秩序，奥赛罗内心的冲突并不能获得理性的引导，最终他的行动还是受情感支配，导致一出出悲剧。

与《奥赛罗》有所不同，哈姆雷特的悲剧很大程度上是由于作为阐释主体的哈姆雷特与外部世界在价值观和认识论上发生了分歧，即外部世界的规则和法律不符合哈姆雷特个人的思考。但是哈姆雷特并没有将自然的逻辑和

---

[1] 莎士比亚. 莎士比亚全集（5）. 朱生豪，译. 北京：人民文学出版社，1994：599.
[2] 莎士比亚. 莎士比亚全集（5）. 朱生豪，译. 北京：人民文学出版社，1994：624-625.
[3] 柯尔律治. 莎士比亚的判断力与其天才同等. 莎士比亚评论汇编（上），杨周翰，编. 北京：中国社会科学出版社，1981：156.
[4] 莎士比亚. 莎士比亚全集（5）. 朱生豪，译. 北京：人民文学出版社，1994：612.

法则纳入自己的理解视域内,而是将自己约束在私人的意义领域,用自己的解释代替世界的公共理性。这样的阐释不仅不具有澄明性,更不具有建构更普遍化行为准则的教化与实践意义。从旁观者的角度来说,新旧交替这是一个自然过程,对于一个国家来说,老国王死去,新国王登基,丈夫死去,妻子改嫁,这既符合政治需要,也符合自然规律。然而在哈姆雷特看来,这一切都是阴谋。

从哈姆雷特与他叔父的对话中不难看出,他其实早已走出失去父亲的伤痛,已经转向探查整个事情的来龙去脉。哈姆雷特承认人死是一件很普通的事,而如何死的才是让他郁结的原因。哈姆雷特在听闻父亲被害的故事后并没有走出内心的情感和思想,而是愈发地转向内心,集中到自己灵魂的内部,开始思考生与死、时间和永恒、责任和意志的问题。哈姆雷特对父亲死亡这个事件的阐释,一方面体现了外部世界对个体视域的升华和建构意义,另一方面也体现出哈姆雷特作为阐释的主体以自己的意志抹杀了理解扬弃自身和实现超越的可能性。由此导致的结果就是哈姆雷特没有能力去面对周围的环境,正如歌德所说,哈姆雷特"跨到在他既不能担当又不能抛弃的重负之下"[1],也就未能通过交流和反思"净化和再调整原本自私的能量"[2]。

由于哈姆雷特并没有在其在世存在之中与他人照面,他对世界的领会也是缘起于自身的视域,很难实现共通和传播。哈姆雷特了解父亲的死亡经过是通过各种转述进行:先是霍拉旭向他诉说遭遇老国王鬼魂的经历,然后他所坚信的谋杀经历也是通过鬼魂转述而来的,哈姆雷特上演戏中戏以观察国王的反应,借戏断案也是通过中介进行的阐释。因此,哈姆雷特对真相的寻找主要借助于故事,借助于语言。而在个人的语境中,对故事可以有无数种诠释,即使是同一个人,不同的心境下的诠释都会有所不同。哈姆雷特基于个人理智的认知结构是一种回归式的[3],这也就导致在《哈姆雷特》中存在两种时间线:一种是基于哈姆雷特情感和精神的心理时间,另一种是向前发展的日历时间。哈姆雷特在整部剧中的经历是以他的心理时间为基础的,他

---

[1] 歌德. 歌德文集(第7卷). 钱春绮,等,译. 莫斯科:苏联国家文学出版社,1995:248.
[2] Murdoch, Iris. *The Sovereignty of Good*. London: Routledge, 2001: 53.
[3] Hawkes, Terence. *Shakespeare and the Question of Theory*. Ed. Geoffrey Hartman and Patricia Parker. London: Methuen, 1985: 312.

对事件的理解是由他自身出发，在个人世界中做出的主观性的解释。因为心理时间"寻求的是非叙事性的具象性的真理"[1]，如果没有理性为基础，从根本上说是不可度的领会和理解。所以，即使哈姆雷特要求霍拉旭将这里发生的一切告诉大家，霍拉旭见证的只是一小部分，他能够告诉大家的也必定不会包含哈姆雷特内在的情感体验，而这恰恰是哈姆雷特行动的全部依据。所以，哈姆雷特的故事注定无法得到共享，个人历史下的故事也无法被传递下去。

《李尔王》的开篇场面宏大：不列颠国王，诸大臣，王室，法国公爵都聚集在一起。这样的开场理应体现一个有序的国家秩序和政治环境，然而李尔王作为国王却将政治当成了自己的游戏。然而，同样是将感性作为行为的主导，李尔王的情况却和哈姆雷特与奥赛罗不太一样。哈姆雷特和奥赛罗在剧中经历的是理智与情感的对抗，最终诉诸情感的过程；而李尔王正好相反，从一开始他并没有展现出理性的一面，理性只是在他一次次遭受现实打击之中才不断获得，并于最后达到顶峰。戏剧开头李尔王在表明自己要将国土分给三个女儿后，问道，"你们中究竟哪一个最爱我们"[2]？虽然李尔王在语言上用复数，指代国家、臣民等，实际上他只想知道谁最爱他。也就是说，李尔王试图以个人的判断和利益取代整个国家的公共秩序，并认为这是而且当肯特试图从国家政治的角度提醒李尔王他的决定时，却同小女儿一样被驱逐。李尔王对世界和话语的领会完全处于自身固有的视域内，这从一开始就预设了理解的静止性和封闭性。没有像世界敞开并进入公共领域的阐释仍处于遮蔽的状态中，由此产生的理解也就不具有澄明性。

《麦克白》中女巫于暴风雷电中的预言也成为驱使悲剧主体行动的主要原因。麦克白在解读预言时并没有一个理性体系的参照，而是遵从各种出自个人意志的话语，比如，麦克白夫人不断地使用激将法，唤起麦克白的野心。麦克白允许自己的欲望和他人的意志代替理性的思考，因此麦克白不是因为命运而采取一系列行动，正相反，正是他追求王位的过程造就了他的悲剧命运。麦克白未能理性清醒地认识到自己行为会带来什么样的后果，是"麦克白的

---

[1] Joughin, John. J., ed. *Philosophical Shakespreare*. London: Routledge, 2000: 56.
[2] Shakespeare. *Shakespeare Complete Works*. Ed. W. J. Craig. London: Oxford University Press, 1966: 908.

行动摧毁了他生命中友好的一面,将生活变成了敌人,是他的意志自身创建了主导行动的法则"[1],最终也导致了他不被世界接受的悲剧。

莎士比亚通过展现基于情感的个体阐释和个人意志无法与世界融合沟通的各种情况,将我们引向一个以公共理性指导的生存原则和道德基础。虽然行动总是个体的,包含自由和偶然性,但公共理性可以为个体的行动起到指引作用,这就可以化解可能由此发生的冲突。缺乏了公共理性的参照,基于个人意志的行为会把行动的主体和他所存在又反对的世界分离开来:哈姆雷特并没有和他所处的世界构建一个相互沟通的共同体,他将阐释完全建立在个人情感之上,这一方面导致了他自己的理解不可公度,另一方面也使由此产生的行动无法被这个世界理解。李尔王和麦克白强加个人意志于国家秩序之上,将行动仅仅当作满足自身意图的工具。未能实现的与世界的对话关系使得主体并没有在行动中进行反思和修正,一味地自我伸张最终造成的不仅是人物死亡意义上的悲剧,也是个体存在意义上不被理解的悲剧。奥赛罗感性的阐释没有经过理性和逻辑的选择和提纯,仅仅是一时冲动,必然会与世界产生冲突。这些悲剧主人公忽视了个人视域本身的独特性和不可公度性,忽视了世界不仅仅是由个人意志组成的这个事实。他们同时也没有意识到,个体的行动只在个人意义上被视为合理,一旦超出这个领域,就会具有危险的片面性,它将会作为"一个异己的外部现实反作用于自身"[2],导致个体存在的悲剧。

二、精神场域不可共享导致的冲突

既然公共理性之于个体行动的重要性在于它为人在世界中的存在奠定了基础,是人共在存在的前提,那么缺少可公度的理解和交流就必然会导致个体与他人,甚至个体与所生存的世界的冲突。但是理性缺失仍然只是一个抽象的前提,它在莎士比亚的四大悲剧中是通过什么表现出来的?这些具体的表现形式又是怎么导致悲剧冲突的?以及在何种程度上这种呈现可以指导人

---

[1] Hegel. *Early Theological Writings*. Trans. T. M. Knox. Pennsylvania: University of Pennsylvania Press, 1977: 229-230.

[2] Williams, Robert R. *Tragedy, Recognition, and the Death of God: Studies in Hegel and Nietsche*. Oxford: Oxford University Press, 2012: 131.

更好地生存？

首先，理性缺失的一种表现形式就是精神场域的不可共享，这种不可共享不仅会使内部冲突不断扩大，还会使外部冲突由于无法化解给个体带来双重的悲剧体验。并且由于我们"此在的基础就是一种对话和交流"[1]，公共理性的缺失所带来的直接影响就是各个主体因为没有共同的理解基础，他们的精神场域无法达到共享。在这种情况下做出的行动都会与生存的世界产生冲突。共享性对于阐释活动的意义在于，它是关联差异的纽带，在异中求同，于同中生异。也就是说，"在文本和话语不能被理解和交流时而居间说话"[2]。参与理解活动个体各自带有自己的感性及理性认识，在个体认识重叠之处阐释得以展开。在阐释活动中，交流、理解和对话的基础就是可共享的精神场域。只有当这个精神场域可被共享，"理解的主体、被理解的对象，以及阐释者的存在，构成一个相互融合的多方共同体"[3]。不同交流对象之间需有与之对应的共享场域，以确保理解活动的进行；共享精神场域的错位或不匹配将直接导致理解的失败。

《哈姆雷特》开头出现的鬼魂一幕就向我们暗示了精神场域的不可共享性。第一场勃那多、马西勒斯、霍拉旭三人在不同时间看到鬼魂，并对鬼魂的出现有着自己不同的阐释。当三人再次见到鬼魂后，对鬼魂出现的意义仍然无法明确。之后哈姆雷特与霍拉旭一行人再次遇见鬼魂时，鬼魂却只召唤哈姆雷特一人，他也跟随而去。此时哈姆雷特就已经和鬼魂建立起了某种只存在于他们之间的联系。接着，鬼魂试图以老国王之名建立情感上的关联："听着！要是你曾经爱过你的亲爱的父亲，你必须替他报复那逆伦惨恶的杀身的仇恨。"[4] 又将谋杀的故事一一道出。哈姆雷特此时已经完全没有了第二幕中的死气沉沉，而是被鬼魂调动起了激动的情绪，"赶快告诉我，让我驾着思想和爱情一样迅速的翅膀，飞去把仇人杀死。"[5] 哈姆雷特就这样通过死去的父亲这个中介，与鬼魂共享一个精神场域。

在母亲寝宫的一幕更加深了哈姆雷特和鬼魂之间的不可共享性，甚至可

---

[1] 海德格尔. 荷尔德林诗的阐释. 孙周兴，译. 北京：商务印书馆，2014：43.
[2] 张江. 公共阐释论纲. 学术研究，2017（6）：1-5.
[3] 张江. 公共阐释论纲. 学术研究，2017（6）：1-5.
[4] 莎士比亚. 莎士比亚全集（5）. 朱生豪，译. 北京：人民文学出版社，1994：305-306.
[5] 莎士比亚. 莎士比亚全集（5）. 朱生豪，译. 北京：人民文学出版社，1994：306.

以说正是这种不可共享性才导致了剧中关键性的戏剧冲突。

——"为什么你把眼睛睁视着虚无,向空中喃喃说话?"

——"他,他!您瞧,他的脸色多么惨淡!看见了他这一种形状,要是再知道他所负的沉冤,即使石块也会感动的。"

——"你这番话是对谁说的?"

——"您没有看见什么吗?"

——"什么也没有;要是有什么东西在那边,我不会看不见的。"[1]

从哈姆雷特的这番话可以看出,他和鬼魂之间的交流是他行动的原因和驱动力。看见他死去父王的脸,就算石块也会被感动,而他作为他的儿子,怎么能无动于衷呢?这也使哈姆雷特对母亲和叔父的做法更加愤怒,以至于在他以为帷幕后藏的是国王时,毫不犹豫地就刺了进去。是鬼魂的话在引导着哈姆雷特对人和事的理解,也进一步指引着他的行为。虽然塞缪尔·约翰逊早已注意到这点,并指出"哈姆雷特在整部剧中只是一个行动的工具,而不是行动的主体,他在给国王定罪后并没有采取任何行动来惩罚他,就连最后导致他自己死亡的事件都不是他自己策划的"[2],但是约翰逊并没有解释是什么导致哈姆雷特迟迟不做行动。本文认为,正是公共理性的缺失使得哈姆雷特将自己行动准则完全建立在与鬼魂的交流之上。假如哈姆雷特动手杀了国王,他除了一个只有他自己知道的鬼魂故事,没有任何证据能证明国王的罪行。因此他没有办法亲自动手杀了国王,只能当鬼魂的傀儡,替他行事。

由此看出,鬼魂的出现不仅仅是推动情节发展和加深戏剧冲突,它更代表着一个只对哈姆雷特敞开的空间。因此,哈姆雷特可以说是同时存在于两个世界,一个是他的肉体存在的丹麦,另一个是他与鬼魂所共享的精神世界。这样看来,哈姆雷特的命运早在戏剧一开始就确定了下来,"当他愿意并注定要在他与鬼魂的相遇,并且通过与鬼魂的交流去了解自己的命运,了解自己的意愿之时,哈姆雷特的意愿就是他的命运,他的命运也就是他的意愿。"[3]虽然哈姆雷特有足够的理由相信鬼魂的话,但是由于这个精神世界不具有共

---

[1] 莎士比亚. 莎士比亚全集(5). 朱生豪,译. 北京:人民文学出版社,1994:368-369.
[2] Johnson, Samuel. *Preface to Shakespeare: Together with Selected Notes on Some of the Plays*. Berlin: Bertz + Fischer GbR, 2008: 42.
[3] Polka, Brayton. *Shakespeare and Interpretation, or What You Will*. Maryland: University of Delaware Press, 2011: 438.

享性，也就不能公度到现实世界中，因此哈姆雷特与世界的关系始终都是断层式的。在这个意义上，哈姆雷特基于精神世界的阐释由于不可公度，即使再符合事实，也是无效的，无法普遍地被理解。这也是导致他装疯和死亡的原因。

同样，《麦克白》中开场便出现的女巫以及后来出现的班柯的幽灵也只与麦克白建立了可共享的精神场域。女巫先是预示了麦克白未来仕途"葛莱斯密爵士""考特爵士""未来的君王"，然后又预示了班柯的未来"你虽然不是君王，但你的子孙将要君临一国。"[1] 班柯对此质疑的态度和麦克白的坚信不疑形成了强烈的对比，凸显了性格和精神对人行动的影响，而这种影响产生的基础就是麦克白内心想称王的欲望和女巫之间建立起来的共同的精神世界。

但是，麦克白也同样处在两个世界的挣扎之中。如果说女巫的预言暗示了麦克白的欲望和野心的化身，那么宴会上出现的班柯鬼魂则是他良心的象征，从另一方面将麦克白的行动与精神世界相连。在杀害班柯时，麦克白满心恐惧，此时就已经产生幻象："我的头脑里充满着蝎子，班柯和他的弗里恩斯尚在人间。"[2] 随后在宴会上，麦克白更是当着宾客的面对着班柯的鬼魂说起话来。这些幻象是从麦克白的意念中产生的，就像在杀邓肯时出现的刀子的幻象，那不过"是一把想象中的刀子……没有这样的事，杀人的恶念使我看见这种异象。"[3] 而产生这种恶念的源头就是他相信了女巫的预言而决定自己要不惜一切代价保证这个预言成真。女巫和班柯这两个精神世界其实代表了麦克白心中两股对立的力量，两个意象交替出现使得《麦克白》这部剧本质上是以麦克白的内心冲突为主导，这在很大程度上将麦克白的理解和行动划归到了个人的视域下。

而从时间性和历史性的角度来看，我们的每一个判断，对事物的每一种理解既是当下的，又是永恒的，永恒之处就在于"它产生其历史性的结果会影响到未来的行为，而对此我们是没有直接控制能力的"[4]。正如同麦克白

---

[1] 莎士比亚. 莎士比亚全集（5）. 朱生豪，译. 北京：人民文学出版社，1994：200-201.
[2] 莎士比亚. 莎士比亚全集（5）. 朱生豪，译. 北京：人民文学出版社，1994：233.
[3] 莎士比亚. 莎士比亚全集（5）. 朱生豪，译. 北京：人民文学出版社，1994：215.
[4] Polka, Brayton. *Shakespeare and Interpretation, or What You Will*. Maryland: University of Delaware Press, 2011：121.

进入女巫的精神领域后的一系列行为，不论是谋杀邓肯，杀害班柯，还是处死麦克达夫一家，都逐渐摆脱了麦克白的控制。因此有学者表示"麦克白是被必然性所驱使而行凶和复仇的"[1]，然而，这种所谓"必然性"却是因为麦克白在缺乏理性指导的情况下对女巫的话坚信不疑，他始终将语言作为理解的对象对立起来，单向地、主观地加以阐释。然而，语言就是我们的存在，没有向世界敞开的存在无法获得深入本质的洞见。麦克白一方面没有将自己置放到世界的公共领域中，另一方面也将世界与自身对立起来，阻止了世界的敞开能够给予他的澄明。所以，麦克白的悲剧就在于他的行动是不是命运，而是非澄明性阐释的结果，是自己独立的精神领域的产物。

奥赛罗对语言过于个体化的理解也是造成他悲剧的主要原因。奥赛罗与伊阿古之间存在着只被两者理解的精神场域，这个精神场域的力量使得奥赛罗完全不受理性控制，伊阿古的话语成为奥赛罗对事物做出判断的依据。和浮士德与靡非斯特签订协议，进入另一个世界一样，奥赛罗受到伊阿古这个"魔鬼"的诱惑，经历了嫉妒和狂躁的极端体验。摩非斯特是浮士德意识中未显现的自我，伊阿古也代表着奥赛罗的心魔，他了解奥赛罗的弱点和渴望，并利用这些使奥赛罗逐渐远离一个敞开澄明的世界，而逐渐走向封闭晦暗的精神世界。但是离开了伊阿古，奥赛罗又是不完整的。如果没有伊阿古，奥赛罗的猜疑和嫉妒就只剩疯狂的痕迹。然而伊阿古表面上的理解实际是为了博取奥赛罗的信任，他抓住奥赛罗本性中的嫉妒倾向并利用它达到自己的目的，而失去理性的奥赛罗只能在伊阿古的计划中越陷越深。

《李尔王》也面临同样的困境，虽然他与大女儿和二女儿达成了表面上的一致性，但是她们虚假的话语中包含的是遮蔽性的意图，阻碍了李尔王与世界的交流。而当现实与李尔王的设想大相径庭时，他的内心也产生了不可调和的矛盾。不管李尔王承认与否，他在情愿受骗后所看到的世界与高纳里尔和里根认为理所当然的世界始终是无法共享的。在这个世界里，任何主观的幻想都不存在，也没有任何合乎人情和道德的法规来限制自然的力量，所以李尔王最终只有在暴风雨中才被迫面对他自己也不能否认、无法掩盖的世界

---

[1] 赫士列特. 莎士比亚戏剧人物论. 莎士比亚评论汇编（上）. 杨周翰，编. 北京：中国社会科学出版社，1981：204.

的现实。也就是当他最后毫无选择地被暴露在自然世界的敞开领域中，他才获得了澄明。

所以，作为公共理性缺失的直接体现，不可共享的精神场域会让个体更加局限在基于情感认识的领域内，而没有向世界敞开，由此产生的理解也都是非澄明性的阐释。如此一来，个体便同世界对立起来，甚至出现断裂。单向的阐释和行动将更加强化个人意志，使自身的性格缺陷更加主导自己的行为。但是这种行为显然不能让个体内部和外部世界之间实现有效的沟通，个体将处于在边缘孤立和被遮蔽的状态。从四大悲剧中我们都可以看到这种疏离在个体内部和外部所产生的冲突，冲突在封闭的视域内得不到化解，必然造成悲剧。

三、无法公度的个体阐释在公共约束下被淘汰

公共约束建立在人类共在的基础上，它存在的合理性在于"人类的共在决定个体阐释的公共基础。私人的此在相对于共在、依存于共在，离开共在，此在不在"[1]。人的生存所固有的世界性必定被看作是人的条件的一个方面，它是人的生活的条件，不是对它的一个限制。人在世存在的完整性是"此在存在状态的一种呈现方式，对这种方式的理解是此在的本质性要求，是实现理解的前提"[2]。所以，完全基于个人理性认识和历史前见的个人阐释是不完整的，它缺乏反思性，是静止的阐释。纯粹的自我伸张式的阐释将无法实现自身的修正，也就无法构成新的阐释共同体。正如海德格尔所说"每一个人都是他人，没有一个人是他人自己……每一个此在相互的共处中都已经拱手让出自己任其摆布来……此在的存在是共在……因此本真的自我存在不能和他人相分离；相反，它必须要求与他人建立一种不同的关系——一种特殊的共在形式"[3]。所以，任何私人的存在，都将被共在所约束。然而，共在的约束并不代表在任何情况下个体阐释都是无意义的，因为公共阐释的基础和原动力就在于个体阐释。那么，什么样的个体阐释才会妨碍人对世界的理解呢？这是我们首先需要理清的问题。

---

[1] 张江. 公共阐释论纲. 学术研究，2017 (6)：1-5.
[2] 秦明利. 对此在的把握——论 T. S. 艾略特的传统观. 国外文学，2011 (4)：21-29.
[3] 海德格尔. 存在与时间. 陈嘉映，王庆节，译. 北京：生活·读书·新知三联书店，1999：79-80.

个体阐释在很大程度上基于个人的体验和前见，而仅仅建立在精神场域和情感基础之上的个体阐释是不具有共享性和澄明性的，无法公度到世界这个公共视域中的阐释。然而，人的本质是一种共在，是在—世界—之中—存在，所以世界为此在提出了反思和修正的要求。个体阐释需要将自己置放在公共视域下实现自身的扬弃和超越，如果个体没有意识到自己的在世存在本质，只是困于个人的经验世界中，必然会影响到个体在世界之中的生活。在无法公度，无法被理解的情况下，个体阐释则会由于公共约束沦为私人阐释，而"不被共享的私人阐释将失去其价值和意义，最终被淘汰"[1]。

李尔王的悲剧很大程度上是由于他的个人阐释带有强烈的前见甚至偏见，无法融合进他的在世存在中。从一开始莎士比亚便勾勒出一个刚愎自用的国王形象：李尔王让女儿们公开表白如何爱他，并将这种方法作为一种分治国家的政治手段，"告诉我你们中间哪一个人最爱我？我要看看谁最有孝心，最有贤德，我就给她最大的恩惠"[2]。李尔王提出这样反常的要求，结果产生了歪曲现实的看法。这显然是建立在个人好恶之下的做法。一方面，以子女示爱的方式分封国土缺少政治性和现实性的考虑，这是李尔王缺乏理性的表现。另一方面，爱只能发自内心，不可强求而得，李尔王渴望爱却不知爱为何物，这也说明他感性的不可靠性。李尔王用领土来贿赂收买女儿的做法实际上是要使自己在大家面前看起来是一个受人爱戴的人，因此只要符合他这个目的的话他都欣然接受。李尔王乐意听到里根和高纳里尔的话，只是因为她们这样说满足了他的虚荣心，使他的计划得逞。但是李尔王在谄媚阿谀的包围中，既不知道自己是谁，也不理解事物本质。所以，考狄利娅说出的真话仿佛是在拆穿李尔王的计划，"这分爱是那三分之一的领土不足以支付的，也是李尔王无法面对的一份宣告。"[3]

正像斯威夫特所说的，"你要发现你的灯笼是黑的，最好就是你的脑袋撞到了确立在那里的木柱上"[4]。而李尔王一直处于被花言巧语蒙蔽的状态中，受到表面现象的欺骗，直到最后在自然的无情力量中他才觉醒。当李尔王在

---

[1] 张江. 公共阐释论纲. 学术研究, 2017 (6): 1-5.
[2] 莎士比亚. 莎士比亚全集 (5). 朱生豪, 译. 北京: 人民文学出版社, 1994: 429.
[3] Cavell, Stanley. *Disowning Knowledge: In Seven Plays of Shakespeare*. New York: Cambridge University Press, 2003: 101.
[4] 奈茨. 李尔王. 莎士比亚评论汇编 (下). 杨周翰, 编. 北京: 中国社会科学出版社, 1981: 292.

被暴风雨夺取一切其他的感觉时，他才真正被置放到了世界之中，被置放到了自己面前。这是他感受到世界约束的时刻，也是他的理解被纳入公共视域，被检验，被反思，最终被淘汰的时刻。他最后承认："我是一个非常愚蠢的老头子……请你不咎既往，宽恕我的过失；我是个年老糊涂的人。"[1] 李尔王在风暴中产生了深刻的洞见，风暴和昏暗使他看到了摆脱身外之物的人的原形。"我们来到这世上，第一次嗅到了空气，就哇呀哇呀地哭起来……当我们生下来的时候，我们因为来到了这个全是些傻瓜的广大的舞台之上，所以禁不住放声大哭"，"让我们到监牢里去……我们就这样生活着，祈祷，唱歌"[2]。李尔王此时彻底意识到自己生命就像车轮一样，在生命的最后，人其实又回归到了最初的状态，赤裸的毫不遮掩的自然状态。死亡也就成了重生。所以，与其说受尽折磨净化了李尔王，倒不如说是折磨使李尔王真正成为共在的此在。

"李尔王在戏剧与精神上的进程，是他的自我意识的消失过程；是他向无动于衷的大自然的残酷投降和丧失自我、变成疯狂的过程"[3]。个体的意识由个人的历史和前见塑造，而由于受到共在的约束，如果这种历史和前见不能上升为一个公共的视域，构成适用于集体的共同语境，个人的阐释将不能被语言共同体所接受。此时，个体要么使自身适应世界，要么走向淘汰。显然，李尔王选择了后者，因为在于当他看清世界时，他已无力再去改变；也因为他从戏剧开始就被"我是什么人"这个问题遮蔽，他试图通过女儿的赞美获得自己在世界中的定位，试图在别人的语言中找到自己国王的位置，然而当他最终融入世界中时才发现人的原形。所以，李尔王在经验世界和人性的过程中作为个性的个人阐释被不断摧毁和瓦解，取而代之的是建立在人类历史和命运之上的共同经验。李尔王悲剧的深刻性就在于它的历史性和语言的反思性。历史取代了命运、诸神与自然的地位，"历史是唯一的标准，是接受或拒绝人类行为合法性的最后权威"[4]。它是公共的约束和理智，也是人

---

[1] 莎士比亚. 莎士比亚全集（5）. 朱生豪，译. 北京：人民文学出版社，1994：534.
[2] 莎士比亚. 莎士比亚全集（5）. 朱生豪，译. 北京：人民文学出版社，1994：527.
[3] 格兰威尔-巴克. 论《李尔王》. 莎士比亚评论汇编（下）. 杨周翰，编. 北京：中国社会科学出版社，1981：157.
[4] 杨·柯特.《李尔王》最后一局. 莎士比亚评论汇编（下）. 杨周翰，编. 北京：中国社会科学出版社，1981：535.

类认识的进程。

同样因为受到表面现象欺骗而忽略公共约束的还有奥赛罗。可以说，奥赛罗悲剧最关键的因素就是他将表象当作本质，而表象之所以能够遮蔽真相，归根到底还是奥赛罗缺乏一个公共的、理性的规约。在第一场中，奥赛罗在国家政治方面担当的角色几乎是和苔丝德蒙娜的丈夫这个角色同样重要的，公爵及议员对他的信任也将我们对奥赛罗这个角色的期望值抬高了很多。然而，奥赛罗却与当时的社会背道而驰，奥赛罗对伊阿古的信任程度越来越深。因为伊阿古是一个彻头彻尾的理性的人，可能是极端的理性。在伊阿古的认知中，"人类行动的一方面与另一方面是毫无关联的"[1]，他不认为自己为达成自身目的说的话做的事会导致另一个人的死亡，伊阿古是一个完全脱离情感而只有理性的人。而奥赛罗恰恰相反，他是感性又充满行动的人。对奥赛罗来说，他的世界就是他自己，并且苔丝德蒙娜的世界也应该是他，奥赛罗自己就是道德准则。因此，当伊阿古将那个充满象征性的手帕递到奥赛罗面前时，他丝毫没有从自己所处的社会背景中来看待这件事，他甚至都没有从伊阿古的角度来思考事情经过。奥赛罗在个人视域中为苔丝德蒙娜和卡西欧判了罪，而黑夜中窗边的阴影也成了苔丝德蒙娜不忠的铁证。然而，从头至尾，苔丝德蒙娜都是清白的，是奥赛罗在伊阿古的引导下建立了自己的一套道德体系。而只有在伊阿古缄默之时，奥赛罗才听到真实的故事，他的道德体系也最终崩溃，但这一切发生得太晚，悲剧已经无法挽回。

哈姆雷特的延宕也是个人的理解与世界之间的矛盾造成的。延宕一直是《哈姆雷特》批评的中心问题，哈姆雷特的悲剧也通常被认为是犹豫不决导致的行动不够果断。然而，这样的理解会很容易使《哈姆雷特》一剧成为极度荒诞的象征，的确也有学者这么评论过。但是，《哈姆雷特》绝非莎士比亚的一个错误，在主人公贯穿整部剧的延宕背后是莎士比亚构建起来的道德秩序。从开头我们就能推断出在哈姆雷特眼中，他父亲代表着人类美德的高峰，而害死父亲的人就犯下了最卑鄙的罪行。

如果说奥赛罗的道德中心是他自己的话，那么哈姆雷特的道德中心就是

---

[1] Spencer, Theodore. *Shakespeare and the Nature of Man*9. New York: Cambridge University Press, 2009: 132.

他父亲。哈姆雷特所有的思考、行动和迟疑并不是由于所谓的俄狄浦斯情结，而是正相反，是他将父亲作为行动的唯一依据。归根到底，哈姆雷特的延宕是由思考所致，而他的思考又完全生发于他的父亲，一个不被世界看见听见的声音，这几乎是一种病态的思考。从这个角度来说，哈姆雷特背叛了自己，也背叛了世界。他所采取的过于小心谨慎的思考最终摧毁了他与世界的共在关系，也耗尽了他行动的力量，就像他自己所说的："重重的顾虑使我们全变成了诺夫，决心的赤热的光彩被审慎的思维盖上了一层灰色，伟大的事业在这一种考虑之下，也会逆流而退，失去了行动的意义。"[1]

麦克白也承受着思想的折磨。思考给他带来了混乱，使他的心灵"在胡思乱想中丧失了作用，把虚无的幻影认为真实"[2]。而女巫的一番预言就是他整个行动的基础和道德准则，麦克白将毫无根基的话语当成了真实的未来，成为女巫预言下的奴隶。自此他身上所体现的就是对自然秩序的破坏：他残忍地杀死邓肯和班柯，看到逝者的鬼魂，对麦克白夫人的麻木，外部出现的异常现象，到最后不愿投降又不肯交战的矛盾心理无一不体现着麦克白内心的混沌。这是因为麦克白始终没有通过自己的眼光去看待世界，就像他自己所说的那样，他不过是一个行走的影子，在世界这个舞台上指手画脚进行着拙劣的表演。

麦克白就是女巫和麦克白夫人所讲述的故事，他的行动只是话语的重复，他的理解也只是基于心理和精神的一种自觉的构成物。麦克白既没有进行理性的反思和过滤，也没有试图扩大自己的视域，接受不同的理解。他先是被女巫的预言所困，又被夫人的刺激所困，然而他的共在基础并不是女巫，也不是麦克白夫人，而是整个世界，是在世界中的他人。麦克白的死亡也正表明了基于个体经验的阐释还是无法对抗世界理性的刚性约束，个体违背自然的行动最终会带来毁灭性的后果。忽略了自己与世界、与他人的关系，麦克白的故事虽然充满喧哗与骚动，却未能实现人作为在世存在的意义。

莎士比亚的悲剧描绘了个体由于个人历史和前见与世界产生冲突的诸种情形，并将悲剧的根源落在了公共理性上。作为外在的约束，它保证了个体

---

[1] 莎士比亚. 莎士比亚全集（5）. 朱生豪，译. 北京：人民文学出版社，1994：341-342.
[2] 莎士比亚. 莎士比亚全集（5）. 朱生豪，译. 北京：人民文学出版社，1994：203.

阐释的可公度性，也保障了个体与世界之间的交流。造成李尔王、奥赛罗、哈姆雷特和麦克白死亡悲剧的原因都可以被归结为忽视与他人与世界的共在关系。任何试图将个人的意志作为主导法则来压制他人，控制世界的行为最终也会反作用于自身。通过四大悲剧，莎士比亚向我们彰显了这样一条存在之路：世界给予个体自由，同时也对个体进行约束，只有个体与世界保持一种开放的、共通的关系，生存对人来说才会是一种不断超越、不断提升的过程。

四、结论

如上所述，莎士比亚的悲剧承载着他的道德哲学。这种道德哲学不同于休谟的情感主义道德哲学，反对理性主义的自然权利，将理性视为激情的奴隶；不同于莱布尼茨基于单子学说的伦理学，其中自由、意志和善等偶然性活动与代表完满性的上帝照面，就意味着道德的必然性[1]；不同于康德以目的性和必然性为核心的三大道德律，是无条件的，绝对的，排除一切经验的道德原则。莎士比亚的道德哲学没有将理性和感性中的任何一个看作绝对的标准，公共理性扮演着参照和调节的角色，本质上是理性与感性的对话和融合。这两者是缺一不可的有机体，过于依赖任何一方都会导致道德的强制和绝对化。莎士比亚悲剧中的道德哲学也彰显了他的人文主义精神。莎士比亚所代表的人文精神不是感性经验的至高无上，而是感性经验如何在理性的引导下使人与世界达到和谐的状态。

因此，莎士比亚悲剧的本质是关于人在世界中的生存和行动。莎士比亚悲剧的中心不在于外在的天命，而在于人的行动。戏剧冲突的重心也转向人物的内部冲突，人的精神、情绪、性格都在戏剧冲突中发挥着重要作用。"悲剧的世界是行动的世界，而行动就是把思想变成现实。"[2] 这些都与阐释活动，即人对世界的理解有关。在公共阐释的视域下，理解的价值和意义在于在共同体中的共享，只有可公度的阐释才能实现个体之间的交流。因此，行动也不再以外在于人的某个尺度来衡量，而是取决于主体与世界共同体之间

---

[1] 罗素. 对莱布尼茨哲学的批评性解释. 段德智，等，译. 北京：商务印书馆，2000：234.
[2] 布拉德雷. 莎士比亚悲剧的实质. 莎士比亚评论汇编（下）. 杨周翰，编. 北京：中国社会科学出版社，1981：40.

的对话和理解，悲剧也就落在了人与世界的阐释关系上。

在四大悲剧中的这些人物身上，我们都可以看到他们思想中显著的片面性：哈姆雷特以鬼魂的话语作为自己整个行动的指导，忽视了自然即世界的理性；麦克白经过内在的抗争，最后还是屈服于超乎理性的精神力量；奥赛罗的认知始终受情感控制，他的行动也被困在个人的感性世界中；李尔王带着很强的个人意图和兴趣去解读世界，他的共在性的生存本质处于遮蔽的状态中。通过展示这种片面性，莎士比亚让我们认识到人类灵魂的全部力量和限度，由此引发出来的冲突也就具有宏大的规模。当莎士比亚把对人类生存的终极关怀作为他的悲剧宗旨时，悲剧就关乎人如何接受自身以及世界中的善与恶、成与败、生与死。通过不同背景下的悲剧故事，莎士比亚展现了属于全人类的生活经验，也在这个过程中构建了他基于公共理性的道德哲学。

后 记

《文学与诠释》辑刊系列出版后引起了学界的关注。我们创刊的背景，是国际上的人文社会科学研究的大融合趋势和我国"文史哲不分家"的研究传统，也是"新文科"背景下对学科发展的必然要求；而我们的初衷和目的，就是在此背景下，为我国的外国文学研究领域，探索一条跨学科性质的文学哲学的研究道路。我们力图融合文学研究与哲学研究，以使文学在审美愉悦和教化功能构成的二维的文学研究世界里，获增更加深刻的思辨力量和更具普遍性的理性意义。

本书是《文学与诠释》辑刊的第3辑，在延续前两辑的研究特色的基础上，设置了"斯坦利·卡维尔研究""文学哲学研究"和"公共阐释研究"三个部分。"斯坦利·卡维尔研究"汇集了目前国内最新的卡维尔研究成果，"文学哲学研究"以哲学中的文学理论和文学中的哲学意义研究为主，"公共阐释研究"围绕公共阐释中的真理和伦理问题展开讨论。

本书的论文作者研究的学科均是文学学科，面对文学哲学研究的跨学科要求时难免有不足，为此，恳请学界前辈及同仁不吝赐教，批评指正！我们定当认真对待，完善不足，以使我们的研究为我国的外国文学研究领域贡献更多更具价值和意义的成果！